庆祝中国共产党成立一百周年

中国戏剧家协会

——百部——
优秀剧作

典藏

1921—2021

3

作家出版社

目 录

· 歌　剧 ·

小二黑结婚

中央戏剧学院歌剧系集体创作

执笔：田　川　杨兰春

时　　间　1942年前后。

地　　点　山西某区，偏僻的刘家峧村。

人　　物　小二黑——二十岁，村民兵队长，神枪手。

　　　　　　于小芹——十八岁，村姑，小二黑的爱人。

　　　　　　三仙姑——四十七岁，于小芹的娘，巫婆。

　　　　　　二孔明——五十多岁，小二黑的爹，农民。

　　　　　　二黑娘——五十多岁，农妇。

　　　　　　金　旺——三十多岁，村武装委员会主任，地痞。

　　　　　　宋大婶——媒婆，四十多岁。

　　　　　　女区长——二十多岁。

　　　　　　小　荣——十六七岁，村姑。

　　　　　　喜　兰——十五六岁，村姑。

　　　　　　年根儿——十七八岁，民兵，农民。

　　　　　　老　董——四十岁，民兵，农民。

　　　　　　兴　旺——三十岁，金旺的兄弟，地痞。

　　　　　　民兵甲，老人甲、乙、丙，男、女群众，区队员等。

第一场

〔幕启。

〔抗日民主政权建立不久。

〔刘家峧村口小河边。日落西山，天边晚霞灿烂。于小芹挎着洗
　衣篮上。

于小芹　（唱）清凌凌的水来蓝格莹莹的天，

　　　　　　　　小芹我洗衣衫来到了河边。

　　　　　　　　二黑哥县里去开英雄会，

　　　　　　　　他说是今天回家转。

　　　　　　　　我前晌也等，后晌也盼，

　　　　站也站不定，坐也坐不安，

　　　　背着我的爹娘来洗衣衫。

　　　　你去开会那一天，

　　　　乡亲们送你到村外边。

　　　　有心想跟你说上几句话，

　　　　人多眼杂，我没敢靠前。

　　（洗衣默想，接唱）

　　　　昨夜晚小芹我做了一个梦，

　　　　梦见了二黑哥当了模范。

　　　　人人都夸你是神枪手，

　　　　人人都夸你打鬼子最勇敢。

　　　　县长也给你披红又戴花，

　　　　你红光满面站在讲台前。

　　　　大伙儿啊，大伙儿啊，

　　　　你拍手啊，他叫喊啊，

　　　　都说你是一个好青年！

　　〔远处传来喜鹊叫声。

于小芹　（接唱）喜鹊叽叽喳喳叫几声，

　　　　给我小芹报喜讯。

　　　　猛听树叶沙啦啦啦响，

　　　　就像是二黑哥的脚步声。（看，接唱）

　　　　嗨！原来是刮了一阵风，

　　　　刮了一阵风！

　　（向大路上聚精会神地眺望）

　　〔小荣、喜兰挎衣篮上，见于小芹在看什么，也随之向大路上
　　看，但什么也没看见。小荣明白了，向喜兰使了个眼色，二人会
　　意地一笑。小荣走到于小芹背后，猛然拍了一下于小芹的肩膀，
　　于小芹一惊，回过头来。

小　荣　你在看什么呢？

于小芹　（脸红）我在看……（笑）什么也没看！

小　荣　什么也没看？哼！我可知道你在看什么。

喜　兰　我也知道!

于小芹　你知道什么?

喜　兰　嗨! 我知道, 我知道!

　　　　〔三人说笑着, 走向河边洗衣。

小　荣　哎! 小芹, 小二黑到县上去开会, 他临走那前两天, 我听他说了
　　　　一句话……

于小芹　他说什么?

小　荣　哎! 我不说了!

于小芹
喜　兰　说什么了? 说什么了?

　　　　〔小荣向喜兰极有兴趣地耳语。

喜　兰　(听后大笑) 别告诉她, 叫她猜!

小　荣　好! 我不说, 你猜吧!

于小芹　我不猜! 我猜什么呢? 你说吧!

小　荣　好! 我说给你猜吧! (唱)
　　　　　　树上的那柿子圆又那个圆,

喜　兰　(唱) 圆又圆,

于小芹　(唱) 圆又圆。

小　荣　(唱) 好看那个好吃比呀比糖甜,

喜　兰
于小芹　(唱) 比呀比糖甜。

小　荣　(唱) 压得树枝拖到地,
　　　　　　树头伸到你的面前。
　　　　　　要摘, 你就快点儿摘,
　　　　　　迟一天不如早一天。
　　　　　　过了白露寒霜降,
　　　　　　打落了柿子后悔难。

喜　兰　(唱) 打落了那柿子, 你后呀么后悔难!

于小芹　(唱) 七月的桃, 八月的梨,
　　　　　　九月的柿子红了皮。
　　　　　　谁家的柿子谁去摘,

俺没有柿子着的什么急！

俺没有那柿子呀，着的那个什么急！

喜　兰　（唱）你嘴里不急心里急！

小　荣　（唱）刘家那个峧里呀，一树那个桃，

喜　兰　（唱）一树桃，

于小芹　（唱）一树桃。

小　荣　（唱）青枝那个绿叶长呀么长得牢，

喜　兰
于小芹　（唱）长呀长得牢。

小　荣　（唱）五月端午没下雨，

旱得那个桃树弯下了腰。

你要愿意浇桶水，

六月里由你吃鲜桃。

喜　兰　（唱）六月里哪由你来吃呀么吃鲜桃！

于小芹　（唱）张家的桃，李家的桃，

谁家的桃树谁去浇。

你要有桃树，你勤浇水，

我没有桃树浇什么？

我没有那桃树，我浇呀么浇什么？

喜　兰　你装不懂。（向小荣）小荣！你说明白点！

小　荣　（唱）一对对燕子，

喜　兰　（唱和）叽叽喳喳，叽叽喳喳叫，

飞来飞去飞得高。

小　荣　（唱）这一个打来一口食，

喜　兰　（唱）那一个衔来一根草。

小　荣　（唱）打来一口食，

喜　兰　（唱）衔来一根草，

小　荣
喜　兰　（唱）欢欢喜喜做窝巢。

小　荣　（唱）小燕子双双它自己配，

喜　兰　（唱）老燕子老了，它管也管不着。

小　荣　（唱）小燕子双双把窝来做，

喜　兰　（唱和）你十八岁的大姑娘，

　　　　　　　你还不如一只鸟？

　　　　　　　十八岁的那大姑娘呀，

　　　　　　　你还不如一只鸟，还不如一只鸟！

于小芹　（难为情地笑着，用水洒小荣，追打小荣，抓着小荣的辫子）你还敢不敢胡说了？

小　荣　我不是胡说，我是老实人说老实话。

于小芹　你老老实实说，我放了你！

小　荣　放了我吧！我老实说。

于小芹　说吧！（放了小荣）

小　荣　我说了，你可别打我。那天我在房顶上晒萝卜条，我看小二黑和年根儿在堰边歇着。年根儿说："二黑！你不是跟她挺好吗？"

喜　兰　跟谁啊？

小　荣　那我可没听清。后来我光听年根儿说："听说现在兴自由啦，你们怎么不结婚啊？"二黑说："人家还能跟我！她要是跟我结婚哪，我这一辈子都唱着过啦！"

于小芹　小荣，你俩可不敢跟外人乱说啊！

喜　兰　（低声）哎！金旺来了！

〔于小芹、喜兰、小荣忙埋头洗衣。

〔金旺上。他挎着一支土手枪，枪上包着红布。

金　旺　（唱）小芹的眉眼真不赖，

　　　　　　　十个人见了九个人爱。

　　　　　　　刚才我在村头上，

　　　　　　　见她到河边洗衣来。

　　　　　　　眼看四下里无人走，

　　　　　　　二黑在县里没回来。

　　　　　　　趁这个机会先下手，

　　　　　　　我叫她今天跑不开！

　　　　（看向河边）嗨！这两个丫头片子也来了！（转念头）哎！小荣，你妈喊你回去啦。

小　荣　我妈叫我来洗衣裳，叫我回去干啥！

金　旺　喜兰还不回去？（游逛了一会儿）啊！还不回？

〔喜兰收拾欲走。

于小芹
小　荣　相跟着嘛！你急着回去干啥？

〔喜兰又去帮小荣洗衣服。

金　旺　（套近乎）嘿！嘿！嘿！我给你们闹着玩儿的。你们几个闺女真不赖，一霎也不闲着。

〔于小芹等人不理金旺。

金　旺　我也来洗手。（挤到河边洗手）咱这山沟子里头，多见树木少见人。妇女们都不开通，叫她们出来开开会，就像往滚油锅里拉她们似的。要是她们都像你们几个这样开通啊，咱村工作就好办了。

〔于小芹等人仍不搭言。金旺从于小芹身后往水中投一石子，水珠溅到于小芹脸上，于小芹不理。

金　旺　（凑近于小芹）你洗的啥？小芹！

〔于小芹仍不搭言。

金　旺　我来帮你洗吧！（嬉皮笑脸，动手动脚）

于小芹　金旺！你也是娶媳妇大汉了，你规矩点！

金　旺　你装什么假正经！小二黑一来，管保你就软了。有便宜大家讨开点，没事，除非自己锅底没有黑！（去拉于小芹的辫子）

于小芹　（猛力一甩，厉声地）金旺！你干什么？

金　旺　（窘迫，狼狈地）干吗这么大脾气！

小　荣　喜兰，来帮我拧被单子！

〔喜兰过去帮小荣拧被单。

金　旺　来，我来帮你拧！

小　荣　谁用你！

金　旺　我来帮你忙还不好？（从喜兰手中夺过被单帮忙拧）

〔于小芹给小荣使了个眼色，小荣与金旺拉单子。拉着，拉着，小荣突然松手，金旺摔了一跤，跌入水中，十分狼狈。小荣、喜兰大笑。金旺追打小荣，于小芹上前挡住。

金　旺　（恼羞成怒地）等得住你！（拍打着身上的泥水，狼狈下）

小　荣　他还帮忙呢！黄鼠狼子给鸡拜年，天生的没安着好心！

喜　兰　小芹姐，这下可捅了马蜂窝了！

于小芹　我怕他呢！

小　荣　（回忆起刚才的情景，忍不住笑起来）小芹姐给我使了个眼色，拉着，拉着，我一撒手，他跟个死驴一样，咚的一下，摔了个四脚朝天！

喜　兰　没摔死他个狼吃的！

　　　　〔于小芹、喜兰、小荣同笑。

　　　　〔小二黑内唱，声音由远而近：

　　　　　　　"石峡有一个狼牙山，

　　　　　　　那是鬼子的鬼门关。

　　　　　　　三八五旅打了一仗来哎，

　　　　　　　咳格哟哟，夺了鬼子的轻机关！"

喜　兰　（收衣服，见远处来了人）哎！你们看，那是谁？跑得那么快！

小　荣　在哪儿？

喜　兰　那不是！

小　荣　就是。是小二黑回来了，小芹你快来看！

于小芹　是吗？

小　荣　你往哪儿看？在榆树湾的小路上。

喜　兰　（唱）春天的鲜花漫坡上开，

　　　　　　　小道上闪出了二黑来。

小　荣
喜　兰　（唱）迈开大步走得多快，

　　　　　　　满面红光笑颜开。

　　　　　　　光荣的花儿挂胸怀呀么，

　　　　　　　红艳艳的光荣花，

　　　　　　　挂在了他的胸怀。

　　　　　　　哎嗨，红艳艳的光荣花，

　　　　　　　光荣花儿挂在胸怀。

喜　兰　哎，二黑！

　　　　〔小二黑内声："噢！喜兰！"

小　荣	你回来了！
喜　兰	

〔小二黑身上背着钢枪上。

小二黑　回来了，回来了！小荣、小芹，你们都在这里洗衣裳呢？

小　荣　是啊，洗衣裳。有人等着你呢！

小二黑　（明知故问）谁等着我啦？

〔小荣、喜兰把于小芹往小二黑面前一推，哄笑。

小二黑　眼睛笑得都睁不开了！（夸张地模仿小荣、喜兰）咯咯……

小　荣　你到县上开会好几天，不想家吗？

小二黑　想什么家，谁像你们呢！连门也不敢出，开头你们连妇救会都不敢参加。我们在县上开会，遇到咱区新来的女区长，比男人本事还大，在大会上说话，句句都说到咱老百姓心坎里头了！

喜　兰　人家去当兵，她爹不骂她？

小二黑　谁像你哩！叫你爹管得你连衣裳都不敢出来洗。

于小芹　你怎么不叫人家上咱村来看看呢！

小二黑　人家管的地方可大啦！天天忙得连饭都顾不上吃。

小　荣　小芹姐，你也和那女同志相跟上去吧！

小二黑　她敢去？

小　荣　别夹着门缝看人，把人家都看扁了！

〔年根儿、老董上。

年根儿　（抱住小二黑，亲热地揍了两拳）你怎么不说一声，就悄悄地回来了？

小二黑　我不是说了半天话了吗？哦！年根儿，村里有什么事吗？

年根儿　村长带担架队上前方去了，还没有回来。前天又转来一个伤号，叫金旺派差，他不派，磨磨蹭蹭地弄到天黑，才给人家转走了。第二天民兵出操，他可就跟个没缰绳的驴一样，这里蹦蹦，那里跳跳，"一二三——四！"国民党那一套又拿出来了，见谁的胸脯挺得不高，上面给你一拳头，下面给你一脚。

老　董　嗨！正事不干，遇到这号事了。他就癞蛤蟆跳到鞋脸上，冒充虎头！他爹当了一辈子保长，欺侮了一辈子人；到他手上，比他爹还厉害。谁知道八路军来了，他又把脑袋削尖了，钻出来当武委主任，还骑在咱们头上！

小二黑 哼！叫他神吧！常走冰凌，总有摔倒的一天！他早先在村里捆人、打人，帮着溃兵、土匪引路绑票，讲价赎人，那些帮虎吃食的事，我都跟区长说了！

众　人 哦！

〔群众纷纷上。

群　众 二黑！

你回来啦！

开会好吧？

小二黑 回来啦！挺好！

老人甲 你走以后，你爹二孔明给你卜了好几卦，说你怕是给抓了壮丁了。我给他解说了好几回，他还疑疑惑惑的不相信呢！

小　荣 （见小二黑挎包里有红布角露出，抽出来）这是什么？

众　人 什么？什么？

小二黑 县里赏给的一个奖旗。

众　人 啊！奖旗！

小　荣
众　人 （领唱、合唱）

　　　　这一面奖旗可真呀真叫好哇！
　　　　撑开让大伙来瞧一瞧吧：
　　　　大红的底、白镶边，
　　　　荷叶边子两边飘，
　　　　上面写着"模范神枪手"。

众　人 哈哈哈……

小　荣
众　人 （接唱）你打鬼子保住了刘家峧哇，

　　　　哎咳咳，打鬼子保住了刘家峧，
　　　　保住了刘家峧啊！

小二黑 〔唱〕这次开会真热闹，
　　　　各区的模范都来到。
　　　　有的演习扔炸弹，

有的演习拼刺刀。

昨天来了个老八路，

教我们都把石雷学。

县长亲自来讲话，

合理负担要做好。

男女老少齐动员，

抗战到底不动摇！

老　董　二黑这孩子真不简单，都像二黑这样的孩子，一年养活上两个也不嫌多！

众　人　（笑，唱）

山湾湾里出了个好人才呀，

刘家峧有一个小二黑呀！

你是勇敢的神枪手，

打得那鬼子不敢来！

英雄你把红花戴，

三乡五里都传开。

哎咳哎咳咳咳，

咱全村都光彩。

多呀多光彩呀，

多呀多光彩呀！

〔金旺上。

金　旺　二黑，你当上模范啦！好，这可叫我猜着了。你一去呀，我就猜着你非闹个模范不行，真是没猜错。

老　董　哼！你比二孔明还高强，能掐会算嘛！

金　旺　二黑，你现在也不简单了，你可要走一步是一步，可不能邪门歪道的，更得要听我们干部的话啦！

〔老董咳嗽了一声，吐了口唾沫，代替回答。

〔众人逐渐散去。金旺也没趣地下。只剩下年根儿、小荣、喜兰等几个人。小二黑也在慢慢背起东西……

小　荣　（故意要走开，忽然喊）哎呀，我的手巾丢了！

年根儿　（会意地）丢哪儿啦？快找去！

喜　兰　快找去！快找去！

〔小荣、年根儿、喜兰一哄而下，仅留小二黑和于小芹。他俩刚想开口说话，喜兰很快跑上，找到洗衣棒槌，捡起。

〔小荣内声：“喜兰！快点！”

喜　兰　来啦！（急急跑下）

〔小二黑目送喜兰他们远去。于小芹倒不好意思了。

于小芹　（含羞自忖，唱）

　　　二黑哥今天回到家，

　　　他心里想着我，我也想着他啊。

　　　千言万语都想说，

　　　心里头扑扑通通、扑扑通通，

　　　不啊，不知道先说什么。

小二黑　（回身走向于小芹）小芹！（唱）

　　　我开罢大会今天回，

　　　恨不能插上翅膀儿飞，

　　　顾不得山高水深浅，

　　　奔回到村里来看你！

　　　（拿出一个镶着红花的头发卡，要给于小芹戴上）

于小芹　（接过头发卡，唱）

　　　听说你今天回家来，

　　　一天的光景也难挨。

　　　瞒着娘来到桥头上，

　　　从日中等到树影儿斜。

小二黑　（唱）你要来看我，放大了胆，

　　　再不用瞒着那旁人的眼；

　　　咱们的婚姻自做主，

　　　再不怕旁人来搅乱。

　　　咱们像晌晴的天上自由的鸟，

　　　未来的日子比蜜甜，比蜜甜！

于小芹　（唱）谁不愿做一对自由的鸟，

　　　谁不愿日子过得比蜜甜！

可是事情不能遂人愿，

咱中间隔着两重山。

你爹说我命不好，

我娘嫌你家贫寒；

外头风言又风语，

狗金旺，狗金旺在中间来捣乱。

只恨咱们永远不能到一起，

就像是日出东方月落山，月落山！

二黑哥——

咱怎样变成天上的鸟？

共一个树林，共一个天，

咱怎样变成梁头的燕？

同出同进把草衔！

小二黑 （唱）咱就能变成天上的鸟，

咱就能变成梁头的燕！

我这次开会到县上，

区长亲自对我谈，

男女婚姻要自主，

反对买卖和包办；

二人同意就能结婚，

谁也不能来阻拦！

这就是咱们护身的刀，

能砍断那封建的铁锁链！

于小芹
小二黑 （唱）有政府给我们护身的刀啊，

有区长给我们壮心胆啊，

咱们能砍断铁锁链，

咱们能推倒拦路的山！

迟早咱们要到一起，

咱们要在劳动中比高低。

小二黑 （唱）二黑我砍柴、割草，

犁刨耕种，坚决把鬼子打！

于小芹 （唱）小芹我站岗放哨，

碾米推磨，织布又纺棉花！

于小芹
小二黑 （唱）你看这水流草青土地壮，

幸福的日子已不远。

哎咳哎咳咳，

幸福的日子离我们已不远哪！

（二人沿着河边并肩向村中走去）

〔金旺鬼鬼祟祟地从河边矮树丛后面钻了出来，虎视着小二黑与
于小芹远去的背影，眼气之极。

金　旺 （唱）见了二黑你满面笑，

见了我你就翻白眼！

你未曾说话三分火，

好像我短你二百钱！

大伙也不买我的账，

倒把那二黑高眼看。

迎接一个小二黑，

惊动得鸡飞狗叫唤！

眼看着二黑一个小杂种，

你爬到了我的头上边。

咳！我三辈子没受过这个窝囊气，

我治不掉你们，我就心不甘！

哼！磨道上我还等不着你们的驴脚踵？等着吧！老子饶不了你们！

〔二孔明上。

金　旺 二孔明，恭喜你啦！听说你给二黑收了个小童养媳妇？

二孔明 是啊！金主任——（唱）

我到那村头去捣粪，

碰到了一桩巧事情：

彰德府的难民王大庆，

愿把他九岁的闺女送给人。

　　　　我把生辰八字一推算，
　　　　跟我二黑是上等婚。
　　　　收作二黑的童养媳，
　　　　了却我老人的一片心，
　　　　了却我老人的一片心。

金　旺　二孔明，你真会打算，收个童养媳在自己家里养活大，就跟自己的闺女一样。她能一心跟你过时光，那真比啥都强啊！

二孔明　是啊！命相也对，八字也好。童养媳妇是土命，二黑是金命，土能生金嘛！主任，听说我二黑从县上回来了，您见着他没有？

金　旺　唉，见着了！我看见他跟三仙姑的闺女黏到一块，手拉着手，不知上哪里去了！

二孔明　啊！回到村来，家门还没进呢，就跟三仙姑的闺女一起去了！

金　旺　你不是说小芹和二黑的命相不对，小芹命中克男人吗？我说句不吉利的话，"娶一口死一口"，这可不是闹着玩的。

二孔明　二黑是金命，小芹是火命，火能克金啊！我就是怕的这个。上次他老董叔来给他们提亲，我死活没敢答应。

金　旺　那你还让他们常在一起？老汉，现在他们男女混杂，闹得可不成话了！

二孔明　啊？

金　旺　（唱）老汉你还不知道哇，
　　　　他跟那小芹成天离不开。
　　　　白天鬼混不要紧，
　　　　夜晚也常胡乱来。
　　　　街上风言又风语，
　　　　指着你家门骂三代；
　　　　你们家祖祖辈辈讲廉耻，
　　　　他把你家门风全败坏！
　　　　我说的都是知心的话，
　　　　你要早做准备早安排。
　　　　这孩子不打不成人，
　　　　白杨树不斜不成材。

人家都叫你二孔明，

二孔明嘛！（接唱）

这点道理你还解不开？

你还解不开！

二孔明 （唱）小杂种办出了这没脸的事，

老汉我见人头难抬。

这一回有了童养媳，

死也不叫他再胡来，

再不叫他胡乱来！

金　旺 （唱）小二黑办出了没脸的事，

老汉你见人头难抬。

有了童养媳，

再不叫他胡乱来！

〔幕落。

第二场

〔幕启。

〔傍晚，二孔明家院内。

〔二黑娘刚刚忙着把擀面切好，走到门口。

二黑娘 （唱）太阳偏西又一天，

村里的牛羊赶下了山。

二黑今天回家来，

我擀上两碗刀切面，

等我二黑回家转。

〔二孔明上。

二黑娘 二黑回来没有？

二孔明 回来了！

二黑娘 回来了？（喜出望外地要迎出门）

二孔明 没回来！

二黑娘 看你颠三倒四的！到底回来没有？

二孔明　回村来了！连家门都没进，就和小芹找到一起去了！

二黑娘　你看看是不是？他还是一心爱着小芹那闺女嘛！你也不想想，他能要你那个童养媳吗？

二孔明　……小闺女呢？

二黑娘　在屋里呢！又是哭，又是闹，非要跑去找她爹不行，好不容易才把她哄到床上睡着了。你大约嫌日子过得清静，偏偏花钱去买个气布袋儿来家！唉，我说你呀！（唱）

　　　　老头子你这个糊涂的人，

　　　　我千说万说你不听。

　　　　二黑长了这么大，

　　　　哪还用你来闲操心，

　　　　哪还用你来闲操心！

二孔明　（唱）你打罢新春五十四，

　　　　我也是半身入土的人。

　　　　儿大就该说媳妇，

　　　　我不操心谁操心，

　　　　我不操心谁操心？

二黑娘　（唱）二黑今年二十整，

　　　　年轻力壮又聪明。

　　　　人家看上于小芹，

　　　　你为什么不答应，

　　　　你为什么不答应？

二孔明　（唱）我跟你说过多少遍，

　　　　你还是当作耳旁风。

　　　　小芹她命中克男人，

　　　　命相不对配不成。

　　　　娶过了一口死一口，

　　　　克死了二黑，你靠何人，

　　　　克死了二黑，你靠何人？

　　　　你是不见棺材不掉泪，

　　　　不到黄河不死心！

二黑娘	算了！算了！这么点小闺女，哪年才能抱孙子！
二孔明	三年五年不就是个大人！
二黑娘	那你也该跟孩子商量商量啊！
二孔明	你老子把你寻给我的时候，他给你商量过？
二黑娘	你不要给我吵！唉，我说怎么昨晚上做了一个梦不好呢，果然就要怄气！
二孔明	啊！你做的什么梦？
二黑娘	大庙里唱戏，唱的一出"秦雪梅吊孝"……
二孔明	唉，偏做这些倒运的梦！
二黑娘	做梦也由得人挑呢！
二孔明	（拿了一把菜刀，舀了一碗水，走到门口，口中念念有词，往门口喷了两口水，又砍了两刀，然后自我安慰地）破了！破了！你快给小闺女预备点好吃的。哦！你再把二黑小时候穿的那件花夹袄拿出来，收拾收拾，给小闺女穿上。
二黑娘	你真想留着她？给她点吃的就算了吧！二黑回来还不定愿不愿意呢！
二孔明	他敢不愿意！
二黑娘	看着吧！等二黑回来，你好好跟他说说。他要愿意，你就留下；他要是不愿意，你赶紧把小闺女退回去！别那么吹胡子瞪眼，闹得天翻地覆的！
二孔明	用得着你吩咐！你还不快拿小花夹袄去！
二黑娘	爱拿，你自己拿去吧！
二孔明	嗨！（进屋里）
	〔小二黑上。
小二黑	娘！我回来了！
二黑娘	呀！回来啦！你爹还怕你当了壮丁呢！没曾想真回来了！
	〔二孔明从屋内出。
二孔明	二黑回来啦！我给你寻……
	〔二黑娘连忙瞪二孔明一眼，阻止他说下去。
小二黑	爹给我卜了一卦是吧？
二孔明	嗯！不……我给你……

二黑娘　你哪来的这新挎包啊？

小二黑　这是妇救会送的。

二黑娘　啊呀！看人家这手多巧，跟洋机子轧的一样。

小二黑　（掏出奖旗）你们看，这是县上送给的奖旗！

二孔明　嗯！还是块绸布呢！给我包红契吧！

小二黑　嗨！可不能！这是因为我打死了两个鬼子，县长在大会上奖给我的，得好好留着，子孙万代也不能糟蹋了！我把它挂到墙上。

二孔明　哎！不敢挂！叫日本鬼子来看见了，把房子给烧了，等世道平静了还不能挂！

小二黑　就你胆小！县长在大会讲："毛主席说了，叫我们咬紧牙关渡过困难，日本鬼子就要败了！"你还害怕呢！（挂好了旗子，又掏出了手榴弹）爹，你看！还发给我们民兵两个手榴弹呢。

二孔明　哎呀！你什么都往家里拿，崩着我了！

小二黑　（笑着以动作示意）不要紧，揭开这盖，抽出这根线，套在二拇指头上，往出一扔！

二孔明　（惊退）哎呀！你又逞能！弄响了还不把一家子人都崩成肉馅子了！

二黑娘　老天爷呀！你小心点！我还当是个捣蒜锤子呢！闹了半天是炸弹！

小二黑　（大笑）扔出去才能炸。我在县上还扔过一个哩，没事！（见屋里床上的童养媳）娘！那床上是谁家的小闺女？

二黑娘　这，这是……

二孔明　嗨！我还没跟你说呢！（唱）

　　　　　　　人逢这喜事精神好，

　　　　　　　时来运转鸿运到。

　　　　　　　我给你寻了个童养媳，

　　　　　　　个子倒有这、这、这么高。（比画）

　　　　　　　长得端正手也巧，

　　　　　　　能帮助你妈把火烧。

　　　　　　　千里的姻缘使线牵，

　　　　　　　命相也对来，八字也好。

　　　　　　　这真是晚上拾了一颗夜明珠，

　　　　　　　野地里捡起了棵灵芝草，

野地里捡起了棵灵芝草。

小二黑　（唱）这闺女不过八九岁，

我怎能跟她配成婚！

二黑我比她高半截，

出来进去笑死个人！

我在县上打听过，

现在都要自由结婚。

我的主意早拿定，

不要爹娘再操心。

二孔明　（唱）我知道你拿的是啥主意，

你心里想要娶小芹，娶小芹。

二黑啊！（接唱）

人生大事是婚姻，

含含糊糊可不行。

小芹的命是炉中火，

二黑你本是海中金；

五行相克火克金，

命相不对配不成。

她生在十月是犯月，

命里犯着克男人！

小二黑　（唱）说什么命相对不对，

说什么八卦灵不灵；

我到县里去开会，

你怎么算成了抽壮丁？

二孔明　（唱）过去的事情说什么？

新买的皇历我没看清。

男婚女嫁由天定，

那卦不灵，这、这、这卦灵。

小二黑　（唱）阴阳八卦胡推算，

十次也没见你一次灵！

二黑娘　（唱）小芹今年十八九岁，

能缝、会铰好营生。

二孔明　（唱）嗨！她家名声太不正，

　　　　　　　她娘是个老妖精。

　　　　　　　瘌母鸡下的是歪蛋，

　　　　　　　老母猪不能下麒麟。

小二黑　（唱）二黑要娶于小芹，

　　　　　　　她娘碍你啥事情？

　　　　　　　小芹非我不出嫁，

　　　　　　　不是小芹我不结婚！

二孔明　（唱）邻家毗舍骂破口，

　　　　　　　风言风语乱纷纷。

　　　　　　　人家拿你当戏唱，

　　　　　　　你长着耳朵不去听！

　　　　　　　宁可三辈子打光棍，

　　　　　　　也不跟三仙姑家去结亲！

小二黑　（唱）我死也不信你这鬼八卦！

二孔明　（唱）我死，我死也不叫你娶小芹，

　　　　　　　不叫你娶小芹！

小二黑　你愿养活这小闺女，你就养着，反正我不要！

二孔明　你敢说不要？

小二黑　我不要！

二孔明　啊！你敢顶撞老子！好！你长大了，翅膀硬了，就想飞啦！（脱鞋要打小二黑）

　　　　〔金旺上。

二黑娘　（急忙挡住二孔明）你不对了！孩子刚回来，你一句好话也没有啊！

二孔明　都叫你惯坏了！

金　旺　怎么啦？怎么啦？

二孔明　（唱）父母为儿女，

　　　　　　　把心都操尽。

　　　　　　　为他的亲事，

　　　　　　　托了多少人。

　　　　　　　　这个也不愿，

　　　　　　　　那个也不成，

　　　　　　　　不知道怎样才称他的心。

　　　　　　　　翻脸就跟我顶嘴，

　　　　　　　　你看气人不气人！

　　　　　　　　闺女我已经收下了，

　　　　　　　　这回不成也得成！

　　老子还没有死，就当不了你的家啦？（举鞋又要打，被二黑娘夺下，扔在一边）

金　旺　哎！二黑，你这就不对了！老子是二层天嘛！你就能当下你老子的家了吗？

　　〔小二黑不理金旺。

金　旺　二黑！你当上了民兵队长，而今又当上了模范，可都是我一手提拔的你。你今天有个一差半错，我不能不说说你。

小二黑　你有什么意见，你就提吧！

金　旺　如今你也是个有媳妇的人了……

小二黑　我跟谁也没说我要童养媳！

金　旺　你现在大大小小也是个村干部，都像你跟小芹那样眉来眼去，可挡不住众人的耳目，你也不打听打听村里都对你有啥反映！

小二黑　我跟小芹怎么样？我没死皮赖脸地去调戏人家！

二黑娘　你不能悄悄地！

金　旺　哎，二黑！我可是往好处指你啊！

小二黑　你一撅屁股，我就知道你拉的是什么屎！

二黑娘　小老子！你少说两句行不行？

金　旺　（唱）好心好意来劝你，

　　　　　　　　你把我当作了驴肝肺！

小二黑　（唱）二黑我早就看透了你，

　　　　　　　　豺狼披上了花外衣！

金　旺　（唱）你冷言恶语你把我骂，

　　　　　　　　敢和我主任来、来、来顶嘴！

022　小二黑　（唱）现在不是从前了，

"主任"的牌子你吓唬谁？

二孔明　二黑，你不要命了！

金　旺　（唱）我今天一定要揍你！

小二黑　（唱）我看你金旺敢打谁？

二孔明　（挡住金旺）主任，他不懂事，你消消气吧！

金　旺　（唱）我要把你捆起来！

小二黑　（唱）为什么你这样不讲理？

金　旺　（唱）我要糊个高帽子叫你戴！

小二黑　（唱）哼！恐怕不能由着你，

　　　　　　　恐怕不能由着你！

金　旺　（气极）好小子！敢跟我炝蹶子！等着吧！迟早得给你点颜色看看！（一气而下）

二黑娘　金旺这个人沾惹不得，村里的人谁不远着他。你跟他顶撞，还有你的好？

二孔明　你把金旺也给我得罪了！你成心给我闯祸啊！你这小虎羔子！

　　　　〔童养媳在屋里吓哭了，哭声传了出来。

二黑娘　又哭了，唉！真像五鼠闹东京一样！（进屋）

二孔明　（也急忙去哄童养媳）啊！不怕，好闺女呢！等会儿给你买麻糖吃……（欲进屋）

　　　　〔小二黑乘机跑下。

二孔明　（回身不见小二黑，嗔怒地）跑了？追回你来，把你腿打折了，叫你好好在家安生几天！（一边脱鞋一边追，到了门口，又听见乌鸦叫声，喊）二黑，乌鸦叫啦！出门不利，你快给我回来！

　　　　〔乌鸦叫声又起。

二孔明　（用力吐着口沫）呸！呸！（把破鞋向乌鸦扔去）

　　　　〔幕落。

第三场

　　　　〔幕启。

　　　　〔傍晚。三仙姑家，香案上摆着"三仙姑"字样。有门，可见外院。

〔三仙姑正在对镜梳妆打扮，时而摘去一根白发，时而又用官粉涂抹额上的皱纹。

三仙姑　（唱）树老皮厚么，叶子稀那么，

凤凰落架不如鸡那么唉！

二十年前那么哟哟，当媳妇来么哟哟，

又穿红来又挂绿来么哟。

好打扮来么，巧梳洗来么，

下神哟，看病啊，

哪个见我不欢喜来么哟！

日月穿梭么，催人老来么，

不知不觉四十七那么哟。

杨柳树日夜往上长，

旧河年年添新水；

我把小芹养成了人，

如今她忘了娘的恩，

如今她忘了娘的恩。

我给她许门好亲事啊，

说死说活她不听啊，

她想跟二黑自由地走，

彩礼也不叫我要分文，

彩礼也不叫我要分文。

哼！想得倒美呢！（接唱）

有我在家中活一天，

想跟二黑万不能啊！（出门看）

哟！眼看着小鸡快上架，

死丫头，死丫头还不回家门！

（进门，气愤地关上闩）你就在外面疯，别来家吃饭了，死到外头吧！（进屋抽烟）

〔宋大婶挟着个彩礼包上，敲门。

024　三仙姑　（疑是于小芹）你死在外头，还回来干什么？

宋大婶　开门哟，是我哟！

三仙姑　谁叫你回来的？

宋大婶　你叫我来的，你婶哎！你怎么的啦？天还这么早，就把门闩上啦？

三仙姑　哟！你是谁呀？

宋大婶　我是你托下的大媒人，不是嘛！

三仙姑　哟！是你呀，她宋大婶！（开门，与宋大婶相见，唱）

　　　　　我当是我丫头来推门哪，

　　　　　原来是神风吹来你宋大婶啊。

　　　　　请到屋里来坐坐，

　　　　　抽袋旱烟谈谈心，

　　　　　抽袋旱烟谈谈心。

宋大婶　你闺女跟吴广荣这门亲事算是定下了，彩礼我今儿个也给你送来
　　　　了，你家小芹答应没答应呢？

三仙姑　（唱）小芹她人小性刚强，

　　　　　　闺女大了不怕娘。

　　　　　　好比一头刺毛驴啊，

　　　　　　吴家她还看不上，

　　　　　　吴家她还看不上。

宋大婶　（唱）小芹姑娘太年轻，

　　　　　　不找财来光找人啊。

　　　　　　以后吃苦受了罪，

　　　　　　当老人的哪能不心疼！

　　　　　　不是我能说又会道，

　　　　那时候啊——（接唱）

　　　　　　送到人家门上，人家也不要。

　　　　　　这么一门好亲事，

　　　　　　打着灯笼找不到啊。

　　　　　　小芹要是不愿意呀，

　　　　　　你当娘的哪能不管教，

　　　　　　你哪能不管教！

　　　　（小声地）小芹她娘，现在世道不稳定，量不定变个啥呢！早点

把孩子给了人家，多落些财礼不比啥强！（把彩礼交给三仙姑）

〔三仙姑眼花缭乱地接过彩礼。

宋大婶　来，给你！这是三百五十块现大洋。（交钱）

〔于小芹上，放下洗衣篮。

三仙姑　小芹回来啦，宋大婶等了你半天啦！

宋大婶　我早就来这儿等着你呢！

于小芹　宋大婶来了！

三仙姑　宋大婶帮你跟吴家广荣的亲事已经定下了，彩礼也送来了，你看看这些彩礼吧！

〔宋大婶与三仙姑夸彩礼。

三仙姑　（唱）这是直贡呢，

宋大婶　（唱）那个一钱厚来，起明发亮；

三仙姑　（唱）这是绿斜纹，

宋大婶　（唱）红花绿叶绕眼明，

三仙姑
宋大婶　（唱）红花绿叶绕眼明。

　　　　　　　哎哎哎哎哎哎。

三仙姑　（唱）两匹红，

宋大婶　（唱）樱桃红；

三仙姑　（唱）三匹青，

宋大婶　（唱）阴丹士林；

三仙姑　（唱）银手镯儿，

宋大婶　（唱）叮当响。

三仙姑　（唱）叮当响，风响铃儿，

三仙姑
宋大婶　（唱）响当叮，那个响当叮。

　　　　　　　高腰袜子，还有洋毛巾，
　　　　　　　高腰袜子，洋毛巾。
　　　　　　　哎哎哎哎哎哎。

三仙姑　（唱）你女婿，

宋大婶　（唱）今年三十九。

三仙姑　（唱）走南蹽北，

宋大婶　（唱）跑过码头。

三仙姑　（唱）混过事，

宋大婶　（唱）出过头；

三仙姑　（唱）吃租子，

宋大婶　（唱）那个住高楼；

三仙姑　（唱）养的羊，

宋大婶　（唱）喂的牛；

三仙姑　（唱）吃不缺，

宋大婶　（唱）那个穿不愁，

三仙姑
宋大婶　（唱）手里不缺"老人头"。

　　　　　　手里不缺"老人头"，
　　　　　　哎哎哎哎哎哎。

三仙姑　小芹，听娘一句话，答应了吧！

宋大婶　小芹姑娘，听你娘的话，答应下吧！

于小芹　娘！你要真是为了我，我心里倒有一句话，不知娘愿听不愿听？

三仙姑　你说吧！只要你愿意，娘还能不听你的？

宋大婶　小芹有啥不如意的，你说吧！是彩礼少你尽管要，只要大婶我跑
　　　　一趟，管保啥事也能办到！

于小芹　你的好心好意我知道，可是人家都说："不图庄子不图地，单求
　　　　一个好女婿。"你是愿图庄子地呢，还是愿图个好女婿？

宋大婶　有了庄子地，才有好福气；光找个空身人，到时候你没吃没喝找
　　　　谁去？

三仙姑　是呀！

于小芹　（唱）只要生产劳动得好，
　　　　　　不愁日子过不了。
　　　　　　有庄子、有地不动弹，
　　　　　　以后不愁他活不干，
　　　　　　不愁他活不干！

宋大婶　（唱）他家财富足吃不尽，

天旱三年饿不死他家的人啊。

三仙姑 （唱）为人处世啊，

宋大婶 （唱）要精明啊。

三仙姑 （唱）人情是假呀，

宋大婶 （唱）财是真啊。

三仙姑 （唱）你跟他攀上啊，

宋大婶 （唱）这门亲啊，

三仙姑
宋大婶 （唱）咱母女的荣华富贵那个享不尽哪，
你

　　　　　荣华富贵那个享不尽哪啊。

于小芹 （唱）别把我当成摇钱树，

　　　　　别把我当成聚宝盆。

　　　　　任他家黄金用斗量，

　　　　　难买我小芹一片心。

　　　　　黄金难买我一片心，一片心！

宋大婶 这闺女！你是靠墙根喝西北风长大的吗？养活一口小猪杀了，还能吃块肉呢！你娘把你养活这么大，你一拍屁股出门就走了？

三仙姑 （唱）我把你养活了十八年，

　　　　　我给你吃来，我管你穿。

　　　　　乌鸦它还有报恩意，

　　　　　小芹你就没心肝，

　　　　　你就没心肝！

于小芹 哼！你说我没心肝！吴广荣是个什么东西！一个吃人饭、不做人事的野畜生！你还不知道吗？娘！你怎么这么糊涂！（唱）

　　　　　彩礼迷住了你的眼，

　　　　　你硬逼我嫁个死老汉；

　　　　　眼前是火坑，你叫我跳，

　　　　　你还骂我没心肝！

　　　　　娘啊——

　　　　　小芹我是你的亲骨肉，

　　　　　怎么能够拿我的性命去卖钱？

如今的婚姻要自主，

自己的事情我自己管。

可心的人儿你让我自己找，

别把我往火坑里填！

宋大婶　哟！（唱）

婚姻事哪能自做主，

大姑娘哪能自找人！

吴先生有钱又有福，

走遍天下也难寻，

走遍天下也难寻哪啊。

三仙姑　（唱）家大业大你看不上，

什么人才称你的心哪啊？

于小芹　（唱）二黑是我的心上人，

他在我心里扎下了根！

他性情平和，人样好，

生产上他是头行人；

打鬼子数他最勇敢，

人人夸奖人人敬。

我不爱金、不爱银，

单爱二黑这样的人；

我们的婚姻早定好，

生生死死不断情，

生生死死不断情！

宋大婶　咦！

三仙姑　（唱）跟二黑，你不如早些死，

跟吴家，你给我早结婚。

你再跟那二黑好，

小心我家法不饶人，

小心我家法不饶人！

于小芹　（唱）哪怕你家法有多狠，

管住我身子，管不住我的心。

　　　　　　　　　寻吴家，我宁死也不干，

　　　　　　　　　跟二黑，我要饭也躲过那吴家的门！

　　三仙姑　你反了！（唱）

　　　　　　　　　你再敢到外头去丢人，

　　　　　　　　　不打死你，也叫你另托生！

　　　　　　　　　生米已经成熟饭，

　　　　　　　　　花红彩礼都收清；

　　　　　　　　　看好了日子就出嫁，

　　　　　　　　　小芹你怎能不答应？

　　　　　　　　　你怎能不答应啊？

　　于小芹　你……（唱）

　　　　　　　　　你愿收，你就收，

　　　　　　　　　你愿退来你就退；

　　　　　　　　　我的主意早拿定，早拿定，

　　　　　　　　　谁收下人家的彩礼，

　　　　　　　　　谁就跟人家去！

　　三仙姑　（唱）我把你养，我把你生，

　　　　　　　　　如今你长得翅膀硬，

　　　　　　　　咳！咳！

　　　　　　　　　小芹，你给我滚出去！滚出去！

　　　　　　　　　一辈子你也别进我家的门！

　　于小芹　（哭）不进就不进！

　　三仙姑　（气急，装下神）噢，噢！（唱）

　　　　　　　　　天灵灵啊，地灵灵啊，

　　　　　　　　　八大金刚接地神啊。

　　宋大婶　（急急跪倒，作揖）哦！三仙姑下来了，小芹！快跪下，快跪下！

　　三仙姑　（唱）不孝女不听母命，

　　　　　　　　　吾神下天宫啊！噢！

　　　　　　　　（吐气）呼！呼！

　　宋大婶　啊！您老人家下来管教管教孩子吧！她娘管不了啦！

　　三仙姑　（睁眼偷看于小芹，又连忙闭上，唱）

前世姻缘由天定，

不顺天意活不成。

于小芹　活不成，我也不去，装神弄鬼吓唬谁？我叫你装！我叫你装！

（把彩礼摔了一地，扭身坚决地跑出门，下）

宋大婶　小芹！（追赶于小芹下）

〔三仙姑见于小芹这样，也不装神了，赶忙去拾地上的东西，吹打布上的尘土。

〔宋大婶少顷复上，与三仙姑相视，二人气得目瞪口呆。

〔幕急落。

第四场

〔幕启。

〔树木丛生的山麓，草色青葱；河水绕着山脚蜿蜒流过，闪闪发光。

〔小荣、喜兰等姑娘在剁野菜。

众　人　（唱）南山低来北山高嗯，

遍地的野菜长得好。

左手挎着竹篮篮，

右手拿着剁菜刀。

攒下糠菜半年的粮，

咱姐妹来把野菜刨。

灰灰菜来谭仙苗嗯，

什锦菜来黄花条。

多吃糠菜省下粮，

叫八路军同志吃得饱。

熬过饥馑荒乱年，

好日子终究会来到，

好日子终究会来到。

〔于小芹上。

于小芹　小荣！

小　荣　小芹姐，今儿下晌我看见宋媒婆咚咚咚跑到你家去了，她去干什么？

于小芹　给我寻婆家，她今儿个把彩礼都送来了！

小　荣　怪不得我看见她抱着个大红包袱呢！

众　人　要把你寻给谁家？

于小芹　寻给吴广荣！

众　人　啊？寻给吴广荣？怎么不给小二黑？

小　荣　吴广荣是个什么东西？（领唱）

众　人　（唱）他棒槌头，他大驴脸，

　　　　　　　说话那个就像驴叫唤。

　　　　　　　一年四季不劳动，

　　　　　　　成天在家里抽大烟。

　　　　　　　见人说话面带笑，

　　　　　　　心比刀子还要尖；

　　　　　　　东家里诓，西家去骗，

　　　　　　　吃喝嫖赌他都干。

　　　　　　　你要是一步走错了路，

　　　　　　　一辈子的苦日子受不完，

　　　　　　　一辈子的苦日子受也受不完！

于小芹　（唱）我情愿讨茶去要饭，

　　　　　　　不往他吴家看一眼！

小　荣
众　人　（领唱、合唱）

　　　　　　　你看二黑有多好，

　　　　　　　民兵队上是模范！

　　　　　　　上次鬼子来扫荡，

　　　　　　　他打得鬼子脸朝天！

　　　　　　　要不是二黑领导得好，

　　　　　　　全村的房子都烧完，

　　　　　　　全村的房子都烧完。

　　　　　　　二黑年轻人品好，

犁刨耩种都能干；

你要吃苦瓜到处有，

可再也难挑这可心的汉！

你要是上了媒婆的当，

泼出去的清水收回难！

于小芹
众　人　（领唱，合唱）

哪怕她媒婆的口舌像把刀，

我豁上性命要和二黑好。

我的决心是钢条针，

宁断不能弯！

我的决心像这青青的草，

不怕冰冻野火烧！

小　荣　小芹姐，你赶紧找二黑商量商量看怎么办吧！

众　人　对！

喜　兰　不知二黑在哪儿，她也不好去找他呀！

小　荣　你就在这儿等二黑，咱们大伙儿分头去帮你找！

众　人　对！

〔小荣、喜兰等人分头去找小二黑，只有于小芹一人留下。

〔天色早已渐渐黑了，乌云遮月，天空只有稀疏的星光。

于小芹　（等待着，左右望着，唱）

乌云遮住了明月亮，

只有星星闪着光。

二黑哥呀，你快来吧！

咱们把终身的事儿细商量。

隔山叫你，山搭腔，

隔河叫你，河水应声响；

一阵清风悠悠地吹，

把我的叫声吹进庄。

我在这崖畔上把你等，

怎不见你来到这崖畔上？

（向一旁走，下）

〔小二黑从另一边上。

小二黑　（唱）远远听见好像你把我叫，

　　　　　　　又像是小河流水铃铃响。

　　　　　　　远远看见好像你把我等，

　　　　　　　原来风吹小树枝叶儿晃。

　　　　　　　站在高处东西望，

　　　　　　　怎不见你来在这崖畔上？

〔于小芹复上。

于小芹　（唱）二黑哥，你快来吧！

　　　　　　　咱们把终身的事儿细商量。

　　　　　　　怎样才能在一起，

　　　　　　　一同唱着过时光！

小二黑　（唱）趁着这夜晚人睡定，

　　　　　　　咱们把终身的事儿细商量。

　　　　　　　怎样能永远在一起，

　　　　　　　一同唱着过时光。

于小芹　二黑！（与小二黑相见）

小二黑　媒婆子往你家送彩礼去了吗？

于小芹　二黑哥呀！（唱）

　　　　　　　今天媒婆子来提亲，

　　　　　　　三彩表礼送上门。

　　　　　　　吴家的亲事我不答应啊，

　　　　　　　花言巧语我没听；

　　　　　　　气得我娘红了眼，

　　　　　　　她装神弄鬼吓唬人，

　　　　　　　她说是："愿跟二黑，你不如早些死；

　　　　　　　愿跟吴家，你就早结婚。"

　　　　　　　我说是："寻吴家，宁死我也不干；

　　　　　　　跟二黑，我要饭也躲过吴家的门！"

　　　　　　　绸子、缎子都扯乱，

　　　　　　　银钱、首饰我满地扔。

　　　　　　　他钱多买不了我的命，

　　　　　　　迟早我也是你家的人。

　　　　　　　他快刀切不开天边的月，

　　　　　　　麻绳儿拴不住满天的星。

　　　　　　　二黑哥，你可要等着我，

　　　　　　　我一辈子决不嫁旁人！

小二黑　（唱）你真情实意对我好，

　　　　　　　二黑我心里记得牢。

　　　　　　　咱好像那树苗长在那风雨里，

　　　　　　　一边是风刮，一边是雨水浇。

　　　　　　　我的爹也给我寻了个童养媳，

　　　　　　　个子没有锅台高。

　　　　　　　他说是："千里姻缘使线牵，

　　　　　　　命相对来八字好。"

　　　　　　　我说是："除了小芹我不娶，

　　　　　　　九天仙女我也不要！"

　　　　　　　海水干来泰山倒，

　　　　　　　咱们俩的情意断也断不了，

　　　　　　　断也断不了！

于小芹　（唱）娘逼我嫁个死老汉，

小二黑　（唱）爹要我寻个小姑娘。

于小芹
小二黑　（唱）狼心狗肺的坏金旺，

　　　　　　　又恶、又狠、心又脏！

　　　　　　　他们是封建脑筋旧思想，

　　　　　　　好像一座界牌墙。

于小芹
小二黑　（领唱、合唱）他们好似一座界牌墙，
众　人

咱们像一江大水流东方。

一堵墙挡不住那黄河水，

一堵墙挡不住那长江浪。

于小芹
小二黑　　（唱）今天乌云遮月亮，

只有星星闪着光。

趁着人们在梦中，

咱们一同到区上。

区政府里登了记，

结婚证书拿手上。

众　人　　（唱）哎嘿嘿！

于小芹
小二黑　　（唱）有区长给咱们来撑腰啊，

区长来撑腰啊。

咱一脚蹬倒界牌墙啊，

蹬倒界牌墙啊。

手拉着手儿大街上走，

看他把咱们怎么样？

看他把咱们怎么样啊！（欲下）

〔金旺、兴旺、民兵等在金旺呼喊声中一拥而上，将小二黑、于小芹拦住。

金　旺　　（喊）拿双！拿双！好！这回你们可赖不掉了吧！（唱）

捉贼要赃，

捉奸要双；

哈哈！

你们一个小伙子，

一个大姑娘；

乌漆墨黑的，

来在野地里。

叽叽咕咕，叽叽咕咕搞的什么鬼名堂！

哎？你们搞的什么鬼名堂！

小二黑　谈我们自己的事!

于小芹　不用你来管!

金　旺　我就要管!拿住他们!

小二黑　拿?犯了法没有?

金　旺　捉住!捉住!我就看你犯法不犯法!总给你们操心了!兴旺!把
　　　　他捆起来!

　　　　〔兴旺等人动手欲捆小二黑和于小芹,遭到他俩的反抗。

小二黑　(唱)金旺,你不要太野蛮!

　　　　　　现在不能比从前。

于小芹　(唱)抗日政府有规定,

　　　　　　自己的事情自己管。

小二黑　(唱)我和小芹两相好,

　　　　　　碍你金旺啥相干!

于小芹
小二黑　(唱)有理咱到区上讲,

　　　　　　有话咱到区上谈。

　　　　　　你为什么乱捆人?

　　　　　　你为什么把人拴?

金　旺　哼!当了个小模范,在区上认识几个人,就想拿区上的大牌子来
　　　　压人!老子在村上还管不了你?捆起来!

　　　　〔小二黑、于小芹挣扎不过,终被捆住。

　　　　〔二孔明及小荣、喜兰、年根儿、老董,老人甲、乙、丙等闻声先
　　　　后上。

二孔明　(对小二黑)你这小虎羔子!我没告诉你吗,乌鸦迎头叫,出门
　　　　命不保!喊着,喊着,你到底跑出来闯祸来了!你真是个惹祸的
　　　　根苗!(向金旺)金旺他二叔,他是草木之人,你不要和他这个
　　　　东西一般见识,饶他这一回吧!

老　董　主任,都是左邻右舍的,放了他们吧!

金　旺　(更神气)不行!推着他走!(推小二黑、于小芹走)

二孔明　(拉住金旺)金主任!求求你,饶了他吧!

小二黑　爹!你不用管,送到哪里也不犯法!我不怕他!

037

金　旺　好小子！要硬，你就硬到底！把他们押到武委会，按军法处理！
　　　　〔兴旺、民兵等人押小二黑、于小芹下。二孔明上前阻挡，金旺
　　　　把他推倒在地，下。

年根儿　哼！还张牙舞爪地欺压人呢！

小　荣　快想法救人吧！

老　董　村长也不在家，这可怎么办呢？

年根儿　我到区上报告去！

老人乙　小年根儿！你又逞什么能？你也想叫人家把你捎带上？

年根儿　怕什么？二黑没有放过火，小芹也没有杀过人，有什么大不了的
　　　　事情！

老　董　年根儿，我跟你一块儿去！

老人甲　老董！你这大年纪，也跟年轻人赶什么热闹，得罪了金旺，你不
　　　　想在刘家峧住了？

老　董　哼！我怕啥呢？我一人一口，打一天短工吃一天饭，炕上一领破
　　　　席子，给人家卷死孩子也没人要，我有屁股到哪儿还挨不出来打
　　　　呀？年根儿，咱们走！
　　　　〔年根儿、老董急急下。

二孔明　唉！老天爷保佑吧，事情可别闹大啦！老乡亲们，我今年时运不
　　　　好，我知道这几天要出事啦！因此哪里也不敢去，谁知躲也躲不
　　　　过！老天爷呀！（唱）
　　　　　　　我今年犯的是罗睺星，
　　　　　　　忌讳那丧房戴孝的人。
　　　　　　　那天我走到黄家岭，
　　　　　　　偏偏地碰见一个骑驴的媳妇，
　　　　　　　披麻戴孝哭哭啼啼上新坟；
　　　　　　　前夜里他娘又做了一个梦，
　　　　　　　大庙里唱戏"哭丧灵"；
　　　　　　　今早上乌鸦又落在东房顶，
　　　　　　　呱！呱！呱！
　　　　　　　它叫了好几声，
　　　　　　　唉！大祸落在我的身，

落在我的身！

老人丙 你不用着急，自己管不了，叫人家教训、教训他也好，看他以后还敢不敢！

二孔明 昨天我卜了一卦，当时我还解不开呢！（掐指算）哎呀！了不得呀！了不得！丑土的父母动出午火的官鬼，火旺于夏，恐怕有些危险了！人家要按军法处理！唉！

老人甲 不要紧，生死簿也不拿在金旺手上！

老人乙 由他去吧！该在井里死，河里淹不死！

二孔明 唉！我早跟他娘俩说："女人颧骨高，怀揣一把刀"，小芹跟二黑命相不对嘛！他们偏不信，现在果然应了吧！这才沾了小芹一点边，就出了这么大的乱子！

〔三仙姑哭上，揪住二孔明互相骂架。

三仙姑 二孔明，还我闺女！你的孩子把我闺女勾引到哪里去了？还我……
（唱）二孔明，你、你、你二孔明……

二孔明 （唱）三仙姑，你、你、你三仙姑……

三仙姑 （唱）老烧灰！你、你、你老烧灰！

二孔明 （唱）老妖婆！你、你、你老妖婆！

三仙姑 （唱）你把我闺女要回来！

二孔明 （唱）你倒有脸来找我？

三仙姑 （唱）你能生会养你不管教。

二孔明 （唱）你办的事情你知道！

三仙姑 （唱）你家的二黑当拐带。

二孔明 （唱）你闺女把我二黑勾搭坏！

三仙姑 （唱）你把我闺女要回来！

二孔明 （唱）你把我儿子要回来！

三仙姑 （唱）我闺女有好歹，你偿命！

二孔明 （唱）我儿子有好歹，你担待！

三仙姑 （唱）我豁出老命跟你拼！

二孔明 （唱）我还不敢跟你拼？

三仙姑 （唱）我跟你拼！我跟你拼！我跟你拼！

二孔明 （唱）我跟你拼！我跟你拼！我跟你拼！

〔众老年人解劝拉架。二孔明起先不屑与三仙姑厮打，但三仙姑气势汹汹，惹得二孔明火上心来，真要拼命。三仙姑见势不妙，不敢恋战，脱身而逃。

〔幕落。

第五场

〔幕启。

〔村公所门前广场上，有一两棵古老的松柏树矗立一旁。

〔幕内，兴旺敲着大锣，喊叫着："哎！大家小户都听着：今天早上别下地，都到村公所来开二黑的斗争会。哪一户不来，罚一百斤干柴；哪一个不到，罚两斤核桃！"边喊边上，正遇老人丙扛着镢头，手提布袋上。

兴　旺　（高兴地）哎！你来开会来了？

老人丙　我等会儿就来，先去种两棵大麻。

兴　旺　马上就开会，你开完会再去嘛！

老人丙　我说来就来，误不了，旁人不是还都没有来哩嘛！

兴　旺　都像你这样，会就不用开了！

老人丙　好！开就开！（生气地坐下）大忙时候，谁家没有点营生！

兴　旺　（向后台不耐烦地）哎呀，你们快点走嘛！

〔老人丙趁兴旺不注意要溜走，被兴旺发现了。

兴　旺　你又上哪儿去？

老人丙　一会儿就来，误不了！误不了！（跑下）

〔金旺轰着若干群众上，他手里拿着两顶纸糊的高帽子。

金　旺　怎么？你喊了半天，一个人也没喊来？

兴　旺　福来子下地送粪去了；拴宝到老丈母家去，刚走了；米全儿上街卖柴去了，这不是满屯儿他爹要去种大麻，喊着、喊着就走了！

金　旺　怎么他妈都有事了？死落后！叫他们开个会，像要割他们肉似的！……你去把小二黑和小芹带出来！（向众人训话）众位大家！村长如今不在家，我就是二村长，听我给你们开导开导。二黑跟小芹，犯了……犯了我们的村规，我给他们操了好些心了。昨儿黑天半夜，他们跑到野地里，丢人败兴，叫我亲自把他们拿住了！他们还不服我们干部管教。今天开个斗争大会，咱们狠狠地斗争他们一顿，叫他们戴上高帽游街，看他们下回还敢不敢！众位大家，斗争要积极，不许装哑巴！

〔兴旺和民兵甲押小二黑、于小芹上，他们仍被捆着。

金　旺　让你们想了一夜，到底认错不认错？

小二黑　我没有什么可想的！

于小芹　有胆量，你敢跟我们到区上说理去！

金　旺　看！谁还能管得了他们！大伙儿斗争他！

〔群众中有人咳嗽。

金　旺　（指咳嗽的人）看他多积极！好！你开头一炮！

〔那人清嗓欲吐痰。

金　旺　对！只管往他们脸上吐唾沫！出了事找我！

〔那人把痰吐在地上，坐在一旁不理睬金旺，其他人也不理睬他。

金　旺　怎么？你们这是叫霜打了吗？都是一扁担砸不出一个屁来呀！嗨！都是哑巴！二黑，我给你指出两条路，你们是愿意当众坦白认错，戴上高帽子游街，以后永不来往呢，还是愿意这个？（指吊人的粗绳子）

小二黑　我愿把你扔到坟地喂狗吃！

金　旺　（大怒）我看你这脑筋是刀枪不入了！开导不了他！叫他们戴上高帽子去游街！（和兴旺一起把高帽子往小二黑头上戴）

〔高帽子被小二黑踢到地上踩碎了。

金　旺　好小子！把他们吊起来打！

〔群众陆续上。

老人甲　金旺，你消消气吧！

老人乙　主任，年轻人不懂事，不能跟他一般见识。

金　旺　不成！摔不过他，我这武委会主任也不干了！

老人甲　二黑，你就认两句错算了！

老人乙　二黑，你就别拧那个劲了，认了错也少不了一块肉……

小二黑　我没有错！腰断我三截，我也不给他低头！

金　旺　给我吊！吊！（动手要吊小二黑）

众　人　（上前挡住，唱）

　　　　　不要凶，不要狠！

　　　　　八路军不兴打骂人！

金　旺　八路军不兴打好人，像他这号货，打死也不屈！

众　人　（唱）二黑没有放过火。

　　　　　小芹没有杀过人，

　　　　　犯法自有政府管，

　　　　　为什么你就动私刑啊？

　　　　　为什么动私刑？

金　旺　我就是政府！

众　人　（唱）山高挡不住太阳光，

　　　　　恶风暴雨一定不久长。

　　　　　要叫区上知道了，

　　　　　看你金旺怎下场，

　　　　　看你金旺怎下场？

　　　　〔年根儿引区长上，老董、区队长等人随上。

金　旺　（没看到区长）县长知道了，我也不怕，天塌下来由我顶着，要枪毙就枪毙我。兴旺，你不管！给我吊！吊！吊！

年根儿　金旺，区长来了！

金　旺　啊！这是区长？区长！

区　长　（向金旺严厉地）你这是干什么？

金　旺　（上下打量区长）我教育教育他……

区　长　谁给你捆人、吊人的权利？

金　旺　区长，您不知道，他犯了咱们的村规。哦！区长，您走累了吧！先到村公所喝水去吧！闲人都散开！

年根儿　散开？没那么容易！

区　长　（向金旺）解开！解开！

金　旺　（指挥民兵）解开！解开！

区　长　（向金旺）要你把他们解开！

金　旺　是！是！（解开小二黑、于小芹身上的绳子）

区　长　你为什么捆他们？

金　旺　小二黑和小芹，黑天半夜地跑到漫荒野地里，口对口，手拉手，哎呀！我就不好往下说。区长，明人不用细说，你想他们一男一女，还能办出好事？

年根儿　金旺！你当着区长，还敢胡说八道！

金　旺　小年根儿！上有青天，下有白地，我要说一句瞎话，我不是人生父母养的！我要说一句瞎话，太阳落，我也落。我是凭良心办事！

小　荣　你的良心叫狗吃了！

金　旺　你们不要墙倒众人推、鼓破众人擂啊！我要说一句瞎话，我是闺女养的！兴旺，我们昨儿个是不是在黑地里把他们俩逮住的？你不是也在场吗？

兴　旺　……是啊！

金　旺　（狠劲地打自己耳光，证明是真话）我没说瞎话吧！我没说瞎话吧！

区　长　你还在耍流氓！把他的枪缴下来！

　　　　〔区队员缴下金旺的枪，把金旺推在一边。

小　荣　（向民兵甲）你昨天不是也跟金旺去了吗？你说是怎么回事？

民兵甲　金旺，咱们当着区长的面，就实话实说了吧！区长，昨天晚上金旺他们逼着我去，我就跟着去了。我当是什么事呢？原来是小芹娘给她寻了个婆家，小芹不愿意，他俩商量着要到区上去报告。金旺上去，就把人家捆起来了！

区　长　他这话说得不假吧？

金　旺　他们这样男女混杂，不是我一个人看不惯，村里许多人都看不惯啊！

众　人　谁看不惯啊？

金　旺　前村里——二孔明。

众　人　还有谁？

金　旺　后村的——三仙姑。

众　人　还有谁？

金　旺　还有……还有……

众　人　（哗然，唱）

　　　　　看不惯是旧思想，

看不惯是旧脑筋，

哎呀呀旧思想，你这旧脑筋！

我们的眼睛明亮了，

再不要花言巧语欺压人！

再不要欺压人！

区　　长　（唱）群众的意见是杆秤，

众　　人　（唱）群众的意见是杆秤，

区　　长　（唱）群众的眼睛看得清。

众　　人　（唱）群众的眼睛看得清。

区　　长　（唱）你过去是村里一只虎，

现在又钻进政府里来害人。

到处为非又作歹，

破坏政府的法令！

众　　人　（唱）你到处为非又作歹，

破坏政府的法令啊！

区　　长　把他弟兄两个押到区政府去处理！

〔金旺、兴旺向区长求情，不肯走。

众　　人　（唱）我看你再凶，

我看你再狠，

我看你再一手遮天欺压人！

恨不能打断你的腿，

恨不能抽了你的筋！

看你再害人不害人，

看你再害人不害人！

〔区队员押着金旺、兴旺往一旁走去，迎面来了二孔明。

二孔明　（向金旺央求地）金主任，求你饶了我二黑这一回吧！（唱）

人有好心天保佑，

咱两家没冤也没有仇。

不看金面看佛面，

看在我老汉的面上，您高高手！

只求您饶他这一回，

我愿罚羊羔两只、猪一口。

〔三仙姑上。

三仙姑　金主任哪！都怨他二黑那东西把我闺女勾引坏了。咱们是老交情啦，您把我闺女饶了吧！

〔年根儿上前与区队员捆着金旺。

年根儿　你们看！金旺扮上黄天霸，戴上紧身条子啦！

二孔明
三仙姑　啊！这是……

〔区队员押金旺下。

老　董　快看你们的孩子吧，区长把他们放了！

二孔明
三仙姑　哦！放了？二黑！
　　　　　　　　　小芹！

二孔明
三仙姑　（重唱）小虎羔子
　　　　　　　　小死丫头　你闯下了祸！

　　　　　你把老子
　　　　　你把老娘　的胆吓破！

　　　　　放了你还不回家去？

　　　　　你还不回家去？

〔于小芹、小二黑偏坐到一条板凳上。

二孔明
三仙姑　（唱）哎！你还跟她
　　　　　　　　　　　他　一块坐？一块坐！

区　长　（唱）老婆、老汉你着的什么急？

　　　　　指手画脚你们吓唬谁？

　　　　　这里是个村公所，

　　　　　不许你随便发脾气！

三仙姑　你管得着吗？小芹……

老　董　这是区长。

三仙姑　哦，是区长！区长啊，我这闺女大了，咱管不了啦！就请区长替咱管教管教吧！

二孔明　哦，区长！恩人哪！（唱）

　　　　　二黑在村里闯下了祸，

我跟区长来认错。

都怨我没有教训到，

养不教来父之过。

我算定他该有啊牢狱之灾，

命中的劫数啊难逃过。

区长你原谅他年纪轻，

原谅老汉我的过，

我的过。

区　长　（唱）你就是刘修德?

二孔明　（唱）区长，就是我。

区　长　（唱）你给二黑收了个童养媳?

二孔明　（唱）不错，有一个。

区　长　（唱）童养媳今年有几岁?

二孔明　（唱）九岁，属猴的呀。

区　长　（唱）你就是小芹的娘?

三仙姑　（唱）区长，小芹本是我亲生养。

区　长　（唱）你要把小芹嫁给谁?

三仙姑　（唱）姓吴的，住在那吴家庄。

区　长　（唱）姓吴的今年有多大?

三仙姑　（唱）四十……不……二十多岁，属小羊。

区　长　（唱）他们不同意不能办!

二孔明
三仙姑　（唱）这是我们两家两情愿哪!

区　长　（唱）二黑，你愿意不愿意?

二孔明　（低声向小二黑，唱）

　　　　　你说你愿要童养媳!

三仙姑　（低声向于小芹，唱）

　　　　　你说你情愿嫁到吴家去!

小二黑　（唱）反正我不要童养媳!

于小芹　（唱）宁死我不嫁姓吴的!

二孔明 三仙姑	（唱）啊！不愿意还能由着你！
区　长	（唱）不由他们还能由着你！
众　人	（唱）哈哈哈，哈哈哈哈！ 　　　　不由他们还能由着你？
二孔明	（唱）区长，童养媳是难民，没、没、没处退！
区　长	（唱）那就当成你的闺女，怎么样？
二孔明	（唱）也、也、也可以。
三仙姑	（唱）区长，吴家的婚书我已收下。
区　长	（唱）婚书你给人家退回去！
于小芹 小二黑	（唱）区长，我们两个要结婚。
二孔明 三仙姑	（唱）我们两个不同意！
区　长	（唱）你没有看过新法令？
二孔明 三仙姑	（唱）区长！你不懂咱们的旧皇历 　　　　　　　　　　　　老规矩。
众　人	（唱）哈哈哈，哈哈哈哈！ 　　　　他们还看旧皇历， 　　　　他们还讲老规矩！
二孔明	千万请区长恩典，恩典！二黑和小芹命相不对，这是一辈子的事。二黑，你不要糊涂了！
区　长	老汉，你不要糊涂了！
二孔明	区长，请你高高手，恩典，恩典！命相不对呀！
区　长	你的卦真的灵不灵？
二孔明	灵啊！灵啊！
区　长	好吧！你不是算着小二黑有大灾大难吗？那我就来成全你这卦，判他十五年徒刑！
二孔明	啊！卦不灵，不灵，我的卦不灵！
区　长	（笑）你的卦不灵，那小二黑就要和小芹结婚了！

〔二孔明不语。

区　长　老汉，别迷信了！

二孔明　唉！儿大不由爹，由人家去吧！（灰心地下）

三仙姑　啊，我还不干呢！吴家的花红彩礼我都收下了，到时候花轿抬到
　　　　我门上，我替她坐轿啊？

老　董　谁要你收人家的彩礼？你光顾弄几个钱享福，闺女的死活你都不
　　　　管，你还像个当娘的不像？

众　人　（唱）一年到头你不动弹，
　　　　　　　好吃懒做装神仙。
　　　　　　　彩礼迷住了你的眼，
　　　　　　　一心想的是大银元。
　　　　　　　十八岁的大闺女，
　　　　　　　逼着嫁个大老汉。
　　　　　　　要不是区长来得早，
　　　　　　　险一点闹出了人命案！

区　长　彩礼全部都要没收，媒婆也要批评教育她，以后再不许干这犯法
　　　　的事了！

老　董　四十七岁的人了，还这样打扮！你自己看看，你还像个人不像？
　　　　也不怕别人笑话！

众　人　（唱）四十七岁的老婆娘，
　　　　　　　好比妖精出庙堂。
　　　　　　　娘比闺女会打扮，
　　　　　　　三朵鬓花戴头上。
　　　　　　　人老偏爱老来俏，
　　　　　　　擦得那官粉赛泥墙。
　　　　　　　官粉盖不住脸上的纹，
　　　　　　　驴粪蛋上下了霜！

三仙姑　（十分窘迫，偷偷摘去头上的鬓花，塞进衣袋，唱）
　　　　　　　哎哟哟心里发烧啊，满面羞啊！

众　人　（唱）你看她偷把鬓花丢。

三仙姑　（唱）一道道热汗啊脸上流啊，

众　人　（唱）你看她热汗在脸上流。

三仙姑　（唱）恨不能一头来碰死，

　　　　　　　要有个地缝我也钻里头！（跑下）

众　人　（唱）三仙姑头回害了羞。

区　长　（领唱）乡亲们！

　　　　　　　旧社会婚姻不自由，

　　　　　　　咱妇女嫁鸡随鸡，嫁狗就随狗。

　　　　　　　没有一条明光路，

　　　　　　　眼泪就像河水流。

　　　　　　　来了我们的毛主席，

　　　　　　　妇女也翻身得自由。

　　　　　　　婚姻自己来做主，

　　　　　　　苦日子从今到了头，

　　　　　　　苦日子从今到了头！

众　人　（唱）来了我们的毛主席，

　　　　　　　妇女也翻身得自由。

　　　　　　　婚姻自己来做主，

　　　　　　　苦日子从今到了头。

　　　　　　　哎咳哎咳咳，

　　　　　　　苦日月从今到了头啊，到了头！

老　董　二黑，你们趁区长在这儿，就马上办喜事吧！

区　长　你们两个愿不愿意结婚？

于小芹
小二黑　　愿意。

区　长　政府同意你们结婚。我来给你们当证婚人吧！

众　人　哎哟！真是世道变了，区长还给当证婚人呢！

老人甲　那得看个好日子啊！

老　董　看什么好日子，子丑寅卯，明天就好；辰巳午未，明天就对。一
　　　　　顺百顺，大吉大利！哈哈！哈哈……

众　人　哈哈……

　　　　　〔光暗。

　　　　　〔喜庆的音乐声响起，两盏红灯从顶落下。

〔少顷，灯光复明。

〔小二黑家院中，男女老少群众敲着锣鼓，吹着喇叭，欢欣鼓舞地拥着一对新人，欢舞着。

〔区长和二孔明、三仙姑和二黑娘站在一起。三仙姑打扮朴素。他们满面笑容地注视着一对年轻的新人。

老　董　（领唱）千年的水道改成了河，

　　　　　　　　千年的枯树发了青。

　　　　　　　　新世道有了新规程，

　　　　　　　　二黑和小芹自由结婚。

众　人　（唱）新世道，新规程，

　　　　　　　二黑和小芹结了婚。

　　　　　　　男女自由找对象，

　　　　　　　推翻了千年老规程噢，

　　　　　　　哎咳哎咳咳咳，

　　　　　　　推翻了千年的老规程啊，老规程！

　　　　　　〔众人起舞，小荣、年根儿同舞。

小　荣　（唱）刘大叔啊，别担忧，

年根儿　（唱）以后的日子不用你愁啊。

小　荣　（唱）他们两个结了婚啊，

年根儿
小　荣　（唱）情投意合小两口。

　　　　　　　　不要三年和五载，

　　　　　　　　小孙孙抱在怀里头。

　　　　　　　　小两口明天去下地，

　　　　　　　　说说笑笑来到了地里头。

　　　　　　　　小芹在前面嘚儿——哦——赶上了牛，

　　　　　　　　二黑在后面摇上耧。

　　　　　　　　先种谷子配高粱，

　　　　　　　　再种玉茭配黄豆。

　　　　　　　　锄了两遍锄三遍，

秋天闹一个大丰收！

众　人　（唱）哎咳哎咳咳，

秋天闹一个大丰收啊，大丰收！

于小芹　（领唱、合唱）
众　人

天上一个月婆婆，

春夏秋冬看天河。

牛郎星隔在河东岸，

织女星隔在河西坡。

他二人要得重相会，

除非是七月七鹊桥上过。

小二黑　（领唱、合唱）
众　人

满山遍野花儿开，

红花绿叶开不败。

来了咱们的毛主席，

受苦的人儿站起来！

婚姻由我们自己定，

再不要爹娘胡安排！

众　人　（唱）打破封建老规程，

谁也不敢再破坏！

男女婚姻自己定，

受苦的人儿站起来！

哎咳哎咳咳，

受苦的人儿站起来，站起来！

〔在欢快的歌舞中，幕缓缓地落下来。

——剧　终

《小二黑结婚》创作于1952年，田川、杨兰春执笔，马可、乔谷、贺飞、张佩衡作曲，1953年1月由中央戏剧学院歌剧系首演于北京实验剧场。该剧为1956年第一届全国音乐周上演剧目。

作家简介

田　川　（1926—2013），男，安徽六安人，剧作家。先后荣获三级独立自由勋章、三级解放勋章、独立功勋荣誉章以及"金葵花奖"。从1947年开始参与创作的作品有《小二黑结婚》《志愿军的未婚妻》《雷锋》《同心结》等十余部，歌剧《同心结》获1980—1981年全国优秀剧作奖。2014年《田川文集》出版。

杨兰春　（1920—2009），原名杨连存，男，河北武安人，豫剧编剧、导演。1952年与田川、胡沙等人合作，将赵树理的小说《小二黑结婚》改编成同名歌剧，不久，又将《小二黑结婚》改编为豫剧，亲自导演，开始了用豫剧表现现代生活的全面探索。整理、创作、改编、导演的剧目有豫剧《刘胡兰》《朝阳沟》《冬去春来》《李双双》《好队长》《朝阳沟内传》《唐知县审诰命》，曲剧《寇准背靴》等。

· 黄梅戏 ·

天仙配

陆洪非

人　物　董永、七仙女、傅员外、傅公子、土地、大姐、二姐、三姐、四姐、五姐、六姐。

第一场　游鹊桥

〔幕启。

〔七仙女上。

七仙女　（唱【仙腔】）

香烟缭绕彩云飞，

七女闷坐琼瑶池。

凡人都说神仙好，

神仙心事有谁知。

久坐斗牛宫中，心中烦闷。今日父王大宴四海神仙，不免趁此机会，请出众位仙姐，同到宫外游玩一番。七女拜请众位仙姐！

〔众仙女翩翩而上。

大　姐　（念）终日坐"斗牛"，

众仙女　（念）心中闷悠悠。

七妹，请出我们何事？

七仙女　小妹心中忧闷，想同众位仙姐宫外游玩一番。

二　姐　父王戒律森严，使不得吧？

七仙女　二姐休要害怕，今日父王大宴四海神仙，管不了我们的事呀！

众仙女　大姐，你看怎样？

大　姐　父王大宴四海神仙，管不了我们的事，出去游玩一时，倒也使得。

众仙女　（高兴地）大姐，到哪里去玩？

大　姐　我看哪……到御池去玩！

三　姐　那里有什么好玩？

大　姐　那里有仙鱼、仙鹤、仙鹅、仙鸭……

　众仙女　不好，不好！

三　姐　七妹，你说到哪里去玩?

七仙女　我想到天河去玩?

二　姐　（畏缩地）到天河去玩?

三　姐　你呀，就是胆小。（对七仙女）七妹，你讲天河有什么好玩的?

七仙女　那天河两岸，有仙花、仙草。站在鹊桥之上，观赏风景，天上人间，一目了然。

众仙女　好，好，我们到天河去玩。（向前，见大姐站立不动）

三　姐　大姐，我们到天河去玩吧!

大　姐　（别扭地）你们去，我看家。（打算入内）

四　姐
六　姐　大姐!

大　姐　我不和你们年纪轻的人一道玩耍。

七仙女　大姐，有道是："天宫无岁月，神仙无老少。"依小妹看来，大姐比我们还年轻哩!

大　姐　（忍不住地一笑）你呀，真会讲话，我就是心疼你呀!

众仙女　大姐，我们一同到鹊桥去玩吧!

大　姐　好。

众仙女　大姐带路。

大　姐　请。

众仙女　请。

　　　　〔众仙女翩翩起舞。

众仙女　（唱【仙腔】）

　　　　　　远看天河如玉带，
　　　　　　飘飘荡荡天上来。
　　　　　　姊妹七人鹊桥上，
　　　　　　望见凡间鲜花开。

三　姐　大姐，还是七妹的主意好啊。你望凡间多么的好玩呀!

大　姐　实在好玩得很哪!

　　　　〔众仙女四顾，面现喜色。

七仙女　姐姐，你看……

众仙女　什么?

七仙女　你看那一老翁，头戴斗笠，身穿蓑衣，肩背渔网，手拿船篙，站在那船头之上……

大　姐　那是打鱼的嘛。

众仙女　啊，打鱼的。

大　姐　妹妹，我要赞他几句。

六仙女　你要赞得好好的。

大　姐　听了!

　　　　〔众仙女模仿渔翁动作起舞。

大　姐　（唱【仙腔】）

　　　　　　渔家住在水中央，

　　　　　　两岸芦花似围墙。

　　　　　　撑开船来撒下网，

　　　　　　一网鱼虾一网粮。

众仙女　赞得好!

七仙女　大姐，你看那高山之上，一位少年，肩背扁担，手拿板斧……

大　姐　那是砍柴的。

七仙女　那砍柴的少年，在深山之中，岂不怕豺狼虎豹?

大　姐　他手里拿着板斧呀!

二　姐　那个砍柴的，我也要赞他几句。

三　姐　（讥笑地）父王戒律森严，使不得吧!

二　姐　你这个长嘴丫头!

七仙女　让二姐赞上几句吧!

众仙女　要赞得好好的啊!

二　姐　听了!

　　　　〔众仙女模仿樵夫动作起舞。

二　姐　（唱【仙腔】）

　　　　　　手拿开山斧一张，

　　　　　　肩扛扁担上山岗。

　　　　　　不怕豺狼和虎豹，

　　　　　　卖柴买米度时光。

　众仙女　赞得好!

三　姐　七妹，你来看……

七仙女　啊，那田庄之上，人来人往，耕田种地，播种插秧……

大　姐　种庄稼的人，多么热闹呀！

众仙女　热闹得很！

七仙女　庄稼之人，一年四季，忙忙碌碌，实在辛苦得很！

三　姐　我也要赞他几句。

二　姐　（报复地）还少掉你这张嘴吗？

七仙女　三姐，你要赞得好好的啊！

三　姐　听了！（唱【仙腔】）

　　　　　　　　庄稼之人没得闲，

　　　　　　　　一粒白米一滴汗。

　　　　　　　　八月场上收成好，

　　　　　　　　不愁吃来不愁穿。

众仙女　赞得好！

七仙女　众位姐姐，你看那圣堂之中，坐了一位书生。

四　姐　在哪里？

七仙女　在那里。

大　姐　怎么，又让你看见了！

四　姐　众位姐妹，我也要赞他几句。

众仙女　要赞得好好的。

四　姐　听了！（唱【仙腔】）

　　　　　　　　读书之人坐窗前，

　　　　　　　　三更灯火五更天。

　　　　　　　　十年窗下勤攻读，

　　　　　　　　为了金榜把名传。

　　　　〔鼓乐声起。

七仙女　来了，来了。

大　姐　干什么的来了？

七仙女　你看那吹吹打打，鼓乐喧天……

大　姐　是迎亲的嘛。

七仙女　（意味深长）迎亲的！

057

二　姐　（不敢正视）迎亲的？

三　姐　二姐，你来看，迎亲的是多么好玩呀！

二　姐　（勉强地）啊……

七仙女　众位姐姐，妹妹要赞他几句。

二　姐　（怕事）这个……

三　姐　（支持）要赞就赞吧！

七仙女　大姐？

大　姐　你就赞他几句吧。

七仙女　众位姐姐，听了！（唱【阴司腔】）

　　　　　　人间天上不一样，

　　　　　　男婚女嫁配成双。

　　　　　　夫妻恩爱说不尽，

　　　　　　好似鸳鸯在池塘。

　　　　〔众仙女惊讶。

三　姐　（开玩笑）死丫头，真不知道害羞！

二　姐　（对七仙女）你呀，也太放肆了。

大　姐　算了，算了，你我不要泄露，也就是了。

二　姐　（谨慎地）姐姐，回去吧！

大　姐　（望着凡间，若有所见，随便应着二姐）嗯……

三　姐　时间还早哩！

大　姐　喂，你们看哪！

众仙女　什么？

大　姐　一个庄稼汉子。

　　　　〔七仙女凝视凡间，默默无言，面现同情之色。

七仙女　那汉子粗眉大眼，面带忠厚，但不知他哭哭啼啼，为了何事？

大　姐　这个人吗？家住丹阳，姓董名永，父子二人，耕种为本。只因家道贫寒，父亲死后，没有棺木安葬，万般无奈，卖身为奴。故他心中忧愁，啼啼哭哭。

众仙女　如此孝心，真是少有！

七仙女　（关怀地）他这样孤孤单单，无依无靠，实在可怜得很……

三　姐　我看你呀！

〔钟声响起。

二　姐　大姐，快些回去吧！

众仙女　如此，大姐请。

　　　　〔七仙女凝视凡间，未觉。大姐暗扯七仙女的衣袖。

大　姐　请。

　　　　〔七仙女随众仙女下。

　　　　〔中幕落。七仙女手拿白扇上。

七仙女　（唱【彩腔】）

　　　　游罢鹊桥回宫转，

　　　　不由七女心不安。

　　　　说什么五色彩云舞翩翩，

　　　　哪及凡间花开朵朵并蒂莲。

　　　　说什么群仙欢聚蟠桃宴，

　　　　哪及凡间夫妻粗茶淡饭肩并肩。

　　　　说什么神仙享清福，

　　　　真好比犯人坐牢监。

　　　　转身再对凡间望，

　　　　只见那青山绿水紧相连。

　　　　竹篱茅舍人来住，

　　　　一座寒窑靠山边。

　　　　那董永在寒窑收收捡捡，

　　　　背包裹拿雨伞珠泪涟涟。

　　　　他那里忧愁我这里烦闷，

　　　　他那里流泪我这里心酸。

　　　　七女有心下凡去——（闻钟鼓声）

　　　　又听得钟鼓闹喧喧。

　　　　父王打坐灵霄殿，

　　　　四海神仙在两边。

　　　　左边青龙来蟠柱，

　　　　右边白虎嘴朝天。

　　　　青龙白虎我不怕，

怕只怕灵霄殿上戒律严……

今日不到凡间去，

孤孤单单到何年？（坚决地）

去凡间，去凡间，

不去凡间心不安。

〔大姐上。

大　姐　七妹慢走。

七仙女　（惊慌地）大姐！

大　姐　你独自一人，往哪里去？

七仙女　啊……适才鹊桥游玩，我失落一件东西。

大　姐　在鹊桥上失落了东西，就该到鹊桥上去找，为什么往南天门去呢？南天门是到凡间去的路呀！

七仙女　这……

大　姐　不用害怕。傻妹妹，你的心事，我早就晓得了。

七仙女　大姐……

大　姐　这可不是闹着玩的，千万不能让父王知道了。

七仙女　啊，父王？

大　姐　听说父王宴罢四海神仙，就要到西天王母那里去。

七仙女　（高兴地）父王要到西天去了。

大　姐　此番下得凡去，山有高低，人有好坏，还要多加小心才对。（赠"难香"给七仙女）

七仙女　这……

大　姐　姐姐给你"难香"一支。急难之时，你把"难香"焚着，我姊妹六人下凡去帮助你。

七仙女　多谢大姐！（与大姐依依不舍）

大　姐　一路之上，多加保重了。

七仙女　（唱【彩腔】）

多谢姐姐好心肠，

为我下凡赠"难香"。

〔大姐下。

　七仙女　（接唱）驾起祥云走得快，

好似箭离弦来马脱缰。

此番我到凡间去，

但愿夫妻恩爱日月长。（下）

〔幕落。

第二场　路遇

〔幕启。

〔董永上。

董　永　（唱【平词】）

爹爹埋葬在荒山，

哭得董永泪不干。

只因家贫如水洗，

卖身为奴把父殓。

前村有个傅员外，

家财豪富金积如山。

给我白布两匹银五两，

要做长工整三年。

叫我三朝限期满，

前去上工不能迟延。

收拾包裹拿起雨伞，

窑内空空好惨然。

往日孩儿把门出，

爹爹送我到窑前。

千言万语来叮嘱，

怕我饥来怕我寒。

如今出门无人照应，

满腹苦愁对谁言。

手捧石块把窑门遮拦——

（用手搬石块堵窑门，接唱）

唉！叹不尽的苦愁叫不应的天。

这才是黄连树上挂猪胆，

苦上加苦心如箭穿。

擦干眼泪往前走，

无可奈何去到傅家湾。（下）

〔七仙女上。

七仙女 （唱【仙腔】）

霞光万丈祥云朵朵，

七女下凡快步如梭。

南天门我把仙衣解脱，

一霎时变成了人间姣娥。（转唱【平词】）

来在丹阳落下地，

只见路旁槐树一棵。

青枝绿叶多茂盛，

枝头还有鸟做窠。

鸟儿双飞又双宿，

要比神仙快活得多。

〔董永内声："苦呀！"

七仙女 （接唱）猛然听得有人叫苦，

原来是董永他来着。

站在上大路将他等候，

看看他见了我动静如何？

〔董永上。

董　永 （接唱）手拿雨伞肩背包裹，

点点泪珠洒胸窝。

急急忙忙大路走，

（见七仙女，一怔，接唱）

大路上哪来的美嫦娥？

她把眼睛瞧着我，

面带笑容又是为何？

心内焦急能点火，

哪有心肠看姣娥。

　　　　　　爹爹也曾交代我,

　　　　　　男女交谈是非多。

　　　　　　上大路不走下大路躲,

　　　　　　免得平地起风波。(下)

七仙女　(接唱)你看董永多稳重,

　　　　　　见我一面脸带桃红。

　　　　　　若与此人成婚配,

　　　　　　夫妻恩爱乐无穷。

　　　　　　怎奈当面难开口,

　　　　　　我不免槐树下面托媒公。

　　　　本方土地在哪里?

　　　〔土地上。

土　　地　(念)土地土地,

　　　　　　一年两季;

　　　　　　二月初二,

　　　　　　八月初一。

　　　　见过仙姑。

七仙女　罢了。

土　　地　仙姑到此,唤出小神何事?

七仙女　只因董永辞别寒窑,前往傅家上工,我有心帮助于他,你看可好?

土　　地　董永为人忠厚老实,仙姑若肯帮助于他,小神愿助一臂之力。

七仙女　(高兴地)你愿意帮助于我?

土　　地　愿意相助。

七仙女　如此有劳你了。

土　　地　听候仙姑吩咐。

七仙女　我想……(鼓起勇气冲口而出)与他结为夫妇,愿你做个月老
　　　　红媒。

土　　地　这个……好倒是好,只怕玉帝得知,吃罪不了。

七仙女　有道是"一人做事一人当",岂肯连累你遭殃!

土　　地　小神愿做红媒,但不知怎样行事?

七仙女　附耳上来。

土　地　　啊……恭喜仙姑，小神遵命。（下）

七仙女　　（唱【平词】）

　　　　　　　　七女主意来打定，

　　　　　　　　吩咐土地把媒成。

　　　　　　　　劈破玉笼飞彩凤，

　　　　　　　　任我到西或到东。

　　　　　　　　神仙走路如风送，

　　　　　　　　下大路见董永以礼相迎。

　　　　　〔董永上。

董　永　　（唱）家贫不幸父亡故，

　　　　　　　　破船偏遇顶头风。

　　　　　　　　忍悲含泪下大路走——

　　　　　　（见七仙女，接唱）

　　　　　　　　上大路娘子下大路相逢。

　　　　　　大姐，这就是你的不是了。

七仙女　　怎见得是我的不是？

董　永　　适才我行走上大路，你挡住我的去路；我行走下大路，你又挡住
　　　　　　我的去路。故而说是你的不是。

七仙女　　（故意地）呀，呀唪！（和善地）大哥，自古道"大路通天，各走
　　　　　　各边"，难道说你走得，我站都站不得吗？

董　永　　（自语地）这位大姐，倒也说得有理。是呀，难道说我走得，她
　　　　　　站都站不得嘛！（对七仙女）大姐，请你行个方便，让我过去。

七仙女　　这倒像话。如此，请。

　　　　　〔七仙女让路，董永走过，七仙女故意撞董永。

董　永　　大姐，撞我一膀，是何道理？

七仙女　　你肩背包裹，手拿雨伞，心中有事，慌里慌张，撞了我一膀子。
　　　　　　我没怪你，你倒怪起我来了。

董　永　　（自语）是呀，我心中有事，慌里慌张，撞了她一膀子也未可知。
　　　　　　（对七仙女）再请。

　　　　　〔七仙女又想撞董永，董永闪开。

董　永　　这明明是你要撞我呀！

七仙女　你撞我也好，我撞你也好，这且不管。我来问你，可想过去？

董　永　怎么不想过去！

七仙女　我与你中途相遇，说将起来也是个缘分，你家住哪里，姓什名谁？对我讲来，就让大哥赶路。

董　永　大姐呀！（唱【平词】）

　　　　　家住丹阳无父无母，

　　　　　姓董名永一身孤。

　　　　　爹爹死后无棺木，

　　　　　卖身傅家做奴仆。

　　　　　有劳大姐让我一步，

　　　　　切莫耽误穷人的工夫。

七仙女　（接唱）听你说出心腹事，

　　　　　不由得落下同情泪。

　　　　　你好比一只离群雁，

　　　　　孤孤单单多可怜。

　　　　　任雨打来任风吹，

　　　　　无依无靠无家归。

　　　　　只要大哥不嫌弃，

　　　　　我愿与你——

董　永　怎样？

七仙女　（接唱）并翅飞。

董　永　（接唱）听她言来心欢喜，

　　　　　她愿与我并翅飞。

　　　　　双宿双飞多自在，

　　　　　可惜我身为奴仆不由己。

　　　　　大姐呀——

　　　　　适才之言从何说起，

　　　　　说什么与董永并翅而飞？

　　　　　你好比鲜花迎春开放，

　　　　　我好比嫩柳遭受霜摧。

　　　　　望你让我把路赶，

你看天上红日已偏西。

七仙女　哎呀呀！耽搁了大哥的路程，待我这厢给你赔礼。

董　永　还礼。

七仙女　大哥，你肩背包裹，手拿雨伞，慢说一礼，就是十礼百礼，也算不得的。

董　永　是呀，想我肩背包裹，手拿雨伞，慢说一礼，就是十礼百礼也算不得的。（对七仙女）好好，待我将包裹、雨伞放下与大姐见礼。大姐，这厢有礼了。

七仙女　（念）有礼无礼，包裹、雨伞拾起。

〔董永还礼时，七仙女将白扇插董永颈后，并拾起包裹、雨伞。

董　永　（自语）待我拿起包裹、雨伞赶路。呀！我的包裹、雨伞为何不见了？（对七仙女）唉，大姐，将我的包裹、雨伞拿去是何道理？

七仙女　包裹、雨伞是我的！

董　永　明明是我的！

七仙女　是我的，是我的！

〔土地上。

土　地　哈哈，哈哈，一男一女，在这荒郊野外，拉拉扯扯，像个什么样子？

董　永　一个不讲理的，又来一个不讲理的。

土　地　哪个说老汉不讲理呀？

董　永　公公讲理就好了，待我告诉与你。

土　地　讲！

董　永　适才我走上大路，这位大姐挡住我的去路；我走下大路，她又挡住我的去路。我二人争论起来，她与我赔礼，我与她还礼。她说我的包裹、雨伞未曾放下，算不得礼；待我将包裹、雨伞放下与她见礼，她将我的包裹、雨伞拿去了。你说是哪个有理？

土　地　如此说来，这倒是你有理。

董　永　公公，我有多大的理？

土　地　有芝麻大的理。

董　永　理大理小，总算是我有理。

土　地　小娘子，（与七仙女会意地一笑）那位汉子言道：适才他行走上大路，你拦住他的去路；他行走下大路，你又挡住他的去路。你二人争论起来，你与他赔礼，他与你还礼，你说他的包裹、雨伞未曾放下，算不得礼；待他将包裹、雨伞放下，你就将他的包裹、雨伞拿去了。这还不是你无理嘛！

七仙女　公公不要听一边之言，小女子还有下情相告。

土　地　讲！

七仙女　这位大哥，名叫董永，前三天走我门前经过，约我同行；今日来在阳关大道，他有抛别之意。你说是哪个有理？

土　地　他有抛别之意？

七仙女　是呀！

土　地　如此说来，是你有理。

七仙女　我有多大的理？

土　地　你有绿豆那么大的理。

七仙女　理大理小，总算是我有理。

土　地　汉子，还是你没有理。

董　永　怎见得是我无理？

土　地　那位小娘子言道：你前三天走她门前经过约她同行，今日来在阳关大道，你有抛别之意，故而说你无理。

董　永　既然相约同行，我把何物与她为凭，她把何物与我为证？

土　地　是呀，小娘子，既然相约同行，他把何物与你为凭，你把何物与他为证？

七仙女　有凭有证。

土　地　何凭何证？

七仙女　他把包裹、雨伞给我为凭，（示包裹、雨伞）我把白扇与他为证。

土　地　（对董永）有凭有证。

董　永　何凭何证？

土　地　你把包裹、雨伞与她为凭，她把白扇与你为证。

董　永　白扇在哪里？

土　地　（对七仙女）白扇在哪里？

七仙女　在他颈项后面。

土　地　在你颈项后面。

董　永　（摸出白扇，惊）哎呀呀，这就奇怪了。（看看七仙女，看看土地，不知所措）

土　地　（对董永）事到如今，你看是公和，还是私休？

董　永　公和怎讲？

土　地　自古道："公和公和，板子难驮。"将你送到衙门，责打四十大板。

董　永　私休呢？

土　地　私休嘛……

　　　　〔土地回顾七仙女，七仙女面现羞涩。

土　地　你与这位小娘子配合百年之好，也就算了。

董　永　这个——（看看七仙女）我看这位大姐容貌端正，心直口快，与她配为夫妻，岂不是好……唉，可惜我一来孝服在身，二来家道贫寒，卖身为奴……（对土地）公公，好倒是好，只是……（转口，婉言推辞）无有主婚为媒之人。

土　地　老汉与你主婚为媒。

董　永　公公，一个头不能戴两顶纱帽，主婚就不能为媒，为媒就不能主婚。

土　地　（对七仙女）那汉子言道，一个头不能戴两顶纱帽，主婚就不能为媒，为媒就不能主婚。

七仙女　怎么？主婚就不能为媒嘛……公公，你这大年纪，可与我主得婚？

土　地　主得婚。

七仙女　（抬头一看）请这槐树为媒可好？

土　地　啊，槐树为媒。

七仙女　你叫那汉子上前叫它三声，它若开口讲话，我与他配合百年夫妻；叫它不应，他走他的阳关道，我过我的独木桥。

土　地　（对董永）老汉可与你主得婚？

董　永　倒也主得婚。

土　地　（抬头一看）——请这槐树为媒可好？

董　永　老槐树乃是哑木头！

土　地　你上前叫它三声，它若开口讲话，你与这位小娘子配合百年夫妻；叫它不应，你走你的阳关道，她过她的独木桥。

董　永　慢说三声，就是叫它三十声、三百声，也是不会讲话的。

土　地　你就叫来。

董　永　老槐树、老槐树，这位大姐与我配合百年之好，你愿做个月老红媒，就请开口讲话！（对土地）公公听到没有？

土　地　没有听到。（对七仙女）你把包裹给他。（对董永）再叫第二声。

董　永　老槐树、老槐树，这位大姐与我配合百年之好，你愿做个月老红媒，就请开口讲话。（对土地）公公，听到没有？

土　地　没有听到。（对七仙女）你把雨伞给他。

七仙女　包裹、雨伞给他，他若逃走，我就找你。

土　地　雨伞给你。三声叫了两声，就剩这一声，快去叫来。

董　永　老槐树、老槐树，这位大姐与我配合百年之好，你愿做个月老红媒，就请开口讲话！

　　　　〔七仙女对槐树扇扇。

　　　　〔内声（唱【仙腔】）：

　　　　　　"槐树开口把话讲，

　　　　　　过路汉子听明白。

　　　　　　你与大姐成婚配，

　　　　　　槐树与你做红媒。"

董　永　（接唱）哑木头说话真稀奇，

　　　　　　我二人相配是天意。

　　　　　　走上前来双膝跪，

　　　　　　我向槐树深施一礼。

　　　　　　回头来再把公公谢，

　　　　　　公公、大姐听仔细：

　　　　　　我上无片瓦遮身体，

　　　　　　下无寸土立脚地；

　　　　　　寒窑无有半升米，

　　　　　　卖与人家做奴隶。

　　　　　　娘子与我成婚配，

　　　　　　只怕后来受委屈。

　　　　〔七仙女示意土地。

土　地　（接唱）董永休要三心二意，

老汉有话告诉你。

上无片瓦她不嫌贫,

下无寸土她情愿意。

来、来,二人见个和气礼,

槐树下面配成好夫妻。

董永,你与这位小娘子同到傅府上工,老汉就此告辞了。

七仙女　多谢公公!

土　地　啊,小娘子,你与董永夫妻婚配,是一桩天大的喜事。中途路上,老汉没有什么礼物送给你们,请不要见怪。这里有点散碎银子,就请收下。

七仙女　何劳公公破费。

土　地　一定要收下的。

七仙女　多谢公公!

土　地　不用谢了。(转身欲下)

七仙女　送公公。

土　地　不用送了。

董　永　送公公。

土　地　免送。(下)

七仙女　董郎,这些银子,你将它收在包裹里面吧。

董　永　收在娘子怀中也是一样。

七仙女　董郎,这到傅府,走哪条路而去?

董　永　走上大路。

七仙女　请。

董　永　有道是:"妻前夫后,有福有寿。"娘子,你且先行一步。

七仙女　董郎,你快来呀!

〔七仙女下。

董　永　(旁白)想我董永,心非铁石,难道不知娘子的美意。怎奈卖身纸上写的无牵无挂,如今我与娘子一同上工,倘若员外责难起来,如何是好?(犹疑不决)

〔七仙女上。

　七仙女　董郎,来呀!

董　永　我来了。(仍未走动)

七仙女　你怎么不来呀!

董　永　娘子呀!(唱【平词】)

　　　　　　非是董永不上前,

　　　　　　满腹心事口难言。

　　　　　　卖身纸上写的无牵无挂,

　　　　　　到如今哪来的夫妻牵连?

　　　　　　倘若傅家将你作践,

　　　　　　我心何忍又何安?

七仙女　(接唱)相劝董郎休作难,

　　　　　　妻有主意在心间。

　　　　　　夫是他家长工汉,

　　　　　　妻到他家洗衣浆衫。

　　　　　　既然与你夫妻配,

　　　　　　哪怕暂时受熬煎!

董　永　(接唱)听你言来我喜欢,

　　　　　　娘子心肠真良善。

　　　　　　夫妻挽手大路上,

董　永
七仙女　(唱【对板】)双双同到傅家湾。

董　永　(唱)可叹我是长工汉,

七仙女　(唱)走到驼子树下暂把身弯。

董　永　(唱)怕只怕连累娘子受辛苦,

七仙女　(唱)为妻受苦心情愿。

董　永　(唱)三年苦处怎忍受?

七仙女　(唱)苦尽甘来回家园。

董　永
七仙女　(唱)那时间,夫妻好比鸳鸯鸟,

　　　　　　朝夕双飞肩并肩。

　　　　〔董永、七仙女同下。

　　　　〔幕落。

第三场 上工

〔幕启。

〔傅公子上。

傅公子 （念）无风不怕冷，

　　　　　有钱何愁贫。

　　　　　等候小董永，

　　　　　我家来上工。

〔董永、七仙女同上。

董　永 到了傅府，娘子在此稍待，让我进去。

七仙女 董郎进得府去，你要说为妻来了哟！

〔董永进门见傅公子。

董　永 公子，董永上工来了。

傅公子 啊……你来了，替我挑水去。

董　永 我门外……

傅公子 门外还有东西？

董　永 我还有包裹在外面。

傅公子 快去拿来！

董　永 （出门）娘子，包裹拿来。

七仙女 董郎，进得府去，你可说我来了？

董　永 哎呀，未曾说。

七仙女 二次进府，可不要忘记了！（交包裹与董永）

董　永 （进府）公子。

傅公子 快快替我弄柴去！

董　永 我门外还有……

傅公子 还有什么？

董　永 啊……还有雨伞在外边。

傅公子 你这人真啰唆，快去拿来！

董　永 （出门）娘子，雨伞给我。

七仙女 二次进府，可说妻子来了？

董　永　哎呀呀，还未曾说。

七仙女　怎么不说呢？

董　永　那卖身纸上明明写的孤单一身，今日哪来的夫妻二人呢？

七仙女　你就说是在大路旁边捡来的一个妻子呀。

董　永　这就不对了！你是一个人呀，怎么能捡得到呢？

七仙女　哎，是哄哄公子的呀。

董　永　这……

七仙女　董郎，你太小心了，还是让我自己进去！

　　　〔七仙女入内，傅公子看了发呆。

傅公子　董永，她是何人？

董　永　是……是我的妻子。

傅公子　怎么是你的妻子？好啊，你卖身纸上明明写的无牵无挂，如今哪里来的妻子？（对内喊）启禀爹爹！

　　　〔傅员外上。

傅员外　官保，何事？

傅公子　董永拐了一个花花娘子来了。

傅员外　这还了得！（对董永）董永，这个女子从何而来？

董　永　员外，是……

傅员外　先前以为你是卖身葬父一片孝心，故而给你白布两匹、纹银五两。谁知你是个不良之徒，拐骗良家妇女！

董　永　员外……

傅员外　官保，将董永的银子、白布追回，把他二人赶出府门！

傅公子　（看看七仙女，别有用心地拉傅员外，旁白）爹爹，难道你老糊涂了，三年长工，只要两匹白布、五两银子，这样的便宜货，到哪里去找呀？

傅员外　嗯——（对董永）董永，将这女子送走再来上工！

　　　〔傅公子在一旁急得搓手。

七仙女　员外，古话说得好："夫有千斤担，妻挑五百斤。"董郎前来你家做工，我岂能远走高飞！

傅员外　（无言回答，怒向董永）董永，我来问你，这女子到底是哪里来的？

董　永　我与她路途相遇，匹配良缘。

傅员外 事到如今，你还强辩，真正岂有此理！（唱【火工板】）

心中恼恨小董永，

花言巧语哄骗人。

终身大事要有父母之命，

哪能够在路途私配婚姻？

分明是你良心不正，

拐骗妇女犯罪不轻。

手持家法将你打——

〔傅员外打董永，七仙女持扇一挥，董永移转身向后。傅员外一阵头昏，每次都打在傅公子身上。

傅公子 （唱）下下打在孩儿身。（哭）

傅员外 （唱）下下打上官保身，

莫非房中出妖精！

七仙女 （唱）非是房中出妖精，

分明是你头发昏。

傅员外 （唱）问声大胆小董永，

你带妖精害谁人！

董　永 妖精在哪里？

傅员外 （指着七仙女）她是妖精！

七仙女 （唱【火工板】）

不是妖来不是怪，

我是凡间一裙钗。

傅员外 （唱）既是凡间一裙钗，

你到我家为何来？

七仙女 （唱）夫到你家种庄稼，

我能织锦会纺纱。（落板）

傅员外 你会纺纱？

七仙女 会纺纱。

傅员外 你能织锦？

七仙女 能织锦。

傅员外 也罢。董永，你这娘子来路不明，本当将她赶走。念在她能纺纱织锦的分上，暂且容她留在我家。

董　永　谢谢员外。

〔傅公子一旁表示得意。

傅员外　要她一夜为我织成十匹云锦。

董　永　这不是故意为难吗？娘子，我连累你了！

七仙女　员外，要我一夜织成十匹云锦，倒也不难……

董　永　娘子，万万不能答应呀！

傅员外　（对七仙女）你就与我织来！

七仙女　难道我白白与你一夜织成十匹云锦不成？

傅员外　你能在一夜之间织成十匹云锦，我嘛……愿将他的三年长工改为百日。

董　永　倘若织不成呢？

傅员外　三年之后再加三年！

七仙女　员外你的言语当真？

傅员外　老夫向无戏言。

七仙女　如此立下文约。

董　永　娘子，这怎么使得！

傅员外　好，立下文约。

傅公子　爹爹，一不卖田卖地，二不卖妻鬻子，三不卖身为奴，你给她写什么文约！

傅员外　（拉傅公子，旁白）你要知道，一夜织不成十匹云锦，三年长工之后，还要再加三年哩！（写文约给七仙女）拿去！

七仙女　董郎，这文约你要好好收藏起来！

〔董永为难地接下。

七仙女　有了它，我们就可以早日回家呀！

傅员外　官保，将董永夫妇带到机房织锦。

傅公子　是。

傅员外　来！

傅公子　何事？

傅员外　将无头乱丝给她一捆，叫她十年也织不成这十匹云锦。

〔傅公子下。

傅员外 （对董永）董永呀董永，明朝天亮没有十匹云锦交来，替我多做
　　　　三年长工，可不要怨我了。

董　永 员外！

　　　　〔傅员外昂然不睬地下，傅公子随下。

董　永 （不知所措）娘子！

七仙女 （示意不必着急）董郎！

　　　　〔董永、七仙女同下。

　　　　〔幕落。

第四场　织锦

　　　　〔幕启。

　　　　〔董永、七仙女同上。

七仙女 （唱【平词】）

　　　　　　难怪董郎心中烦恼，

　　　　　　哪知我是仙女下灵霄。

　　　　　　来在机房忙坐到，

　　　　　　他那里愁容满面锁眉梢。

　　　　董郎，何必如此烦恼？

董　永 娘子，你看这无头乱丝，一夜之间，怎能织成十匹云锦？

七仙女 织得成，织不成，这却难说；像你这样愁眉苦脸，也是无济于
　　　　事呀！

董　永 娘子，如今惹下这滔天大祸，不但我董永苦上加苦，你也要跟我
　　　　受罪啊！

七仙女 董郎，休要焦急。

董　永 娘子，你不知道员外的厉害呀！

七仙女 他是怎样的厉害？

董　永 适才公子将黄丝交把我的时候，还这样言道，明日五鼓天明，若
　　　　无十匹云锦送去，除了罚我三年长工，还要将你我夫妻绑在西廊
　　　　角下饱打一顿。

076　七仙女 这是吓你这个老实人的呀！

董　永　你还怕他不敢打我们吗？娘子，我劝你连夜逃走了吧，我董永宁
　　　　　愿一人在此挨打受罪。

七仙女　董郎，话是我说出来的，祸是我惹出来的，我若连夜逃走，叫你
　　　　　一人在此受苦不成？

董　永　娘子呀！（唱【平词】）

　　　　　　　劝你不要顾董永，

　　　　　　　快到远方去逃生。

　　　　　　　纵然你有十双手，

　　　　　　　十匹云锦也难织成。

七仙女　（接唱）不要急来不要焦，

　　　　　　　为妻织锦手艺高。

　　　　　　　十匹云锦事情小，

　　　　　　　百匹千匹有妻代劳。

　　　　　董郎，暂到后面歇息，让为妻将十匹云锦织将起来。

董　永　内心焦急，如何能够安睡？

七仙女　这……（拿出白扇）啊，有了。（对董永）你在此地，为妻少不
　　　　　得要同你说说讲讲，反而耽搁我织锦了。等我将十匹云锦织好，
　　　　　就来陪伴于你。你把包裹、雨伞和扇带了进去。将白扇放在枕头
　　　　　下面，免得失落了。

董　永　唉！（下）

七仙女　（唱【仙腔】）

　　　　　　　为的是早一日回到寒窑，

　　　　　　　明日要把十匹云锦来交。

　　　　　　　下凡时大姐对我言道，

　　　　　　　她叫我有难时把"难香"来烧。

　　　　　　　"难香"本是仙家宝，

　　　　　　　一缕青烟上九霄。

　　　　　　　但愿姐姐早知道，

　　　　　　　快快下凡走一遭。

　　　　〔七仙女焚香，众仙女上。

大　姐　（唱【仙腔】）

青香上达九重天，

众仙女　（唱）香烟缭绕为哪般？

大　姐　（唱）想必七妹遭急难，

众仙女　（唱）姊妹六人去凡间。

驾起祥云如风送，

不觉来到傅家湾。

七仙女　见过众位姐姐。

众仙女　七妹，你真的变成一位凡间大姐了。

七仙女　众位姐姐下得凡来，父王可曾知道？

众仙女　父王知道那还了得！

三　姐　要不是父王西天赴宴去了，她（指二姐）敢跟我一阵来吗？

二　姐　不用你多嘴！

大　姐　七妹，董永在哪里？

众仙女　把他请将出来，让我们大家见见。

七仙女　（指内）众位姐姐，是我看他心内焦急，故将宝扇放在他的身边，让他在内房好好地安睡一夜。

大　姐　他为何心内焦急？

七仙女　姐姐哪里知道，妹妹初下凡来，进得傅府，就遇着了一件为难之事。

大　姐　什么为难之事？

七仙女　员外要我一夜织成十匹云锦。

大　姐　那是一点小事。慢说十匹，就是百匹千匹，为姐的一梭、两梭就织成功了。

七仙女　有了众位姐姐帮助就是小事，妹妹一人在此就是大事呀！

大　姐　七妹，有丝没有？

七仙女　有丝在此。

大　姐　哎呀呀，这个人家良心不好，把这黄丝一起抖乱了，怎么能织得起锦呀！

众仙女　大姐，何不请动天丝？

大　姐　（念）天灵灵，地灵灵，

天丝下凡尘。

众仙女　大家接丝。

三　姐　七妹，你与妹夫乃是新婚之喜，不要耽搁了美好时光，织锦之事，由我们姊妹代劳。

四　姐
五　姐　你陪妹夫去吧！
六　姐

七仙女　我要在众位姐姐面前见识见识！

四　姐
五　姐　不要你在这里，不要你在这里。
六　姐

七仙女　自古道"夫妻乃百年之好"，后来的日子还长哩！

大　姐　好了，不必多讲了，一夜工夫易过，快快"经"将起来，"梳"将起来。

众仙女　大家动起手来。（经丝、梳丝）

〔起更。

大　姐　几更了？

众仙女　鼓打一更。

大　姐　织将起来！

众仙女　织将起来！（唱【五更调】）

一更一点月儿圆，

一更杜鹃叫了一更天。

可怜小杜鹃，

叫得心儿疼，

叫得口儿干，

叫得天也流泪，

叫得地也心酸。

夜夜啼哭，

到底为哪般？

大　姐　（唱）问声妹妹什么叫？

众仙女　（唱）大姐织锦许多的啰唆，

一更杜鹃叫了一更天。

大　姐　　啊，杜鹃叫，我就来织个"杜鹃枝上啼"。

众仙女　　快些织吧！

　　　　　〔鼓打二更。

大　姐　　几更了？

六仙女　　鼓打二更。

大　姐　　我就织将起来！

六仙女　　（唱【五更调】）

　　　　　　　　二更月儿挂天边，

　　　　　　　　二更喜鹊叫了二更天。

　　　　　　　　你听小喜鹊，

　　　　　　　　那厢一声叫，

　　　　　　　　叫得人喜欢。

　　　　　　　　喜鹊枝头高唱，

　　　　　　　　好事就在眼前。

　　　　　　　　鹊桥高架，

　　　　　　　　银河渡天仙。

　　　　　　　〔对七仙女笑。

大　姐　　（唱）问声妹妹什么叫？

众仙女　　（唱）大姐织锦许多的啰唆，

　　　　　　　　二更喜鹊了二更天。

大　姐　　怎么鼓打二更，还听到喜鹊叫？

三　姐　　七妹的喜日，喜鹊日夜都叫呀！

大　姐　　我来织个"鹊桥渡天仙"。

众仙女　　快些织吧！

　　　　　〔鼓打三更。

大　姐　　几更了？

六仙女　　鼓打三更。

大　姐　　我就织将起来！

众仙女　　（唱【五更调】）

　　　　　　　　三更月儿照窗前，

　　　　　　　　三更斑鸠叫了三更天。

> 一对小斑鸠，
>
> 吱吱又咕咕，
>
> 好像把心谈。
>
> 日里并翅而飞，
>
> 夜里交颈而眠。
>
> 双宿双飞，
>
> 赛似做神仙。

大　姐　（唱）问声妹妹什么叫？

六仙女　（唱）大姐织锦许多的啰唆，

　　　　　　　三更斑鸠叫了三更天。

大　姐　呵，斑鸠叫，我来织个"斑鸠并翅飞"。

众仙女　你快织吧！

　　　〔鼓打四更。

大　姐　几更了？

众仙女　鼓打四更。

大　姐　我就织将起来！

众仙女　（唱【五更调】）

　　　　　　　四更月儿向西偏，

　　　　　　　四更鸿雁叫了四更天。

　　　　　　　一只小鸿雁，

　　　　　　　飞来又飞去；

　　　　　　　看它好孤单，

　　　　　　　替谁传递书信，

　　　　　　　流落在这沙滩！

　　　　　　　快去寻伴，

　　　　　　　何必独自眠？

大　姐　（唱）问声妹妹什么叫？

众仙女　（唱）大姐织锦许多的啰唆，

　　　　　　　四更鸿雁叫了四更天。

大　姐　呵，鸿雁叫，我来织个"鸿雁传书"。

众仙女　你就快织吧！

〔鼓打五更。

大　姐　几更了?

众仙女　鼓打五更。

七仙女　鼓打五更,十匹云锦尚未织成,如何是好?

大　姐　不要慌,不要忙,姐姐加把劲就是了。

众仙女　(唱【五更调】)

　　　　　　　五更月儿下了山,

　　　　　　　五更金鸡叫亮了天。

　　　　　　　听得小金鸡,

　　　　　　　那厢高声叫,

　　　　　　　叫人心不安。

　　　　　　　金鸡笼中报晓,

　　　　　　　催动姊妹心弦。

　　　　　　　阳关一别,

　　　　　　　何日能相见?

大　姐　(唱)问声妹妹什么叫?

众仙女　(唱)大姐织锦许多的啰唆,

　　　　　　　五更金鸡叫亮了天。

大　姐　哎呀,累死我了,把机头割断,让我来数数看有多少匹?(数)
　　　　一、二、三……

众仙女　七、八、九……

大　姐　歇了,歇了,你们还打起姐姐的"爽账"来了,我只要把嘴一
　　　　扭,心里面就有个数了。(量锦)

众仙女　大姐,有多少匹?

大　姐　十四,还多三尺六寸。

众仙女　多余几尺,作何安排?

大　姐　我看,让七妹留着,等她将来养了个小宝宝,也好穿件绸袍子。
　　　　〔七仙女现出难为情的样子。

众仙女　还是大姐遇事都想得周到。

七仙女　有劳众位姐姐帮忙,小妹实在感激不尽!

三　姐　你们夫妻恩爱,莫忘了我们在斗牛宫中冷冷清清也就是了。

七仙女　妹在凡间无时无刻不思念众位姐姐。

三　姐　有了如意郎君，还记得我们嘛！

二　姐　七妹，千万不要久恋红尘，我看你还是跟我们上天去吧！

七仙女　这个……

三　姐　七妹，不要着急。听得值日公曹言道：父王这次西天赴宴，要
　　　　住两三个月才能回来；再说就是父王回来了，我们也可以设法
　　　　瞒过。

二　姐　看你的本事吧！

大　姐　天已明亮，仙凡不便，速回天庭。

众仙女　七妹，我们告辞了。

七仙女　送送众位姐姐！

众仙女　不必送了。（唱【彩腔】）

　　　　　　　只为七妹遇急难，

　　　　　　　驾起祥云到凡间，

　　　　　　　助妹织成十匹锦，

　　　　　　　三年长工改百天。

　　　　　〔众仙女下。

七仙女　（唱）送过仙姐上天庭，

　　　　　　　收收捡捡手不停。

　　　　　　　十匹云锦织成了，

　　　　　　　笑在眉头喜在心，

　　　　　董郎——

　　　　　〔董永上。

董　永　（唱八板）

　　　　　　　昏昏沉沉榻上眠，

　　　　　　　不觉睡到五更天。（如梦初醒）

　　　　　　　上前来把娘子问，

　　　　　　　十匹云锦可织全？

七仙女　（见董永，故意将锦置身后）哎呀呀，尚未织成哩！

董　永　早知道你是织不成的。

七仙女　（学傅员外）嗯，"三年之后，再加三年！"

董　永　事到如今，你还开起玩笑来了。娘子，我看你还是逃走了吧。

七仙女　你呢？

董　永　我嘛，只有在此，挨打受罪。

七仙女　董郎，你看这是什么？（出示云锦）

董　永　（惊喜地）呀，这是从哪里来的？

七仙女　为妻一夜织成的嘛。

董　永　娘子！（唱【彩腔】）

　　　　　一见云锦色色新，

　　　　　娘子果然有才能。

　　　　　织出龙来龙现爪，

　　　　　织出凤来凤翻身。

　　　　　一夜织成十匹锦，

　　　　　莫非你是织女星。

七仙女　（唱）为妻不是织女星，

　　　　　名师传得手艺精。

　　　　　十匹云锦交与你，

　　　　　送给员外好赎身。

董　永　（得意地）娘子，我将云锦送给员外。你忙了一夜，也该歇息了。

七仙女　快些送去吧！（下）

董　永　（喜悦地）这样一来，过了一百天，就可以回家去了。（下）

　　　　〔幕落。

第五场　吃枣

　　　　〔幕启。

　　　　〔七仙女上。

七仙女　（唱【平词】）

　　　　　七月秋高天气爽，

　　　　　晓风吹面阵阵凉。

　　　　　夏去秋来过得快，

　　　　　来到傅家日夜忙。

黑夜里为小姐把嫁衣来做，

天没亮又要下河洗衣裳。

董郎比我更辛苦，

风里雨里下田忙。

忙里偷闲我把破衣来补——

〔董永暗上。

七仙女 （接唱）免得我家董郎受了风凉。

董　永 娘子！

七仙女 啊，董郎你回来了？

董　永 回来了。

七仙女 你怎么回来得这样迟呀？

董　永 刚刚从田里回来，员外又叫我舂米去了。娘子，你怎么还不歇息呀？

七仙女 等你嘛。

董　永 娘子，我们来到傅家已经三个多月了，天天要你等到这般时候，叫我心中——

七仙女 何忍又何安呀！（对董永笑）坐下来吧，我打盆热水让你洗洗手脚。

董　永 娘子，我在厨下洗过了。

七仙女 你又骗我，看你满身灰尘！

　　　　〔七仙女欲打水，被董永拉住。

董　永 娘子，这里有几枚枣子。

七仙女 哪里来的？

董　永 前村庄户好友送给我的。

七仙女 你吃了吧！

董　永 带给你的。娘子，我倒想起一个"彩头"来了。

七仙女 什么"彩头"？

董　永 常言道得好："枣子枣子，早生贵子！"

七仙女 董郎。（对董永耳语）

董　永 娘子有喜了，让我谢天谢地！

七仙女 董郎，今天是什么日子？

董　永　七月十二。

七仙女　明日呢？

董　永　这还用问，七月十三嘛。

七仙女　你我四月初五上工，明日七月十三，百日长工，也算熬到头了。

董　永　我早就算过了，只有九十八天呀！

七仙女　来一天，去一天呢？

董　永　还是娘子想得周到。

七仙女　明日五鼓天明，告诉员外一声，就可以回家去了。

董　永　一来娘子有喜，二来百日满工，这真叫做"又娶儿媳又嫁女"——

七仙女　此话怎讲？

董　永　"双喜临门"！

七仙女　董郎，看你乐得像三岁娃娃穿花衣，戴花帽，过新年的一般。

董　永　这倒不假。娘子！（唱）

　　　　　　　想到明日要回家，

　　　　　　　喜得心里开了花。

　　　　　　　夫妻双双窑门进，

　　　　　　　忙把墙壁来粉刷。

　　　　　　　东边安上一张床，

　　　　　　　西边就把锅台搭。

　　　　　　　我挑水来你烧饭，

　　　　　　　我种田来你送茶。

　　　　　　　我种棉花你织布，

　　　　　　　我种糯米你做粑。

　　　　　　　我上山打柴，下河捕鱼，

　　　　　　　你在家里养鸡养鹅带养鸭。

　　　　　　　只要夫妻勤勤俭俭，

　　　　　　　吃不愁来穿不怕。

　　　　　　　等到明年百草发芽，

　　　　　　　夫妻添个小娃娃。

　　　　　　　生下一个男孩子，

　　　　　　　跟着我下田地扶犁拉耙。

生下一个女孩儿，

跟娘子在家中织锦绣花。

娘子呀！

我与娘子熬过长夜见天日，

太阳一出就回家。

七仙女　董郎，看你乐得发疯了。夜尽更深，歇息了吧！

董　永　（兴奋得难以自抑）娘子，你先去睡。我在此收拾一下，等到东方发白，喊你一同回家。

七仙女　你我一同收拾。（拿出缝好的衣服）董郎，这件衣服是我刚才补好的。你将它穿上，免得受了风凉。回得家去，穿得一身干净衣服，人家也说你像个有了妻子的人呀！

董　永　娘子，你我夫妻一同回家，是件天大的喜事呀！我看你也该梳洗梳洗，换件衣服。

七仙女　明日再说罢。

〔金鸡报晓。

董　永　鸡都叫了，还"明日再说"呢？

七仙女　那我梳洗去了。（下）

董　永　（唱）听得金鸡报晓声，

东方发白天已明。

忙把包裹来捆好，

拿起雨伞忆前情：

离别寒窑只有我一人，

如今有我的娘子一同行。

娘子前面走，董永后面跟。

夫妻双双同把窑门进。

倘若二爹娘双双在世，

见了我夫妻多高兴。

〔七仙女上。

七仙女　董郎！

董　永　梳洗好了？（盯着七仙女）

七仙女　梳洗好了。老看着我做什么？

董　永　我看你呀——（唱）

　　　　　　　衣服穿得正合身，

　　　　　　　衣上的红花好似树上生。

　　　　　　　你的脸好似天边月，

　　　　　　　眼睛好似过天星。

　　　　　　　娘子动脚把路走，

　　　　　　　好似晴空飞彩云；

　　　　　　　娘子开口把话说，

　　　　　　　好似空谷敲银铃。

　　　　　　　娘子长得似天仙，

　　　　　　　今朝看来更爱人。

七仙女　董郎，看你把我夸到哪里去了！

董　永　娘子呀！（唱）

　　　　　　　娘子好处说不尽，

　　　　　　　亏你待我一片心。

　　　　　　　你帮我缝来帮我补，

　　　　　　　为我受气为我受惊，

　　　　　　　不是你一夜织成十匹锦，

　　　　　　　我今朝哪能出火坑。

　　　　　　　看看东方红日出，

　　　　　　（高兴地拉七仙女就走，唱）

　　　　　　　你我快出傅家门。

七仙女　好，我们告辞员外回家。你的包裹、雨伞呢？

董　永　心里高兴，差点儿把包裹、雨伞都忘了。

七仙女　你呀……啊，我的白扇呢？

董　永　放在床上，我替你拿去。（下）

七仙女　（自语）成婚以来，今天才看到他这样高兴！

　　　　〔鼓乐声，仿佛帝王出巡。

七仙女　（唱）天空传来鼓乐声，

　　　　　　　不由七女心一惊，

　　　　　　　莫非父王西天赴宴回宫转？

> 莫非父王巡视在天空？
> 倘若他到斗牛宫中去，
> 知我下凡定发雷霆。

不妨事啊！（接唱）

> 三姐也曾对我言道：
> 她能设法瞒过父亲。
> 三姐为人多机巧，
> 胆大心细有才能。
> 还有善心的老大姐，
> 我的事情她会担承……

〔董永暗上。

董　永　娘子，你在想些什么？

七仙女　啊……想我们一同回家的事呀！

董　永　你的白扇。（递扇）

七仙女　（接扇）辞别员外回家。

董　永　请。

〔董永与七仙女同下。

〔幕落。

第六场　满工

〔幕启。

〔傅员外上。

傅员外　（唱【彩腔】）

> 虽说富贵前生定，
> 也要算盘打得精。
> 五两银子两匹布，
> 买来长工小董永。
> 他家娘子手艺巧，
> 一夜织成十匹锦。
> 如今秋风吹得稻粱熟，

五谷粒粒赛黄金。

鸡叫三遍天已亮，

吩咐董永下田不能停。

官保！

〔傅公子上。

傅公子　爹爹，何事？

傅员外　天已亮了，吩咐董永下田！

傅公子　是。

〔董永、七仙女同上。

董　永　（念）金鸡叫三遍，

七仙女　（念）辞工回家园。

傅公子　董永，你来得正好，爹爹叫你下田。

董　永　我正要告诉员外。

傅员外　不要告诉我了，下田收割去吧。

董　永　不，我满工了。

傅员外　你三年长工只做了几个月，怎么就说满工了？

七仙女　三年长工？

傅员外　明明是三年长工——（对傅公子）官保，将董永的卖身文约拿来！

〔傅公子下，取文约上。

傅公子　爹爹，董永的卖身文约拿来了。

傅员外　董永，你看，这文约上面明明写着"卖身不卖年月久，三年一满
　　　　　就回程"哩！

七仙女　你难道忘了一夜织成十匹云锦的事吗？（示意董永拿文约给傅员
　　　　　外看）

董　永　员外，你看这文约上面明明写着"一夜织成十匹锦，三年长工改
　　　　　百天"哩！

傅员外　就算一百天，也不该今日满工。

董　永　该今日满工。

傅员外　你与我算来！

董　永　四月初五上工，今天七月十三……

傅员外　着啊，四月初五上工，今天七月十三，只有九十八天。

傅公子	还差两天哩，怎么就不下田了？
七仙女	员外，怎说只有九十八天，这来一天，去一天呢？
傅员外	来一天，去一天，哪能算得？
七仙女	"皇历上的日子，百姓们的工夫"，怎能不算？
傅员外	（情急无奈，另生主意）好，你说算得就算得。

董　永
七仙女　员外，这就告辞了。

傅员外	慢来！慢来！
董　永	何事？
傅员外	你就这样带着你的娘子回家过日子吗？我看这是痴心妄想！
董　永	怎叫痴心妄想？
傅员外	你这娘子，乃中途拐骗来的，老夫告到衙门，不但叫你夫妻分离，还要叫你坐穿牢底！
董　永	员外，慢说我这娘子不是拐骗来的，就是拐骗来的，也是你的罪大，我的罪小。
傅员外	何以见得？
董　永	我与娘子成婚以来，住在谁的家里！
傅员外	住在老夫家里。
董　永	替谁人织过云锦？
傅员外	替老夫织过云锦。
董　永	娘子与我成婚以来，既然住在你的家里，替你织过云锦，你当初为何不报知官府，为何不告到衙门？
傅员外	这……
董　永	员外，我来告诉你，我们夫妻成婚之时，是有媒有证的。你若告到当官，那时候，媒人出场，证人上堂，将你问成诬告之罪，不罚你一千，也要罚你八百。
傅员外	这……（另生计谋）董永，我对你是一片好心呀！
董　永	这我知道。
傅员外	董永呀！（唱【平词】）

> 我平日待你不算薄，
> 何必着急转回程。

家中无父又无母，

田地又无半毫分，

回到寒窑受辛苦，

何不留在我家中？

董　永　（接唱）员外美意我领情，

宁愿回家受苦辛。

寒窑虽破能遮风雨，

忍饥挨饿也不靠旁人。

傅员外　董永，不要如此执拗，从今以后，我将你们当作亲生儿女一样看待。来，与我家官保结拜仁义弟兄。

傅公子　（对董永）我与你结拜仁义弟兄，（对七仙女）我拜你做干姐姐。

董　永
七仙女　手长袖短，高攀不上。

傅员外　说什么"手长袖短，高攀不上"，让我把卖身文约当面撕毁。

〔傅公子撕文约，董永急忙拾过来。

七仙女　撕毁也罢，不撕也罢，如今它已是一张废纸了。（对董永）董郎，你看红日已上树梢，我们回家去吧。

董　永　员外，这就告辞了。

〔董永、七仙女同下。

傅员外　这样大忙的天，他们说走就走。

傅公子　董永娘子长得这样好看，可惜跟他走了。

傅员外
傅公子　唉，真正可恼！

〔傅员外、傅公子下。

〔幕落。

第七场　槐荫别

〔幕启。

〔董永、七仙女上。

　董　永　（唱【彩腔】）

日出东山又转西，

七仙女　（唱）夫妻熬过了百日期。

董　永　（唱）今朝双双回窑去，

七仙女　（唱）好似脱笼的鸟往林中飞。

董　永　（唱）苦尽甘来全亏你，

　　　　　　　一夜织成锦十匹。

七仙女　（唱）你为我来我为你，

　　　　　　　夫妻相爱何必提。

董　永　娘子，你看——（唱）

　　　　　　　遍地黄花微微笑，

　　　　　　　高山乐得把头低；

　　　　　　　路旁行人低声语，

　　　　　　　夸奖你我好夫妻。

　　　　〔钟鼓声起，七仙女心事沉重。

七仙女　董郎，前村庄户好友，待我夫妻恩情深重，今日满工，理当前去
　　　　告辞一声。

董　永　娘子说得有理，我且先行一步。

七仙女　你在前面等候于我。

董　永　娘子，快些来呀！（下）

七仙女　（唱【彩腔】）

　　　　　　　今日回家心欢喜，（又闻钟鼓声）

　　　　　　　忽听钟鼓声声催。

　　　　　　　怕只怕父王知道了，

　　　　　　　他要我与董永两分离。

　　　　　　　但愿平安回家去，

　　　　　　　夫妻恩爱乐无期。

　　　　〔钟鼓声又起。

　　　　〔内声："七女听着：玉帝驾幸斗牛宫，知你私自下凡，龙心大
　　　　怒。命你午时三刻，返回天庭。如若不然，定派天兵天将捉拿于
　　　　你，并将董永碎尸万段！"

七仙女　（唱【彩腔】）

父王天宫传下命，
晴天霹雳起祸星，
捉拿七女我不怕，
伤害董郎万不能。
与他相逢在槐荫，
夫妻恩爱海样深。
一杯凉水二人喝，
一碗淡饭两半分。
无奈何在傅家受人折磨，
夫妻相爱难相近。
实指望今日长工满，
夫妻俩回寒窑朝夕不分。
实指望他耕田来我织锦，
男耕女织乐盈盈。
实指望来年春三月，
看董郎抱娇儿背靠窗门。
不料父王太无情，
惊破好梦做不成。
倘若是将董郎中途抛下，
他一人回寒窑怎能为生？
可怜他无父又无母，
除了我七女无有亲人。
鞋袜破了谁为他补，
衣服旧了谁为他缝？
渴了谁为他烧茶水，
饿了谁为他菜饭烹？
清早起谁为他梳来谁为他洗，
到夜晚谁为他把被温？
受冤受屈他向谁讲，
受凉受暑谁去问寒温？

可怜他上无片瓦下无寸土，

穷极无奈又要卖身；

怕他一入陷阱难自拔，

谁为他织锦来赎身？

思前想后难分手，

实实难舍夫妻情。

董郎呀！

非是为妻心肠硬，

中途抛你上天庭。

只怕父王戒律严，

连累我夫受天刑。

我情愿粉身碎骨斩仙台，

也不能让你胆战心惊。

无限恩爱无限恨，

生离死别箭穿心。

急急忙忙大路奔，

见了董郎诉衷情。（下）

〔董永上。

董　永　（唱【彩腔】）

龙归大海鸟入林，

夫妻今日回家门，

不觉来到槐树下，

等候娘子一同行。

〔七仙女上。

七仙女　（唱【阴司腔】）

董郎前面匆匆走，

七女后面泪双流。

他那里笑容满面多欢喜，

哪知道七女心中无限愁。

实指望配夫妻天长地久，

又谁知今日就要两分手；

在路途我只把父王埋怨，

何不让我夫妻同到白头？

董　永　　娘子，来呀！

七仙女　　（唱）满腹苦愁难出口，

见董郎暂将伤心泪收。

董　永　　娘子，为何这样慢慢行走？

七仙女　　董郎，只因为妻怀孕在身，难以赶路。

董　永　　娘子，我暂且告别一时。

七仙女　　夫呀，你往哪里去？

董　永　　你看这荒郊野外，前无茶棚，后无酒店。娘子怀孕在身，我不免到大街前，雇乘轿子抬你回家。

七仙女　　岂不花费银钱！

董　永　　依娘子之见？

七仙女　　搀扶为妻行走一程，也就是了。

董　永　　待我搀扶于你。（唱【仙腔】）

搀扶起来搀扶起，

七仙女　　（唱）七女心中好惨凄。

董　永　　（唱）夫妻好似比翼鸟，

七仙女　　（唱）狂风一起各东西。

麻雀跳在糠箩里，

一阵欢喜一阵悲。

回头看见老槐树，

七女心中更惨凄。

记得当初下凡日，

青枝绿叶两相依。

如今一阵秋风起，

只怕要折断连理枝。（悲痛地站着）

董　永　　娘子，为何又不行走了？

七仙女　　董郎，刚才是什么地方？

董　永　　槐树之下。

七仙女　　夫呀，当初你我二人成婚，多蒙槐树为媒。今日走此经过，应当拜谢于它。

董　永　不是娘子提起，为夫倒忘记了。槐树在上，董永在下：先前夫妻成婚，蒙你为媒。今日打此经过，受我一拜。（拜树）娘子，我拜过了。

七仙女　夫呀，你妻怀孕在身，不能低头跪拜，替我拜上几拜如何？

董　永　娘子怀孕在身，我替你拜上几拜也就是了。（再拜）娘子，替你拜过了，我们走吧！

七仙女　夫呀，天气还早，各搬顽石打坐一时。

董　永　我搬你坐。娘子，你看这两块顽石，一头高，一头低，真像两把椅子。

七仙女　我说不像椅子。

董　永　像什么？

七仙女　像梯子。

董　永　何以见得？

七仙女　董郎，你看这两块顽石，一头高来一头低，好似为妻上天梯。

董　永　娘子比得好！你我今日回家，真像从地狱爬上天堂一样呀！

七仙女　董郎，这……

董　永　怎样？

七仙女　董郎，这有两块银子，你且收下。

董　永　哪里来的？

七仙女　难道你忘记了吗？当初成婚之时，那个主婚的老汉，在这槐树下面送给我们的。

董　永　呵——（唱【彩腔】）

　　　　　　接过银子来问你，

　　　　　　娘子给我是何意？

七仙女　（唱）留你独自理生计，

　　　　　　买柴买米好充饥。

董　永　娘子，如今不用我独自料理生计，放在你的身边也就是了。

七仙女　放在你的身边。

董　永　我就收下。（收到包裹里面）

七仙女　董郎，这里有一束丝线，你也收下。

董　永　哪里来的？

七仙女	前村大娘送给我的。
董　永	（唱）用手接过黄丝线，
	娘子给我有何用？
七仙女	（唱）倘若日后衣服破，
	你自己补来自己缝。

〔二人坐在石上。

董　永	娘子忙的时候，我自己缝缝补补也是一样呀。（看七仙女）
七仙女	你两眼盯着我做什么？
董　永	你受了傅家的气吗？
七仙女	何以见得？
董　永	我见你脸带泪痕。
七仙女	这……这是迎风泪。
董　永	娘子，你骗我。有道是：迎风泪，点把点；伤心泪，掉满脸。（替七仙女擦泪）娘子，从今以后我们再不受傅家的气了。
七仙女	董郎呀！（欲言又止）
董　永	啊，我们还是回家去吧！你看红日当空了。
七仙女	（惊）呀，红日当空！好，回家去。（反走）
董　永	嘿，娘子，你走错啦，那是到傅家去的路。到我家走这边来！
七仙女	你有你的家，我有我的家。
董　永	怎么，夫妻分家了吗？
七仙女	并非夫妻分了家，乃是我要回娘家去。
董　永	哎呀呀，我董永真糊涂了，夫妻成婚以来，白日种田，夜晚织锦，倒将岳父岳母都忘记了。娘子，今日你我夫妻回门去吧！
七仙女	我的娘家，你是去不得的。
董　永	为何去不得？
七仙女	唉！今日是我爹娘生寿之日，你我两手空空怎能去得。
董　永	依你之见？
七仙女	望空一拜，也就是了。
董　永	待我望空一拜。岳父岳母在上，小婿董永在下，今日二老生寿之日，恭喜你福如东海，寿高百岁！
七仙女	天哪，天哪！

董　永　娘子，常言道：人生七十古来稀，我说"百岁"你还要"添"。
　　　　我就添一千岁，添一万岁，哈哈哈……

七仙女　（旁白）董郎一片痴情，待我用白扇指点于他。（对董永）董郎，
　　　　这把白扇，你拿去看来。

董　永　我早已看过了，（接扇）确是一把好白扇。

七仙女　外面好，里面更好。

董　永　待我看来。（念）

　　　　　　扇子白如雪，

　　　　　　中间一轮月。

　　　　　　月里有嫦娥，

　　　　　　要与凡人别。

七仙女　夫呀，那上面的诗句，你可认识？

董　永　倒也认识！

七仙女　你可解得开？

董　永　这就解不开了。

七仙女　（旁白）解不开也是枉然。不免取下金钗，面对鸳鸯，再来打动
　　　　于他。（念）

　　　　　　天灵灵，地灵灵，

　　　　　　一对鸳鸯下凡尘。

　　　　夫呀，你看那是什么？

董　永　那沙滩之上，好似一对鸳鸯。

七仙女　正是一对鸳鸯。

董　永　可有雌有雄？

七仙女　当然有雌有雄。在为妻这边是雌鸳鸯，在我夫那边是雄鸳鸯。

董　永　娘子，雌鸳鸯为何低头落泪？

七仙女　董郎，雌鸳鸯与雄鸳鸯乃是一对恩爱夫妻，今日雌鸳鸯要抛别雄
　　　　鸳鸯上天，故而低头落泪。

董　永　我却不信。

七仙女　待我叫来，雌鸳鸯，雌鸳鸯，今日你要上天，为何不展翅高飞？
　　　　〔雌鸳鸯飞走。

董　永　待我也叫雄鸳鸯上天。雄鸳鸯，雄鸳鸯，你与雌鸳鸯乃是一对恩

爱夫妻，今日雌鸳鸯上天，你为何不跟着上天？（见雄鸳鸯不动）你飞呀！你飞呀！（着急地）待我捡块石头赶它上天！（抛石头）娘子，为何赶它不走？

七仙女　　夫呀，雌鸳鸯乃是个仙鸟，为妻乃是一个仙女，故能赶它上天；雄鸳鸯乃是一个凡鸟，我夫乃是一个凡人，怎能叫它上天？

董　永　　你是个仙女，我还是个仙男哩！

七仙女　　我当真是个仙女。

董　永　　你当真是个仙女？

七仙女　　为妻不是仙女，一夜怎能织成十匹云锦？

董　永　　啊！

七仙女　　夫呀，难道你忘记了！

董　永　　既是仙女，为何今日愁眉苦脸？

七仙女　　夫呀，你妻乃是玉帝七女，是我私自下凡匹配于你，实指望恩爱夫妻，天长地久。不料父王今日得知此情，命我午时三刻上天。

董　永　　娘子！

七仙女　　董郎！

董　永　　（唱【仙腔】）

　　　　　　　玉帝玉帝是何意？

　　　　　　　何苦要夺我的妻！

　　　　　　　娘子呀！

　　　　　　　我与你配婚在这槐树底，

　　　　　　　难道说要在树下两分离！

七仙女　　（唱）恩爱夫妻两分离，

　　　　　　　铁石心肠也惨凄。

　　　　　　　为妻有意陪伴你，

　　　　　　　怎奈玉旨不能移。

董　永　　（唱）说什么玉旨不能移，

　　　　　　　我叫主婚之人来说理。

七仙女　　（唱）你说主婚之人哪一个？

董　永　　这个……

　七仙女　　（接唱）他是本方土地变化的。

董　永　（唱）听说主婚之人是土地，

急得董永没主意。

我将银子抛在地，

要你银子有何益？

纵有黄金千万两，

也难换得我的妻。

娘子！

我把丝线交给你，

我要丝线有何益？

纵有千丈万丈线，

也难系住我的妻！

娘子，当初你我成婚之日，是槐树为媒，待我上前找他。

七仙女　不找也罢。

董　永　老槐树，夫妻成婚之时，亏你开口讲话，今日娘子要上天去，你
何不将她留下！老槐树，你开口讲话，你开口讲话！

七仙女　董郎，叫也无益了。

董　永　娘子，先前应在第三声上，待我再去叫来！——老槐树，老槐
树，你开口讲话！

七仙女　它是哑木头！

董　永　哑木头——（唱【仙腔】）

哑木头来哑木头，

哭得董永热泪流。

配婚之日你为媒，

今日里为何不将娘子留？

七仙女　（唱）恩爱夫妻难分手，

看看红日已当头。

午时三刻就要到，

董　永　（唱）拉住娘子不肯丢。

七仙女　（唱）非是你妻愿上天，

父命上天我实难留。

董　永　（唱）妻也难来夫也难，

七仙女　（唱）夫妻两难共一般。

董　永　（唱）夫难好比龙离水，

七仙女　（唱）妻难好比虎下山。

董　永　玉帝呀！玉帝呀！为何要活活拆散我们恩爱夫妻？

〔鼓乐声。

七仙女　不要伤害我家董郎，七女来也！（欲走）

董　永　（见七仙女要走）娘子，娘子！（昏倒在地）

七仙女　（又走近董永，唱【仙腔】）

　　　　　　一见董郎他昏倒，

　　　　　　哭得七女泪如涛。

　　　　　　落下云头忙跪下，

　　　　　　腰间解下裙一条。

　　　　　　忙将中指来咬破，

　　　　　　修封血书把心表。

　　　　（哭，破指写血书，接唱）

　　　　　　奉劝我夫莫心焦，

　　　　　　留下血书仔细瞧：

　　　　　　一夜夫妻百日好，

　　　　　　百日夫妻怎舍得丢抛！

　　　　　　如今你妻身怀孕，

　　　　　　是男是女不知晓。

　　　　　　生下男儿叫董秀，

　　　　　　生下女儿叫碧桃。

　　　　　　来年春暖花开日，

　　　　　　槐树下面把子交……

　　　　〔鼓乐声。

　　　　〔内声："午时三刻已到，七女速速归天！"

七仙女　（唱【仙腔】）

　　　　　　千言万语表不尽，

　　　　　　无奈玉旨不宽饶。

　　　　董郎！（下）

董　永　娘子！（唱【仙腔】）

　　　　　　适才昏迷倒荒郊，

　　　　　　只见血迹斑斑裙一条。

　　　　　　上写着一夜夫妻百日好，

　　　　　　百日夫妻怎舍得丢抛！

　　　　　　如今你妻身怀孕，

　　　　　　是男是女不知晓。

　　　　　　生下男儿叫董秀，

　　　　　　生下女儿叫碧桃。

　　　　　　来年春暖花开日，

　　　　　　槐树下面把子交……

　　　　　娘子！

　　　　　〔七仙女内声：“董郎！”

董　永　娘子慢走，为夫来也！（下）

　　　　　〔幕落。

——剧　终

　　《天仙配》又名《七仙女下凡》，陆洪非根据江赛口老艺人胡玉庭口述的黄梅戏传统剧《董永卖身》改编，1953年9月安徽省黄梅戏剧院首演。严凤英饰演七仙女，王少舫饰演董永。1954年参加华东地区第一届戏曲观摩演出大会，获剧本创作一等奖。1955年摄制成戏曲艺术片。

作者简介

陆洪非　（1923—2007），男，安徽望江人，剧作家。潜心黄梅戏研究，创
　　　　作和改编的剧本有《天仙配》《女驸马》《砂子岗》《春香闹学》
　　　　(合作)、《牛郎织女》(合作)等。著有《黄梅戏源流》等书。

万水千山

陈其通

第一幕　蛇江激战

时　间　1934年秋末冬初。

地　点　湘黔边境蛇江渡口"望娘滩"。

人　物　李有国——二十七岁，红一方面军"泰山"营教导员。

　　　　马营长——三十一岁，"泰山"营营长。

　　　　赵志方——二十一岁，"泰山"营一连连长，后任营长。

　　　　罗顺成——三十二岁，"泰山"营副营长。

　　　　王德强——二十二岁，"泰山"营二连连长。

　　　　朱连长——二十四岁，"泰山"营机炮连连长。

　　　　大老王——二十三岁，"泰山"营机枪班班长。

　　　　二　娃——十七岁，"泰山"营通信员。

　　　　小　马——十六岁，"泰山"营司号员。

　　　　吴队长——三十一岁，红一方面军宣传队队长。

　　　　李凤莲——十九岁，宣传队队员，李有国的妹妹。

　　　　郑　丽——十六岁，宣传队队员。

　　　　张护士——十六岁，红一方面军护士。

　　　　郑参谋——二十三岁，总部作战参谋。

　　　　小　岳——十八岁，总部通信员。

　　　　"泰山"营战士数人。

　　　　敌士兵数人。

〔1934年秋末冬初。

〔湘黔边境蛇江渡口"望娘滩"。

〔乌云蔽长空，战火烧天边。蛇江蜿蜒而来，盘绕着山谷流向远方。"望娘滩"渡口地处江北岸。乱石中间，一块巨石上刻有"望娘石"三个大字。巨石下端，遗留着一道道水痕。巨石旁插着红一方面军"泰山"营的军旗。巨石两边，是用敌人的破背囊、军毯、军衣等物包上沙土筑成的掩体。掩体上弹洞累累，掩体下烧焦的蒿草冒着浓烟。战火纷飞，硝烟弥漫。炮弹在江面上爆炸，激起簇簇水柱。枪弹打在巨石上，冒出点点火星。"泰山"营的阵地显得格外壮观、威严。

〔幕启。

〔夜幕笼罩着蛇江。子弹呼啸，流炮狂号。"泰山"营的指战员已经在这里鏖战了几天几夜。但是，红军指战员们还毅然决然地坚守着自己的阵地。战地的火光在李有国那坚定而又沉着的脸上闪耀着。

李有国　（腰挂手榴弹，手提轻机枪）同志们！在我们伟大领袖毛主席的正确路线指引下，创建了以瑞金为中心的中央红军根据地，打垮了蒋匪帮的一、二、三、四次"围剿"，革命形势一片大好！可是王明机会主义路线的推行者们排斥了毛主席在中央的领导，篡夺了红军的指挥权，推行了一条"左"倾冒险主义路线。其结果是，不但没有粉碎敌人的第五次"围剿"，而且把根据地几乎都丢失了，红军遭受了重大的损失。于是，只好突围长征——无计划地逃跑。如今，我们全军被困在蛇江两岸……

〔马营长、赵志方、朱连长和战士们在炮火中上。

马营长　老李，这仗不能再这样打下去，伤亡太大了！

赵志方　营长、教导员！我们全连只剩下三十多个人了！

朱连长　我们连也只剩下三十多人……

罗顺成　人是昨天的人，枪是昨天的枪；昨天打胜仗，今天打败仗！

众　人　这是为什么呢？

李有国　那时，是有毛主席的领导，路线正确！现在离开了毛主席的领导……

〔几个战士背着沉重的物品，艰难地走过。

马营长　我们不仅不会打，连走都不会走了。你们看，（指抬着沉重行李的人）他们提着坛坛罐罐，背着沉重的行李，一天从早到晚不停脚，还走不到四十里路……我们从瑞金突围出来已经两个多月了，日以继夜地死打硬拼，把七万多红军，拼得只剩下三万多人了。

〔王德强和几个战士抬着一块笨重的油印石版走过。

马营长　（愤怒地）王德强！

王德强　到！

马营长	把石头扔掉！打仗去！
王德强	扔不得呀！他们说这是印票子的机器，是宝贝。
马营长 李有国 罗顺成	扔掉！打仗去！
王德强	是。扔掉！（下）

〔小岳急促跑上。

小 岳	报告！上级命令你们营，一定要死打硬拼，守住渡口，掩护大部队过江，去和二、六团会合！
马营长	什么？三天三夜了，后续部队还没有过完？
小 岳	机关大，东西多，走得慢。（下）
马营长	（气愤地）嘿！
二 娃	报告！这边的敌人冲过来了！
大老王	报告！那边的敌人也冲上来了！
李有国	打！
马营长	打！

〔吴队长、李凤莲、张护士上。

吴队长	报告，我们宣传队也来参加战斗！
张护士	我也来参加战斗！
李有国	好！

〔吴队长、李凤莲、张护士冲下。

〔枪声大作，蛇江两岸到处都在激战。敌人冲上来了，在"望娘石"前，我军同敌人展开了肉搏战。李有国持轻机枪向敌人扫射，又双手持枪，一连打倒两个敌人，紧接着端起刺刀刺倒一个敌人。忽然一敌军官举枪朝他射击。他随机应变，一脚踢飞敌军官的手枪，两人展开肉搏。几个敌人吓得魂飞胆丧，抱头逃跑。李有国举起一块巨石向敌人砸去。

李有国	（如雷吼一般地）"泰山"营的阵地永远是泰山！

〔巨石砸下，山崩地裂，敌人丧胆。

〔李凤莲急上。

李凤莲	哥哥，马营长负伤了！

〔枪炮声渐隐，罗顺成、王德强扶着受伤的马营长上。

李有国　老马！老马！

众　人　营长！营长！

罗顺成
王德强　（愤怒地）我和他们拼了！

李有国
马营长　站住！

〔赵志方冲上。

赵志方　报告！我们把敌人打退了！

马营长　打退了。三天三夜，打垮了敌人四十多次冲锋。

罗顺成　拼了三十多次刺刀！

马营长　同志们，情况非常严重，看样子，全军都被包围，如果现在不突围……（昏过去）

众　人　（急叫）营长！营长！

马营长　（醒过来）老李，赶快去找毛主席！只有毛主席能挽救革命！挽救红军呀！

众　人　是啊！只有毛主席才能挽救红军啊！

马营长　（挣扎着站起来）赵志方，你带一个排，赶快到二〇八高地去保卫毛主席，把我们这里的情况向毛主席报告！

赵志方　是！（转身欲走）

马营长　你等等！（紧握赵志方手）向毛主席问好！啊！

赵志方　（眼含热泪）是！（下）

马营长　老李，老罗，我不行了……这全营的重担，就要靠你们来担了！唉！我多么想念毛主席呀！老李呀，一定要找到毛主席！毛主席指到哪里，就打到哪里！革命就一定会胜利……（又昏过去）

众　人　营长！

李有国　（紧抱住马营长，热泪盈眶）老马……

〔小岳跑上。

小　岳　报告！上级命令你营：一要死守渡口；二要组织突击队摧毁敌人的重炮阵地！

马营长　（醒来）什么?！这是谁的命令？

109

李有国　上级！

马营长　哪个上级？

李有国　还不是王明机会主义路线的推行者们！

马营长　老李，他这是……

众　人　要毁灭红军！

马营长　（几乎大哭了出来）毛主席！快来挽救红军呀！啊……

　　　　〔马营长的话没有说完，便怀着对机会主义路线的愤恨牺牲了。

众　人　（急叫）营长！营长！

李有国　老马，我的好战友啊！

　　　　〔众人默默地摘下了帽子，激愤哀痛的音乐声起。李有国眼含热
　　　　泪，目送抬下的烈士遗体，然后迈着沉重的脚步，走到"望娘
　　　　石"前，久久地沉默着。

李有国　"望娘石"啊！（激昂地抬头远望）毛主席，我们想念你啊！

　　　　〔二娃拿一张传单跑上。

二　娃　教导员，这是敌人飞机上扔下来的。

李有国　哦！蒋介石的"手令"?!

众　人　呸！

李有国　同志们！蒋介石非常害怕毛主席回到领导的岗位上来，害怕我们
　　　　红军重新变成猛狮，把他们全部吞吃掉！所以，他们妄想在我们
　　　　去和二、六军团会合的路上把我们消灭掉……可是王明机会主义
　　　　路线的推行者们还要我们去和二、六军团会合，硬要我们往敌人
　　　　设下的口袋里钻。这不是让我们打胜仗，而且也会给二、六军团
　　　　造成极大的困难。（向小岳）拿去！叫王明机会主义路线的推行
　　　　者看看！你告诉他们，渡口我们一定守住！可是他们的命令是错
　　　　误的，完全是错误的！

小　岳　我就这样告诉他吗？

李有国　对！

小　岳　是。（跑下）

罗顺成　（从阵地一角上，把李有国拉到前面）老李，敌人有一个师的兵
　　　　力在向我们逼近。

王德强　教导员，敌人的重炮转移了阵地，炮口对准了我们！

朱连长　报告！我们连的子弹打光了。

罗顺成　我们被包围了！老李，这里一面靠水，三面受敌，根本不适合防守，赶快突围去找毛主席，不然就来不及了！

李有国　可是，还没有突围的命令！

罗顺成　怕什么！只要能挽救红军，就是把我枪毙了也行！同志们，突围！（欲走）

李有国　（急制止）站住！

罗顺成　（哭了起来）这这这……唉！毛主席！

〔乱云飞渡，朝霞似火，红日欲出。

二　娃　（欣喜地）教导员，赵连长从那边杀过来了！

众　人　赵连长回来了！

〔赵志方、郑参谋和几个战士扛着弹药箱跑上。他们的衣服被打烂了，一个战士的裤角正冒着烟。赵志方放下弹药箱，快步跑到李有国面前。

李有国　老赵，见到毛主席啦？

赵志方　见到了！

李有国　毛主席好吗？

赵志方　好！很好！毛主席刚刚开完了一个重要的会议！

众　人　（轻声、惊奇地）重要会议？！

赵志方　对！在这万分危急的情况下，毛主席力主暂时放弃与二、六军团会合的计划，迅速转兵，甩掉坛坛罐罐，甩掉笨重的行李，甩开敌人的主力，向敌人力量薄弱的遵义地区前进！

众　人　好！我们红军得救了！

〔阵地上欢腾起来。

赵志方　毛主席的主张得到了周恩来副主席、朱德总司令和大多数同志的赞成，少数人因为形势所迫也只好同意。

李有国　这就是说，撤销了王明机会主义路线推行者们的错误命令！

赵志方　是！

众　人　（发自肺腑地欢呼）毛主席万岁！

李有国　毛主席回到领导岗位上来了吗？

〔战士们目不转睛地注视着赵志方。

赵志方　还没有。

罗顺成　那我们营的任务……

赵志方　毛主席命令我们"泰山"营为全军突围开路!

李有国　好!

众　人　坚决执行毛主席的命令!

赵志方　这是郑参谋,和我一块来的。

郑参谋　(拿出用红绸包着的指北针)李有国同志,这是毛主席送给你们的指北针!

〔红军指战员们全神贯注。

众　人　指北针!

李有国　(深情地)有了它,我们就永远不会迷失方向。(与郑参谋拥抱)同志们,把战斗的军旗展开!

旗　手　是!

李有国　为全军突围开路,向毛主席指引的方向前进!

众　人　冲啊!

〔红军在战火中前进!

〔幕急落。

第二幕　遵义春晓

新出场人物　钱玉雄——三十八岁,赤卫队队长,后参加红二方面军,任"先锋"营副营长。

钱　母——六十九岁,钱玉雄的母亲。

钱贵喜——十九岁,钱玉雄之子,参加红军后任"泰山"营侦察员。

王桂香——三十一岁,妇女主任,钱母的侄女。

红军战士数人。

苗族、瑶族男女青年数人,群众若干。

〔1935年1月。

〔遵义城外"迎春亭"旁。

〔夜雾茫茫，月色朦胧。"迎春亭"伫立山冈。山间红梅盛开，松柏挺立，毛竹如林。顺盘山小路望去，破旧的茅舍依稀可见。"泰山"营的战士们就在小山凹、石坳间露营，点点篝火闪烁着红光。桌子旁插着"泰山"营的军旗。

〔幕启。

〔山间隐隐传来深沉而悠扬的乐曲声。春雨过后，夜深人静，亭檐上滴下的水珠有节奏地打在青石板上，发出嗒嗒的响声。四周显得格外静谧。透过夜幕，可以看到遵义城中一幢楼房的窗口闪烁着明亮的灯光。已是深夜了，可是谁也睡不着，战士们走出亭子，静悄悄地聚集在李有国身边，凝视着遵义城中那幢楼房。

罗顺成 （左臂负伤，挥着右臂从山上走来，亲切地）怎么都不睡觉？不睡觉明天怎么打仗啊？快睡觉！

〔战士们听见罗顺成的声音，迅速走进亭子，急忙躺下装睡。

罗顺成 老李，今晚上怎么都不睡呀？

李有国 你哪？

罗顺成 咳！也睡不着啊！

李有国 （望着手中的指北针）同志们都在想念毛主席，等待着党中央会议的消息哪！

罗顺成 真盼望毛主席来领导我们哪！

李有国 是啊！

〔李有国与罗顺成遥望着遵义城的灯光，回忆起在井冈山战斗的年月。

李有国 （情不自禁地轻声唱）

　　　　南瓜汤，来复枪，

　　　　五星帽徽闪金光。

　　　　练就一双铁脚板，

　　　　跟着毛主席天天打胜仗。

〔罗顺成眼含热泪，也轻声跟着唱了起来。红军战士也加入了他们的二重唱。霎时，满山遍野的歌声，载着红军战士对毛主席的深厚阶级感情冲向天空。

李有国 （流着热泪）看见这遵义城里明亮的灯，就想起了井冈山的茨坪！

在那山坡上，一棵参天的栋梁松下的茅草棚里，通夜透射出明亮的灯光！

罗顺成 　（激动地）毛主席就在那灯前写呀，写呀……

李有国 　毛主席总结了革命斗争的经验，驳斥了机会主义者的谬论，为中国革命制定了正确的路线，建立了一支强大的铁的红军，天天打胜仗。

罗顺成 　现在为什么天天打败仗？

李有国 　这就是路线问题呀！在"望娘滩"我们执行毛主席的指示，甩开了敌人的主力。但是，如果毛主席不掌舵，没有正确的路线，那么我们又会走上"望娘滩"道路的！

罗顺成 　嗯。老李，你说这次遵义会议能战胜机会主义吗？毛主席能回到党中央的领导岗位上来吗？

李有国 　能！

罗顺成 　那赵志方他们去执行警卫任务，一定能见毛主席！多幸福啊！

众　人 　（怀念地）毛主席……

李有国 　同志们，怎么不睡呀？

大老王 　睡不着啊！

战士甲 　教导员，我们都在想啊，想啊……

战士乙 　我们有心事，说……说不出来呀！

李有国 　同志们，我知道，你们想说，要毛主席来领导红军！

众　人 　对！对！

　　　　〔王德强上。

王德强 　（急切地）教导员，侦察员报告，蒋介石的主力又追上来了，离我们前哨部队只有三十多里路了。

罗顺成 　怕什么！受了伤的狮子比猎狗要强得多！打！

王德强 　对！拼！

李有国 　拼？七万多红军拼得只剩下三万多人，还拼？目前只有毛主席才能扭转局势。

王德强 　对！

　　　　〔赵志方上。

114　赵志方 　教导员、副营长，你们都没睡呀？

李有国	党中央的会议还没有开完？
赵志方	（沉重地）没有。
李有国	（急切地）会议开得很紧张？
赵志方	是啊！
李有国	（抑制住感情，亲切地）老赵，你们的责任很重啊！快去歇一会儿，明天还要去执行警卫任务……
赵志方	教导员！（仍然留在李有国身边）

〔吴队长和李凤莲匆匆走上。

〔李有国和战士们急迎上。

吴队长	教导员！
李凤莲	哥哥！
吴队长	你们都没睡啊？
李有国	睡不着啊！同志们都在等待党中央会议的消息！
吴队长	我们也睡不着啊！党中央的会议，已经开了几天几夜啦……
李有国	（怒不可遏地）这就是说，王明路线的推行者们还在坚持错误？
众　人	（气愤地）啊！
李有国	（难以抑制住心中的怒火，疾步走到战士们的面前）同志们！同志们！同志们！我们要毛主席来领导革命！统率红军！
大老王	对！我们要毛主席来领导我们啊！
众　人	要毛主席来领导我们！
李有国	同志们，大老王，在这关系革命前途的紧要关头，我们要把红军战士的心里话告诉党中央、告诉毛主席！
大老王	好，写封信吧！
众　人	快写吧！

〔李有国拿出笔和纸，众人簇拥在他的周围。

李有国	好！（飞快地写起来）"党中央：我们是守卫在城外'迎春亭'上的'泰山'营的战士，我们要求会议批判王明的机会主义路线，我们要求毛主席指挥红军！要求毛主席回到革命航船的舵位上！"
众　人	（高兴地）写得好！
	对！要毛主席掌舵！
李有国	同志们，这封信能不能代表我们全营的同志呀？

众　人	能！能！
李有国	那就写上"泰山"营全体指战员。
吴队长	赶快送去吧！
众　人	快送去吧！
李有国	好！我一定把信送到党中央！

〔李有国像雄鹰一样飞下，吴队长和李凤莲跟下。

众　人	教导员，向毛主席问好！
罗顺成	老王，走，到二连去看看。（与王德强下）
赵志方	同志们，休息吧！
众　人	是！

〔从茅屋里走出一位大娘，她的侄女王桂香打着灯笼和她那穿着红军军装的孙子钱贵喜扶着她走来，她的儿子钱玉雄提着水桶跟上。

钱　母	红军同志，可叫我说什么呀！天这么冷，你们住在外面，不行啊！走，快进屋暖暖吧！
王桂香	快进屋去暖暖吧！
赵志方	（迎上）大娘，我们的伤病员已经住了老乡的一些房子了，怎么能再挤你们哪！
众　人	是啊！
钱　母	（感动地）亲人哪，我活了六十多岁，还是头一回看到这样好的军队啊！
赵志方	我们是毛主席的红军战士，是穷苦人的子弟兵啊！
众　人	是啊！
钱　母	是哟，是哟！同志们和穷苦人是心连着心哪！
赵志方	大娘，这么晚了，你怎么还没有睡呀？
众　人	大娘，你回去睡吧！
钱　母	睡不着啊！毛主席来了，大救星来了，我们这里真像是换了一个天，换了一个地。那个杀人不眨眼的狗地主二阎王逃跑了，穷人直了腰，这阴乎乎的天也见了晴啊！昨天打土豪、分东西了，分给我粮食，看，还分衣服。（指着穿在里面极不合身的带宽花边的、地主婆穿过的蓝缎衫，又拉过钱贵喜）哦，这是我的孙子，

叫钱贵喜，参加了红军，就在你们侦察排当战士！

赵志方　对！

钱　母　这是我的儿子叫钱玉雄，当上了赤卫队队长。

众　人　大哥，这边坐！

钱　母　这是我的侄女叫王桂香，也当上妇女主任啦！

众　人　大嫂，坐啊！

　　　　大娘，你也坐呀！

钱　母　哎。在这数九寒天，你们住在外面，叫我怎么不心疼呢？……同志呀，我们这地方的穷苦人叫军阀王家烈、地主二阎王折腾得少吃没穿。唉，烧了锅开水，快喝上一口暖暖心吧！

王桂香　同志们，红军和穷苦老百姓是一家人。来，喝碗开水吧！

钱玉雄　（舀水）同志啊，喝吧！

王桂香　怎么都不喝呀？

大老王　（喝水）甜的！

二　娃　（喝水）甜的！

众　人　（发自肺腑地）甜的！

大老王　连长，这是姜糖水呀！

赵志方　（无比激动）大娘啊，你们的日子过得这么艰难，哪里来的姜和糖啊？

钱　母　哎，不瞒你说哟，眼看就要到年三十啦，我把家里下蛋的鸡卖了，买了点姜、糖，准备过年哪。喝吧，就和我们穷人一块儿暖暖心，过个快乐年吧！

赵志方　大娘！

钱　母　喝吧！

赵志方　好，同志们，喝！（一饮而尽）

众　人　喝！

钱　母　（高兴地哭了）嗯！好！

　　　　〔张护士上。

张护士　罗副营长！罗副营长！

　　　　〔罗顺成上。

罗顺成　小张，有什么事吗？

张护士　换药呀。

罗顺成　我的伤已经好了！

〔浓雾已退，东方渐渐浮现出绯红的朝霞。关山青翠，景色如画。突然，人声沸腾，由远而近。

大老王　（高喊）教导员回来了！

〔李有国兴奋地冲上，王德强与群众随上。

罗顺成
赵志方　教导员！信送到了？

李有国　送到了！我在遵义城见到毛主席啦！

〔众人把李有国抬起来欢呼。

李有国　同志们，党中央政治局扩大会议胜利闭幕了！会议批判了王明机会主义的错误路线，确立了毛主席的正确路线，确立了毛主席在全党的领导地位！

众　人　革命得救了！

红军得救了！

毛主席万岁！

〔顿时，一轮红日升起，放射出万道金光。红军战士和群众满面笑容，心里充满无限喜悦。

赵志方　我们日夜盼望的这一天，终于来到啦！

罗顺成　毛主席有什么指示？

李有国　现在，日本帝国主义侵占了东三省，蒋介石这个卖国贼，不打日本帝国主义，打内战。全国人民把抗日救国的希望都寄托在中国共产党的身上。为了挽救中华民族的危亡，毛主席就要率领我们跨过万水千山，北上抗日！

众　人　跨过万水千山，北上抗日！

罗顺成　那我们现在的任务是……

李有国　立即出发，西渡赤水，甩开敌人的主力，在运动中消灭敌人。

罗顺成　我们又要打大胜仗啦！

〔吴队长兴奋地带着宣传队员们上。

吴队长　（放声高呼）同志们！乌云散了，太阳出来了！毛主席又掌舵了！

李有国　同志们，唱个井冈山的歌吧！

吴队长　好!

　　〔吴队长指挥宣传队员与大家一起唱了起来:

众　人　(唱)南瓜汤,来复枪,

　　　　　　五星帽徽闪金光。

　　　　　　练就一双铁脚板,

　　　　　　跟着毛主席天天打胜仗。

　　〔群山在呼应,大地在欢腾,金色的晨光,辉映着人们的笑脸。

　　〔幕落。

第三幕　运动歼敌

新出场人物　小　万——十七岁,团部通信员。

　　　　　　小　周——十六岁,周大娘之子。参加红军后任"泰山"营

　　　　　　　　　　通信员。

　　　　　　周大娘——五十七岁,小周的母亲。

　　　　　　张德明——二十三岁,政治部组织干事,后任红二方面军

　　　　　　　　　　"先锋"营教导员。

　　　　　　小　邹——十六岁,宣传队员。

　　　　　　何　伍——三十岁,原敌军士兵,被俘后参加了红军。

　　　　　　孔得富——四十五岁,敌师长。

　　　　　　孙怀昌——四十六岁,敌情报处处长。

　　　　　　二阎王——五十多岁,大土豪,伪团总。

　　　　　　敌军长——四十五岁,蒋匪帮某军军长。

　　　　　　王副官——三十一岁。

　　　　　　红军战士、赤卫队员、群众若干。

　　　　　　敌卫兵、敌士兵、团丁数人,抬滑竿的敌兵二人。

第一场

　　〔1935年2月。

　　〔赤水河东岸的山谷峻岭间。

　　〔关山苍茫,月白如昼,怪石林立,田园村舍,依稀可见。　　　　　119

〔幕启。

〔赵志方、王德强带领战士们飞速前进。

王德强　嗬！老赵，到赤水河了！

赵志方　到了。

〔赵志方、王德强率战士下。

〔李有国、罗顺成率战士们飞驰而上。

罗顺成　赤水河快到了！

李有国　前面就是。

罗顺成　我们牵着敌人的牛鼻子转了两三圈了，这一次他又来了吧？

李有国　来了！可是掉队了，三天掉了二百里。到赤水河边了。

〔部队来到赤水河边停住。李有国、罗顺成登上巨石观察情况。

罗顺成　隐蔽！咦！怎么连一个敌人也没有啊？

李有国　嘿！他不是被我们用绳子牵在后边吗？

罗顺成　老把他甩在我们后面，我打谁呀？

李有国　你拳头又痒痒啦！

罗顺成　毛主席亲自指挥，我浑身都是劲，一拳能打死一头牛！

李有国　别急嘛！甩开他，就是为了消灭他！放长线钓大鱼！

罗顺成　嗯……你对了！

〔小万急上。

小　万　李教导员在吗？

李有国　在这儿。

小　万　报告！上级命令："泰山"营马上原路返回。

李有国　是！

〔小万急下。

李有国　二娃，叫赵连长和王连长到这里来。

罗顺成　（对战士）原地休息。老李，战机到了，要打大仗啦！

〔赵志方、王德强急上。

赵志方
王德强　报告！

李有国　上级命令我们营，马上从原路返回！

王德强　河西面有敌人一个团，我们一口就能把他吞掉啊！

罗顺成	执行命令！
王德强	是！我的妈妈呀！（同赵志方跑下）
罗顺成	同志们，原路返回！打大仗！出发！（带头跑下）

〔部队急速从原路返回。吴队长和李凤莲等几个宣传队员在行军途中做宣传鼓动工作。

吴队长 同志们！（同宣传队员们打快板）

> 竹板打，响连天，
>
> 红军战士威名传。
>
> 飞起一双铁脚板，
>
> 牵着敌人鼻子转。
>
> 神机妙算调敌兵，
>
> 打他一个歼灭战！歼灭战！（下）

李有国 同志们，飞起我们的铁脚板，牵着敌人的牛鼻子转，把敌人拖垮！（下）

〔部队来到三岔路口。石坊上的横匾上凿着"界牌关"三个大字。

〔赵志方带战士急上。

赵志方 什么人？

小　万 （急迎上）赵连长吗？上级命令："泰山"营原地休息、待命！

赵志方 是！

〔小万下。

王德强 原地休息，二班警戒！

〔李有国、罗顺成等急上。

赵志方 报告！上级命令我们营在这里休息、待命。

罗顺成 老李，这……

李有国 （望着"界牌关"）你看，这边通遵义，那边通贵阳，上级让我们在这里待命，我看准有新任务。

罗顺成 新任务？可是敌人让我们甩在后面了啊？

〔李凤莲同几个宣传队员拿着传单、标语和糨糊桶上。他们在"界牌关"上贴标语。

李凤莲 哥哥！

罗顺成 你们来得真快呀！

李有国　凤莲，你们干什么来了？

李凤莲　贴标语、撒传单！

罗顺成　什么传单？

李凤莲　这卷红色传单是宣传我们的俘虏政策，这白色传单是"打下贵阳城，活捉蒋介石"。

众　人　活捉蒋介石！

罗顺成　什么？蒋介石到贵阳啦？！

李有国　是呀，蒋介石是听毛主席调动的！现在我们正缺少枪支弹药咧，他这个运输大队长给运来了。

众　人　（笑）……

罗顺成　哈哈……我可明白啦，原来是为了"打下贵阳城，活捉蒋介石"！同志们，听见了没有？我们是又吃肉、又啃骨头啦！

众　人　（高兴异常地）好啊，要打大仗了！

　　　　〔大家议论纷纷，顿时活跃起来。

李有国　（急忙制止罗顺成）胡说什么！小心我揍你！

罗顺成　谁胡说了？是该打的时候了！这回你听我的没错。（摇晃着手上的传单）你看这传单上写的"打下贵阳城，活捉蒋介石"这几个字我还是认得的哩！你看——

李有国　我看……运动战，运动战，不把敌人运趴下，我们不干！（与赵志方会心地一笑）

罗顺成
王德强　已经运趴下了，该打啦！

　　　　〔小万急上。

小　万　报告！上级命令你营立即回攻遵义！

李有国　是！

　　　　〔小万下。

罗顺成　（甚感意外，着急地）怎么？贵阳不打啦？这传单……

李有国　这是为了迷惑敌人，叫敌人乖乖地让我们牵着牛鼻子转！

罗顺成　可是牛头在贵阳啊！

李有国　我们一刀砍不下牛头，可一刀能砍掉一只牛腿！

罗顺成　噢……（思索着）对！这是毛主席的调兵计，就像在井冈山的时候一样，这就叫……

罗顺成
李凤莲 声东击西，先砍牛腿！

李有国
罗顺成 同志们，回攻遵义！

〔幕急落。

第二场

〔紧接前场。

〔遵义城郊。

〔山凹里，一棵古老的松树，歪斜地长在两块巨石之间。右侧是地主大院门楼的一角。门的一旁长了几棵芭蕉，另一旁是一丛被巨风吹断了的竹子。门楼前的八仙桌上，放着大地主、国民党民团团总二阎王收租的斗和算盘。

〔幕启。

〔战斗正在激烈地进行，炮弹不时地在附近爆炸。两个团丁架着二阎王从院内逃出，团丁仓皇锁门逃下。一群敌兵狼狈逃窜。敌兵甲慌乱开枪，正好打掉了他身后敌兵乙的帽子。

敌兵乙 （吓得摔倒，连滚带爬地骂）妈的，你往哪儿打呀！

〔众敌兵逃跑下去。

〔红军的冲锋号紧吹，枪弹横飞，杀声震天。罗顺成端着上了刺刀的步枪冲上。战士们随着冲过。李有国持枪冲上。二娃、钱贵喜跟上。

罗顺成 （站在一块石头上）王德强，一直往前冲，动作要快！要多抓俘虏！

〔王德强飞跑上。

王德强 是！多抓俘虏！二连，跟我冲！快。（冲下）

罗顺成 冲呀！（飞奔而下）

〔战士们冲锋过场。

李有国 指挥所前移！（率二娃等下）

〔钱玉雄带着男、女赤卫队员上。他们手持大刀、长矛、来复

123

枪，有的扛着担架向前冲去。

钱玉雄　（发现钱贵喜）喜子！孩子，你们回来了！

钱贵喜　爹！我们的队伍打回来了！

钱玉雄　好啊！

钱贵喜　指挥所移到前面去了，我走了。

钱玉雄　哎，乡亲们！配合红军消灭白匪军，冲啊！

〔赤卫队员们冲下。小周上。

钱玉雄　小周！快去告诉乡亲们，毛主席的红军又打回来了！快！（下）

小　周　（边敲锣边喊）乡亲们！毛主席的红军又回来了！快拿起斧头镰刀，跟着红军，消灭白匪军，活捉二阎王哟！（下）

〔吴队长、李凤莲和身佩大刀的宣传队员们英姿飒爽地冲上。他们有的在墙头上贴"毛主席万岁！""中国共产党万岁！""打倒土豪分田地！""消灭蒋匪救中国！"的醒目标语，有的用话筒在敌前喊话。

李凤莲　白军士兵们！你们被包围了，投降吧，缴枪不杀！红军优待俘虏！
郑　丽

〔从地主门楼里传出一个妇女的尖叫声："同志姐！同志哥！快来救救我们呀！"

吴队长　给我斧头！劈开鬼门关，救出乡亲们！

〔一个战士递过斧头，吴队长砸开门上的铁锁，带战士和群众冲进地主大院。吴队长和宣传队员们扶着项带枷锁、衣着破碎、面黄肌瘦的王桂香、周大娘、男女老少等人上。宣传队员帮助他们砸碎枷锁，挣断镣铐。

李凤莲　乡亲们受苦了！

周大娘　可把你们给盼回来了。

王桂香　这不是凤莲吗？（大哭了起来）我的好妹妹！可把你们盼回来了！

李凤莲　（惊喜而深情地）桂香姐！敌人把你折磨成这个样子了……

王桂香　唉！别提了。二阎王真毒啊，谁家住过红军，谁帮红军做过事，都抓起来拷打。他们硬逼着我说出赤卫队、毛主席在什么地方。哼！瞎了他的狗眼！他们吊打我，用辣子水灌我……

周大娘　桂香真是好样的！她一个字也没说啊！

一群众　真是好样的啊！

李凤莲　桂香姐，毛主席回来了，跟二阎王算总账的时候到了！

吴队长　乡亲们，赶快武装起来！

〔宣传队员们将从地主家取出的刀、枪分给群众。

王桂香　（举起两把菜刀）乡亲们！配合红军，消灭白匪军，活捉二阎王！冲呀！（带头冲下）

众　人　冲啊！（冲下）

〔小周跑上。

小　周　（发现周大娘）娘！

周大娘　孩子！

小　周　娘，你受苦了！

周大娘　别提了，快打仗去吧！不能让二阎王跑了！快！走！

〔小周与周大娘急追下。

〔片刻，一群敌兵和两个团丁仓皇跑上，其中有一个趴在地上跑不动了。敌军官在后面怒斥着："快跑！快跑！"化了装的敌师长孔得富和情报处长孙怀昌也混在敌群中逃跑。

一敌兵　何伍！起来，快跑吧！

何　伍　（愤怒地）我跑不动了！这些天来让红军牵着鼻子到处转，从遵义跑到赤水河，又从赤水河跑回遵义，腿都跑肿了。看看，像个大冬瓜了！

孙怀昌　何伍，快跑！弟兄们，快跑啊！跑出红军的包围圈就得救了！蒋总座会从贵阳派出大兵来救我们的！快跑吧，叫共军抓住就没命啦！

何　伍　（从衣袋里掏出一张红色传单）弟兄们，别听他的，别跑了！红军的传单上明明写着，缴枪不杀，优待俘虏。红军说话是算数的！

孙怀昌　该死的，你想干什么？（狠狠地掐住何伍的脖子）

孔得富　掐死他！掐死他！

何　伍　（与孙怀昌搏斗）我跟你拼了！

〔赵志方上，突然出现在敌人面前，红军战士随上。

赵志方　（大喝一声）缴枪不杀！

〔敌人向地主家门楼蜂拥过去，大老王、二娃等红军战士突然杀出，阻住敌人去路。

大老王 放下武器！

〔敌人惊呆。

何　伍 弟兄们，像我这样缴枪！把枪放在这里，分成两路集合！

〔敌人纷纷放下武器。这时天已渐亮。

〔李有国急上。

李有国 等等！（指着孔得富、孙怀昌）把这个和那个留下，其他的带走！

何　伍 李指导员！

李有国 你是……

何　伍 我是何伍，何伍啊！不认识我了？在井冈山的时候，还是你发给我三个大洋的回家费呢！

王德强 放了你，又去给国民党当兵！

何　伍 唉！叫我怎么说呢？……指导员，上次你们放了我，在家没待上三天，就又被他们抓来当了兵……我也是个受苦人，谁愿意给蒋介石卖命啊！啊，长官，他叫孙怀昌，是个特务，蒋介石派来的情报处长。他叫孔得富，是个师长。

孙怀昌 哎，何伍，你不要血口喷人呀！

〔孙怀昌狠狠地掐了何伍一下，何伍痛得"哎呀"一声，孙怀昌又向李有国行了一个鞠躬礼。

孙怀昌 长官，我是个伙夫啊。

孔得富 我是个……

孙怀昌 （暗示地）养马兵！

孔得富 不，我是个军人，我承认是打败了！

孙怀昌 （不满地）哎，最后胜负结局未定嘛！

李有国 （讽刺地）难道说，站在我面前的不是两个俘虏？

孙怀昌 哼！胜败乃兵家常事。昨天下午，我们蒋总裁亲临贵阳，调动了大军……

李有国 （一笑）可是，就在这个时候，你们被歼灭了！

孙怀昌 我们还有几十万重兵，将会从四面八方赶来……

李有国 蒋介石是听我们毛主席调动的！他这个运输大队长还是尽职的。

孙怀昌 国军天上有飞机，地下有大炮，而你们现在只剩下三万多人……

众　人	什么！
李有国	（怒斥）决定战争胜负的是人，不是武器！
孙怀昌	是的，是的。可是，红军先生，杀鸡的刀是宰不了牛的。
李有国	（大笑）先把牛腿砍断了，然后一刀一刀地割，就会方便得多了吧。
孔得富	对。我们确实是被搞得像断了腿的牛。唉！（低头长叹）
孙怀昌	（瞥了孔得富一眼）嘿，不成功，便成仁嘛！
孔得富	成个屁！都当了俘虏了，赶快低头认罪保脑袋吧！
孙怀昌	阁下何必丧气呢！
王德强	你们完蛋了！
李有国	情报处长，别做梦了！我们的毛主席已经回到统帅的岗位上来了！毛主席领导的工农红军所向无敌，你们彻底完蛋的时候就要到了！
孔得富 孙怀昌	（惊恐万状）天哪……难怪我们打败仗，他真是用兵如神！（跪地求饶）我们投降，请求饶命！
李有国	把他们押到总部去。
一战士	走！（押孙怀昌、孔得富下）
孙怀昌	我有情报！我有确实情报！（边喊边下）
何　伍	李指导员，这回说什么我也不走了，我要当红军，要报仇！
李有国	欢迎你。王连长，把何伍同志编在你们连。
王德强	是。何伍同志，走。
	〔王德强、何伍高兴地下。
李有国	小马，告诉罗副营长，我到总部汇报情况去了。（下）
小　马	是。
	〔天已大亮，朝霞满天。罗顺成背着缴获敌人的短枪、短剑，以胜利者的姿态兴致勃勃地同战士们走下山来。
罗顺成	同志们，这一仗打得好啊！
众　人	好啊！
罗顺成	这个仗打得真痛快！这才叫打仗咧！
一战士	（学罗顺成）副营长，这回可是又吃肉又啃骨头了吧！
众　人	哈哈哈。

罗顺成	哈哈，打得好！大家赶快休息、吃饭。
	〔众人边说边下。
罗顺成	（转身对二娃）二娃，同志们都饿了，把缴获敌人的罐头、饼干分给大家吃。
二　娃	是！副营长，你也吃一点儿吧。
罗顺成	把我们的英雄赵志方也叫来吃点！
	〔赵志方上。
赵志方	（谦虚地）我算什么英雄！
罗顺成	"泰山"营还有不是英雄的？你今天打得真好，动作快，冲得猛。来，坐下，王德强呢？
王德强	到！
罗顺成	（亲切地）你今天是怎么搞的？动作太慢了！
王德强	（委屈地）我想慢吗？我恨不得冲到你前面咧！（学着罗顺成的口气）你一会儿叫我冲到前面去，一会儿叫我多抓俘虏……我有什么法子快咧！
罗顺成	嗬！（几乎大笑）理由还不少咧！我说你一阵聪明一阵糊涂嘛！在战场上动作慢，说明你平时对部队要求不严，你得深刻地……检讨！吃两个鸡子吧！
王德强	你不是要我检讨吗？
罗顺成	吃呗！
王德强	嗯！往后你看我快不快！
罗顺成	嗯。
王德强	嗯，试试看吧！
罗顺成	嗯，试试看吧。
大老王	副营长！
罗顺成	大老王，来，坐下。
大老王	毛主席的打法——嘿！硬是好！牵着敌人的牛鼻子，转呀转呀，硬是把敌人肥的拖瘦，瘦的拖垮，最后一刀把他宰掉！
罗顺成	嘿嘿！这才叫运动战哪！今后就是叫我转十圈我也干！哈哈哈……
王德强	我们还走不走啊？

罗顺成　我看，不走了，在这儿建立根据地也不错嘛。

〔吴队长、李凤莲、几个宣传队员和钱玉雄、钱贵喜、王桂香、周大娘、小周和一个手拿钢叉的群众押二阎王上。小周牵着二阎王脖子上的绳子。

吴队长　同志们，我们打了大胜仗，活捉了二阎王！

钱玉雄　副营长，二阎王给抓住了！这个恶霸！

周大娘　这个恶霸！

钱玉雄　逼死了我们多少穷人呀！

周大娘　逼死我们多少穷人呀！

钱玉雄　你说，该怎么办他？

罗顺成　这个反革命分子、阶级敌人罪大恶极，呸！开个公审大会，枪毙他！

众　人　好啊！

枪毙二阎王！

打倒蒋介石！

〔群众把二阎王押下去。

罗顺成　开完公审大会，就开仓分粮、烧地契！

钱玉雄　好咧！（下）

罗顺成　喜子，（拿起两个罐头给钱贵喜）和你爹一块儿去吧。

钱贵喜　是！大胜仗，再渡十次赤水我也干。（下）

〔大老王上。

大老王　报告！教导员，刚才我在竹林里拾到一支钢笔。（交给李有国）

李有国　上面刻有孙怀昌的名字。嗯，这是那个特务逃跑时扔掉的。

众　人　（惊呆）啊？

李有国　大老王同志，你作战勇敢，工作积极。这支笔就作为给你的奖励吧。

大老王　不！一切缴获要归公。

李有国　嗯，说得对！（从皮包里取出一个小红本）这是毛主席的书，你为革命读书、学习，也是为公啊！

大老王　（接过书和笔）是！（下）

〔在场的干部立即向李有国围了上来。

赵志方	教导员，怎么让特务头子孙怀昌跑了？
罗顺成 王德强	这是谁看守的？
李有国	（笑笑，见周围没有外人，小声地）这是故意要他到蒋介石那里去报告假情报，说我们要返回湘江。
众　人	好啊！
罗顺成	这还是叫声东击西吧。
李有国	（从皮包里取出文件）同志们，这是关于党的民族政策的文件，咱们大家都要好好学习呀！
罗顺成	各连做好出发准备！
众　人	是。

〔夜幕笼罩，钱玉雄、钱贵喜和赤卫队员们提着灯笼上。

钱玉雄	李教导员，部队要出发吗？
李有国	是呀！
钱玉雄	乡亲们要求参加红军啊，收下他们吧！
众　人	我们要当红军。 收下我们吧！
李有国	同志们，赤卫队是就地闹革命的种子。二娃把枪和子弹拿来。

〔二娃取枪支、子弹上。

李有国	赤卫队长，这是上级让我送给你们的，请收下吧！
钱玉雄	谢谢！

〔幕后传来小周的声音："娘，快走呀！"周大娘、小周上。

周大娘	教导员，教导员！
李有国	大娘，你好啊！
周大娘	好啊，好啊！
小　周	娘，你快替我说说啊！
周大娘	好，娘说。李教导员，这孩子听说红军要走，非要让我来替他要求参加红军！你就收下他吧！
李有国	大娘！你就这么一个孩子……
周大娘	教导员！……你可不知道哟，孩子他爹给二阎王背了一辈子的盐，也没还清那阎王债啊！去年叫二阎王给活活地打死了啊……

二阎王还逼着我们娘儿俩给他干活抵债，我们孤儿寡母的苦啊！苦啊……（泣不成声）

王桂香 我爹，也是被二阎王逼死的呀！

钱　母 喜子他爷爷，也是被二阎王折磨死的啊！

周大娘 你们回来了，消灭了白狗子，枪毙了二阎王这条毒蛇，为穷苦人报了仇！申了冤！教导员，叫孩子跟上红军，给穷苦人打天下吧！

李有国 大娘，孩子还小啊，就留在你老身边吧！

小　周 娘，我不！

周大娘 不，不。孩子不小啦！逮二阎王他还是头一个冲上去的呢！孩子要参加红军，他做得对！我不留他。教导员，收下他吧！我求求你……

　　　〔周大娘欲跪，李有国急忙扶住她。

众　人 收下他吧！

李有国 （激昂地）阶级仇恨，就是革命的力量！（握住周大娘的手，感激地）好，我们收下。小周同志，就在营部当通信员吧！二娃，通知部队出发！

　　　〔嘹亮的军号响起，部队开始行动了。

李有国 出发！乡亲们，再见！

众　人 再见！再见！

罗顺成 （走向周大娘）大娘，你放心吧！

小　周 娘，我走啦！

罗顺成 乡亲们，再见啦！

众　人 再见！再见！

　　　〔群众与红军依依不舍，挥泪告别。部队在《三大纪律八项注意》的音乐声中前进。

王桂香 教导员，我们怎么干呢？

　　　〔张德明上。

张德明 报告，我来了。

李有国 赤卫队长，党给你们派来了一个干部。（向钱玉雄介绍）这是张德明同志！

钱玉雄 欢迎！欢迎！毛主席对我们太关心了！

李有国　（从皮包里取出几本油印的小册子）钱玉雄同志，这是毛主席写的《中国社会各阶级的分析》，这是《星星之火，可以燎原》和游击战术"十六字诀"。有了它，你们这些革命的种子，就会开花结果的。

王桂香
钱玉雄　我们什么时候再见面呢？

李有国　同志们！我们一定会再见面的！再见面的时候，你们这里一定会有一支强大的红军队伍！

王桂香
钱玉雄　（宣誓般地）一定会有一支强大的红军队伍！

　　〔红军部队静悄悄地前进。

　　〔幕落。

第三场

　　〔1935年5月初。

　　〔金沙江畔渡口"飞龙渡"。

　　〔春天的金沙江畔，景色宜人，一派生机。崇山翠绿，碧水漫江。雨后新笋，竞相生长。一丛青竹簇拥石碑，碑上刻有"金沙江"三个大字。竹林旁平放着一块厚石板，周围开满各色各样的鲜花。

　　〔幕启。

　　〔春风拂面，晨曦悦目，雄鸡啼鸣。李有国和宣传队员及战士们在等待后面的侦察部队。

李有国　同志们，遵义会议以后，我们在毛主席的亲自指挥下，粉碎了敌人的围追堵截，歼灭了敌人的有生力量，打了大胜仗。然后，四渡赤水，转战乌江，佯攻昆明，把蒋介石搞得晕头转向，当他还没有醒过来的时候，我们却又渡过了金沙江。

罗顺成　老李，大部队全都过了金沙江。毛主席也过江了，周恩来副主席、朱德总司令也都过江啦。

李有国　毛主席最后一个过的？

罗顺成　是啊！毛主席是最后一个过的。咱们走吧！

李有国　再休息一会儿，等等后面的侦察部队。同志们，欢迎宣传队的同志唱个歌儿吧!

众　人　　好!（鼓掌欢迎）

吴队长　　凤莲,唱刚编的新歌。

李凤莲　　好。

〔音乐声起,小邹在宣传队员们的歌声中起舞。

宣传队　　（唱）唉呀嘞哎,同志哥哎!

　　　　　　　　人是昨天的人,

　　　　　　　　枪是昨天的枪;

　　　　　　　　昨天蒋匪军多猖狂,

　　　　　　　　今天缴枪喊投降。

　　　　　　　　同志哥,你说这是为什么?

　　　　　　　　遵义会议开得好,

　　　　　　　　毛主席回到舵位上。

　　　　　　　　神机妙算调敌兵,

　　　　　　　　运动歼敌威名扬。

　　　　　　　　同志哥哎,

　　　　　　　　四渡赤水敌丧胆,

　　　　　　　　同志哥哎,

　　　　　　　　红军天天打胜仗!

　　　　　　　　同志哥哎——

众　人　　哎!

小　邹　　（接唱）红军天天打胜仗!

众　人　　好!

〔王德强上。

王德强　　教导员,侦察员来报告说,敌人被我们甩下了五百里,现在还没
　　　　　有弄清楚我们的去向。

罗顺成　　哎呀,他要不来我打谁呀?

李有国　　不,会来的。不过他只能拾到一只破草鞋。

二　娃　　好。就把它留在这儿吧。（把一只刚换下来的破草鞋扔在竹丛中）

李有国　　同志们,过江!唱着歌,大踏步地走进彝族区。

〔众人过江。急收光,只剩下一束蓝光聚集在破草鞋上。蓝光渐隐。

〔光复明。七天后一个萤火虫飞舞的夜晚。竹笋长高了两尺。竹丛间还挂着那只草鞋。

〔在狼嚎声中，一敌兵架着疲惫已极、被红军子弹打歪了脸的王副官上。

王副官　（气急败坏，语言不清地高叫）情报处长！孙处长，孙怀昌！

〔只有乌鸦、蛤蟆呱呱的应声。

〔孙怀昌身穿长袍马褂急上。

孙怀昌　（笑着迎王副官）王副官，一路辛苦，辛苦啦！……你怎么了？

王副官　枪，打脖子了。

孙怀昌　军座呢？

王副官　（没好气地）来了！

〔随着王副官手指的方向，敌军长在卫兵们前呼后拥中，坐滑竿上。

孙怀昌　（急迎上去）军座！（扶着敌军长从滑竿上下来）你来啦！

〔两个敌兵扶着疲惫不堪的敌军长。他用望远镜向金沙江一看，感到无限惊慌，不觉打了一个寒战，一个喷嚏正好打在孙怀昌的光头上。

敌军长　你是什么时候到这里来的呀？

孙怀昌　昨天。报告军座，不容易呀！我这一次总算找到红军的行踪了。

敌军长　在哪里？

孙怀昌　就在这里！

〔敌军官兵一下紧张起来，有的拉动枪栓，有的就地隐蔽。孙怀昌用手指向草鞋。

敌军长　草鞋？！

孙怀昌　（双手捧过草鞋）这是红军的草鞋，证明他们确实过江了。

敌军长　过去多久了？

孙怀昌　七天了。

敌军长　（大惊）什么？！

孙怀昌　已经过去七天了！这是最确实的情报。

敌军长　（呆若木鸡）又中计了！唉，主帅不明将士苦啊！棋错一着，满盘输。（愤怒地）你还说"确实情报"呢？哼！总座说，共军要打贵阳，我们赶到贵阳；可共军却打了遵义，一口就吞吃了我们二十多个团。于是总座又命令我们到赤水河去堵截，可是共军却又返渡了乌江。你的"确实情报"说，共军要渡湘江，总座又命令我们赶到湘江；共军却返过头来再渡赤水，直逼昆明。我们又赶到昆明，共军却又渡过了金沙江，而且就像一只腾空而起的雄鹰，飞啦……

孙怀昌　（自言自语）哎，这也怪不了你我呀！

敌军长　我们就这样一直被共军牵着鼻子拖来拖去，肥的拖瘦了，瘦的他妈拖垮了！（指那些缺胳膊少腿的和就地倒卧的官兵）看，这副狼狈相，溃不成军。

孙怀昌　军座，这一次是打败了，我们还可以组织部队继续围剿嘛！

敌军长　还围剿呢？这一次蒋总座亲自布下的卷蛇阵，一刀被砍成三截，弄得不可收拾。四十万大军的合围，只抓了一只草鞋！（将草鞋狠狠一扔，正打在孙怀昌的头上）

孙怀昌　军座，共军毕竟只剩下三万多人了。

敌军长　他将会变成三万只猛狮！

孙怀昌　那赶快去堵截呀。

敌军长　来不及啦。时机错过了……要是毛泽东没有统率红军，我们还有胜利的希望。如今，毛泽东又统率红军了，我们将不仅是打败仗，恐怕我们将要死无葬身之地……

孙怀昌　军座，不要过于忧伤，胜败乃兵家常事嘛！

敌军长　一败涂地，太惨啦！

孙怀昌　军座，这不要紧。损失了兵，我们再去抓老百姓来补充。

敌军长　我的武器呢？

孙怀昌　武器？不要紧，我们再向洋人去要嘛！

敌军长　（火了，但不动声色地）你说什么？

孙怀昌　（讨好地凑上去）我是说，这次战斗官兵是死了不少，可是您是健康的！军座真是洪福齐天哪！

敌军长　（狠狠地揍了孙怀昌一记响亮的耳光）混蛋！

　　〔王副官急上。

王副官　报告军座，蒋总座电令！

敌军长　念！

王副官　哦……哦……（口吃地念）"共军已向川南地区进犯，急令你部，立即开拔，与川军会合，务必围歼共军于川南地区。蒋中正。"

敌军长　（看表）传令全军立即向川南开拔。

孙怀昌　军座，我有确实情报，共军不在……

敌军长　（踢孙怀昌一脚）汪汪汪！狗！（转身上滑竿）

孙怀昌　（气急败坏地拉住滑竿）军座……我有确实情报，共军不在……

敌军长　（骂了一声）你呀，笨蛋！（向卫队）走！

〔王副官和卫队蜂拥着敌军长下。

孙怀昌　（向远处的敌军长）你才他妈的笨蛋呢！（转身撞上一块石头，瘫倒在地）到川南见鬼去吧！共军已经进入彝族区了。

〔幕落。

第四幕　彝寨新歌

新出场人物　阿吉老爹——五十八岁，彝族老人。

　　　　　　　彝族小头领——二十四岁。

　　　　　　　彝族群众若干。

〔1935年5月下旬。

〔西南川康边境，彝族区桃花寨。

〔桃花寨是一个天然的险要关口，四面环山，到处是悬崖绝壁，它是通往大渡河的必经之路。在这绝壁悬崖的崇山之间，可以看到用石片和木板造成的小屋和碉堡似的小楼房。晴朗的天空飘浮着几缕白云。正是苍松翠绿、百花争艳的季节。在那巨石之缝，山涧两侧，房园前后，草坪和山坡都开满了桃花和山花。薄雾像一条透明的纱巾，环绕在山谷之间。

〔幕启。

〔寂静的山寨，不时传来啄木鸟梆梆的声音。布谷鸟不慌不忙地有节奏地叫着。偶尔传来几声彝族兄弟的叫喊声，似乎与整个气氛不太相宜。

罗顺成	（站在古寨上一棵棕榈树旁，注视前方，得意而又自信地）小周！
小　周	有！
罗顺成	快去把赵连长给我叫来！
小　周	是！（下）
罗顺成	（高兴地自语）叫吧！我拳头正痒痒呢！只要上级命令一来，我就揍你！

〔小万急上。

小　万	报告！罗副营长，上级命令：要你们阻止大道两侧的彝人，大队好通过。

〔赵志方同小周上。

罗顺成	好吧，我有把握把敌人全部消灭！
小　万	还有呢，不准放枪，要放枪只能朝天放。冲锋不许拼刺刀，把彝人吓跑就算完成任务了。
罗顺成	（大吃一惊）什么？
小　万	首长说，中央代表同彝族代表正在谈判。这是政策，不能违反。
罗顺成	是这样说的吗？
小　万	是这样说的呀！
罗顺成	（极不耐烦地挥手）去吧。
小　万	我还没说完呢。
罗顺成	快说！
小　万	首长问，这里有什么情况？
罗顺成	你向首长报告，这前面有两个寨子，一个是前寨，一个是后寨。后寨没有什么动静，主要是前寨的反革命分子控制着大道两侧的山头。他们只有二三百人，武器是火枪、刀矛、弓箭，步枪很少，就这些。
小　万	是。（下）

〔幕内彝人的呐喊声。突然从寨外飞来一支箭，射在罗顺成身旁的棕榈树上。

罗顺成	（拔箭，气冲冲地）老赵，你说说，打仗不准放枪，可又叫打仗！
赵志方	（诚恳地）上级不是说过，西南地区兄弟民族多，我们要坚决执行党的民族政策嘛！

137

罗顺成　可就是没有说过只许挨打，不许还手！

〔张护士从山下爬上。

张护士　（气喘吁吁地）累死我啦！这儿是打掩护的部队吗？

罗顺成　是！我们有这个任务！你是干什么的？

张护士　咦，你不认识我这个小护士啦？

罗顺成　（回头一看）哦，小张呀！什么事，快说。

张护士　呃！院长让我来问问你们，什么时候才能阻止住大道两侧的彝人，好让我们通过啊？

罗顺成　（压制住内心的不满）上级有命令，不准放枪，不准拼刺刀，（抑制不住怒火）咳！现在我还没法子打仗咧！你们先在那儿休息，等敌人自己退了，你们再走好了。

张护士　咦！（顽皮地）报告！他们要是一年不退呢？

罗顺成　那就等一年嘛。这是政策，不能违反！

张护士　你这算什么部队呀！

罗顺成　共产党领导的工农红军。"泰山"营！什么部队？你说什么部队？

张护士　（不示弱地）你说……你说……

罗顺成　护士同志，请告诉你们院长和伤病员同志，中央代表和彝族代表正在谈判。看，从那儿绕个道走，远了几里路！

张护士　嗬！你说得轻巧！从哪儿绕啊？这里山高坡陡，我们那些拄拐杖的爬不了山，抬担架的又上不去，你说……

罗顺成　好吧！好吧！去告诉你们院长，十分钟以后，我这条路打开。

张护士　好吧，只要有把握，就是等半个钟头也行啊！怪，连几个彝人都打不了，还给我讲了一大套政策。（欲下）

罗顺成　（故意装着凶狠的样子）去去去！去！

张护士　（调皮地学罗顺成）去去去！去！你吃了我呀！哼！人要是不退，一会儿我还来找你。亏你们还叫"泰山"营！

罗顺成　毛丫头！

张护士　嗯！（下）

罗顺成　（没办法地）咳！老赵，你带一个排去攻占左侧那个山头，我在这里给你助威，咱们先摆个打仗的架子，放放空枪，试试看。要是实在不行的话……唉！你先去执行吧！

赵志方	是！保证不伤害一个彝人。（下）

〔郑丽气喘吁吁地爬上来。

郑　丽	这儿是打掩护的部队吗？
罗顺成	（没好气地大喝一声）你又来干什么？（见是郑丽）啊！郑丽呀，有什么事？
郑　丽	（着急地）我们……我们吴队长和凤莲他们……
罗顺成	（惊愕地）啊？怎么，出事了？
郑　丽	今天早上，吴队长和凤莲他们到后寨宣传党的民族政策，让彝人裹走了，到现在还没回来。
罗顺成	什么？让后寨的敌人给裹走啦！好吧！我马上派人去侦察。
郑　丽	好。我回去了！（下）
罗顺成	（怒气冲天地）小周！
小　周	有！
罗顺成	叫王连长跑步到我这里来。叫侦察员钱贵喜也来。
小　周	是！（下）
罗顺成	（自言自语地）前寨打我们，后寨又裹走了我们的人！哼！为了革命，我得灵活执行政策。嗯！不准打死，我抓活的！不准拼刺刀，我拼拳头！（挥舞双拳）

〔王德强跑上。

王德强	报告副营长，有什么任务给我呀？
罗顺成	老王，你带一个排把右侧那个山头给我拿下来，动作要快。
王德强	（坚决地）是！保证拿下来，保证动作快！（转身就跑）
罗顺成	（厉声地）还有！不准放枪，不准拼刺刀！
王德强	（一惊）咦！这怎么干哪？这叫打什么仗啊？
罗顺成	就这么干：大叫大嚷，向天上打几枪，照打不着人的地方扔几个手榴弹，冲上去把敌人吓跑拉倒。明白不？
王德强	不明白！
罗顺成	这是政策，不能违反！
王德强	就这样干哪！敌人要是不退，要打我，我再还手还不行吗？我伸长了脖子等死呀！
罗顺成	（急得直跺脚）你没有拳头吗？（挥拳暗示）你不会抓活的？我说

你一阵聪明，一阵糊涂嘛。去吧！你自己想办法，反正十分钟以内我要你占领那个山头。

王德强 是！

罗顺成 （严肃地叮嘱）哎！政策可不能违反啰！

王德强 好吧！试试看吧。嘿！到这地方打怪仗啊！（边发牢骚边下）

罗顺成 你跟我发什么牢骚啊？

〔钱贵喜上。

钱贵喜 报告副营长，有什么任务？

罗顺成 早上吴队长和凤莲他们到后寨去宣传党的民族政策，让敌人裹走了。你去侦察清楚，马上回来报告。

钱贵喜 是！（下）

〔彝人的喊杀声再次突起，又渐渐远去。

小 周 （高兴地跳起来）嘿！看哪，王连长回来了！还活捉了一个哪！
二 娃

〔王德强同几个战士押着一个彝人小头领，得意扬扬地跑上。

王德强 报告副营长，山头拿下来了，敌人都退到后面那个山头上去了。这家伙很凶，是最后一个退的，叫我们活捉了！缴获步枪一支，刀一把。怎么样？这一次动作快了吧？

罗顺成 （喜不露色地）哼！有伤亡没有？

王德强 打伤两个敌人，我们有两个战士受了点儿轻伤。

罗顺成 嗯！

王德强 嗯！要是蒋介石的军队，我叫他一个也跑不了！

罗顺成 啊！是个反革命头子！会讲汉话吗？不会，是个哑巴！

小头领 （挣扎大叫）快放了我！把我的武器还给我！你们赶快退出去，不然，我们的人一会儿就会来找你们拼命的！

罗顺成 啊，会讲汉话。

〔二娃急上。

二 娃 报告副营长，赵连长占领的那个山头又丢了，彝人向我们这里攻来了，还拖着土大炮！

罗顺成 通知部队：准备战斗！

二 娃 是！（下）

〔彝人的喊杀声大作。

小头领　快放了我！快放了我！（欲逃跑）

罗顺成　王德强，把机枪班调来！

王德强　是！（跑下）

〔赵志方急上。

赵志方　副营长，山头我们占领了……

罗顺成　（不满地）你又丢了！

赵志方　要开枪就得有伤亡。

罗顺成　不流血就不叫战斗！

赵志方　可是上级命令的精神是……

罗顺成　现在是我下命令，我负责任！王德强，把机枪班调过来！

赵志方　副营长，我看这是彝人空喊，不会攻上来的，还是放放空枪吧。

罗顺成　我没有那么多的子弹浪费！

〔王德强带机枪班上。

王德强　报告，机枪班来了。

罗顺成　架在寨口，准备射击。

小头领　不要打呀！

罗顺成　（怒视前方）哼！一群一群地攻上来啦！机枪准备！

赵志方　（急忙制止）副营长！

罗顺成　（无可奈何）枪向空中放！（一阵机枪声）停止！（彝人呐喊声远去）退了！退了！他们怕机枪！

〔彝人呐喊声又起。一发土炮弹落在罗顺成的附近，扬起一片尘土，泥沙进入罗顺成的眼内。

罗顺成　（揉着眼睛）老赵，你先指挥一下吧！我的眼睛睁不开了。

赵志方　（非常沉着地）机枪，向前面没有人的地方打一梭子！（一阵机枪声）停止。退了！副营长，他们退了！

罗顺成　（看了看）等一会儿他们还会来的。老赵，你带一个排准备冲锋！

赵志方　是！

罗顺成　机枪，准备向敌人射击！

赵志方　（返回，坚决地）副营长，我执行出击的命令，但是我建议还是不要向彝人开枪！

罗顺成	赵——志——方！我说你怎么也一阵聪明，一阵糊涂！彝人没有放下武器以前，我只能把他当敌人看！（拿出手枪）一连一排，准备冲锋！机枪，准备射击！司号员，准备吹冲锋号！预备——

〔李有国上。

李有国	（坚决地）停止！

〔同志们被惊住了。李有国走上寨垛观察情况。

李有国	老罗，让他们喊叫吧。
罗顺成	嗯！（很不满，但又无可奈何）
李有国	（见小头领，对罗顺成）这是刚才俘虏的吧？
罗顺成	我叫活捉的！
王德强	我活捉的！押过来！
李有国	（轻步走近小头领，拍拍他的肩头）你受委屈了。（对罗顺成、赵志方、王德强）你们知道他是谁？他就是前寨的背枪小头领，跟着他的大头领攻打过大渡河。（问小头领）对吧？
小头领	对！你们是剥了我，还是活埋了我？汉人！（想要拼命）
李有国	不。我们要放你回去！
小头领	放我回去？！
李有国	对。我们是中国共产党、毛主席领导的工农红军，是保护受压迫民族的军队。我们为了北上抗日，才路过这个地方。不在这里长驻，不拿你们一针一线……
小头领	骗人！你们汉人经常骗我们！
李有国	不会骗你们，我们是把你们当成自己的兄弟看待的。
小头领	你们是汉人，从来不把我们当自己人，你们把我们当野人。
李有国	如果我们不把你们当自己人，为什么我们枪向空中放，手榴弹向空地扔呢？压迫你们、屠杀你们的是国民党反动派，他们是我们共同的敌人！现在日本帝国主义正在屠杀我们的同胞，我们各族人民要团结起来，共同挽救中华民族的危亡啊。连你们的大头领，我们抓住了都不杀，何况你是个背枪的小头领咧。
小头领	那，你们真的放我回去吗？
李有国	现在就放你。
小头领	（站起来就走）好，我走了！

李有国	等等！
罗顺成 王德强	等等！
李有国	（问王德强）他还有什么东西？
王德强	步枪一支、刀一把。
李有国	都还给他。
罗顺成	（惊住了）什么?!

〔小周拿步枪和刀交给李有国。

李有国	（看枪）怎么没有子弹呢？
王德强	缴来的时候就没有。
李有国	小周，拿两排子弹来。
罗顺成	（急了眼，但又不敢发作）老李，他是个阶级敌人、反革命头子！放了他好吗？我们这里的情况他全都知道呀！
李有国	（坚定地）他越是了解我们多一些越好嘛。
罗顺成	（生气地坐在石头上）唉！
李有国	（看了罗顺成一眼，从小周手里接过子弹交给小头领）这点小礼物送给你！收下吧。你丢失了子弹回去是要受鞭打的！走吧。
小头领	（接过子弹感动地）你们这些汉人是不一样！毛主席的红军是好人，好人！（施礼）谢谢你们，好人！我们是朋友啦！（大哭起来）

〔又传来彝人的叫喊声。

小头领	（大声喊）退回去！退回去！（下）
王德强	副营长，真的退了！
罗顺成	啊？（非常奇怪地瞭望）
王德强	（对罗顺成）我回连里去了。（下）
李有国	老赵，留一下。（对众战士）你们去休息吧。

〔战士们下。

李有国	（耐心地）老罗啊！多少年来，反动统治者挑拨民族关系，使彝人和汉人结下了仇恨，我们要用实际行动去解除民族间的隔阂，把汉族人民和彝族人民团结起来，共同对付反动派……
罗顺成	（十分不满地）哼！
李有国	（学罗顺成）哼！（见暂时无法谈下去，只好转了话题）老罗，提

143

升赵志方同志当营长的报告批下来了。

罗顺成 （欣喜地）马上向全营宣布吧！

李有国 好！

赵志方 （激动地）教导员、副营长，我……

李有国 刚才我到团部去汇报情况，首长说，要我们去一个干部开会，你俩谁去呀？

罗顺成 老赵去吧。

赵志方 教导员，副营长去吧！我不熟悉全营的情况呀！

李有国 反正你们俩得去一个，你们研究吧！我宣布命令去了。老罗，在民族政策问题上，我们可不要犯"左"倾错误呃。

罗顺成 什么？

李有国 （拍拍罗顺成的肩膀）回头咱们再谈。我得赶紧把那两个受伤的彝族兄弟放回去。（下）

罗顺成 （翻了一下白眼）哼！

赵志方 副营长……

罗顺成 （真挚地）去吧。（发现赵志方没戴帽子）帽子哪去了？

赵志方 在通信员那儿。

罗顺成 戴我的。（把自己的帽子给赵志方戴上）去吧。

赵志方 副营长……

罗顺成 去吧！

〔赵志方向罗顺成敬礼，下。

〔远处飞来一支响箭，罗顺成一把抓住。

罗顺成 （气急地大叫）通信员！

二　娃 有！

罗顺成 （想起上级的命令）算了！难呀！革命真难哪！我干了好多年革命，打了好多年的阶级敌人和反革命分子，今天他明明是反革命武装头子、阶级敌人，为什么就不能打了呢？难道讲民族政策，就只许挨打，不许还手？不打吧"右"了，打吧又"左"了。糊涂了……唉！该死的罗顺成，你怎么就不懂这个民族政策呀！（坐下思索）

〔王德强上。

王德强 嗬！休息了？报告！副营长，警戒布置好了，同志们都休息了。

144

哎，彝人又退了几步。

〔罗顺成不理睬，王德强走近罗顺成的身边坐下。

王德强　刚才我和指导员争吵了几句呀！

罗顺成　为什么争吵？

王德强　什么"左"倾的啦，"右"倾的啦！

罗顺成　这是说谁呀？

王德强　事情是这样的：刚才攻击前面那个山头的时候，一班有个战士没有向指定的空地扔手榴弹，炸伤了两个敌人，敌人害怕退却了，我们就一气攻上山，不是还抓了个俘虏？

罗顺成　嗯！

王德强　我说那个战士是正确的！

罗顺成　对。

王德强　对？可是指导员说了：那个战士打伤了两个彝人违反了政策，违反了你的命令的精神，是犯了"左"倾错误，是非常错误的！你说指导员对吗？

罗顺成　是犯了"左"倾错误的？是非常错误的？是违反我的命令精神？……那，（无可奈何地）你们指导员对。

王德强　对？为什么对呀？难道打仗就不伤一个人吗？

罗顺成　你现在不要谈啦，（烦躁地）以后再告诉你好吧？

王德强　你说说为什么指导员对？

罗顺成　（自相矛盾）总之，指导员是对的，为什么对？还没搞清楚呢！打仗不准打死敌人，可是又叫打仗……反正你们指导员还是对的。

王德强　你说说，到底为什么对嘛！

罗顺成　以后再谈吧，真烦哪！

王德强　好吧，不谈这个。我还有呢，拿枪打我们的是敌人，对不对？

罗顺成　对。（一想又立即改口）不对。够了，等教导员回来，你找他谈吧！我现在有点头痛。

王德强　（关切地）头痛？是感冒了吧？我去找医生给你看看。

罗顺成　不要。

王德强　那烧点辣子水喝好不？

罗顺成　够辣的了！

王德强	你喝过了？
罗顺成	哎呀！我的妈妈呃！我现在要躺一会儿，你也去睡一觉。

〔李有国上。

王德强	不谈心里不痛快嘛！我还有咧！

〔罗顺成双手捂耳躺下。

王德强	（见罗顺成不语）好，好，好，睡一觉起来再谈。
罗顺成	起来我也不谈。
王德强	好，我找教导员谈去。

〔王德强回身与李有国打了个照面，李有国示意王德强暂时不要
谈。王德强下。

〔李有国走到罗顺成跟前坐下。

罗顺成	（以为又是王德强，大声训斥）你又回来干什么？
李有国	嘿！你吓了我一跳。
罗顺成	哦！是你呀？
李有国	怎么？生我的气了？
罗顺成	嘿！谁敢生你的气呀？有气一会儿也给你整得没气了！
李有国	哼！咱们谈谈！
罗顺成	谈谈？教育教育我吧。

〔李有国同罗顺成坐在一起，但微笑不语。

罗顺成	谈吧！
李有国	（不慌不忙地）把烟袋给我。
罗顺成	（递烟袋）谈哪！
李有国	抽口烟再说。
罗顺成	哼，好嘛，你抽着烟，一句一句地，慢慢地教育教育我！
李有国	（微笑）你这该死的嘴！我非给你改过来不可。
罗顺成	哼！
李有国	哼什么？说。
罗顺成	老李，你拿什么教育我，就赶快拿出来，不要转弯好吧？
李有国	那你先说说看。
罗顺成	好，我先说。老李，我们相处多年了，我了解你，你也了解我。
	干革命是我自己要干的，谁反对革命我就揍谁。到彝族区来，不

消灭反革命武装，我认为这很奇怪咧！

李有国　同志，他们不是反革命的武装，是彝族兄弟的武装！

罗顺成　拿枪打我们的是敌人！对不对！

李有国　那要看具体情况。彝族兄弟，多少年来受大汉族主义歧视，受封建军阀、国民党反动派的迫害，他们为了自卫……

罗顺成　哎哟！我的妈妈呢！现在不是我们打他们，是他们打我们！

李有国　那是他们还不了解我们。

罗顺成　他们了解不了！反正拿枪打我们的是敌人，放下枪的是俘虏。前几天你还说："老罗呀！你勇敢，打仗打得好。"今天我打就打错了？

李有国　前几天你打的是蒋匪帮，现在你打的是我们彝族兄弟！

罗顺成　还有呢，以前你还说："你立场坚定，见敌人就恨，见同志就亲。"今天我刚抓了一个阶级敌人，就"左"倾了？你把他放了，我还说你"右"倾呢！

李有国　哈哈哈……

罗顺成　（大笑）对不对？

李有国　不对。

罗顺成　那到底怎么对，你给我说明白了。

李有国　坐下。老罗，只强调一时一地的政策，忘记了革命的目的，就要犯"右"倾错误。

罗顺成　我是问什么叫"左"？

李有国　只强调革命的目的，不执行具体的革命政策，就容易犯"左"倾错误。

罗顺成　我听不明白，你说清楚些。

李有国　不错，他是个小头领，但是对具体问题要做具体分析。

罗顺成　说！

李有国　目前日本帝国主义和中国人民的矛盾超过阶级矛盾，彝族跟蒋匪帮、地方军阀的矛盾也超过了和我们的矛盾，因此我们能够争取他们、团结他们的。

罗顺成　唉。这么多矛呀、盾呀，我还是搞不清楚。

李有国　老罗，我们四渡赤水，甩开了敌人主力，巧渡了金沙江之后，我们的目的是要渡过大渡河与四方面军会合。蒋匪帮估计我们要走川南，我们却找了一条近路，走彝族区。如果我们在彝族区，一关一仗地打，就会拖延时间，敌人的增援部队就会赶到我们的前头。如果我们用党的民族政策去教育兄弟民族，使他们不但不打我们，还给我们摆站带路，让我们顺利通过此地，抢先渡过大渡河，好不好呢？

罗顺成　好啊！

李有国　这就是政策的威力。你不坚决执行党的政策，我们能顺利通过彝族区到大渡河吗？

罗顺成　噢……唉！你怎么不早告诉我呢？

李有国　在党的民族政策文件上讲得清清楚楚，看了吗？

罗顺成　哎哟！我的妈妈呃，我还没看呢！

李有国　我们应该好好学习马列主义和毛主席的书啊！

罗顺成　我一定好好学习，改正错误！

李有国　有错就改，好同志！

〔此时，四面八方响起了海涛般的皮鼓声、号角声和欢呼声。声音由远而近。

罗顺成　（站在高处望着）这是怎么回事？！

〔王德强上。

王德强　报告副营长，你看！吴队长、凤莲他们回来了！

〔吴队长、李凤莲、钱贵喜、宣传队员们、阿吉老爹和刚才放走的那个小头领同上。彝族群众抬着猪、羊，提着鸡、鸭，带着酒，欢天喜地地一拥而上。

吴队长　这是后寨的阿吉老爹，这是李教导员。

李凤莲　罗副营长，你着急了吧？

罗顺成　现在不急了！刚才是怎么回事？

众　人　怎么回事？

李凤莲　同志们，中央代表和彝族代表谈判成功了！彝族兄弟不仅让我们借道，还卖给我们很多粮食哪！

众战士　太好了！

罗顺成　同志们，这是毛主席的民族政策的伟大胜利！

　众　人　毛主席万岁！毛主席万万岁！

〔音乐声起，吴队长朗诵，李凤莲和一些宣传队员唱了起来，彝族群众和红军战士在歌声中翩翩起舞。

吴队长 （朗诵）毛主席的民族政策是甘露，

革命的种子播进古老的山寨。

红军和彝族人民心连心，

革命红花开万代！

宣传队 （唱）三月里来桃花开，

红军来到彝家寨。

共饮一碗泡米酒，

兄弟情谊深似海。

毛主席的民族政策大胜利，

革命花儿开万代。

〔赵志方上。

赵志方 同志们！

〔全场顿时静下来。

赵志方 由于毛主席民族政策的伟大胜利，全军顺利地通过了彝族区。现在，上级命令我"泰山"营马上出发，强行军一百四十里，明天下午六点钟强渡大渡河！

阿吉老爹 红军同志！李教导员！（对众人）红军兄弟们！咱彝人给你们摆站、带路。

彝族群众 送你们到大渡河！

众　人 好！

〔幕急落。

第五幕　飞渡天险

新出场人物 老船夫——六十二岁，大渡河船工。

敌连长——三十多岁，大渡河守备连长。

谢指导员、众红军战士、青年水手、敌俘虏。

第一场

〔前幕的第二天下午。

〔大渡河南岸的一个渡口。

〔渡口处在岸边的巨石之间。巨石下面的石洞是一座小土地庙。从渡口到河岸尽是悬崖绝壁。透过云雾，可以看见对岸山腰的栈道和岸边的村落、碉堡。河水奔腾咆哮如滚滚闷雷，使大渡河显得格外险要。天空阴沉，奔腾的大渡河，惊涛拍岸，激流带着漂浮在它上面的云雾咆哮而去。

〔幕启。

〔战斗已经结束。我"泰山"营占领了南岸渡口。在风浪暂歇的间隙中，可以隐约地听见对岸敌人的枪声。赵志方率领红军战士们正往河边运木头。"泰山"营营部就设在这个渡口上。二娃和小周正忙着为战士们送茶水。

〔赵志方扛着木头跑步急上。

赵志方　同志们，加油啊！多造一只木筏子就多添一份胜利呀！

〔一个战士接过赵志方扛的木头飞奔而下。

〔王德强急匆匆上。

王德强　报告营长，战果清查完毕，我连共缴获步枪二十五支，轻机枪一挺，短枪一支。活捉敌人二十八个，其中有一个是连长。

赵志方　连长？好极了！小周——

小　周　有！

赵志方　把那个连长带来。

小　周　是！

〔李有国、罗顺成、李凤莲、吴队长、谢指导员、朱连长等人扛着木头上。

李有国　同志们，我们开个临时总支委员会。

赵志方　好。

李有国　吴队长、凤莲，请你们也参加。

王德强　咦！凤莲，昨天晚上一百四十里的强行军，累得够呛吧？

李凤莲　嗬！反正没有落到你的后头。

李有国　给我们带路的阿吉老爹和那个小头领已经回去了。开会吧，研究一下渡河问题。

众　人　好。

李有国　刚才这一仗打得很漂亮，总部首长表扬了我们，又把强渡大渡河的光荣任务交给了我们。

王德强　给我！

众　人　给我！

罗顺成　
王德强　我们包打了！

李有国　对岸只有敌人一个加强营。可是，他们据险守隘，我们千万可不能有轻敌思想。六点钟我们开始强渡，准备的时间只有三个钟头。如果我们不赶到时间的前面，敌人的增援部队就有可能赶到。有什么困难说出来，大家好分头去解决。

赵志方　现在的困难，一是没有渡河的船只和木筏子，二是没有本地的水手。

李有国　好，找水手由我负责。

朱连长　我去检查阵地。

王德强　我们去造木筏子！

罗顺成　我去找船。

　　　　〔众人下。

　　　　〔赵志方取出地图，站在高处向对岸观察。一道道闪电划破长空，接着是一串滚雷。

　　　　〔小周带俘虏上。

小　周　报告，俘虏带到了。（催俘虏）快走！

俘　虏　（见赵志方，稍加观察，大声地）报告长官！

赵志方　兵痞！连长！

俘　虏　长官！我是去年才当连长的，确实是没做过坏事啊！

赵志方　没做过坏事？

俘　虏　哦，我搞了大烟土一包、金镏子三个、白大洋二十块……长官，你要吗？

赵志方　收起来吧，我们红军从来不搜俘虏腰包的。

151

俘　虏	那……我？
赵志方	我问你几件事，说对了，我就放了你。
俘　虏	长官，你问吧，凡是我知道的，我都告诉你。
赵志方	河那边驻了多少兵？有多少机枪、多少炮？
俘　虏	（稍有迟疑）嗯，你问这个呀……
赵志方	（声色俱厉地）说！
俘　虏	说！河那边有一个营，一个营有四个连，一个连有四挺轻机枪……
赵志方	兵力是怎样部署的？
俘　虏	知道。那里是老渡口，只有那里才能摆渡。他们怕你们从那里渡河，放了两个连。那小村子里驻的是营部，也放了两个连。
赵志方	只有两个连？
俘　虏	不、不，还有重机枪连和迫击炮连，他们是昨天才调来的。
赵志方	（自语地）增加了火力？（转对俘虏）你们知道我们要到这里来吗？
俘　虏	不知道。昨天，我们长官还说你们到了倮倮区就出不来了。还说："大渡河是天险，一夫当关，万夫莫敌"，你们来了也不敢渡河的！
二　娃 小　周	胡说！
俘　虏	胡说！不，这是我们长官他说的嘛。
赵志方	（指上游水急处）那里驻多少兵？
俘　虏	因为那里水急，现在是洪水季节，没有驻兵。
赵志方	（思索片刻）你们把河这边的船和水手都抓过河去了吗？
俘　虏	报告长官，船都弄过去了，老百姓能抓的都抓过去了！
二　娃 小　周	坏家伙！
俘　虏	是，坏家伙！（一惊）哎呀，长官，这都是我们长官他让我干的呀！
赵志方	你为什么不留一只船给自己用呢？
俘　虏	本来留了两只船……
赵志方	船！两只？
俘　虏	是。船，两只。咳！今天早上得到个情报，说你们还在倮倮区打

呢！我这才把那两只船装了点东西送到河对岸去了。

赵志方　是抢的老百姓的东西吧？

俘　虏　是。（狡猾地）哎呀，这也是我们长官叫我干的呀。长官，求求你大开恩典放我回家吧！我以后务农为本，再也不干这卖命的买卖了。长官！

赵志方　放了你？你还有重要情况没有说！

俘　虏　哎呀，长官，老天爷在我头上，我知道的都说了哟！

赵志方　胡说！你们的增援部队什么时候赶到？

俘　虏　噢……我该死！我该死！听我们长官说，今天夜里有两个半旅赶到这里来布防。

赵志方　押下去！

小　周　走！

俘　虏　押下去！走！（边走边哭求）哎呀！长官你放了我吧。

赵志方　（突然地）站住！（指水急处）那里有多少兵力？

俘　虏　那里水急浪大，没有驻兵。

赵志方　（指着老渡口）那里呢？

俘　虏　那里是老渡口，放了两个连。

赵志方　你们的增援部队什么时候赶到？

俘　虏　今天晚上必须赶到！

赵志方　吃饭去！

俘　虏　吃饭去！

小　周　走！

俘　虏　走！

　　　　〔小周带俘虏下。

赵志方　跑步去请教导员来！

二　娃　是！（跑下）

　　　　〔李有国、罗顺成急上。

赵志方　副营长，船找到了吗？

罗顺成　总算找到了一只船。

赵志方　有一只船！

李有国　在哪儿？

罗顺成	在那间房子后面。有个老大爷蹲在船上，我把好话都说尽了，他就是不肯借，时间又这么紧……
李有国	越是时间紧，越要做细致的政治思想工作。你去把老大爷请到这儿来，我说服他。
罗顺成	你？行！（下）
赵志方	教导员！刚才俘虏讲了一个新的情况，敌人有两个半旅的增援部队，今天晚上要赶到这里布防。
李有国	这就是说，我们渡河的时间必须抢在敌人的前面！
赵志方	只有提前强渡，占领对岸渡口，夺取船只，才能争取时间，保证全军渡河。
李有国	有把握吗？
赵志方	关键是要有船。哪怕是只有一只船，我也能渡过河去。
李有国	船的问题，我解决。还有什么？
赵志方	我担心天要下雨，河水上涨……
	〔响起滚滚闷雷声。
李有国	老赵，俗话说，水涨船高，下雨怕什么？对我们隐蔽接近敌人更有利。你把刚才所得的情况，立即向上级报告！
赵志方	我马上写！
	〔罗顺成带老船夫上。
罗顺成	老大爷，快走啊！
老船夫	我的船烂了！
罗顺成	老李，来了。
老船夫	我的船烂了！
罗顺成	老大爷，你们谈谈！
老船夫	谈谈？我的船……
罗顺成	（连忙拉住老船夫）烂了！对不对？
李有国	老大爷，这边坐。你今年多大岁数了？
老船夫	啊？
罗顺成	问你多大岁数啦？（向李有国）他耳朵有点背。
老船夫	六十二了，长官。
罗顺成	哎，我给你说过了，我们不兴叫长官，要叫"同志"！

老船夫　啊，同志！……我的船烂了！（一直回头望着）

李有国　老大爷，这一带还能找到些船吗？

老船夫　没有了，几十条船都叫国民党军队弄到河对岸去了。唉，我的那条船……

罗顺成　烂了！

老船夫　我不是跟你说过了吗？国民党军队逼着我给他们送子弹，船碰在礁石上撞烂了。可是他们连一个钱也不给，船就一直放在岸边没法子修它。今天早上，那些可恶的国民党军队，又要拿手榴弹给我炸了，还叫我老头子也要过到河那边去。我躺在船上说，你们打死我吧！那个该死的当官的打了我两耳光，踢了我两脚才走……刚才这位长官……啊，同志！又来借船，我说船都烂了，实在不能用，他还不信！（转身就走）

罗顺成　（急忙拉住老船长）老大爷，你……

老船夫　我老头子还得靠这只船养家呢！

　　　　〔小岳急上。

小　岳　报告！李教导员，信。

　　　　〔李有国、赵志方看信。

李有国　上级和我们掌握的情况完全一致，要提前渡河！

众　人　（惊）什么，提前渡河！

赵志方　小岳，这是我们的作战方案和刚才审讯俘虏的口供，请你交给总部首长。

小　岳　是！（急下）

赵志方　走，副营长，咱们看看地形去。

罗顺成　可是……船……

赵志方　（指李有国）看他的。（拉罗顺成下）

老船夫　你们忙啊，没我的事，我走了。

李有国　（非常亲切地）老大爷，再坐坐吧。小周，给老大爷搞点水喝。

　　　　〔小周给老船夫倒水。

老船夫　（怕罗顺成弄走他的船，一直看着罗顺成去的方向）同志，就你们这么点人过河吗？

李有国　老大爷，我们的大队人马还在后头呢！

老船夫	我老汉乱说，你别见怪。别说是你们，就是天兵天将，只要河那边有人镇守，也过不去呀！人家在山洞里打你，你在水面行船，那还有个跑吗？
李有国	我们是毛主席、共产党领导的工农红军，困难再大，我们也要渡过河去！
老船夫	哎，你们为啥非要过河去吗？
李有国	老大爷，中国有个卖国贼叫蒋介石，把"东三省"卖给了日本鬼子。日本鬼子在那里杀害我们的同胞，你说，我们应不应该快过河去打日本鬼子，救自己的同胞啊？
老船夫	噢，应该！
李有国	我们还要打倒那些杀人放火、祸害老百姓的军阀、汉奸、地主、老财，为穷苦老百姓伸冤报仇！
老船夫	噢，为穷苦老百姓伸冤报仇？
	〔一阵闷雷声。
李有国	老大爷，你家的日子还过得去吧？
老船夫	唉，吃了上顿没下顿……都怪我老汉命不好啊！
李有国	不是命不好，是因为有人剥削你。
老船夫	（莫名其妙）剥削？
李有国	你整年整月地划船，为什么吃不饱、穿不暖呢？
老船夫	提起来话长啊！这些年兵荒马乱，路断人稀，来往客商又少，过河的都是当官的当兵的，过了河又不给钱，船烂了又没钱修。没法子，我还种了点地，可是地是地主的，每年除了给地主缴租子还要上税。唉！这是什么世道啊！才民国二十四年，就向我们要民国三十八年的粮了，他们像强盗一样，你说我能吃得饱穿得暖吗？（泪水横流）
李有国	老大爷，这就是他们对你的剥削呀！毛主席领导我们闹革命，就是要打倒那些地主、老财、国民党反动派，让我们穷苦老百姓过好日子。
老船夫	要是真有那么一天，多好啊！
李有国	会有这一天的。老大爷，你家里还有什么人哪？
老船夫	有一个儿子、儿媳妇和孙子。儿子被国民党打死了，儿媳妇和孙

子今天早晨叫那些国民党军队抓到河那边去了！唉……是死是活
还不知道呢！

〔炸雷巨响。

老船夫 老天爷呀，你为什么不把那些害人精用五雷轰了呢！

李有国 老大爷，我们渡过河去，一定把您的儿媳妇和孙子救出来！

老船夫 是吗？求老天爷保佑你们能过得去！

李有国 老大爷，你要是能帮助我们的话，可比老天爷强啊！

〔赵志方、罗顺成上。

老船夫 啊，好吧！我这就回去修船，修好了给你们用。

赵志方 能修好吗？老大爷！

老船夫 能！

赵志方 谢谢你！

老船夫 （见罗顺成）啊！别见怪呀同志，船就是我的命啊！刚才是你没
有说清楚。哈哈……（下）

罗顺成 哦，对！是我没有说清楚。

众　人 谢谢你呀！老大爷！

罗顺成 老李，你真行啊！

李有国 老赵，渡口选好了吗？

赵志方 我打算从水流最急的地方偷渡！你们看行不行？

罗顺成 那里浪太大了。

李有国 浪大怕什么？

罗顺成 浪大礁石多呀！

李有国 可浪在礁石的后面啊！

赵志方
罗顺成 （同时惊喜地）对！

李有国 老赵这个想法很大胆，敌人做梦也想不到我们从这里偷渡！还
有吗？

赵志方 为了掩护偷渡，我想从老渡口发起佯攻，把敌人的兵力、火力都
吸引住，然后两面夹击！

罗顺成 好！

李有国 佯攻的任务交给我！我到总部再去汇报一下情况。（下）

〔倾盆大雨突然袭来。

〔大老王跑步急上。

大老王　报告营长，河水上涨了！

赵志方　涨了多少？

大老王　五六寸！

罗顺成　啊？

赵志方　知道了。告诉你们连长，为了保证提前渡河，要加紧赶造木筏子！

大老王　是！（急下）

罗顺成　真急人！我去看看。（急下）

赵志方　（转向奔腾咆哮的大渡河，豪迈地）大渡河！今天我们非战胜你不可！

〔猛的一个霹雳。

赵志方　（仰望布满乌云的长空）雨，你下吧，雨大我们的决心更大！水，你涨吧，水涨我们的决心也涨！

〔朱连长、王德强急上。

朱连长
王德强　报告营长！河水又涨了！

赵志方　涨了多少？

朱连长
王德强　一尺多！

赵志方　水涨船高，用不着大惊小怪。就是河水再涨一丈，也不要来报告了！

朱连长
王德强　是！（急下）

〔李有国拿着总部的信，兴奋地同郑参谋、二娃上。

李有国　老赵，信心和力量一块儿来了！我见到毛主席啦！

赵志方　见到毛主席啦！

李有国　我还见到周恩来副主席和朱德总司令！他们都到前面来了，毛主席批准了我们的作战方案！（把信交给赵志方）

众　人　好啊！

赵志方　（热情握手）郑参谋！

郑参谋　赵营长！总部给你们送来了两千发子弹和两发炮弹。

赵志方　两发炮弹！太好了！通信员，赶快通知各连干部到这儿来开会！

二　娃
小　周　是！（分头急下）

郑参谋　祝你们强渡成功！

李有国
赵志方　请报告毛主席，我们一定按时渡过大渡河！

郑参谋　我一定报告毛主席！再见！（下）
　　　　〔吴队长同几个手持船桨的水手和老乡们上。

吴队长　老李！水手找来了！
　　　　〔老船夫带领几个持船桨的水手上。

老船夫　哈哈！红军同志，船修好了，你们不是缺水手吗？我给你们找
　　　　来了！

赵志方　谢谢你！

众水手　红军同志，缺什么就说吧！

李有国　谢谢乡亲们！

众　人　都是一家人嘛。

老船夫　他们也和我一样，都是受苦人。

李有国　谢谢你，老大爷！

老船夫　先别谢，我还有件事要求你们呢！

李有国　什么事，说吧！

老船夫　我想帮你们划船！

赵志方　你这么大岁数了……

老船夫　嫌我老了，是不是？跟你说吧，要讲划船，我……

李有国
赵志方　是个老手！

老船夫　要我吗？

赵志方　老大爷，我们可是从水流最急的地方冲过去哟。

老船夫　我可以从水里钻过去！

众　人　欢迎你，老大爷！

老船夫　（大笑）……

159

罗顺成	老赵，二十只木筏子造好了，已经送到了渡口，各连干部都来了。
	〔各连干部上。
赵志方	好。
	〔王德强跑上。
王德强	报告！
	〔朱连长跑上。
朱连长	报告！
	〔一连长跑上。
一连长	报告！
	〔一队全副武装、身材威武雄壮的战士，手持船桨跑上。
领　队	报告，强渡大渡河的水手前来报到！
李有国	老赵，你下命令吧！
赵志方	好！（站在高处岩石上）同志们，上级命令我们提前强渡大渡河！仗是这样打法：五点整，教导员和王连长带一、二连，从老渡口发起佯攻，机炮连正面掩护。要打得狠，打得猛，要摆开一副强攻的架势，吸引住敌人的全部兵力和火力。这个时候，我和罗副营长带领突击队，从水流最急的地方偷渡。如果敌人发现了我们，机炮连就用那两发炮弹，一发要打中敌人的营部，另一发要打掉老渡口到上游的援兵。偷渡成功以后，我们立即以泰山压顶之势，直插敌人心脏，佯攻部队趁机强行登岸，两路夹击，一下子掐住敌人的脖子，打！打！
众　人	狠狠地打！
赵志方	偷渡开始的信号，是一发绿色信号弹；偷渡成功的信号，是一发红色信号弹。听明白了没有？
众　人	听明白了！
赵志方	好！教导员讲话。
李有国	同志们，现在的革命形势大好，在遵义会议以后，红军在毛主席的亲自指挥下，甩开了敌人主力，转败为胜，打了大胜仗。二、六军团在湘鄂西也打了胜仗，四方面军在河那边等待我们。同志们，毛主席、党中央在亲自指挥我们战斗，我们用什么来回答毛主席、党中央对我们的希望啊！

众战士 （霹雳般的声音回答）战胜大渡河！

〔暗转。

〔幕间，红军气壮山河的歌声、机枪声、浪击声交织在一起，汇成一部雄伟的战斗交响乐。

第二场

〔前场当天的傍晚。

〔大渡河上。

〔幕启。

〔大渡河上，狂浪翻滚，恶云飞腾。河岸上红军战士的歌声，雄壮而又嘹亮：

　　　　"钢铁的红军，

　　　　都是英雄汉。

　　　　强攻大渡河，

　　　　英勇战天险！

　　　　战火纷飞何所惧，

　　　　水涨船高志更坚！

　　　　前进，前进！

　　　　毛主席和我们在一起。

　　　　前进，前进！

　　　　战胜大渡河，

　　　　胜利向前进！"

〔一只只木筏像箭一样冲了出来。李有国、吴队长、大老王、小周在第一只木筏上，王德强等在第二只木筏上。战士们拼命地用力划桨。云雾和飞溅起的浪花从战士们身边掠过，敌人的炮弹在木筏周围爆炸，战斗的火光衬托着红军战士们钢铁般的英姿。一束红光，照在李有国的脸上。他那高昂的朗诵，伴随着《强渡大渡河》的战歌，确有气壮山河之概。

吴队长 同志们，前进哪！毛主席在我们身边，给我们增添了无穷的力量！浪大，我们的决心更大！水涨，我们的决心也涨！前进！

〔一颗绿色信号弹突然划天而过。

众　人	总攻的信号！
李有国	同志们，偷渡开始了！把战斗的军旗展开！把敌人的火力全部吸引过来！打！

〔机枪喷出火舌，敌人的曳光弹立即交织成火网，掠过木筏的上空。

〔大老王抱着机枪向敌人射击时，负伤倒下。李有国立即抱起机枪向敌人方面猛烈射击。突然，他胸部中弹负伤。

小　周	（扑上去）教导员，你……
李有国	（制止地）不要喊！（挺立起来，大声地）同志们！把敌人的火力全部吸引过来！前进！

〔一颗红色信号弹划过长空。

小　周	（兴奋地）偷渡成功了！
李有国	（一手提着机枪，一手按着伤口，大喊）同志们！登岸！

〔幕落。

第六幕　雪山风云

新出场人物　韩　勇——二十六岁，红四方面军"锦江"营营长。

小　于——十八岁，"锦江"营通信员。

一、四方面军的红军战士若干，藏族男女群众若干，大喇嘛一人，小喇嘛二人。

第一场

〔1935年6月。

〔邛崃山脉雪线下的森林中。

〔月夜。古老的森林郁郁葱葱。远处，重叠起伏的雪山，披着皎洁的月色。左侧，松柏的枝叶掩映着喇嘛寺的画栋飞檐。离它不远处，燃着一堆熊熊的篝火，篝火上正热腾腾地煮着牛肉和青稞酒。

〔今天是一、四方面军胜利会合的日子。一方面军的"泰山"营，四方面军的"锦江"营和藏族同胞正在附近密林深处热烈地开联欢会。粗大的松柏树干上，贴着"毛主席万岁!""中国共产党万岁!""庆祝一、四方面军胜利会师!"的标语。松柏的枝杈上，挂着各式各样的彩色灯笼，在闪闪的篝火映衬下显得分外鲜明。

〔幕启。

〔李有国、赵志方、罗顺成、王德强，四方面军"锦江"营营长韩勇，以及数名四方面军的连级干部和宣传队的同志，正围在篝火旁。火光映红了他们的笑脸。

〔一、四方面军的战士和藏族同胞手挽手，打着灯笼唱着、跳着从这里走过。

众　人　（唱）篝火闪闪放红光，

　　　　　　邛崃山下人欢唱。

　　　　　　一、四方面军的战友手挽手，

　　　　　　永远跟着毛主席!

　　　　　　永远跟着共产党!

李有国　（捧着一碗青稞酒，热情洋溢地）同志们!为庆祝我们一、四方面军胜利会合，为庆祝两大主力红军在毛主席、党中央直接领导下并肩战斗，干杯!

韩　勇　（举杯）毛主席万岁!

众　人　毛主席万岁!（举杯一饮而尽）

罗顺成　同志们，我们也去参加联欢会吧!（下）

王德强　走。（下）

赵志方　走。（下）

韩　勇　（热情地）好。（与李有国手挽手欲下）

　　　　〔张护士急上。

张护士　李教导员!李教导员!

李有国　（边走边答）小张，快来参加联欢会哟。（与韩勇下）

张护士　咳!（回头训小周）小周，你这个通信员是怎么当的?

小　周　我怎么啦?

张护士　你们教导员又唱又跳，还喝了一大碗酒，是不?

小　周　嗨，两大主力会师了，谁不高兴呀!

163

张护士　高兴？你不知道他胸前的伤还没有封口？马上就要过雪山了，他又唱又跳又喝酒，伤口犯了怎么办？

小　周　他要和四方面军"锦江"营韩营长去参加联欢会，我怎么能阻拦得住呢。

张护士　你呀，你得好好照顾他，看着他。我去找他去。

〔张护士刚下，韩勇和李有国并肩谈笑着上。

韩　勇　老李，我们俩说一会儿，再去参加联欢会好不好？

李有国　好啊。

韩　勇　好战友啊，我有很多话要对你说呀！

〔张护士跑上。

张护士　嘿！我再一次警告你，现在你不能跳，也不能唱，明天过雪山你还不能走路，一定得坐担架！

李有国　（开玩笑地）豹子坐担架心不跳，可我的心还在跳噢！

张护士　（恳切地）可是，你的伤还没有好，当心恶化，懂吗？

韩　勇　（关切地）怎么，你还带着伤？

李有国　没什么，她总是关心着每一个同志。（向张护士）好啦，好啦，好啦，我接受批评，保证不唱也不跳行吧？

张护士　（顽皮地学着李有国的声调）好啦，好啦，好啦，你的伤还没好啦！你得听我的！

韩　勇　（风趣地）好吧！把你们教导员交给我，我负责监督他！

张护士　噢！你们两个是不是……

李有国　小周、小张，你们到联欢会上玩一会儿好吧！

小　周　不！我煮牛肉。

张护士　（会意地拉了小周一把，使了个眼色）走吧！

小　周　咦！你刚才不是要我看着他吗？

张护士　（故意大声地）人家现在要说知心话呢，走吧！

李有国　你们俩嘀咕什么？

张护士　嘀咕什么？说你们两个第一次见面就有知心话要说，对吧？（顽皮地做鬼脸，拉小周跑下）

〔吴队长手拿小本，边写边思索走上。

吴队长　哦！你在这儿呢？

李有国 （向吴队长介绍）吴队长，这是四方面军"锦江"营的营长韩勇同志。

吴队长 韩勇同志，你好！

李有国 这是宣传队吴队长。

韩　勇 吴队长，你好！

吴队长 好极了！一个"泰山"，一个"锦江"，山水相连，心心相印，真是一对亲密的战友啊！我写了一个歌颂一、四方面军会师的节目，你们俩也听听啊！

李有国 你先去吧，我们就来。

吴队长 好，你们谈吧！我到联欢会上去了。（下）

韩　勇 哎呀！在你们这儿，新鲜的事情真多呀！

李有国 你对吴队长这个人也感到新奇？

韩　勇 很有意思的一个同志。可惜像这样的同志，在我们那里剩下的太少了！

李有国 毛主席教导我们，团结一切可以团结的人。他是一个知识分子，头发留得比别人长一些，还戴了一副近视眼镜。可是，同志们喜欢他，革命需要他！

韩　勇 今天从你们身上学到了很多东西。

〔罗顺成急上。

罗顺成 嘿！你们俩跑到这儿来了！联欢会上正等着你们出节目呢！快走，快走！

〔两个小喇嘛提着黄纸灯笼，引着衰老的大喇嘛上。

大喇嘛 （见众人装出笑脸，双手合十）阿弥陀佛！大军肩负重任，跋涉万里，为什么在林中露宿，不到禅房下榻呢？

罗顺成 （厌恶地）哼！

李有国 （捅了罗顺成一下，又严肃地对大喇嘛）我们红军有严明的纪律，转经楼前不拴马，喇嘛寺里不驻军。

大喇嘛 善哉，善哉。

罗顺成 哼！

大喇嘛 （见罗顺成怒视自己，打了个寒战）阿弥陀佛！善哉呀善哉。（下）

〔小喇嘛随下。

罗顺成	呸！大地主！
韩　勇	大恶霸！
罗顺成	大喇嘛头子！
罗顺成 韩　勇	反革命头子！坏透了！
韩　勇	他们把牛、羊、粮食都藏起来了。
李有国	群众总有一天会起来收拾他们的！

〔联欢会上传来欢笑声。

罗顺成　你们谈吧！我到联欢会上看看去。（下）

韩　勇　（沉思地）老李，有件奇怪的事情，我们那里竟有人要同反动的大喇嘛头子搞联合，要在这儿建立根据地！

李有国　什么？在这儿建立根据地？这儿地薄人稀，兄弟民族多，他们深受反动宗教头子的压迫，革命的影响甚少，怎么能在这儿建立根据地呢？

韩　勇　在这里干革命太困难了，我不干了！我要到你们这儿来！你收下我吧！

李有国　（急制止）韩勇同志，路线斗争，是有困难的！但是，我们相信四方面军的广大指战员是一定能战胜困难的！……当大革命失败后，毛主席领导了秋收起义，缔造了中国工农红军，把红旗插上了井冈山。那时候，人少、枪缺，也很困难哪！外有敌人的"围剿"，内有机会主义分子到处散布悲观失望的论调，说什么"井冈山的红旗到底能打多久""山沟里出不了马列主义"……可是，毛主席领导我们战胜了困难，毛主席的革命路线就像一盏明灯，照亮了中国革命的道路，星星之火燎原了！我们扩建了以瑞金为中心的中央根据地，粉碎了蒋介石对中央根据地的一、二、三、四次"围剿"……

韩　勇　这是因为有毛主席的领导啊！可是我……

李有国　你、我都是在毛主席、党中央领导下的！我们一定会并肩战斗到底的！

〔突然传来刺耳的军号声。

166　韩　勇　（一愣）这是调我的。可是，我们的话还没谈完哪！我……

李有国	以后再谈吧！

〔小于上。

小 于	报告营长，上级命令我营火速从邛崃山左翼出动，马上出发！
韩 勇	知道了！（热泪盈眶）老李，你能不能把毛主席写的书送给我一些？
李有国	好，（从皮包里取出几本书）这是《古田会议决议》，这是《星星之火，可以燎原》，这是传达遵义会议决议的记录，你收下吧！
韩 勇	（双手接书紧贴在胸前）老李，多么想和你们并肩战斗啊！

〔刺耳的军号声又响了。

李有国	我们一定会再见面的！
韩 勇	我们一定会再见面的！（擦泪，转身跑去）
李有国	（目送着战友的身影消失在夜雾中）又要刮大风啦！

〔幕急落。

第二场

〔1935年8月。

〔雪山上。

〔乌云密布，雪山皑皑，长年的雪山凝聚成一座奇妙的冰门。断崖绝壁上挂满晶莹的冰凌，把大雪山装点得异常巍然壮观。

〔幕启。

〔风雪弥漫，冰雹横飞。一股强大的旋风在山坡上打转，卷起一串串雪球抛向空中。"泰山"营的指战员们，互相照顾，互相鼓舞，登上了悬崖的顶端。突然，雪崩暴发，炸起漫天雪烟。战士们被狂风吹倒在地，迷失了方向。

李有国	同志们，加油啊！翻过这座雪山，就到嘎达啰！
一战士	哦，听到了！同志们，加油啊！翻过这座雪山，就到嘎达啰！
众 人	哦！知道啰！

〔李有国伤口剧痛，从雪坡上滑下。

赵志方 罗顺成	老李，你怎么啦？怎么啦？
李有国	没什么。同志们，看哪！风卷雪花舞，红旗招展如画。毛主席缔

167

造的英雄红军，把万年雪山踩脚下。我们翻过雪山，跨过草地，和全国红军大会合，南征北杀，东战西打，打！打！

众　人　打出一个红彤彤的天下！

王德强　教导员、营长，雪太大，带路的通司迷失方向了。同志们都卧在雪地里，山高、空气少、呼吸困难，怎么办？

李有国　找路啊！

王德强　这万年的雪山，连鸟都飞不过，哪儿来的路啊？

李有国　从这边走！

〔雪崩，堵绝后路。

大老王　教导员，前面雪崩，后面路断，怎么办？

罗顺成　怕什么！

李有国　革命的天下，要我们自己打！路，要我们自己开！（从怀里取出指北针）同志们！这是毛主席送给我们的指北针，按照毛主席指引的方向，那里是北方！从这儿下！

〔狂风大作。

赵志方
罗顺成　好！
王德强

李有国　同志们，跟我来呀！从这儿下去就是大森林啊！

众　人　好！

走！

走啊！

〔狂风呼啸。李有国跃身跳下，战士们一个一个地跟着跳下。

〔幕渐落。

第七幕　草地红光

〔接前幕。

〔川西北高原上的水草地。

〔夏天的水草地，掩盖在白雾之中。这里气候恶劣多变。在这一望无际的草原上到处长满了野草，它一年年地生长，一年年地死去，在泥浆上面凝成一层狡猾的"外衣"，人们若从这儿走过，就会陷下去，以至淹没颈项，失去生命。要在这样的水草地上通过，只有在每人相隔一丈远的距离之内，用跑步的速度前进，才可能通过。红军就在这样极其困难的环境中，坚强地奋战着。

〔幕启。

〔李有国穿一件破大衣，拄着红缨枪上。由于地不平，伤口剧痛而摔倒。小周把他扶了起来。

小　周　唉，教导员！要你坐担架，你不干，扶着你走，你也不干，怎么样，又摔倒了吧？

李有国　（忍着伤口的剧痛）嘿！摔倒了，再爬起来。腿软了，咱们就坐下休息一会儿。（坐在一块突出的草垛上）

〔大老王、二娃、钱贵喜扶何伍上。

大老王
何　伍　　教导员！

李有国　大老王、何伍，来，坐下休息休息。

大老王　教导员，你的伤？

李有国　你的伤还没好，是吧？

何　伍　是呀，可是他还要帮助我背枪，背背包。

大老王　我，我很结实！

何　伍　结实？饿着肚子翻雪山，走草地，身体再好的人也受不了，何况你……

大老王　何伍，别说了！

何　伍　我在国民党队伍里当了五年兵，可从来没见过像他这样好的班长！他还发着高烧……

大老王　（急制止）何伍！

何　伍　好，我不说了。教导员，我们刚翻过雪山，又走草地，这草地有多大呀？都走了五天了，还要走几天哟！

李有国　再走两三天就行了。

何　伍　哎哟，你看我这腿像个大冬瓜了！

李有国　要想练成钢腿铁脚板，开始就得粗点。（把小周身上背的一小袋干粮给何伍）你喝点水，吃点干粮。

何　伍　（急忙拒绝）不，不，你就那点干粮了，我再也不能吃你的了，你的伤口……

李有国　（微笑着）伤？毛主席的红军战士，不仅是铁打的，而且是钢造的！懂吗？钢造的！

众　人　懂！

〔罗顺成背着几个背包和枪支、子弹袋，艰难而乐观地上。

罗顺成　嘿！这地方，一会儿热，一会儿凉；一会儿狂风暴雨，一会儿又大雪纷飞；一会儿陷下去，一会儿又爬上来……

李有国　（风趣地）哎呀，老罗呀！你看这一望无边的草原……将来革命成功了，建设社会主义的时候到这里来，开上拖拉机，种上稻子，叫这千里草原稻花香呀！

众　人　香啊！

〔王德强背着几个背包、枪支、子弹带上。

王德强　教导员，副营长。

李有国
罗顺成　什么事？

王德强　四方面军前卫部队的几个掉队的同志，要求参加我们一方面军，跟着毛主席干革命。

罗顺成　好啊！欢迎。

王德强　他们还说，刚接到命令，让他们加快行军速度。

李有国　（一惊）啊！

众　人　啊！

罗顺成　啊！把伤病员全扔了？到我们这里来的都是伤病员？

王德强　不，共九个同志，有两个病号，三个伤员。

罗顺成　嗯，都收下。

李有国　刚才收到上级的通知：凡是四方面军掉队的，要求参加一方面军的，一律劝送归队。老王，你把这点干粮拿去给四方面军的那几个同志吃，无论如何要把他们送回去。

王德强　是。（下）

李有国　老罗，你到前面三连去看看，会不会有四方面军的同志在那里。

罗顺成	是。要有，我一定劝他们回去。（转身对小周）小周，你照顾好教导员。（下）
小 周	是！
二 娃	教导员，副营长刚才头晕肚子痛啊！
李有国	（一惊）哦！小周、二娃，快去照顾副营长。
小 周 二 娃	是！（下）

〔狂风大作，昏天黑地。韩勇带通信员小于突然出现在李有国的身后。

韩 勇	李有国同志！
李有国	哎呀，韩营长！
韩 勇	（扑到李有国身上）我的战友！我们又见面了！
李有国	我们早就说过，一定会并肩前进的！在我们哪一侧？
韩 勇	在你们左侧。
李有国	看你跑得满头大汗！有什么事吗？快坐下说。
韩 勇	唉！先歇一会儿！
李有国	（会意地）同志们，到那边去休息会儿吧。

〔众人会意离去，场上只剩下李有国、韩勇两人。

韩 勇	（紧拉着李有国的手）老李，你送给我的毛主席的书，我看了一遍又一遍！心里亮堂极了！我越来越感觉我们那儿好些地方和你们不一样呀！
李有国	我们都是毛主席统率下的工农红军，都有一个共同的志愿，就是要跟着毛主席团结起来干革命。
韩 勇	（激昂地）唉！可是……我们那里却有人不搞团结搞分裂！
李有国	什么？
韩 勇	我接到一个小册子。
李有国	什么小册子？
韩 勇	（压抑住感情的冲动）小册子上胡说什么毛主席决定翻雪山，走草地，到陕北与陕北红军会合这条道路是错误的！张国焘要我们南下。
李有国	（愤怒地）什么？不！毛主席的路线是正确的！是为了打日本帝

171

国主义，为了领导全国的抗日运动，为了有陕北根据地作为革命的落脚点和出发点！而张国焘的南下……

韩　勇　是退却逃跑！逃避领导全国革命运动的历史任务。南下是到人口稀少的藏族地区，只能导致革命的失败！

李有国　毛主席指引的是革命的胜利的路线！

韩　勇　张国焘是在搞分裂主义，退却逃跑，是"右"倾机会主义路线！

李有国　这是两条路线的斗争！

韩　勇　对。

李有国　韩勇同志，毛主席的革命路线是得到广大的革命同志拥护的。遵义会议以后，二、六军团是拥护毛主席路线的，他们合编为二方面军之后，就向北走来，开始长征了。红二十五军，是拥护毛主席路线的，已经向陕北转移了。四方面军的广大指战员是拥护毛主席路线的。

韩　勇　对。我们四方面军的广大指战员是拥护毛主席路线的！这是刚才我接到的一个奇怪的命令。命令上说，要我们全营马上从左侧赶到你们前面转向右侧，向回走！

李有国　从左侧转向右侧往回走?!

韩　勇　这是小册子，这是命令。给你。

李有国　（接过这两样东西，转身就想把情况报告毛主席，可是跑了几步，由于愤怒和伤口的疼痛几乎晕倒，挣扎着挺立起来，大声叫着）赵志方！赵志方！

　　　　〔赵志方飞步跑上。

赵志方　我在这儿。

李有国　（急切地）韩营长送来了一个重要情况，快去报告党中央，报告毛主席！

赵志方　（接过小册子和命令）是！（转身就跑）

韩　勇　（追上赵志方，泪流满面）同志，你见到毛主席，代我问好，你告诉他，我们四方面军的干部、战士多么想念他啊！

赵志方　是。（急转身，奔跑而去）

　　　　〔远处传来四方面军调韩勇的军号声。

172　韩　勇　又在调我啦，我该去集合了。（走了几步，又转回）老李，这次该要我了吧？我要跟着毛主席干革命哪！

李有国　韩勇同志，我的好战友！在这两条路线斗争激烈的时候，你应该回到自己战斗的岗位上去。我们相信四方面军的广大指战员一定会跟着毛主席干革命的！（紧握住韩勇的手）

〔韩勇无可奈何，只好转身离去，他踉踉跄跄几步几乎摔倒。

李有国　（急拉住韩勇）韩勇同志，水草地行起军来很艰难，要多加小心啊！

韩　勇　放心吧，我是个石匠，我的脚跟是稳的，不会陷下去的。（深情地握住李有国的手）我们还会再见面的！（转身欲走）

李有国　你等等。（从怀里掏出指北针）这是毛主席送给我们的指北针，你带着它，它会永远给你指示正确的方向。

韩　勇　（万分激动，热泪盈眶）毛主席！（转身对李有国）我们一定按照毛主席指引的方向前进！现在转一圈，我们还会回来的。我们会像这指北针的指针一样，不管怎么转，它总是向着北方！（十分珍惜地收起指北针，并拿出一块怀表）这是我的一块怀表，外壳已经烂了，可是里边的机器还在走啊，相信我们四方面军的广大指战员，一定会跟着毛主席干革命的。

〔又响起调韩勇的军号声。

李有国　（坚信地）我们一定还会再见面的！

〔李有国和韩勇心情沉重地相互凝视、热烈拥抱。

韩　勇　（坚定地）那时就不说再见！不说再见！不说再见啦！（紧紧地握了握李有国的手，含着热泪，带通信员小于毅然离去）

〔狂风大作。

李有国　（忍着伤口的疼痛，怀着沉重的心情，迎着狂风傲然挺立）机会主义分子搞分裂，革命又遇到了困难！哼！这没有什么，毛主席的路线会胜利的。困难是暂时的！暂时的！

〔一阵狂风吹来，李有国怀着对机会主义分子极大的愤慨，晕倒在地。

〔李凤莲迎风上。

李凤莲　哥哥！哥哥！

李有国　（从昏迷中渐渐地醒过来）乌云会散的！

173

李凤莲　哥哥！

李有国　啊，凤莲哪，叫什么？

李凤莲　你的伤……

李有国　你来干什么？

李凤莲　我已经调到总部医院去帮助工作了，上级叫我接你到卫生队去。

李有国　到卫生队去当病号？！

李凤莲　还给你预备了担架。

李有国　不！我决不能给同志们增加困难，我也决不能离开连队！（激动地）你去告诉首长，就说我很好，啊！

李凤莲　要我撒谎？嗯，休想！

李有国　（深情地回忆）凤莲哪，爸爸惨死在矿井里，妈妈饿死在茅草屋中，弟弟、妹妹被敌人杀害了，只有咱们兄妹俩逃了出来，跟着毛主席闹革命。革命的道路啊是曲曲弯弯的，多少先烈在激烈的斗争中为革命流尽了最后一滴血。今天，在机会主义分子闹分裂，自然条件十分恶劣的关键时刻，我怎么能躺倒不工作呢？

李凤莲　可是你的伤口在恶化啊！

李有国　只要活一分钟，就要为革命做一分钟的工作，对吧？

李凤莲　对！哥哥，我看看你的伤口。

李有国　（急侧身）不！不！

李凤莲　（摸李有国的头）哎呀！你在发高烧！

李有国　胡说。

李凤莲　哼，（扭身走）我去告诉首长！

李有国　（恳求地）回来！跟我一块儿走，啊！

李凤莲　不，你骗我，我现在就去找担架来抬你。

李有国　回来！

李凤莲　就不！

李有国　唉，你不是我的妹妹！

李凤莲　别吓我，我不是小孩子了！（哭着跑下）

李有国　凤莲，凤莲！等等我，一块儿走，啊！唉！

〔赵志方飞奔而上。

赵志方　老李！老李，你怎么了？

〔风停云散。

李有国　见到毛主席了？

赵志方　见到了，见到了！毛主席笑了笑说："知道了，四方面军的广
　　　　大指战员，都是革命的，都是好同志，我相信他们一定会回
　　　　来的。"

李有国　好！

赵志方　伤病员同志们！

〔钱贵喜、何伍同几个伤病员、两个女宣传队员上。

赵志方　好消息呀！

众　人　什么好消息？

赵志方　同志们，毛主席在前面的树林里，煮了一大锅牛肉野菜汤，等着
　　　　我们咧！看，就在那儿！（手指前方）

众　人　毛主席！

〔赵志方带来的好消息让人激动，给了李有国和众战士无穷的信
　心和力量。

李有国　（兴奋地站了起来，激动地微笑着向前方望去，豪放地）同志
　　　　们，挺起腰，飞起铁脚板向毛主席指引的路前进！叫雪山低头、
　　　　草地发抖吧！看哪，毛主席在向我们招手哪！

〔云开雾散，霞光万道。草地盛开的鲜花在阳光的照耀下显得格
　外艳丽。

〔音乐起。

〔幕徐徐落。

第八幕　铁骨钢筋

〔接前幕。红军过水草地的最后一天。

〔水草地中一块长满古柏的高地上。

〔在宽阔的水草地上，突然出现了一片不大的原始森林。树上
长满了青苔，树下铺满了松枝腐叶。有些树早被野火烧焦，留
下了半截树桩；有的树则是刚刚被雷电劈倒，还冒着青烟。一

棵被狂风连根拔起的老柏树，断成三截，一截架在左、右两棵树中间，像根房梁，另外两截断在地上，长满了野草。有一棵参天古柏却是枝叶茂盛，独立于群树之间。"泰山"营的营部就设在这里。

〔幕启。

〔乌云密布，风雨冰雹交加。霎时，暴雨倾盆；瞬间，飞雪满天。我们英勇的红军战士们，就在这恶劣的环境下战斗前进。年轻体壮的战士身背两支枪，昂首前进；年老体弱的同志，互相搀扶着也不落后；背着行军锅的炊事员、挑着文件箱的运输员，虽然被狂风吹得直打转，可他们一步一步地紧跟队伍，毫不示弱。一个同志摔倒了，另一个同志赶紧上前将他拉起来，背在身上。紧跟着是一队整齐的红军队伍，由赵志方、王德强率领唱着红军歌曲奋勇前进。

〔赵志方担着文件箱上。

赵志方　嘀！好大的柏树啊！同志们，就在这里宿营了！老罗，你布置阵地，我到总部汇报情况去了。（下）

〔罗顺成应声从另一方上。

罗顺成　是！小周！小周！

〔小周和二娃在这儿搭帐篷，烧火做饭。狂风暴雨袭来，他俩躲在一棵巨大的柏树下避风雨。

小　周　（听到喊声，迅速迎了出来）我在这里！

罗顺成　小周，教导员呢？

小　周　还没有到。

罗顺成　什么？还没有到！你为什么不照顾他，你跑到前面来干什么？

小　周　教导员叫我到前面来照顾你！

罗顺成　你就听了他的话到前面来了？好啊！你把教导员给我丢了！嗯，你这个小鬼呀！我说你也是一阵聪明，一阵糊涂。你不知道他的伤还没有好，你是要照顾好他的嘛！

小　周　（天真地）哼！不执行他的命令，他说我；不执行你的命令，你又说我……

罗顺成　你这个小鬼呀，说你吧，你不高兴；不说你吧……

小　周	你不是说我啦！
罗顺成	聪明、糊涂都是你！马上给教导员做点好吃的，我布置阵地去了。（下）

　　〔风停雨止，鹅毛大雪却又倾天而降。小周、二娃把帐篷搭好，生着了火，吊起了用煤油桶做的行军锅。

小　周	刚才狂风暴雨，现在又变成鹅毛大雪！（焦急地）教导员还不来呀。
二　娃	教导员的伤好了吗？
小　周	又重了。
二　娃	什么？他不是说完全好了吗？
小　周	你还看不出来？有人在的时候他又说又笑，没有人的时候疼得他直咬牙。
二　娃	嗯？我怎么从来没有听他叫过疼呀！
小　周	他叫你听见？那才不呢！这事儿呀，除了我，谁也不知道。
二　娃	明天，我们俩抬他！
小　周	抬他？昨天营长要抬他，他跟营长吵了一顿。哎呀，吵得可凶呢！这是我第一次看见他发这么大的火儿。
二　娃	教导员真是个英雄啊！走这么远的水草地，又有伤，还有说有笑地走着……走着……
小　周	他还说，不能战胜艰难困苦，就不能干革命！革命者不能被困难吓倒，而是让困难投降！我们给他做点好吃的呀？
二　娃	好！我打水去。
小　周	要打活水，不要打死水。死水有毒。
二　娃	我知道！（下）
小　周	采些好吃的野菜！

　　〔二娃内应："唉！"

小　周	（拿起干粮袋，惊恐地）哎呀！一点儿干粮也没有了！拿什么给教导员吃呀？（着急地哭了）

　　〔李有国挂着红缨枪，哼着井冈山的歌儿，由钱贵喜搀扶着艰难地走上。

李有国	（见小周坐在大树下哭，亲切、风趣地）啊，到了个好地方，

小周！

小　周　　教导员！（惊奇地看着李有国，急忙又扑了过去，小心地扶着他）

李有国　　咳！我今天不如你们，落后了。比我早到一个钟头了吧？嗬！生了火，搭了帐篷，哈哈，你这个小鬼，真是呱呱叫呀！

小　周　　（被李有国逗得笑了起来）教导员，快坐下烤烤火吧！（扶李有国坐在一块树桩上）你的衣服全湿了，很冷吧？

李有国　　心暖不怕衣衫单。喜子，你照顾我一天了，快去休息吧。

钱贵喜　　是！（欲下，突然想起）小周，你要……

李有国　　（急忙制止钱贵喜）钱贵喜，我在路上给你说的都忘了？

钱贵喜　　（无可奈何地）是！（下）

　　　　　〔小周紧跟着钱贵喜，想问问李有国的身体情况。李有国想移动个地方坐，刚站起来又摔倒。

小　周　　（急忙跑回抱住李有国，惊叫）教导员，你！

李有国　　（故意转话题）小周，你今天是怎么啦？

小　周　　我，哼！反正以后你再叫我离开你，我不干！

李有国　　啊！为了这个呀，我接受批评。

小　周　　罗副营长叫我给你做些好吃的。你看，一点儿干的没有了！早上留了点炒面，准备晚上给你吃，你就送给四方面军的同志们吃了，现在怎么办？

李有国　　（意味深长地）啊，小周呀！我怎么能够不给他们吃呢？咬咬牙吧，过几天就到班佑了。（兴高采烈地讲起故事）嗬！那地方可好着咧！有酥粑，还有大群大群的牦牛。那种牦牛可怪哪，毛长，角很粗，叫唤的声音呀，“唔”“唔”……不对，这样：“嗡”“嗡”……比打雷还响。牦牛个子大又好吃，杀一头牛，就够全营饱吃一顿的了……小周，你见过大绵羊吗？

小　周　　跟我们家的山羊一样大吗？

李有国　　不。比山羊大多了，一个尾巴就有几十斤重。

　　　　　〔小周摇头。

李有国　　哼！至少有十斤重。过几天就好了！

小　周　　可今天怎么办呢？

李有国　　今天？是啊，今天……嗯，有办法。昨天我们怎么来着？

小　周　野菜呀！

李有国　今天，再去找点野菜来吃呀。

小　周　昨天有炒面，同野菜煮在一块还能吃。今天一点儿炒面都没有了，你的伤又没好，罗副营长吃野菜，都头昏肚子胀了！要光吃野菜……

李有国　是啊，想想办法吧……（拿起粮袋）咦！你看这面袋上不是还有面壳吗？用开水把它洗下来跟野菜一块儿煮，不是就够吃一顿了吗？哦！还有呢，皮带用火烧烧，弄成小块，煮煮也能吃。哈哈，小周呃，野菜煮面汤，外加牛皮肉，那才好吃呢！

小　周　皮带能吃吗？

李有国　能，煮吧！

小　周　（突然地）教导员，今天下午行军，你为什么不同我比赛了呢？你的伤又重了吧？

李有国　（唱起井冈山时的歌，鼓舞和回答小周）"练就一双铁脚板。跟着毛主席天天打胜仗！"

〔罗顺成急上。

罗顺成　老李，你到了。

李有国　到了。吓我一跳！

罗顺成　伤怎么样了？

李有国　（故意打岔）哎哟老罗呀，你可是瘦多了！

罗顺成　别打岔，我是问你的伤怎么样了？

李有国　很好啊！

罗顺成　说具体些。

李有国　哎呀，我好好的一个人要你们这样操心干什么呀？

罗顺成　（抽烟）呸！呸！

李有国　老罗，烂树叶子，别抽啦！

罗顺成　不抽吧想抽，抽吧一股子木头味。

〔二娃抱着野菜，端着盆，高兴地上。

二　娃　教导员，快来看呀真稀奇呀！

李有国　什么稀奇呀?!

二　娃　看！在那边小河沟里，还有这么大的鱼呢！叫我抓了好几条！

罗顺成	（惊喜）好极了，你怎么不多抓几条呀？
二 娃	大家听说有鱼，都去抓了嘛！教导员，我给你烧鱼吃。
李有国	二娃，鱼先别动，等会儿再去采点儿好吃的野菜一块儿送给总部首长。
二 娃	是。
小 周	（尝野菜）呸！真苦呀！教导员，往天还有莤莤菜，今天就只有这个了，你看能吃吗？
罗顺成	（抓了一把放在口里嚼了嚼，用力吐了出来）呸！真苦，这能吃吗？
李有国	（也抓了一把放在口里嚼了嚼）行，能吃。开始觉得苦，多嚼一会儿就好多了。俗话说：先苦后甜嘛。没有吃过苦，就不知道什么叫甜呀！煮吧！

〔王德强拿着大老王的挂包和干粮袋，哭上。

王德强	教导员，副营长！大老王他……
李有国 罗顺成	他怎么了?!
王德强	他的伤犯了，发着高烧，还帮助病号背枪，背背包。刚才他陷进了烂泥坑里……
罗顺成	你为什么不把他拉出来呢？
王德强	拉出来了，可是他……
李有国	大老王同志牺牲了?!
王德强	（点点头）他在临牺牲前对我说："连长，你走吧，我不行了。革命胜利以后，你到我家里去看看，我只有一个受苦的妈妈。请你告诉她，虽然她的儿子为革命牺牲了，但是革命在毛主席的领导下，一定会成功的，到那个时候呀，全中国受苦的人都过上好日子了！妈妈她听了会笑的！"
李有国	好同志，亲密的战友！
王德强	这是你送给他的毛主席的书和他捡到的那支钢笔，他叫我亲手交给你。他说，好好保卫毛主席，艰难困苦就会过去的！跟着毛主席，走出草地就是胜利！
李有国	他没有死！他永远活在我们心中！狂风暴雨只能吹掉苍松的一些枝叶，待到春来，它会更加茂盛！同志们，我们应该向大老王同

志学习！他说得对呀，跟着毛主席走出草地就是胜利！

〔赵志方精神奕奕、兴致勃勃地走上。

赵志方　老李、老罗，你们都在这儿！

李有国　老赵，你来了就像添了一炉火！

赵志方　同志们，好消息啊！

李有国
罗顺成　什么好消息？
王德强

赵志方　总部找到了一个挖药的老人，他告诉了一条近路，只需要一天半，就可以走出草地到班佑了。从班佑还有一条近路，到达岷山。毛主席指示：走这条路！

众　人　太好了！

李有国　（兴奋地站起来）好啊！同志们，我们马上就要走出草地，翻过岷山与陕北红军会合啦！哼！当我们过雪山、走草地的时候，敌人咒骂我们，说我们要冻死呀、饿死呀、跑死呀……可是敌人做梦也想不到我们像猛狮一样，突然出现在他的背后，打他个措手不及、蒙头转向。（兴奋过度，几乎摔倒）

众　人　（扶李有国坐下）你怎么了？

李有国　没有什么，我高兴呀！同志们，当敌人清醒过来的时候，我们已经和二方面军、四方面军、陕北红军会合了。根据地建立起来了，部队补充了，留在南方各根据地的红军也发展壮大了，红军走过的地方，播下的革命种子开花结果了！毛主席指引的这条路，是金光大道啊！

众　人　是金光大道啊！

李有国　老赵，还有什么情况？

赵志方　刚才在前面发现了敌人的一个骑兵营，上级判断，可能是岷山一带敌人派出的侦察部队。

王德强　消灭它！

罗顺成　来吧，我正等着它呢！

赵志方　对！上级命令我们营派出去一个连，埋伏好，等敌人来了配合友邻部队把他干净、彻底消灭掉！

王德强	（跳了起来，挥舞着双拳）营长，把这个任务交给我们连吧？
赵志方	好！你去布置吧！
王德强	（大声地）是！保证把敌人干净、彻底消灭掉！（飞跑而去）〔小周、二娃下。
李有国	（深情地）老赵、老罗，坐下。长征以来，我们就没有坐在一起好好谈心了。（仔细端详着赵志方、罗顺成）老赵，你瘦了。老罗也瘦多了……唉，你看我又不能帮助你们多做点事情……
赵志方	老李，你……
李有国	昨天我不让你们抬我，生我的气了吧？
赵志方	我对你是有意见。
罗顺成	我对你这点就是有气！
李有国	阶级兄弟比什么都亲呀！过来，坐近点儿好吗？
赵志方 罗顺成	好！
李有国	同志们的思想情况怎么样？
赵志方	困难确实是困难，但是有决心战胜它！
李有国	（回忆地）记得我们三个人第一次见到毛主席的情景吗？
赵志方	那是我们上井冈山的时候……
罗顺成	毛主席问我，你是长工吧？我说是啊！问老赵，你是矿上的童工吧？
赵志方	我说是呀！问老李，你至少挖过五年煤了，懂得工人的苦处吧？
李有国	我说懂，所以要革命！毛主席说，革命开始是非常艰苦的，因为我们面前的敌人是强大的，要战胜强大的敌人，就要经得起一切艰难困苦的考验！
赵志方 罗顺成	是啊！就要经得起一切艰难困苦的考验！
	〔李有国昏过去了。
罗顺成	老李，老李，你怎么了？！
赵志方	二娃！小周！医生！这是怎么了？老李！（着急哭了）〔二娃、小周急上。
赵志方	（一面呼叫，一面查看李有国的伤口）原来是这样！

罗顺成　啊！伤口化脓了！唉！医生！护士！（跑下）

赵志方　嘿！都怪我！我为什么不坚持抬他呢？！

李有国　（慢慢地醒了过来，微笑着问）喊什么呢？

赵志方　老李，你呀……昨天，我要抬你，你坚决不干，还冲我发火……都怪我……没有全明白呀！好了，明天，你无论如何不能再走路了，一定得坐担架！

李有国　坐担架？不！水草地就是一个人空着手走，都有陷下去的危险，抬我的同志怎么办？一块儿陷下去吗？不！不能这样做。多一个人走出草地，就是多一颗革命的种子，懂吗？

赵志方　懂！我和老罗抬你！不！就是背，我也要把你背出草地。

李有国　老赵，党培养你不是要你去做不必要的牺牲。（挣扎着要站起来，被赵志方制止了）

赵志方　好了！好了！老李，全营的同志离不开你呀！

李有国　（十分激动）我也离不开同志们呀！老赵，我能走啊！（坚强地站起来，向前走着）你看，我能走啊！

　　　　〔李凤莲与罗顺成飞一般奔上。

李凤莲　（见李有国行动异常，不由得惊叫）哥哥！

李有国　凤莲呀！（激动而又亲切地）你不是到医院帮助照顾伤病员去了吗？到这儿来干什么呢？

李凤莲　（抑制住感情）哥哥，罗副营长说你昏过去了，总部首长派我来看看你，还给你带来了一瓶药。哥哥，给你上药吧。

李有国　（接过药瓶，泪流满面）我们的党啊！每时每刻都在关心着自己的儿女！你们看，首长把什么都想到了！上级的关怀，阶级的友爱，同志的感情，都一块儿来了。

李凤莲　还有呢，哥哥，这是总部首长叫我送给你的。（捧着一个纸包给李有国）

李有国　（打开一看）牛肉？！从哪儿搞来的生牛肉啊？

李凤莲　这不是牛肉，是总部首长把马杀了！（哭了出来）

　　　　〔静场片刻。

李有国　（眼睛里显出从来没有过的惊慌）啊！总部首长把马杀了！

　　　　〔赵志方、罗顺成及周围的同志都掉下了眼泪。

李有国　（含着热泪，心情十分沉重地凝视前方）这就是说毛主席也饿着肚子，在水里、泥里、风里、雪里，一步步地走、走啊……

李凤莲　哥哥，你的伤很疼吧？

李有国　我的心疼啊！（抬头倾听）听！

众　人　什么！

李有国　马叫声。

〔何伍上。

何　伍　报告，敌人的骑兵分三路来了！

罗顺成　好极了！我去消灭它！

赵志方　准备战斗！

李有国　（奋起拉住赵志方、罗顺成的手）要多抓活马！

赵志方
罗顺成　明白！多抓活马！（下）

〔李凤莲跑下。

李有国　二娃，把机枪调来。

二　娃　是。（跑下）

〔枪声响起，司号员小马紧跟着李有国。

李有国　（两眼炯炯地注视着敌方）靠近点，再靠近点打！小马，吹冲锋号！

〔激烈的枪声和嘹亮的军号声震撼着大地。战士们高喊："冲啊——"

〔顷刻，战斗结束。李有国的脸上充满胜利的喜悦。

〔罗顺成兴奋地跑上。

罗顺成　老李！敌人的一个骑兵营被我们彻底干净地消灭了！

李有国　打得好！

〔王德强跑上。

王德强　教导员，死马怎么处理呀？

李有国　马肉分给全军！

〔赵志方上。

赵志方　老李，抓到了很多活马！

李有国　（挺立在大树前，斩钉截铁地）活马！活马送给党中央！送给毛主席！让革命骑着马前进！

〔雪花结成雪球如万炮齐发，向李有国手指方向飞去。

〔"泰山"营那面鲜艳的军旗在指战员头顶上空飘扬。

〔幕急落。

第九幕　诱敌围歼

新出场人物　田望成——陕北红军"秦川"营营长。

马越红——陕北红军侦察排排长。

秦为民——红二十五军侦察排排长。

周天沿——敌东北军炮兵营营长。

沈万成——敌东北军炮兵连连长。

二班长——敌东北军炮兵班班长。

敌东北军士兵数人。

第一场

〔1935年深秋。

〔六盘山下山岭间的"冲霄观"旁。

〔薄雾蒙蒙，星月依稀，黄土高原上的村镇、河流、田野隐没在晨雾之中。山岭上松柏挺立，石缝中荆棘繁茂，野菊盛开。巨石旁有一座小庙，名曰"冲霄观"。

〔幕启。

〔寂静的山岭间，回荡着急促的琵琶声，这是红军宣传队在演奏新编的乐曲——《诱敌深入》中的"布阵"一段。乐曲突然转入悠扬而又深沉的节奏，使人感到在静静的群山中，隐伏着千军万马，孕育着一场即将到来的激战。"泰山"营战士正在庙旁休息待命。

〔王德强提着灯笼，与罗顺成坐在一块山石上，正聚精会神地学习毛主席的书。

〔天色渐亮，高原景色一览无余。

二　娃　副营长、王连长，快来看呀！啊！一眼望不到边的大平原！

〔平原上浓雾已退，景色如画，豁然开朗。

罗顺成　大平原？（纵身跳上巨石，惊喜地）嘿！同志们！快看呀！六盘山下的大平原！雪山、草地，我们胜利地走过来了！敌人的围追堵截破产了！

王德强　嘿！我们就要到陕北革命根据地啦！

〔战士们尽情地观望，兴奋地议论着。

〔张护士上。

张护士　这是"泰山"营吗？

罗顺成　是。噢，小张啊！你来干什么？

张护士　嘿，又碰上你了，教导员呢？

罗顺成　找他干什么？

张护士　换药呀。

罗顺成　他的伤早好了。

张护士　不行，还得换一次药，他在哪儿？

罗顺成　到总部开会去了。

张护士　副营长，马上要打大仗啦！我们主力部队早就出发了，你们"泰山"营怎么还在这儿待着呢？

罗顺成　我们"泰山"营有我们的任务嘛！

张护士　这一仗可跟遵义那一仗差不多，你不想去打头阵呀！（顽皮地）噢！当然啰，"泰山"营嘛，就得像泰山那样稳稳当当地待着，对不？

罗顺成　一切行动听指挥，懂吗？

张护士　啊，进步啦！

罗顺成　你这个毛丫头。

张护士　哼！（调皮地）向你学习还不行！（下）

罗顺成　行，行！

〔战士上。

战　士　报告副营长，前面发现两个形迹可疑的人。

罗顺成　（思索地）唔？天刚亮就跑到这儿来干什么？一定是敌人的探子！隐蔽，抓活的！

〔战士们飞快地隐蔽在巨石后。少顷，一个采药的老人和一个年轻的货郎小心地走上。

〔罗顺成和战士们突然从巨石后跃出。

罗顺成 （大喝一声）干什么的？

马越红 （一愣）我们是老百姓，串乡的货郎。

罗顺成 你呢？

秦为民 我是采药的。

罗顺成 （打量着）串乡的货郎？采药的？撒谎！

马越红 （惊喜地）红五星？（万分激动地）同志！你们就是毛主席领导的红军吧？

罗顺成 对！放老实点儿！

马越红 可把你们盼到啦！

秦为民 可找到你们了！

马越红 同志，前几天，听说毛主席带着中央红军走出草地，突破腊子口，到了六盘山，我们就化了装来找你们。我叫马越红，是陕北红军的侦察排长。他叫秦为民，是红二十五军的侦察排长。（要与罗顺成握手）

罗顺成 等一等，（怀疑地看着马越红、秦为民）你是陕北红军的？你是红二十五军的？

秦为民 同志，我是化了装的！（立即去掉胡子、头套，一个精明强干的小伙子站在罗顺成面前）

众战士 （高兴地）我们同陕北红军、红二十五军会合了！

马越红 同志，我们陕北红军与红二十五军会合以后，编为红十五军团了。是刘志丹同志派我们来迎接你们的，刘志丹同志还给毛主席写了封信！

罗顺成 （高兴地）哦！信呢？

马越红 在田营长手里。

罗顺成 田营长？他在什么地方？

秦为民 昨天我们分几路来找你们，说好了天亮在"冲霄观"会合！

〔罗顺成和众战士非常激动地与马越红、秦为民握手。

众　人 （兴奋地）早就盼望这一天哪！

〔李有国、赵志方与陕北红军田望成营长上。

李有国	老罗，这是刘志丹同志派来的陕北红军"秦川"营的田营长，这是我们的罗副营长。
田望成	秦排长、马排长，你们早到了！同志们，我见到毛主席了！见到毛主席了！
秦为民 马越红	见到毛主席了，太幸福了！
田望成	是啊！毛主席高大的身材，穿一套粗布军装，慈祥地微笑着和我握手啦！
秦为民	陕北的红军和群众日日盼、夜夜想，到底把毛主席盼来了！革命的新高潮就要到来了！
李有国	是啊！同志们，革命形势大好，红二十五军和陕北红军、二方面军和四方面军的广大指战员，都是拥护毛主席北上抗日路线的，我们打好这一仗，全部红军就能在陕北大会合！
众　人	对！
李有国	同志们，东北军、西北军的广大官兵是不满意卖国贼蒋介石的，只要我们做好工作，他们将会拥护抗日民族统一战线，和我们一起抗日的。所以，我们在打好歼灭战的同时，要争取敌人营垒中有爱国之心的人起义。
众　人	对！打好这一仗，十分重要！
赵志方	打好这一仗，是把抗日的大本营设在陕甘宁根据地的奠基礼，就能领导全国的抗日运动，迎接革命新高潮的到来！
众　人	对呀！
罗顺成	老李，快说我们营的任务吧，怎么打？
李有国	老赵，你说吧！
罗顺成	同志们，休息吧！
	〔战士们下。
	〔激昂的琵琶声又从"冲霄观"内传来。
赵志方	（在石凳上铺开地图）同志们！大家看，这里是陕北的狮子岭地区。就在这儿，毛主席给敌人设下了埋伏圈，我们和陕北红军一起彻底地消灭敌人的一个师和两个团。
众　人	好！

赵志方　我们营的任务是夺取敌人的重炮阵地，抢占狮子岭！

〔幕急落。

第二场

〔紧接前场。

〔陕北高原上的"狮子岭"。

〔连绵起伏的群山布落在陕北高原上。山涧石缝间，开满了山丹丹花。一群群峥嵘的风化石倾斜地躺在群山之巅。一块挺拔的巨石上面刻有"狮子岭"三个大字，巨石两旁是用乱石筑起的简陋工事。敌人的子弹箱、电话机、水壶等军用品凌乱地扔在地上。

〔幕启。

〔远处，枪炮声大作。近处，子弹呼啸。红军宣传队的喊话声阵阵传来："东北军的弟兄们！赶快缴枪投降，红军优待俘虏！"敌军士兵有的在倾听喊话，有的在看红军发的传单。

沈万成　（拿着一张红色传单）二班长，你去告诉红军长官，说我沈万成是有爱国之心的，可是要我起义，他们得派一个长官来当面谈谈。

二班长　是！（敬礼，跑下）

〔周天沿大叫着跑上。

周天沿　沈连长！沈连长！

沈万成　到！

周天沿　友邻部队遭到红军的猛烈攻击，你为什么不开炮？

沈万成　我连刚到就被红军包围了，可是，只听枪响，不见红军。

周天沿　你手里拿的是什么？

沈万成　（坦然地）红军撒在这里的传单。

周天沿　（大惊）啊！你已经和红军联络上了，你把哥出卖了！

沈万成　（解释）营长，大哥！这地方昨天晚上就被红军占领了，这是他们撤退时故意撒下的传单，我们全师被包围了，中计了！不起义，就得被消灭啊！

周天沿　好吧。赶快向团部报告，就说狮子岭早已被红军占领了，我们已

189

中了埋伏，请求准许马上撤退。

沈万成　营长，电话线已经断了，撤退来不及了。

周天沿　(踩脚)难道说……

二班长　报告，红军谈判代表到!

周天沿　(大惊)什么?! 嗯! 沈万成! (手枪对准沈万成)我枪毙了你!

沈万成　(跪下哭着)大哥……

李有国　(突然出现在狮子石前)周天沿营长，你好!

周天沿　(大惊)你是?

李有国　我是毛主席领导的红军战士，特来劝你们火线起义，掉转枪口，打卖国贼蒋介石，打日本帝国主义!

周天沿　叫我起义? 掉转枪口打蒋介石，打日本帝国主义……

李有国　是的。周营长，日本帝国主义侵占了我们的领土东北，屠杀我们的同胞! 你是愿意打日本帝国主义，有爱国之心的。可是蒋介石不准许你们打日本帝国主义，逼着你们离开家乡到这里来打内战，难道你忍心看着自己的国土一天天沦丧? 自己的父老兄弟姐妹遭到屠杀吗? 东北军的弟兄们! 赶快觉醒吧! 在毛主席领导下共同把枪口对准卖国贼蒋介石! 打倒日本帝国主义! 打回老家去! 收回我们祖国的失地。

众士兵　对! 我们愿意跟红军一道打回老家去!

周天沿　(犹豫地对李有国)你的话说得对呀，可是目前，你们人少枪缺，连个地盘也没有……

李有国　人少、枪缺这是暂时的! 我们开始闹革命的时候，才几个人、几支枪，可我们敢于和蒋介石打! 同地方军阀干! 现在我们虽然人少，可是我们经过雪山草地、经过长征的锻炼更加强大了。我们越打越强，敌人越打越弱，这是为什么呢?

众士兵　为什么啊?

李有国　这是因为我们的事业是正义的! 人民拥护我们，就是反动军队内部的广大官兵也是同情我们的。所以星星之火是可以燎原的!

二班长　报告，前卫连已经起义了!

众士兵　我们起义吧!

〔一士兵急上。

一士兵　报告营长，蒋总裁西北行辕情报处长孙怀昌来了！

众　人　（惊恐地）啊！

沈万成　（招呼李有国暂时到巨石后面）大哥，要当机立断呀！

　　　　〔孙怀昌带士兵气冲冲地走上。

孙怀昌　周营长！

周天沿　有！

孙怀昌　我军主力已与共军激战，你为什么还不开炮?！

周天沿　电话线断了，与上司失去了联络……

孙怀昌　可是你倒是与共军联络上了！（冷笑）你手里拿的是什么东西？

周天沿　（手足无措）这……

孙怀昌　刚才我把两个手拿红色传单的家伙枪毙了！

周天沿　（大吃一惊）你怎么敢随便枪杀我的弟兄?！

孙怀昌　蒋总裁给了我这种特权，凡是与共军有来往的，就地枪决。卫兵！

士　兵　有！

孙怀昌　把枪口对准叛军周天沿，预备——

李有国　（从石后跳出）不准开枪！

孙怀昌　啊！红军！我投降！（见李有国）哦？是你？李有国，我们蒋总裁的嫡系部队马上就要赶到，这次是你被俘虏了，你快投降吧。

李有国　（大笑）晚了，孙怀昌先生，等他来的时候，我们消灭他、活捉他的阵势又摆好了。这一次我们不许你逃走啦！

孙怀昌　（气急败坏地对卫兵大叫）向他开枪！

李有国　（挺胸，跨步向前，厉声呵斥）你敢！

　　　　〔孙怀昌在"啊"声中倒下。

众　人　啊！

周天沿　（惊问）他怎么死了？

二班长　报告，我捅了他一刀！

　　　　〔突然枪声大作。

沈万成　营长，事到如今，我们赶快起义吧！

众士兵　我们起义！

191

周天沿　（把帽檐向后一拉）弟兄们，全营起义！

李有国　（上前握住周天沿的手）欢迎你！

　　　　〔罗顺成、赵志方、王德强率红军战士突然出现。

李有国　你们都来了！（对周天沿）我知道你是有爱国之心的。

王德强　教导员，我们同陕北红军合围了，已经歼灭了敌人三个团，陕北
　　　　红军也攻占了牛尾山。

沈万成　（对周天沿）大哥，我们要求掉转枪口攻打师部，好立功赎罪。

周天沿　好。（对李有国敬礼）报告！周天沿听候命令！

李有国　好。准备向敌人师部开炮！

周天沿　是！（大声地）弟兄们，传令全营，各进炮位，瞄准牛头山，向
　　　　敌人师部开炮！

众士兵　是！

　　　　〔周天沿、沈万成带士兵跑下。

李有国　王德强，你去照顾他们！

王德强　好！（下）

　　　　〔小岳上。

小　岳　报告！李教导员，好消息！

众　人　什么好消息？

小　岳　二方面军在川康边境与四方面军会合了，向我们这里走来啦！

众　人　好啊！二方面军和四方面军走来啦！

小　岳　总部首长指示，打好这一歼灭战来迎接全国主力红军在陕北的大
　　　　会师！

李有国　是！小岳，向首长报告，东北军炮兵营起义了！炮口已经对准了
　　　　敌人的师部，总攻击信号一发出，我们就开炮！

小　岳　是！（下）

李有国　同志们！去年，在"望娘滩"是我们去钻敌人的口袋，今年在
　　　　"狮子岭"是敌人来钻我们的口袋，这是两条路线两种不同的结
　　　　果呀！

赵志方
罗顺成　这一次，要一口吞掉敌人的一个主力师和两个团！

众　人　好啊！

〔一颗鲜红的信号弹升起。

小 二 周 娃 信号弹！总攻击开始了！

李有国 同志们！出击！（冲下）

众 人 冲啊！（冲下）

〔枪炮声、喊杀声震得山崩地裂，手持大刀的红军战士飞奔而过。
宣传队的同志和张护士同抬担架的男女老少群众冲过。

〔幕后响起李有国铿锵有力的声音："同志们，二方面军和四方面
军胜利会合了，他们正沿着毛主席走过的金光大道走来了！我们
一方面军和陕北红军打好这一仗，就能迎接全国主力红军在陕北
的大会师！"

〔冲杀声渐渐远去。

〔幕急落。

第十幕　胜利会师

新出场人物　洪　刚——三十三岁，红二方面军"先锋"营营长。
二方面军战士、四方面军战士、陕北红军战士、宣传队员若
干，陕北男女老少群众若干。

〔1937年1月。

〔延安宝塔山下，延水旁的广场上。

〔巍巍宝塔山，清清延河水。山上山下，高原苍松劲，河岸百花
开，绚丽的云朵散布在蔚蓝的天上。延安城头，红旗飘扬。"毛
主席万岁！""中国共产党万岁！""庆祝一、二、四方面军与陕北
红军胜利会师！"的巨幅标语牌竖立在用松柏和花束搭成的彩门
两旁。

〔幕启。

〔红一方面军和陕北红军战士、陕北群众，簇拥着一只威武的
"雄狮"。

〔红军宣传队员和陕北男女青年在《八月桂花遍地开》的歌声

中，跳起了红绸舞，就像那红艳艳的山丹丹花儿一样，在欢乐的人群中开放。

〔儿童们在《锄头歌》声中，跳起了引人注目的锄草舞，接着军民欢乐地打起腰鼓。

吴队长　（打着腰鼓，放声朗诵）

同志们，伟大的长征胜利啦！

唱吧！跳吧！

群山在欢腾，

延水在歌唱。

歌唱长征举世无双，

歌唱军民团结如钢。

歌唱延安巍巍宝塔永放光芒，

歌唱毛主席的革命路线指引我们永向前！

小二小　岳娃万　报告！二、四方面军先头部队到啦！

〔此时，锣鼓声、歌声、鞭炮声、口号声响成一片。突然，场上静了下来，二、四方面军的同志们来后，他们和李有国、赵志方等同志热烈拥抱、欢呼。

韩　勇　老李，我们又见面了！我说过，我们一定会再见面的。这是二方面军"先锋"营营长洪刚同志，一方面军"泰山"营教导员李有国同志。

李有国　洪刚同志，你好！

洪　刚　我们二、六军团是拥护毛主席北上路线的，遵义会议以后我们合编成二方面军，开始了长征。在川康边境与四方面军会合了，然后沿着毛主席指引的团结胜利的路线走来了！

韩　勇　我们四方面军的广大指战员，是拥护毛主席的，就像毛主席送给我们的指北针的指针一样，无论怎么转，总是向着北方的，我们的心是向着毛主席的。老李，在毛主席的关怀下，我们同二方面军会合以后，在二方面军同志们的帮助下，克服了重重困难，沿着毛主席走过的金光大道走来了……这是你送给我的指北针。

李有国　好。这是你的怀表，外壳已经修好了，你看！

韩　勇　哦！好看多啦！

洪　刚　真好看哪！

李有国　我们将永远战斗在一起。

李有国
韩　勇　再也不说再见了，再也不说再见了。

〔罗顺成和钱玉雄、张德明热情地跑上。

罗顺成　老李，你看谁来了？

李有国　赤卫队长，钱玉雄同志！

钱玉雄　李有国同志！

〔洪刚、钱玉雄、张德明热烈地和在场的战友一一握手。

〔小周和钱贵喜跑上。

小　周　钱大叔，你也来了？（抱住钱玉雄）

钱贵喜　爹！（惊喜地）爹！你怎么来了？真是想不到啊！

钱玉雄　（摸着钱贵喜的头）怎么想不到，孩子？想到了！谁也挡不住我们走毛主席指引的路！

李有国　谁也挡不住我们三大主力红军与陕北军民会合。

钱玉雄
韩　勇　对！
田望成

钱玉雄　（握着李有国的手）谢谢毛主席送给我们的枪，还给留下了干部。你们走后，我们坚持了一年斗争，建立起一支新的红军队伍。去年二月和二方面军会合了。

田望成　（激动地与李有国等人一一握手）同志们，我们陕北红军一直眼巴巴地等着和一方面军、二方面军、四方面军会师啊！哦，这是原红二十五军的侦察排长秦为民同志。

秦为民　（拉住二、四方面军同志的手）我们一直在等待着大会合的这一天哪！

田望成　红二十五军是拥护毛主席路线的，到陕北后，和我们合编为红十五军团，打了大胜仗，巩固了陕北革命根据地。

秦为民　同志们，我们红十五军团和陕北群众打扫了院子，烧暖了炕……

秦为民
田望成　熬好了小米汤，等着你们哪！

李有国　我们到了温暖的家！陕北根据地是革命的落脚点和革命的出发点啊！

众　人　对！

李有国　同志们，战友们，历史的经验告诉我们，坚决执行毛主席的革命路线，革命就胜利；离开了毛主席的革命路线，革命就要受挫折，就要失败。我们要把这个用鲜血换来的真理，牢牢铭刻在心上。同志们，这里面盛的是延河水！是毛主席喝过的水！我们一起喝了它吧！我们要坚持团结，反对分裂，在毛主席的革命路线指引下，担负领导全国抗日的重任，迎接革命新高潮的到来！用我们的小米加步枪，打出一个光辉灿烂的新中国！

众　人　对！

　　〔众人手捧盛着延河水的碗，李凤莲等四个女宣传队员唱起了歌。

众宣传队员　（唱）山丹丹花开红艳艳，

　　　　　　　　各路红军到延安。

　　　　　　　　同志们共饮延河水，

　　　　　　　　跟着咱毛主席打江山。

　　　　　　　　跟着咱领袖毛主席打江山！

李有国　同志们，毛主席指到哪里，我们就打到哪里！喝！

众　人　喝！

　　〔小岳上。

小　岳　报告，庆祝大会开始了，毛主席来了，周恩来副主席、朱德总司令也都来了。

李有国　毛主席万岁！

众　人　毛主席万岁！

　　　　毛主席万岁！

　　　　毛主席万万岁！

　　〔在欢呼声中，红军战士们头戴五星帽，身穿崭新的军服，雄赳赳地成四路纵队正步走来。每队排头都打一面红旗，旗上分别写着："中国工农红军第一方面军泰山营""中国工农红军第二方面军先锋营""中国工农红军第四方面军锦江营""中国工农红军陕北秦川营"。

〔李有国等同志看见自己的部队来了，都去归队。李有国、洪刚、韩勇、田望成等排在第一列队伍里；罗顺成、赵志方、王德强、钱玉雄排在第二列队伍里；马越红、秦为民、吴队长、李凤莲、战士和周天沿、沈万成等排在第三、四、五列队伍里。一、二、四方面军和陕北红军的男女宣传队员们，排成另一纵队，也按一、二、四方面军和陕北红军的次序排列。群众高举彩旗，手捧鲜花，热烈高呼。

众　人　毛主席万岁！

毛主席万岁！

毛主席万万岁！

〔壮丽的《东方红》乐声起。全场突然静了下来。

〔东方出现了一个巨人的声音："同志们：先后到达陕北的各路红军，今天在延安胜利会合了！"

〔画外音："伟大的长征胜利了！'长征是宣言书，长征是宣传队，长征是播种机。''长征是以我们胜利、敌人失败的结果而告结束。'谁把长征引向胜利的呢？是伟大领袖毛主席，是中国共产党。长征一完结，新局面就开始。我们要领导全国的抗日运动，迎接全国的革命高潮。"

〔画外音："同志们！团结起来，在毛主席革命路线指引下前进！"

〔军号齐奏《三大纪律八项注意》。一、二、四方面军和陕北红军组成的威武雄壮的红军队伍，昂首高歌齐步前进。

〔红旗飞扬，歌声嘹亮，山在欢呼，延河在歌唱：毛主席万岁！万岁！万万岁！

〔幕落。

——剧　终

《万水千山》创作完成于1954年，同年6月由总政文工团话剧团首演于北京，导演陈其通，演出受到观众热烈欢迎。此剧反映中国工农红军在长征途中的艰苦卓绝、顽强奋斗、夺取胜利的伟大进程。1956年在"第一届全国话剧观摩演出大会"中获得表演一等奖。1957年由上海人民艺术剧院在上海超大型舞台文化广场公演，导演黄佐临，舞台设计韩尚义、崔可迪，主要演员有武皓、何适等。

作者简介

陈其通 （1916—2001），男，四川巴中人。中国人民政治协商会议第二、三、四、五、六届全国委员会委员，第四届全国人民代表大会代表。获二级八一勋章、二级独立自由勋章、二级解放勋章、一级红星功勋荣誉章。代表作品有话剧剧本《黄河岸上》《炮弹》《同志间》《万水千山》《井冈山》，歌剧剧本《柯山红日》《两个女红军》等。

· 吕　剧 ·

李二嫂改嫁

刘梅村　刘奇英　王昭声　靳惠新　张　斌

人　物　李二嫂——二十二岁，寡妇。

张小六——二十三岁，农民。

天不怕——四十五岁，李二嫂的婆婆。

李　七——三十岁。

张大娘——六十岁，张小六的母亲。

刘大娘——四十多岁，李二嫂的母亲。

妇女会主任——二十七岁。

小　青——十八岁，妇女识字班学员。

村　长——三十多岁。

二　哥——三十多岁，妇女会主任的丈夫。

老　汉——六十岁。

男、女若干。

第一场

〔1947年，麦收季节的一个早晨。

〔山东省某农村，天不怕家的堂屋。

〔幕启。

〔天不怕从内扣着衣扣上。

天不怕　（大声地）老二家，老二家！（稍停）看看吧，大清晨起来，放着活不干，就胡串去啦！俺要说她一句，那妇救会又得数落俺折磨儿媳妇，人家还叫俺"天不怕"，俺还敢惹谁？连这个小老婆都惹不起啦，真是世道变了！（唱【四平】）

　　　　提起这个小老婆活活地气煞俺，

　　　　为娶她光粮食花了一石三。

　　　　谁知道摊了个败家的小祸害，

　　　　进门来妨得俺人死财又散。

　　　　又碰上这二年世道大变，

　　　　她在了妇救会又上了识字班。

　　　　明地里俺不敢出来拦挡，

　　　　这口气真叫我喘不舒坦。

　　　　自古来当媳妇就得婆婆管，

　　　　当婆婆就应当成吃坐穿。

　　　　不怕她心里头想着千条路，

　　　　想跳出我手掌去，比登天还难！

　　哼！我能把她攥在手，也不能让她云里走！就算世道变了吧，一家门口一个天！想改嫁？别做他娘的大梦！我守了大半辈子寡啦，不能叫她搅得家破人散的去败坏我！只要我有一口气，也不能善罢甘休！

　　〔李二嫂端簸箕上。

李二嫂　（唱【尖板】）

　　　　一把眼泪一把汗，

　　　　碾回细米黄丹丹。

　　　　五月里天气虽然热，

　　　　哪知我心里如冰寒。（转唱【四平】）

　　　　满街的光景无心看，

　　　　我和人家隔道山。

　　　　天色不早我快去做饭——

天不怕　尽管在外边疯吧，这个野老婆！回来咱再算账！

李二嫂　（接唱）忽听见婆婆她又骂俺。

　　　　不知道为的什么事，

　　　　只好假装没听见。

　　　　（进门）娘，你起来了，我做饭去吧。

天不怕　到这时候了，等你做出饭来，什么事还耽误不了啊！

李二嫂　我怕做早了，你起不来，饭凉了你又得……我这就去做。（欲下）

天不怕　听听！就是会说，别做了，我不吃！

李二嫂　大清早晨，这到底是为了什么？

天不怕　俺那娘，这个年头俺还敢生气，你在外边玩累了吧？

李二嫂　这又到底为了什么？

201

天不怕　为什么？你还用问我吗？（唱【二板】）

　　　　　　　清晨起来不做饭，

　　　　　　　有事无事胡串串。

　　　　　　　常言说寡妇门前是非多，

　　　　　　　你就不怕东邻西舍笑话咱！

　　　　　　　就算是世道变了样，

　　　　　　　也得给俺留点脸。

李二嫂　（唱）天不明俺就去推碾，

　　　　　　　碾米碾到这半天。

　　　　　　　脚不沾地跑回家，

　　　　　　　哪有工夫胡串串！

天不怕　好啊，这可真翻了身啦！磨面挖米都不问我啦，你就自作自主自
　　　　　当家啦！

李二嫂　昨晚上我不是问过你了吗？（唱）

　　　　　　　你嫌我什么都要问，

　　　　　　　啰啰唆唆太麻烦。

　　　　　　　星星没落我去挖米，

　　　　　　　又怕惊动你安眠。

天不怕　你不提昨天我还忘了呢！（唱）

　　　　　　　昨晚月亮照正南，

　　　　　　　看样也有更多天。

　　　　　　　你屋里灯不明门不关，

　　　　　　　连个人影都不见。

　　　　　　　三更半夜不睡觉，

　　　　　　　你到哪里去撒欢？

李二嫂　你不是知道吗？（唱）

　　　　　　　伺候你吃完饭，

　　　　　　　锅碗瓢盆洗刷完，

　　　　　　　拿下柴草打下水，

　　　　　　　识字班开会讨论支前。

202　天不怕　（唱）十（识）字班八字班，

动不动就把招牌端。

得空就往那里跑，

不分忙来还是闲。

光去开会不干活，

它能挡饿还是能挡寒？

李二嫂　（唱）我起五更睡半夜，

忙完庄稼忙吃穿。

大小活儿样样干，

一年到头不停闲。

虽然我上识字班，

并没耽误了去生产。

天不怕　你有功！你有理！反正吃了饭不能白闲着。今天哪里也不能去，把那场麦子打打，好桌几个钱花。光上学上不出饭来！

李二嫂　打场？六兄弟不是告诉咱，他开会去了，牛也没在家，叫咱先晒晒，过晌午他来给打吗？

天不怕　什么？要是张小六死了，你还不过日子啦！没有牛你就拉不动个碌碡啦！俺年轻的时候，打场还没用过牛呢！

李二嫂　我不是怕拉碌碡。我是说，又得扫又得挑的，一个人怎么能忙过来呀！

天不怕　你就不会拾起扫帚放下叉吗？反正没有开会舒坦是真的。

李二嫂　娘啊，你要是没事，多少带着我掠掠①场边也好。

天不怕　好啊，你还攀我哪！你公公一辈子还没管过我呢，我的活儿你替我干哪！

李二嫂　你有什么事啊？

天不怕　咱这个小生意就不做啦！你就不吃个油盐酱醋啦！

李二嫂　咳！

天不怕　你看我闲着吗？要没事我还不起来呢！（唱【二板】）

端阳佳节在眼前，

我要去黄崖集上把货办。

---

①　掠掠："扫扫"的意思。

> 又灌酒又买烟,
>
> 又打油来又称盐。
>
> 你快给我打麦子,
>
> 早点枭了好换钱。

（把瓶、罐等收拾好，放在篮子里）

〔李七上。

李 七 （唱）我李七顺便到天不怕家去串串,

我早就看上了李二嫂。

弄不到手干眼馋,

趁空再去碰一碰。

我就说是来买烟!

弟妹,弟妹!（进屋,见李二嫂与天不怕的僵局）啊,婶子,我想买包烟下坡干活儿去。

天不怕 这年头光剩下他娘的"火"啦,还有烟!

李 七 这是怎么回事?

天不怕 如今真是翻了身了!干点活儿就攀上我。

李二嫂 我不是攀你啊!这打场不是一个人干的活儿。

李 七 叫你一个人打场?弟妹,张小六不管你的事了吗?

天不怕 他开会去了。

李 七 婶子,你别怪我多说,我知道这个味儿,一个人干活儿确实不带劲。咳!这样吧,弟妹你要不嫌,我帮你打打吧。

李二嫂 不用你。（欲下）

天不怕 （向李七）她就是这种不识好歹的东西!（向李二嫂）哪里去?

李二嫂 做饭去。

天不怕 还做什么饭!吃点儿什么还填不满肚子!早晚再费那把草啊!

李二嫂 咳!（下）

天不怕 七,快走吧!

李 七 啊啊!

〔天不怕挎篮欲下。李七回身偷酒。天不怕发觉,夺下酒瓶子。

天不怕 快走!（拧李七的耳朵）

204 **李 七** （无可奈何地）走,走!（与天不怕同下）

〔幕落。

第二场

〔紧接前一场。

〔打麦场上。

〔幕启。

〔李二嫂在拉碌碡。

李二嫂　（唱【四平】）

　　　　麦场上拉完碌碡忙把场翻，

　　　　满肚子苦水儿能对谁言。

　　　　这碌碡滚滚绕场乱转，

　　　　我的命和碌碡一样一般。

　　　　转过来转过去何日算了，

　　　　这样的苦光景无头无边。

　　　　看人家干起活高高兴兴，

　　　　等何日我才能喜喜欢欢！（翻场）

　　　　忽听正北云磨响，（转唱【散板】）

　　　　抬头看一阵狂风阴了天。

　　　　眼看着大雨就要来到，

　　　　又是霹雳又是闪。

　　　　满场的麦子没打好，

　　　　这叫我一人可怎么办？

　　　　顾了这顾不了那，

　　　　只累得满头流大汗。

　　　　李二嫂我手忙脚又乱——

〔张小六急上。

张小六　（接唱）张小六冒雨到跟前。

李二嫂　（唱）抬头见是六兄弟，

　　　　不由二嫂喜心间。

　　　　浑身力气往上长，

　　　　　　　　有他在我就不怕天。

　　　　　　（与张小六收拾麦场）

李二嫂　　　（唱【二板】）

　　　　　　　　压好了垛，盖好了苫，

张小六　　　（唱）场上东西拾掇完。

　　　　　　　　哎，你来瞧!

李二嫂　　　（唱）你来看!

李二嫂
张小六　　　（唱）雨收云散晴了天。

李二嫂　　　六兄弟快歇歇吧，可叫你受累了!

张小六　　　不累。

李二嫂　　　看把你淋得浑身都湿透了，我去拿衣服你换换吧!

张小六　　　不了。二嫂，我家去吃饭一块儿换吧。

李二嫂　　　衣服我昨天洗了，还没给你送去呢，我去给你拿。

张小六　　　不用了，二嫂……

李二嫂　　　你等等，一霎就来了。（下）

张小六　　　（一面拧衣服上的水，一面自语）二嫂子可真是个好人哪!（唱
　　　　　　【四平】）

　　　　　　　　二嫂她为人真不差，

　　　　　　　　全庄的老和少哪个不夸。

　　　　　　　　脾气好心眼直老实忠厚，

　　　　　　　　大小活她全都能摸能拿。

　　　　　　　　在家里全靠她缝衣做饭，

　　　　　　　　在地里也靠她耕种收割。

　　　　　　　　只可惜年轻轻无依无靠，

　　　　　　　　摊了个恶婆婆净折磨她。

　　　　　　　　也不知她守到哪年才嫁，

　　　　　　　　也不知她心里什么想法。

　　　　　　　　我要是找上这样的好对象，

　　　　　　　　生产支前劲头更大。

206　　　　〔李二嫂拿衣服、端碗上。

李二嫂　六兄弟，衣服拿来了。我热了碗姜汤，快喝了赶赶身上的凉气。

张小六　（喝一口）二嫂，你还放些糖干什么？

李二嫂　这是俺娘来看我拿来的，剩下这点我都放上了。

张小六　你看，光忙着照应我了，你连衣裳都没换。

李二嫂　不要紧，我停会儿换。你快换上衣服喝吧，雨来得太急了，看激出病来。（给张小六披上褂子）

张小六　二嫂你真是……让我自己穿吧！

李二嫂　你快别动手了。（给张小六穿衣，发现有破的地方）哟！你看，破了这么个口子，我也没看见，你快坐下喝着汤，我给缝缝吧。

张小六　二嫂你对我……真是没法说了。（坐下，喝汤）

李二嫂　你还说哪！我还没谢谢你呢，刚才不是你来帮忙，差点儿就把我急死了。

张小六　昨天不是说好了过晌来打场吗？

李二嫂　俺婆婆不是怕我闲着去开会学习吗？赶集临走时叫我打场。你想我一个人可怎么干哪？要不是你来帮忙，麦子早冲走了。

张小六　我散了会回来就听说了。我一看天不好，怕淋毁了麦子，大婶子拿你出气，我就紧跑慢跑地来了。往后再有急活儿，早和我说说，也省得你犯难为。

李二嫂　六兄弟呀！（唱【快四平】）

　　　　听六弟说的话知冷知暖，

　　　　倒叫我千句话一时难言。

　　　　我的苦，六兄弟全都知道，

　　　　一无亲二无故多么孤单。

　　　　这场麦倘若是收拾不好，

　　　　我婆婆回家来定把脸翻。

　　　　满心的感激话说不出口——

张小六　（唱）这点事你何必挂在心间。

　　　　俺娘年老眼不好，

　　　　家里无人做吃穿。

　　　　你为俺碾米磨面摊煎饼，

　　　　做鞋做袜缝缝连连。

　　　　　　　若不是劳累二嫂你，

　　　　　　　我怎能安心去生产。

　　　　　　　你待俺一家样样好，

　　　　　　　三天三夜说不完。

李二嫂　　六兄弟呀——（唱）

　　　　　　　自从你二哥下世去，

　　　　　　　抛下我一人干活难。

　　　　　　　场里地里全靠你，

　　　　　　　一年四季不停闲。

　　　　　　　为俺受了多少累，

　　　　　　　为俺淌了多少汗。

张小六　　（唱）你也难我也难，

　　　　　　　咱两家来往不是一天。

　　　　　　　从今别说客气话，

　　　　　　　互相帮助理当然。

　　　　　〔天不怕暗上。

天不怕　　老二家，场里拾掇完啦？

李二嫂　　噢！娘回来了？都拾掇完了。

天不怕　　麦子淋得什么样了？

李二嫂　　没淋着。幸亏六兄弟帮着都抢出来了。

天不怕　　哟！六侄，又叫你受累了。下这么大的雨，没淋着吧？看样俺家
　　　　　里也没做饭，要不到俺家里去吃多好！

张小六　　不，不用！

天不怕　　（对李二嫂）你还不家去做饭，站在那里做啥！

李二嫂　　噢！（欲去取碗）

天不怕　　我捎着，你走吧！

　　　　　〔李二嫂下。

张小六　　我也回去了，这麦子明天再打吧。

天不怕　　你不歇会儿了？

张小六　　不了。（下）

208　　天不怕　　（拾起碗来尝了尝是甜的，用力将碗中汤泼掉，冲着张小六背

影）哼！

〔幕落。

第三场

〔当天傍晚。

〔李二嫂家。

〔中幕前。天不怕上。

天不怕 （自语）好啊！管着管着她倒想飞了！我看她和张小六，可不是
个好苗头，只顾互助，就怕烧纸引进鬼来。有心和他一刀两断，
各干各的，可场里的活，光靠这个小老婆又干不过来。咳！我不
能明着得罪小六，我就得使紧扣子，治住这个小老婆，不能由她
这样下去。哟！这是谁家的鸡还没上窝？（想办法）对，我先给
她个信！（对鸡）你就死在那里啦！

〔李二嫂上。

李二嫂 娘，叫我吗？

天不怕 谁叫你！好个死鸡，可把我气煞啦。（唱【二板】）

小鸡把俺活气煞，

从来不听老娘的话。

当初算是瞎了眼，

花钱把你买到家。

一天三回把你喂，

光粮食吃了五斗八。

你鸣不打蛋不下，

闲得整天把墙爬。

你为啥这么不正经，

引得那公鸡乱咯嗒。

你野得白天满街串，

你疯得晚上不回家。

只要离开老娘的眼，

就扎煞着翅子胡扑啦。

> 什么事情我都知道,
>
> 老娘的眼睛还没瞎。
>
> 白白养你不中用,
>
> 我还留你干什么,
>
> 恨不得一棍打死你,
>
> (打鸡,见鸡飞)好!(接唱)
>
> 我看你从今别回家!

〔李二嫂转身欲下。

天不怕 鸡跑了你瞪着眼不管,还不去找回来!

李二嫂 咱的鸡早宿窝了,这是王大娘家的鸡。

天不怕 你还不吃饭,又等烧二茬火啊!

〔李二嫂不语,下。

天不怕 怎么,又不吃啦?(欲走,又回头)天天不吃才好来,省下我多喝二两酒。

〔天不怕正说着,小青上。

小　青 你在这里指手画脚地骂谁?

天不怕 小青啊,这年头俺骂谁行,是这个死鸡啊,也没管没问的净胡作……

小　青 你就不能问问吗?往后你也得劳动点,别光靠俺二嫂一个人干!

天不怕 我的天哪,哪点我不干?这不是赶集回来,看了看饭也没办,锅也没刷,鸡窝也没堵……

小　青 那你就骂人哪?告诉你,这不是以前啦!你再打打骂骂地使你那天不怕的厉害,就给你到妇女会里讲讲去!

天不怕 怎么着,这还有俺走的路吗?俺连自己的小鸡都不能管啦?

小　青 谁说不叫你管鸡的!(自语)准又是欺负俺二嫂啦,我告诉主任去!(下)

天不怕 呸!怎么不跌断了你的腿!不是恁①,她还硬不起翅膀来呢,生叫您给掇弄的!(下)

〔中幕开。李二嫂室内。

---

① 恁:读"能",山东方言"你们"的意思。

李二嫂 唉！亲娘啊，这样的日子叫我怎么过呀！（唱【四平】）

李二嫂眼含泪关上房门，

对孤灯想往事暗暗伤心。

十七岁我把这李家门进，

穿破衣吃剩饭谁拿我当人？

我只说总有那出头之日，

谁料想我丈夫早丧青春！

风里来雨里去谁管谁问，

回家来孤单单举目无亲。

老婆婆整天价明撅暗骂，

哪管你干活累眼花头晕。

现如今苦伶仃谁问寒暖，

到后来可叫我依靠何人？

拼死命出牛力为的哪个，

我不能白白地毁掉青春！

狠狠心跳出这方大苦井，

跺跺脚离开这李家大门。

我与那六兄弟性情相近，

看起来他倒可寄托终身。

又一想要改嫁也不容易，

我还要细思想多加小心。

怕只怕老婆婆横拦竖挡，

怕亲娘也不让俺改嫁他人。

六兄弟虽说是待我蛮好，

怕只怕我有意他却无心。

走不成只落得人人嗤笑，

可叫我怎么能抬头见人。

有心去找主任出个主意，

这些事又怎好说出嘴唇。

又想进又想退主意不定，

两只脚踏门槛难出难进。

但愿得有人来拉我一把，

早日里见晴天拨开乌云。

〔妇女会主任上。

妇女会主任　（唱【二板】）

开会不觉时间晚，

星儿闪闪黑了天。

我去看看李二嫂，

知心的话儿谈一谈。

二妹妹在家吗？

李二嫂　谁呀？

妇女会主任　是我。二妹妹，你睡了吗？

李二嫂　噢，是主任哪！快进来吧。

妇女会主任　（进屋）我散了会刚要家去吃饭，听说你婆婆又发疯啦。怕你受了委屈，想来说说你婆婆。她在家吗？

李二嫂　她出去啦。唉！

妇女会主任　噢，今天又是为了什么？

李二嫂　主任，俺干了一天活，回家来刚端起饭碗，她就比鸡骂狗地吆呼起来啦。

妇女会主任　这到底为了什么呀？

李二嫂　（不好意思地）也许是因为今天六兄弟帮着我拾掇场，歇歇时说了几句话，叫她碰上了，来家就……

妇女会主任　说几句话怕什么，她还管得着吗！如今是新社会，就是真走她也拦不住呀！你看小青妹妹自己找对象，别看家里外头有些人反对，这不到底成功啦！

李二嫂　唉，主任哪！我怎么能比小青妹妹呢！

妇女会主任　可不能这样想。如今婚姻自主不论谁都是一样。

李二嫂　主任，这日子我实在过不下去了，到多咱算个头儿啊！

妇女会主任　可谁说不是啊！咱庄的老老少少，背地里拉起你来，谁不为你难过！二妹妹，你也不要顾虑那么多，你的事是有办法解决的。（唱【四平】）

二妹妹你且把愁心放下，

> 有几句知心话细对你拉：
>
> 现如今新社会婚姻自主，
>
> 要愿意另改嫁无人笑话。
>
> 求解放也得靠自己争取，
>
> 前怕狼后怕虎不是办法。
>
> 你要是有决心愿意改嫁，
>
> 不要怕你婆婆无理扒瞎。
>
> 有困难大伙儿帮你解决，
>
> 找一个好对象离开她家。

李二嫂　（唱【慢二板】）

> 主任今晚说的话，
>
> 句句往我心里扎。
>
> 好似明灯把路引，
>
> 心里头解开了个大疙瘩。
>
> 心事对她说了吧，
>
> 羞羞答答干什么！
>
> 不，怎么好说呢？
>
> 倘若不成惹人笑，
>
> 怎么好开口告诉她。
>
> 话到舌边又咽下去，
>
> 脸儿发烧心扑嗒。

〔二哥上。

二　哥　二妹，你嫂子在这里吗？

李二嫂　主任，是二哥来找你了，快进来吧！

妇女会主任　我才散了会到这里，你怎么就找来了？

二　哥　我来找你回去吃饭哪！从晌午吃了直到如今还不饿？

妇女会主任　你吃了？

二　哥　我散了会回去，等你也不来。饭我做好了，猪也喂了，鸡窝也堵
　　　　上啦，我给你留的饭在小锅里热着，快回去吃吧！

妇女会主任　二妹，你看我光顾开会，他倒全拾掇好了。

〔李二嫂无语。

二　哥　快回去吧，还有些事咱得商议商议。

妇女会主任　是啊，二妹，你看……

李二嫂　（触动了心事）咳！

二　哥　我看你……

妇女会主任　（看出了李二嫂的情绪变化）二妹，你只管把心放宽，有什么困难提出来大伙儿想办法，别把话闷在心里。天不早了，我不等你婆婆了，明日我再来。如今咱们妇女翻身了，反正不许她这样不讲情理地乱闹！

李二嫂　你为我没少操心哪，我忘不了你呀，主任！

妇女会主任　咳！二妹，说这个做啥！我走啦！你明日还得早起来干活。有啥事只管去找我吧，咱妇女会一定给你撑腰。

李二嫂　你不再坐会儿啦？

妇女会主任　不啦。你忙了一天，早点儿歇着吧！（走出门，对二哥）你这个冒失鬼，说话也不看个眼色！

二　哥　啥？

妇女会主任　你没看见二妹妹听了你的话难过了吗？

二　哥　我没说啥呀！还不都是家常话吗？

妇女会主任　咱说的是家常话，可是二妹妹听起来，就……

二　哥　噢！我哪能想到这上头来！（与妇女会主任同下）

李二嫂　（关门，唱【慢二板】）

　　　　　　一见他两人回家转，

　　　　　　将人比己好心酸。

　　　　　　看人家成双又成对，

　　　　　　恩爱夫妻多美满。

　　　　　　同工作同生产，

　　　　　　小日子过得欢又欢。（转唱【快板】）

　　　　　　想起了主任说的话，

　　　　　　我得早些拿主见。

　　　　　　光顾了害羞不开口，

　　　　　　不知苦到哪一年。

　　　　　　明日去找六兄弟，

把他的心事探一探。

只要六弟真有意，

真心话儿对他谈。

我主意拿定心舒展，

盼着鸡叫早明天。

〔幕落。

第四场

〔第一场的第二天上午。

〔张小六家院内。

〔幕启。

〔张大娘正在做饭。

张大娘　（唱【四平】）

张大娘淘完米忙把饭办，

想一想又是忙又是喜欢。

粮满囤柴满院样样都有，

就少个儿媳妇在我眼前。

能娶个新媳妇来把日子过，

吃不愁穿不愁舒舒坦坦。

生上个小孙子又白又胖，

他两口去下地我把孙子看。

我这里越思想越高兴，（转唱【二板】）

了不得锅底下柴火着到外边。

放下瓢我去填火，

哟！老公鸡偷偷把米鸽？

拿起棍子把鸡撵，

哎哟哟，小米撒了一大摊。

捧起小米捞干饭，

没有个人手实在难。

〔李二嫂端煎饼上。

李二嫂　大娘在家吗？

张大娘　谁呀？

李二嫂　是我，给你送煎饼来了。

张大娘　哎哟！他嫂子来了，快坐下歇歇吧！

李二嫂　大娘你做饭吗？

张大娘　这不是么，我怕你晌午摊不下来，六儿回来没得吃，才淘点米想捞点干饭。

李二嫂　我给你做吧。

张大娘　这有了煎饼，六儿回来吃个就行了。大热天可真叫你受累了，你快歇歇吧！

李二嫂　六兄弟没在家吗？

张大娘　他开会去了，一会儿就来。

李二嫂　哟！怎么撒了这么一地米呀？（拾米）

张大娘　唉！不能提了！我一个人顾了里顾不了外，忙着烧火给小鸡弄撒了。咳！

李二嫂　可不是嘛，没有人手干活，日子实在不好过。

张大娘　是啊！这两年多亏了你整天价给缝衣做饭，要不就更难了。你在俺这户人家身上，实在操了心费了力了。他嫂子，可叫我怎么报答你呀！

李二嫂　大娘快别说了。我还干了多么一点，俺家的活儿也亏了六兄弟呀！光这个样子到底不是常法，俺婆婆脾气又不好……

张大娘　你婆婆也太不知足了。要是我有这么一个儿媳妇，早就心满意足了。

李二嫂　大娘，我看快给六兄弟成个家就好了。

张大娘　咳，他嫂子呀！（唱【四平】）

　　　　　这孩子脾气儿实在古怪，

　　　　　连我这当娘的摸也摸不清。

　　　　　我早就催过他三番五次，

　　　　　娶上个好媳妇我也轻松。

　　　　　也有人到俺家提过亲事，

　　　　　他不问好和歹就不答应。

　　　　　　看起来倒像有什么心事，

　　　　　　整天价闭着嘴不大吭声。

李二嫂　噢！……这为什么呢？

张大娘　谁可知道呀！净叫我犯难为罢了。他嫂子你给他打听着，有合适的说一个，劝劝他定下吧！

李二嫂　我？他能愿意吗？

张大娘　怎么不能呀！要是你劝他，他准能听你的话。

李二嫂　是吗？

张大娘　是啊！来家就夸你待他怎么好、怎么好的。再说娶个媳妇来，也别叫你再跟着受累了。

　　　〔李二嫂无语。张小六上。

张小六　娘！噢，二嫂子来了？

　　　〔李二嫂有些不好意思。

张小六　娘，饭熟了吧？

张大娘　还没下米哪，亏了你二嫂送煎饼来了。咳！少人无力的，看着粮食做不出饭来，真难为……

张小六　那我就吃个煎饼吧！吃了饭还开会呢。

李二嫂　（卷起煎饼递给张小六）六兄弟，看看把大娘难成这个样，快成上个家吧！

张小六　（笑）嘿嘿……

李二嫂　六兄弟，刚才大娘对我说，有来提亲的你不答应，到底为什么？

张小六　（不知怎么回答）咳！

张大娘　六啦，你嫂子又不是外人，到底要个什么样的，快说说，好叫她给帮帮忙找一个。

李二嫂　是啊！

张小六　（旁白）咳！这叫我怎么说呢？（唱【慢二板】）

　　　　　　心里有话口难开，

　　　　　　当面怎好说出来。

　　　　　　我小六对你早有意，

　　　　　　难道你就不明白。

　　　　　　又不好明着对她讲，

217

也只好半含半露让她猜。

嫂子你放心吧,

天好的媳妇我不要——

李二嫂　这是为什么?

张小六　(接唱)嫂子你一定也明白。

李二嫂　啊?

张大娘　六啊,给你点咸菜就着吃,今天又开什么会啊?

张小六　娘啊,我正想告诉你,这次咱村里出担架,我第一个就报了名啦。

李二嫂　啊!

张大娘　怎么,你报名了?什么时候走啊?

张小六　这次任务很急,明天就要出发。(向李二嫂)你的麦子我也不能帮你打了。

李二嫂　明天就走?

张大娘　什么!明天就走?

张小六　是啊。这回到前线上,跟咱主力军在一起打蒋匪军,我一定干出个样子来!嫂子,等我回来捎个战利品给你,叫你高兴高兴。

李二嫂　好啊!明天真走吗?

张大娘　怎么走得这么急?你也不早说一声!

张小六　娘,你不乐意吗?

张大娘　你看你这孩子说的,我还能不乐意你去?我是说你任性,早娶个媳妇,也有和我做伴儿的吧,这个爬起来就走了①……

张小六　村里早说好了,我走了,咱家里活儿全由村里大伙儿照顾。

李二嫂　大娘,还有我呢,有什么活你只管说。

张大娘　不是这。我是说,早说一声也好预备预备。你看,就是脚上一双鞋,连替换的都没有,怎么走啊?

李二嫂　大娘,你怎么不早给我说哪?

张大娘　这不是布刚买来,还没捞着求你嘛!

李二嫂　那就这样吧,我还有给六兄弟纳好的鞋底,等我回去连夜给他赶一双吧。

---

　① 爬起来就走了:"说走就走了"的意思。

张大娘　那可好！

张小六　二嫂，你家的活太多，实在来不及就别做了。

李二嫂　不要紧。有现成的鞋底，很快就做成了。

张大娘　那我去给你拿布去。

李二嫂　不用拿了。

张大娘　还能光用你的吗？（下）

李二嫂　（向张小六）六兄弟，你这一走，不知哪天回来？

张小六　用不了几个月就回来了。

〔李二嫂与张小六都有心事，但又不好说出来，李二嫂见张小六无水，便倒过一碗茶来。张小六有所感动，喝茶，将扇放下。李二嫂拿过来轻轻地扇着，慢慢地替张小六扇。稍停，张大娘拿布上。

〔李二嫂一惊，放下扇。

张大娘　他嫂子给你。（递布）

李二嫂　（接布）六兄弟，今晚上就能做成了，你抽个空去拿吧！

张小六　好啊。

李二嫂　那我回去了。（至门口又转身）六兄弟一准来呀，我还有句话和你说。（下）

张小六　（试探地）娘，你看二嫂对咱多好！

张大娘　这孩子为人样样好，就可惜守了寡。

张小六　寡妇怕什么。

张人娘　寡妇总是寡妇。

张小六　寡妇就不是人啦！你的思想真是……我得开会去！（急下）

〔幕落。

第五场

〔前一场的当天晚上。

〔李二嫂的房内。

〔幕启。

〔李二嫂正在灯下做鞋。

李二嫂　（唱【四平】）

借灯光我赶忙飞针走线，

上一双新鞋儿好给他穿。

实指望找六弟谈谈心事，

哪知道他报了名要去支前。

到明天担架队动身要走，

真叫我一阵阵心中不安。

今夜晚若不把真情来吐，

又不知再等到哪月哪天？

壮壮胆鼓鼓劲实说了吧！

啊！这件事又怎能当面来谈？

若不说错过了这个机会，

怕的是搁长了又有变迁。（转唱【二板】）

倘若他一口答应下，

从今心里也安然。

他的为人实在好，

又进步，又能干。

两人互相来帮助，

生产支前争模范。

打垮了蒋匪保住果实，

欢欢喜喜地往前干。

二嫂越想越高兴，

忽有一事上心间。

就单俺二人都同意，

不知大伙啥意见。

只怕本家来反对，

又怕婆婆来阻拦。

到那时上不上下不下，

落个丢人又现眼。

想到这里心发冷，

从头凉到脚下边。

〔小青上。

小　青	（唱）小青来到屋门口，
	只见二嫂做针线。
	二嫂，二嫂！
李二嫂	小青妹妹快来吧！
小　青	二嫂，明天担架队上前线，咱们识字班一早要去欢送啊！
李二嫂	好啊！
小　青	哟！二嫂这是给谁做的鞋？这么漂亮呀！
李二嫂	给，给六兄弟做的，穿着去支前。
小　青	哟！怪不得呢，六哥穿了这双鞋上前线，一定干得更起劲，保证能立个大功！
李二嫂	你就是会说！
小　青	二嫂，说真的，你说俺六哥怎么样？
李二嫂	你说哪？
小　青	我说，论活儿，论工作，论人品，论脾气，哪样都是呱呱叫！
李二嫂	听你一说就是一大套。本来好嘛，你还问我！
小　青	他好，还有人跟他一样呢，正好是一对儿。
李二嫂	我知道又夸俺那个自由对象的小妹夫啦！
小　青	谁说他来呀！
李二嫂	不是你那口子是谁呀？
小　青	你猜猜吧！
李二嫂	俺没处猜。
小　青	这个人哪，你要吃饭她张嘴，你要走路她抬腿！
李二嫂	妹妹可别这样闹，要叫俺婆婆听见又该骂我了。
小　青	我说嫂子呀！（唱【二板】）
	嫂子你别把气生，
	不开玩笑说正经。
	妹妹真心又实意，
	千万别当耳旁风。
	俺六哥，处处好，
	嫂子你，样样行。
	你俩天生是一对，

221

就该早些拿章程。

你怎么就是不打谱，

悠悠忽忽心不定。

这事你自己不开口，

等到哪年出火坑！

别担心，别害怕，

这是你自己的大事情。

识字班，妇女会，

一定给你把腰撑。

如今六哥上前线，

趁他没走快说清。

嫂子别犹豫了，俺都替你着急哪！

李二嫂 　唉！这可不是件容易事啊！光我自己……

小　青　 别人还能管着了。主任说来，只要你提出来，妇女会一定给你撑腰。你放心吧！

李二嫂 　唉！

〔张小六上。

张小六 　二嫂在家吗？

小　青　 二嫂，俺六哥来了。

李二嫂 　六兄弟进来吧。

张小六 　小青妹妹也在这里！

小　青　 你来了，六哥！

张小六 　我是来看看鞋子的。

小　青　 那你快看吧。我还得去下通知，明天好欢送你们。嫂子，刚才没说完，这次咱组里摊了一批军鞋军衣，明天你去拿吧！早做好了早送上去。

李二嫂 　好啊。

小　青　 我走了。

李二嫂 　忙什么！

小　青　 不，我得走。（刚出去又回）嫂子你……（打手势叫李二嫂快和张小六谈，下）

张小六　二嫂。

李二嫂　来早不如来巧，总算没耽误了，刚刚做起来，你穿穿看合适吧？
　　　　（递上鞋）

张小六　（看鞋）二嫂，这是我的吗？俺娘不是给你的粗布吗？

李二嫂　六兄弟呀！（唱【二板】）

　　　　　　为你支前我把鞋做，

　　　　　　紧赶慢赶才做成。

　　　　　　你穿上爬山又越岭，

　　　　　　早些胜利回家中。

　　　　　　我有心给你用粗布，

　　　　　　它青不青来红不红。

　　　　　　这细布本是俺娘买，

　　　　　　我给你做双鞋面表表心意。

张小六　这怎么行！你也挺难的。等我告诉俺娘，叫她买了再还你吧。

李二嫂　你真还？

张小六　真还。

李二嫂　要还连鞋底都得还！那你给俺吧，别穿了！

张小六　不还了，不还了！我穿吧。

李二嫂　净说些用不着的！快试试合适吧。

张小六　还能不合适嘛！（唱【二板】）

　　　　　　接着鞋儿看得清，

　　　　　　二嫂的针黹第一名。

　　　　　　青布帮，千层底，

　　　　　　又用白布把里蒙。

　　　　　　我脱下旧鞋试一试——

李二嫂　坐下穿。（帮张小六提鞋）怎么样？

张小六　（接唱）穿着不紧也不松。

　　　　　　二嫂你这样帮助我，

　　　　　　真叫我无法补你的情。

李二嫂　（唱）可就是贪快无细活，

　　　　　　别嫌粗拉将就用。

张小六　二嫂你说哪里去了，怎么还能嫌粗拉呢！说真的，俺娘这么大的
　　　　年纪，要不是你帮助我，哪能穿上这么合适的鞋。

李二嫂　是啊，你这一走，大娘更难了。六兄弟，你也该早打个谱了。

张小六　谱不是没打过，可是……就怕人家看不中咱。（吸烟）

李二嫂　反正有愿意跟你的……

　　　　〔张小六趋前想问，李二嫂转身剔灯。

李二嫂　六兄弟，明日就走吗？

张小六　是啊。俺娘在家你费心多照顾些吧。

李二嫂　那还用嘱咐吗，你放心吧。

　　　　〔两人低头对坐，无言。

张小六　嫂子，我走吧！（但不动身）

李二嫂　（猛站起）嗯。噢！我还忘了，你把鞋拿过来，我给捶捶底，穿
　　　　上更熨帖。（拿过鞋，捶鞋）

张小六　（吸烟，站起）嫂子，你不是还有句话要说吗？

李二嫂　嗯。（稍停，唱【慢二板】）

　　　　　　心发跳，气也喘，

　　　　　　前思后想好几番。

　　　　　　他明日就要上前线，

　　　　　　再若不谈何时谈？

　　　　　　壮壮胆说了吧，

　　　　　　如今还害什么羞惭，

　　　　　　嫂子我打谱要……要改嫁……

张小六　嫂子你……你打谱上哪儿呢？

李二嫂　我呀？（唱）

　　　　　　一句话问得我犯了难。

　　　　　　有心对他说实话，

　　　　　　又怕六弟把俺嫌。

　　　　　　一句话儿错出口，

　　　　　　守寡人怎把是非担！

　　　　　　若是今晚再不讲——

224　张小六　（接唱）明日我就去支前。

　　　　　　　　小六我是个独身汉，

李二嫂　（接唱）二嫂守寡孤单单。

　　　　　　　　就怕他另把对象找，

张小六　（唱）就怕她改嫁另打算。

李二嫂　（唱）就怕两人不到一处，

张小六　（唱）就怕是一个北来一个南。

李二嫂　（唱）倘若走了两条路，

张小六　（唱）那叫我双手攒空拳。

李二嫂　（唱）说了吧！

张小六　（唱）讲了吧！

李二嫂
张小六　（唱）倒不如打开窗子明着谈。

张小六　嫂子！

李二嫂　六兄弟！

　　　　〔两人趋前握手。

　　　　〔天不怕内声："老二家！"

　　　　〔张小六、李二嫂随即松手分开。

张小六　咱就这样吧，等我出发回来咱再……

　　　　〔李二嫂摆手，躲在一边。

张小六　那好。

　　　　〔天不怕上。

天不怕　天到了什么时候了，还点灯熬油的！咱们是那正儿八经的过日子
　　　　人家，还兴这样嘛！（进屋见张小六）噢！六侄来了！

张小六　我来拿鞋的，明天我就去支前了。

天不怕　好啊！六侄就是个好样的。（走到张小六、李二嫂中间把他俩隔
　　　　开）什么时候走啊？

张小六　明天早晨到区里集合。（下）

李二嫂　（送张小六）六兄弟，你别忘了，我们妇女识字班明天早晨还去
　　　　欢送你们。

天不怕　好啊！李二嫂明天一早哪里也不能去，跟我上场里打麦子！

李二嫂　（一惊）啊！打麦子？

天不怕 不打麦子就不吃了！

李二嫂 （进屋，关门）我算熬到头啦！

天不怕 哼！你等着吧！

〔幕落。

第六场

〔距前场数月后的一天上午。

〔天不怕家的堂屋。

〔幕启。李七上。

李 七 （快板）李七我是个单身汉，

老婆死了好几年。

生来好吃懒得做，

日子过得可实在难。

自从村里教育了我，

也只好硬着头皮去生产。

李二嫂年轻守了寡，

人品好来又能干。

要是把她弄到手，

再也不用我动弹。

可就是剃头挑子一头热，

又不敢明着去胡缠。

她和小六对上眼，

我干着急也没法办。

小六出去走了好几个月，

也许她忘了张小六爱上了俺。

我趁空再去转一转，

来到了她家大门前。

弟妹、弟妹，开门呀！

〔天不怕上。

天不怕 谁呀？

李　七	是我。啊！婶子没去赶集吗？
天不怕	这几个月还有闲心去赶集！
李　七	还有酒吗？给我打上二两，喝了好下坡干活儿去。
天不怕	你也干活儿了？
李　七	不干能行！这年头……给我打上二两吧！
天不怕	还二两二两的，酒早没有了，眼看就赊倒号了。

〔幕后锣声、喊声："妇救会开会喽！"李二嫂抱军衣、军鞋等自内上。

李二嫂	娘，我开会去啦。
李　七	弟妹，这是给谁做的？
李二嫂	给前方同志们做的！
李　七	弟妹可真积极呀！
天不怕	天天光弄这一套，这个日子反正不用过了。
李二嫂	这些都是我晚上赶的，也没耽误了家里的活儿！
天不怕	不管怎么着吧，一个寡妇也不能没白到黑地往外跑，俺李家门里没有这个规矩！
李二嫂	我这是做"支前"工作，又不是……
天不怕	什么支前支后。哼，叫人家连脊梁筋都戳破了还不觉，俺都没脸出门啦！
李二嫂	身正不怕影斜！谁爱说什么就说什么！
天不怕	（见李二嫂欲走）你上哪儿？饭也不办了？
李二嫂	草拿来了，水也挑满了，娘，开完了会我还得去帮助困难的工属，实在回来晚了，你就先办着吃吧！（下）
天不怕	你说啥！我叫你个野老婆翻天！
李　七	婶子，你那个药不灵啦，你得好好说说她。
天不怕	这年头当婆婆的做不了主啦，你要说她一句两句的，那村干、主任的就找上门来！
李　七	那些人，狗咬耗子多管闲事。我不干活他们改造我，我没老婆他们怎么不管呢？（见天不怕不语）婶子，弟妹这个你得好好管管她，如今外面都风言风语地说她和张小六……
天不怕	怎么，你也知道啦？

李　七　谁不知道！外面都讲哄了。

天不怕　真他娘的！我正为这事发愁呢。（唱【二板】）

> 说起这个扫帚星，
>
> 气得老娘我心口痛。
>
> 这些日子她改了样，
>
> 嘴也硬来话也不听。
>
> 她一心闹得俺家破人散，
>
> 她一心败坏俺好门风。
>
> 要是真的改了嫁，
>
> 谁给老娘做营生？
>
> 说上天，掉下地，
>
> 也不能叫她走得成。
>
> 我正愁得没法想，
>
> 你快给我拿个章程。

李　七　（唱）你要叫我拿主意，

> 这事我可不敢应。
>
> 寡妇改嫁合法令，
>
> 就怕拦挡拦不成。
>
> 要叫大伙儿知道了，
>
> 咱村民会上挨斗争。

天不怕　哼，我叫她白白地走了？

李　七　谁说不是。就是走，也不能叫她跟着张小六，也得找个常来常往的，跟你投脾气的人。

天不怕　滚你娘的！

李　七　我是说你又不是干活儿的人，她走了你这日子怎么过？

天不怕　可他娘的怎么办呢！

李　七　我看非从张小六身上下手不可。

天不怕　怎么从他身上下手？

李　七　姊子！（唱【二板】）

> 趁着张小六不在家，
>
> 咱在暗地下绝情。

> 给他找上个小媳妇，
>
> 管他答应不答应。
>
> 只要亲事定下啦，
>
> 他回来不要也不行。
>
> 管叫这个小老婆，
>
> 竹篮子打水一场空。

天不怕 可也行。

李　七 人倒也有现成的。

天不怕 你给办这个事。

李　七 可就是破坏婚姻有罪啊！

天不怕 他拆散我的人口就没罪了！你尽管办，天塌了地接着！闹出事来
我管，你怕啥！

李　七 干这种事缺德呀！（拿出小酒壶，暗示要酒）

天不怕 七呀，你快说吧！前天刚灌来的好酒，说完了我去舀点儿你喝。
要真办成了，我还补你份人情呢！

李　七 那喝着说吧。

天不怕 快说吧，少不了你的。

李　七 好。（唱【二板】）

> 叫婶子，你是听，
>
> 提起这人真恶心。
>
> 她是地主的老闺女，
>
> 模样长得像个妖精。
>
> 嘴又馋，手又懒，
>
> 针线活儿更稀松。
>
> 个子不大岁数不小，
>
> 今年她三十挂了零。
>
> 直到如今没有主，
>
> 好人家谁要这个懒祖宗。
>
> 要是小六见了面，
>
> 保险他一定相不中。

天不怕 俺那娘！可实在不像个样子，是哪庄的？

229

李 七　老二家她娘家刘家沟你知道不?

天不怕　知道。

李 七　就是刘家沟西边那小黄家沟，地主黄老四的老闺女。

天不怕　人家能答应吗?

李 七　只要这头张老妈答应了，那头一到就成，我保险三年不去也走不了她!

天不怕　那咱就去找张大娘，叫她定下，接着你就跑一趟黄家沟吧。

李 七　行是行……这一去家里的活就要耽误了，又得找人干活，再说也没个盘费。

天不怕　你不用愁。(掏钱)我先给你这些用着，等成了再说。

李 七　那我今日就去。

天不怕　你不是路过老二家的娘家刘家沟吗?

李 七　是啊!

天不怕　那更好办啦!(唱【二板】)

　　　　你到她娘家透个风，

　　　　说她在这里不正经。

　　　　她娘是个老脑筋，

　　　　听说一准不答应。

　　　　咱在这头说媳妇，

李 七　(唱)她在那头乱闹腾。

　　　　她那头拦，咱这头哄，

　　　　给她个两下来夹攻!

　　　　玩宝局玩了半辈子，

　　　　难道说这点事情办不成。

　　　　我给他添油又加醋，

　　　　她娘不听也得听。

　　　　要是事情办成了，

　　　大婶啦，你可别忘了我的功。

天不怕　忘不了，你就知道这个，快走吧!

　　　　〔幕落。

第七场

〔前一场的当天上午。

〔张小六的家。

〔幕启。

〔张小六的母亲张大娘正在切菜，天不怕从外上。

天不怕　（唱【二板】）

　　　　　　　天不怕我喜在心，

　　　　　　　我上张家去提亲。

　　　　　　　只要他娘答应下，

　　　　　　　管叫他两人两离分。

　　　　　　　不走大街走小巷，

　　　　　　　来到了——

　　　　　　　急忙上前去叫门。

　　　　老嫂子，老嫂子！

张大娘　谁呀？

天不怕　哎呀！怎么连你老妯娌的声都听不出来啦！（进门）

张大娘　噢，他婶子来啦，快屋里坐坐吧。

天不怕　老嫂子，大热天，你又忙什么？还不歇歇。

张大娘　唉！摸着切点菜，眼不好差点儿把手切着。我怎么能比了你，有那么个好媳妇，什么活儿还用得着你伸手啦！

天不怕　我也是整天价闲不下呀！赶集呀，上店呀，称葱啊，买蒜啊，葫芦瓶子油罐呀！一个人真把我累煞啦。

张大娘　不管怎么也比我强呀！自打六走了，这几个月，要不是他二嫂和大伙儿照顾得勤，就不像过日子的人家啦。

天不怕　光靠照顾可总不是个常法啊！老嫂子，看你这么难，六又这么大了，快给孩子找上个媳妇，替替你吧！

张大娘　我不是不想找。可是孩子没在家，谁能知道他愿意不。要是回来再弄得别别扭扭的，这是一辈子的事，叫我心里也下不去。

天不怕　唉，小伙子长大了，听说找个好媳妇，嘴里不说心里乐意啊。

〔李七上。

李　七　大娘，噢，你老姊妹俩在这里拉呱啊。

天不怕　是七啊。你来做点什么？

李　七　我来帮助工属的。大娘，六兄弟不在家，有什么活儿我去干。

张大娘　光叫您大伙儿操心。没啥活儿，快歇歇吧。

天不怕　七啊，你来得真巧，我正给你六兄弟说媒呢。

李　七　说媒？这可是个喜事。六兄弟这么大了，大娘干活儿又不大方便，早就该找个媳妇了。

天不怕　是啊！你大娘还不愿意呢！

张大娘　不是我不愿意，是怕孩子……

天不怕　别糊涂了！孩子是心里乐意，嘴里不好说就是了。

李　七　是啊！只要人好，保险他乐意。六兄弟以前还和我说过，要我给他找个对象呢。

天不怕　看看，这不就明白了！我说老嫂子，你知道我从来不干这个，我是觉着六天天给俺忙里忙外，无法报答你，这回碰巧遇上个合适的，才来给你说说。

李　七　大娘，我看那就先叫俺婶子说说咱听听，要行了我还得喝杯喜酒呢！

张大娘　他婶子，那你就先说说我听听吧。

天不怕　嫂子你听我说啊！（唱【二板】）

　　　　　　老嫂子，别着急，

　　　　　　听我慢慢地对你提。

　　　　　　这人家住黄家沟，

　　　　　　离咱不过二十里。

　　　　　　细眉大眼长得好，

　　　　　　针线活儿没有比。

　　　　　　要和咱六成婚配，

　　　　　　真是一对好夫妻。

李　七　噢，你说的是她呀！（唱）

　　　　　　这个人我早认得——

张大娘
天不怕   怎么你也认识她?

李　七   是啊!（唱）

　　　　　　她和俺表妹是亲戚。

　　　　　　会为人，会行事，

　　　　　　会做买卖会赶集。

张大娘   他婶子，不知道过日子怎么样?

天不怕   那还用问么!（唱【二板】）

　　　　　　提起她过日子，

　　　　　　手里撒不了一粒米。

　　　　　　衣裳破了补着穿，

　　　　　　粮食少了吃粗的。

　　　　　　喂着鸭养着鸡，

　　　　　　下了蛋来舍不得吃。

　　　　　　卖了钱，称棉花，

　　　　　　纺出线来把布织。

　　　　　　口里省，手上勤，

　　　　　　小日子过得真仔细。

李　七   你光说家里，还没提干活儿呢!（唱）

　　　　　　论干活，不用提，

　　　　　　场里坡里数第一。

　　　　　　拔麦子，割谷子，

　　　　　　推车担担能下力。

　　　　　　摇耧下种能扶犁，

　　　　　　样样都是好手艺。

天不怕   一点儿也不假，什么活都能干! 娶过来，给你抱上个孙子，尽管等着享福吧，嫂子。

李　七   这可真是好姻缘，好媳妇。

张大娘   这人今年多大了?

天不怕   （唱）要问她年纪多么大，

　　　　　　今年她是……

233

（看李七，说不出来）

李　七　（接唱）今年她才二十一。

张大娘　是吗？

天不怕　对对对！（唱）

　　　　　　　明明白白二十一，

　　　　　　　我上了年纪好忘事。

张大娘　这事可得查问明白呀！

天不怕　咳，你看看，摸不清也不给咱六提呀。

李　七　大娘，你要实在不放心，就当面相相，（见天不怕示意不要相）
　　　　其实也不用相，那媳妇过了门，保险叫你喜得合不上嘴。

张大娘　这人就一点孬处也没有吗？

天不怕　这……要说孬，她就是为人闷一点，老实得说不出句话来。

张大娘　（低头考虑）……

　　　　〔天不怕示意李七说。

李　七　这样的媒可放不住。自从她露出要找个好女婿，去说亲的可不
　　　　少。要是叫别人家说了去，那后悔也就晚了。

天不怕　是啊！七说得对。嫂子……

张大娘　要真这样，六儿回来我也对得起他了。只要人家不嫌咱，你就跑
　　　　一趟吧！花多花少的我听着。

天不怕　咳，俺那老嫂子，你才是有主见的人！

李　七　对，这事算我的吧。今日上那头拿个帖来，就算定住了。大娘，
　　　　我得挣这杯酒喝。

张大娘　好呀，要真成了，我还得好好地请请你哪。

　　　　〔张大娘、李七、天不怕同笑。

　　　　〔李二嫂端瓢上。

李二嫂　大娘，我给你送米面子来啦。

张大娘　好。快来歇歇。（拿米面子进屋，下）

李　七　弟妹来了！

天不怕　家里的营生你都干完了吗？又出来！

李二嫂　干完了。

　天不怕　饭呢？

李二嫂　做熟了。

天不怕　水呢？

李二嫂　挑满了。

天不怕　这个……这鸡呢？

李二嫂　喂上了。

〔张大娘上。

天不怕　干完了，你就出来闲蹓啊？

李二嫂　我不是来给张大娘送米面子吗？

张大娘　是啊，你婶子，是我求他二嫂给推的米面子啊。

天不怕　我不是说这，我是嫌她没事就往外跑……

李二嫂　往外跑我也没闲串啊！

天不怕　好，你有理！俺说不过你。七，咱走！

李　七　嘿嘿嘿！弟妹，你在这里吧。

〔天不怕与李七出门。

张大娘　你不坐坐了吗？

天不怕
李　七　不坐了。就这样吧，一言为定了。

张大娘　好啊。

〔天不怕、李七下。

李二嫂　（怀疑）方才俺婆婆他们来做什么的？

张大娘　孩子，你听我告诉你呀！（唱【四平】）

　　　　　　喜鹊儿临门叫喜气盈盈，

　　　　　　说出来你一定替俺高兴。

李二嫂　什么事情，大娘？

张大娘　（唱）俺小六到如今没把亲娶，

　　　　　　我早就盼着他快把婚成。

　　　　　　你婆婆和李七来提亲事，

　　　　　　说了个大闺女正在年轻。

李二嫂　你答应了没有？

张大娘　（唱）这个人样样都合我的意，

　　　　　　你想想我怎能还不答应。

235

李二嫂　啊？（手里瓢掉了，唱【散板】）

晴天霹雳响一声，

震得我两眼发黑头发蒙。

张大娘　哟！孩子，这是怎么啦？（抚摸）

李二嫂　大娘啊……（千言万语，一时说不出）

张大娘　孩子，这是怎么啦？

李二嫂　我……我心里不好受！

张大娘　这准是干活累的，我给你烧点汤喝。（下）

李二嫂　（唱【安板四平】）

关着门在家中祸从天上降，

顺水船偏遇上暴雨狂风。

六兄弟你在外怎么知道，

我一片热心肠就要落空。

大娘，你不知道俺们……

我不如和大娘说了实话，

如今生米已经成了熟饭了。

六兄弟又不在家，

就怕说了也无用啊。

到如今想挽回就怕不能！

咳，这叫我怎么办啊？（接唱）

今日盼明日等为的是你，

怕只怕这一回亲事难成。

六兄弟你怎么还不回转？

这都怨你自己呀！

为什么不早些把事讲明。

畏畏缩缩不大胆，

羞羞答答不出声。

要早能听主任的话，

哪能平地风波生。（转唱【二板】）

回头又把婆婆恨，

不该狠心下绝情。

明着暗着来阻挡，

偷在墙根挖窟窿。

咳，都怨我以前太老实了。一百条路，你们走了九十九条，剩下这一条路，你们还不让我走？还逼我？我……再不能忍下去了！我，我找主任想法子去！（唱【二板】）

只要她能帮助我，

你想破坏万不能！

哪怕你千方和百计，

我要和你来斗争！

（一跺脚走出张大娘的家，下）

〔张大娘端刚烧的姜汤上。

张大娘 孩子，你往哪里去？（边喊边追，下）

〔幕落。

第八场

〔前场第二天的上午。

〔天不怕家的堂屋。

〔幕启。

〔刘大娘提篮子上。

刘大娘 （唱【四平】）

刘大娘看闺女忙把路赶，

顾不得天气热两腿发酸。

在家中听了些风言风语，

说是她在婆家行为不端。

全不顾传出去丢丑败坏，

这叫我当娘的怎把人见。

村干部也都要将她管教，

怕只怕吃了苦又丢脸面。

这些年在李家折磨受尽，

想起来棒打头心似箭穿。

237

为娘的也真是对不起你！

倘要是出差错娘更不安。（转唱【二板】）

我这里快去把她劝，

闺女一定听娘言。

好歹将就过下去，

也免得想好不成现人眼。

霎时来到了大门口——

（进门）妮子，妮子，妮子！

〔天不怕上。

天不怕　谁呀？（见刘大娘）噢！（接唱）

哪阵风刮得亲家到这边？

俺那亲家，你可把我想煞啦！快屋里坐坐吧！

（天不怕与刘大娘进屋坐下。

天不怕　俺老哥可壮实吧？

刘大娘　还壮实啊！

天不怕　我正想去看你啦，家里没人又离不开，你来得可真巧！

刘大娘　我家里也是离不开，可日子多啦不来吧，又……

天不怕　我知道你大半年没见闺女啦，惦记着是不是？

〔刘大娘无语。

天不怕　我说亲家，这回你尽管放心吧！俺娘俩比从前可好啦！我拿她当亲闺女看待，什么事都商量着办，从来不吵嘴拌舌的。亲家，我比从前也进步啦！

刘大娘　孩子不懂事也得常说着点。

天不怕　她比我还进步啊，整天价在外头开会上学的，好着的啦，可就是……

刘大娘　什么？

天不怕　咳！亲家，我有句话想说吧又怕你再生气，不说吧，又怕到时候闹出事来，咱老姊妹俩就没脸见面啦！

刘大娘　管什么事，只要是真的，该说的就得说啊！

天不怕　（故意再拿一把）咳！我也劝过她几回，可就是年幼任性，我又不好强拦……

刘大娘　（站起）有什么你就直说吧！

天不怕　你实在要问，我也不能瞒着你啦！（唱【二板】）

　　　　　　叫亲家，你坐下，

　　　　　　听我慢慢对你拉！

　　　　　　提起她干活样样好，

　　　　　　我说亲家——

　　　　　　我常在人前将她夸。

　　　　　　谁知忽然变了样，

　　　　　　白天黑夜不归家。

　　　　　　整天没事向外跑，

　　　　　　庄里人人都笑话。

　　　　　　又是疯，又是闹，

　　　　　　口口声声要改嫁。

　　　　　　村干哪个不生气，

　　　　　　又跺脚来又咬牙。

　　　　　　早就暗暗发下狠，

　　　　　　定要好好地管管她。

　　　　　　人家要一条绳子两头绑，

　　　　　　送到区上牢里押。

　　　　　　我听说吓得吃不进饭，

　　　　　　又是急来又是怕。

　　　　　　三番五次将她劝，

　　　　　　就是不听我的话。

　　　　　　要是真的闯了祸，

　　　　　　叫我见了你说什么！

　　　　　　亲家你也别生气，

　　　　　　快快想法劝劝她。

刘大娘　亲家你说的可是真的呀？

天不怕　你看看，我还能往自己头上扣屎盆子吗？你要不信，等她来一问就知道了。

刘大娘　她上哪儿去啦？

天不怕	一扔下饭碗就走了。我出去找找她。亲家，要是她来了，你也别生气，好好地说说她就行了。
刘大娘	生气也当不了事啊！
天不怕	是啊。咳！俺李家三辈子没出这样的事，这回可真丢死人了！（出屋，自语）看样李七捎去的信见效啦！这回我给她又一加火，事许差不多喽！（得意地下）
刘大娘	（唱【二板】）

　　　　刘大娘心里乱如麻，

　　　　走不安来坐不下。

　　　　俺孩子从来不是这样的人，

　　　　怎么如今变了卦？

　　　　她婆婆从来待她像牛马，

　　　　也许是故意地败坏她？

　　　　别看她当面说得好，

　　　　这种人哪里有实话。

　　　　有心不信她的话，

　　　　可和捎的信儿全对茬。

　　　　真叫我又是疑又是信，

　　　　一时难摸真和假。

　　　　有也罢，无也罢，

　　　　我得好好地说说她。

　　　　我坐在房中将她等——

　　〔李二嫂上。

李二嫂	（接唱）我一肚子心事转回家。

　　　　主任已经答应下，

　　　　前去劝说张大妈。

　　　　也不知是凶还是吉，

　　　　也不知劝下劝不下。

　　（进屋，看见刘大娘）啊，娘来了？

刘大娘	来了。
李二嫂	我爹好吧？

刘大娘 　还好啊！

李二嫂 　娘，你来了一大会儿啦？

刘大娘 　我来得可不晚。你上哪里去来？

李二嫂 　我，我到外头去了。（端水给刘大娘）

刘大娘 　孩子你……

李二嫂 　娘……

刘大娘 　（接水，放下）我说孩子啊！（唱【二板】）

　　　　　　走上前，用手拉，

　　　　　　你且听娘一句话。

　　　　　　为人谁不顾脸面，

　　　　　　你就该老老实实地守在家。

　　　　　　千万别惹事又生非，

　　　　　　惹得四邻将咱骂。

　　　　　　庄里人多嘴又杂！

　　　　　　我说孩子呀，

　　　　　　可不能将你爹娘的脸来打。

　　　　　　好歹将就熬下去，

　　　　　　出了差错娘牵挂。

李二嫂 　（唱【散板】）

　　　　　　这真是破屋偏遭连夜雨，

　　　　　　船漏偏遇大风刮。

　　　　　　别人拦挡还罢了，（转唱【二板】）

　　　　　　亲娘也说这样的话。

　　　　　　好容易找着一条路，

　　　　　　不叫我走为什么？

　　　　　　孩儿我没做那丢脸的事，

　　　　　　为何你不许我找人家？

　　　　　　你忍心叫我活受罪，

　　　　　　你忍心叫我活守寡。

　　　　　　难道说我不是你亲生女？

　　　　　　你不是我的生身妈！

241

刘大娘　（唱）心里像扎上花椒刺，
　　　　　　　　又是疼来又是麻。
　　　　　　　　为娘全是为你好，
　　　　　　　　怎么说出这些话！
　　　　　　　　你的苦处娘知道，
　　　　　　　　心里难受也没法。
　　　　　　　　你要真的胡乱作，
　　　　　　　　村里干部就要说话。
　　　　　　　　吃亏落个臭名声，
　　　　　　　　你说到底为的啥？
　　　　　　　　你要不听娘的劝，
　　　　　　　　我从今不进你的家。

李二嫂　（唱）谁要阻拦就阻拦，
　　　　　　　　是死是活全由他。
　　　　　　　　不吃黄连不知苦，
　　　　　　　　孩儿我一定要改嫁。

刘大娘　（唱）我一片好意随风散，
　　　　　　　　好心当成了驴肝花。
　　　　　　　　闺女大了不由娘，
　　　　　　　　千说万劝也白搭。
　　　　　　　　倒不如狠狠心儿走了吧，
　　　　　　　　亲生的闺女又舍不下。
　　　　　　　　真叫我走也难来住也不好，
　　　　　　　　一根肠子两下挂。
　　　　　　　　不由一阵心难过，
　　　　　　　　回脸偷把眼泪擦。

　　　　　　　〔静场。妇女会主任上。

妇女会主任　二妹妹！（看见刘大娘）噢，大娘来了。

刘大娘　啊！坐下吧，主任。

李二嫂　主任你……

242　刘大娘　唉！

妇女会主任　大娘你也是为二妹妹的事来的吧？

刘大娘　瞎操心哪，主任。

妇女会主任　老的都是这样，总望儿女好。说起来也怨俺们不周到，才拖到如今。这回趁着大娘在这里把事办妥了，也省得再跟着操心。

刘大娘　主任，这事可不能任性啊！

妇女会主任　这是为什么？

李二嫂　还不是怕我走了……

刘大娘　主任你说说，我这不是为她好嘛！咱不能由着性子胡闹，叫人家说闲话。

妇女会主任　大娘你听着谁说闲话来？

刘大娘　也不是一个人说的。

妇女会主任　都说些什么，大娘？

刘大娘　还不是村干部反对，大伙儿笑话……

妇女会主任　这是谁说的？你是听天不怕说的吧？

刘大娘　也不光她一个人说。

妇女会主任　大娘你怎么也信她的话！（唱【四平】）

　　　　　　大娘啊切莫听那些闲话，

　　　　　　新社会旧社会两个天下。

　　　　　　二妹妹并不是胡作胡闹，

　　　　　　要改嫁完全是合理合法。

　　　　　　现如今村里干部都支持，（转唱【二板】）

　　　　　　怎么还能反对她。

　　　　　　处处想法来帮助，

　　　　　　怎么还能笑话她。

　　　　　　不信你出去问一问，

　　　　　　年轻人都把他俩夸。

　　　　　　闺女是娘的连心肉，

　　　　　　难道说你不愿她找个好人家。

　　　　　　从今跳出火坑去，

　　　　　　你的心事也放下。

刘大娘　您大伙儿觉着这样能行吗？

妇女会主任　这是光明正大的事，谁说不行，就是有人想拦也拦不下。如今我给张大娘也说好了，只要张六弟出去回来就办。

刘大娘　唉，做娘的怎愿闺女受苦啊！我是听了你庄上捎去的信，来到她婆婆又这么一说，我怕事办不成，到时候咱还得吃亏啊！

妇女会主任　噢，这是谁捎这样的信？

刘大娘　他叫……光知他以前常赌个钱……

妇女会主任　赌钱？许是李七。这里头可能有说法，要不他不能无故地捎信。

李二嫂　到张家提媒也有他。

妇女会主任　大娘，这就明白了！一准是天不怕她怕二妹妹走了，才用这些办法，又给张家提亲，又造谣叫你来。

刘大娘　她的为人我也知道，总怪我没问问……

妇女会主任　这回大伙儿都放心吧，张大娘也答应退亲啦。

刘大娘　主任，你说的这张小六是哪里的？

妇女会主任　就是二妹妹挑的那个对象啊。（唱）

　　　　　　　他家住在大街南，

　　　　　　　两下离得不大远。

　　　　　　　这张小六为人老实又进步，

　　　　　　　可真是一个好青年。

　　　　　　　工作积极生产好，

　　　　　　　如今出发去支前。

　　　　　　　他和二妹是一对，

　　　　　　　年轻人看着都眼馋。

　　　　　　　你要见了他的面，

　　　　　　　包你如意又喜欢。

　　　　　你尽管放心吧。

刘大娘　只要你们大伙儿看着合适，我心里也乐意。

李二嫂　娘……

刘大娘　孩子……（拉住李二嫂，一时说不出话来）

妇女会主任　就这样吧，二妹妹，好好照应着大娘，我得去追追李七的根，好好地教育教育他。

刘大娘　你再坐坐。

李二嫂　主任……

妇女会主任　快别动啦。（下）

李二嫂　娘，我做饭给你吃吧。

刘大娘　你看，我还有捎来的挂面，也忘了拿出来。

李二嫂　那就煮煮你吃吧。（取面）

　　　　〔天不怕上。

天不怕　（自语）噢。回来了。看样许是劝下了。我再给她点软的吃！（进门）哟！亲家你又生气了吗？（向李二嫂）孩子，可不能这样，老人的话没有错，千万别再胡思乱想了，从今还是咱娘俩搿伙着过日子吧！有这十几亩地，一个小生意，真是个福囤子！这里还有我过门时做的一个绿缎子袄，也没舍得穿，我找来给你改改穿了吧！

李二嫂　哼！（下）

天不怕　（一怔）哟！这是怎么的？（向刘大娘）亲家，你没劝劝她吗？

刘大娘　如今世道，为老的也不能硬做儿女的主。

天不怕　（自语）啊！这是怎么说？（回身）唉，亲家，我不是不愿她走。就是要走，也得找个好人家，要不我能对得起你吗？

刘大娘　你这是说的什么话！

天不怕　是实话呀！你不知道她找的那个人太不像样子啦！

　　　　（唱【慢二板】）

　　　　　　亲家婆，你不知，

　　　　　　心里的话儿告诉你。

　　　　　　其实孩子要改嫁，

　　　　　　我的心里倒乐意。

　　　　　　可就是那个姓张的他不正干，

　　　　　　吃喝嫖赌不下力。

　　　　　　今年三十还挂零，

　　　　　　长的样子也没出息。

　　　　　　孩子要是跟着他，

　　　　咳！我说嫂子——

那真是鲜花插在牛粪里。

刘大娘 你说的这个人是谁？

天不怕 就是那个不正干的张小六。

刘大娘 是吗？

天不怕 你看看那还假了吗？

刘大娘 他这么不正干，你怎么还给他说亲呢？

天不怕 啊！这……我没有啊！这准是老二家瞎说的！

刘大娘 怎么？没有！你真敢说没有啊？

〔张大娘上。

张大娘 他婶子在家吗？

天不怕 噢！老嫂子，快坐下吧！（惊慌失措）不！不！上我那屋里去吧！这里有客。

张大娘 这是哪里的客呀？

刘大娘 俺是亲家，来看闺女的。

张大娘 哟！这可真不是外人哪！我就是小六他娘啊！

天不怕 走吧！走吧！上那屋里去吧！

张大娘 他婶子我不去啦！我在这里说说吧，你给俺六说的那门亲事别去提啦！六儿不在家，光我答应也不行！

天不怕 谁给你说亲来！那不是李七吗？你找他去吧！

张大娘 不是你先去的吗？这可实在对不住啦！叫你操心。

〔李二嫂上，静听。

刘大娘 嫂子，孩子到底多么大啦？

张大娘 属牛的，二十三啦！

刘大娘 我说亲家，你那张嘴，真是没皮啦！说人家张小六三十多啦！你又说没给张家说亲！

天不怕 俺说不说的，这个也不怕人！谁也不能吃了我！

刘大娘 那你还左一次右一次地哄我，说俺闺女这不好那不好还不算，又说张小六吃喝嫖赌不是个好人。你说说，你这是安的什么心啊！

张大娘 怎么着！说俺孩子三十多啦？不是好人？你这么大年纪了，怎么净说瞎话！你，你说说，你为什么红口白牙的，糟蹋俺那孩子？

246 天不怕 你这个老婆真会编，谁说他不好来！咱不是亲戚！你快点儿滚出

　　　　　　去！（推刘大娘）

　　　　　　〔李二嫂端面条上。

李二嫂　你叫俺娘上哪里去？她没听你的话，这就叫滚啦！

天不怕　（坐在地上撒泼，哭）俺那天！可欺负死俺啦！

张大娘　他嫂子，先领你娘上俺家去坐坐吧！

李二嫂　娘！走。

张大娘　（领刘大娘出屋）孩子，你怎么有话也不给我明说，要不是主任
　　　　　　去说，我差一点儿办了糊涂事……

　　　　　　〔张大娘、刘大娘、李二嫂下。

天不怕　俺那天……（一看无人，起来，见面条想吃，最后端起碗往外一
　　　　　　泼）我叫你吃！

　　　　　　〔李七上，正好泼他身上。

李　七　哎哟！可烫死我啦！

天不怕　噢！是你啊！

李　七　你说得怎么样了？

天不怕　全他娘的完了。

李　七　坏了，这可糟了！刚才村长找我，追问提亲的事，还没说完，就
　　　　　　有人找他，说咱庄"支前"去的这就要回来。要是张小六知道
　　　　　　了，我可怎么办哪？

天不怕　怎么！张小六要回来？这不是完了吗？（想）好！一不做二不
　　　　　　休，扳倒葫芦淌了油！等他来了，准到这里来，那咱就……（附
　　　　　　李七耳）

李　七　去你的吧，这就够我受的了，你还想要我的命！（下）

天不怕　啊？

　　　　　　〔幕落。

第九场

　　　　　　〔几天以后。

　　　　　　〔路上与李二嫂家。

　　　　　　〔中幕前。

〔张小六内唱【倒板】："张小六支前把家还——"背背包上。

张小六　（接唱【二板】）

　　　　　我去"支前"大半年，

　　　　　高高兴兴把家还。

　　　　　我在前方把功立，

　　　　　二嫂听说定喜欢。（下）

〔中幕开。李二嫂房内。

李二嫂　（做衣，唱【四平】）

　　　　　前方的好消息连连不断，

　　　　　真叫我一阵阵喜在心间。

　　　　　早盼着解放军打胜仗，

　　　　　六兄弟立大功早把家还。

　　　　　听说是不几日就要来到，

　　　　　做成这新夹袄等他来穿。

　　　　　猛听得天井里脚步儿响——

〔张小六上。

张小六　（接唱）我去找李二嫂细说一番。

　　　　二嫂在家吗？

李二嫂　谁呀？噢！是你回来了！快……（千言万语，一时难说，悲喜交集，进屋）

张小六　你好啊，二嫂！

李二嫂　唉，不是说你还得几天才能到家吗？

张小六　是啊。本来决定明天回来的，可我看任务也完了，在县里没事了，因为惦记着……惦记着家里，我就回来啦。

李二嫂　快坐下吧。走了这几个月就像好几年一样！哟！这是什么？

张小六　嫂子，这就是我要捎给你的礼物。

李二嫂　好啊，你立了功啦！前方也不知是个什么样子，你快说说给俺听听。

张小六　（唱【四平】）

　　　　　我"支前"到前方大半年，

　　　　　前方的胜利一时说不完。

我走过山东、安徽、江苏、河南、河北五省的边沿，四十

　　多个县，

渡过沂河、运河、老黄河，翻过了梁山、沂蒙山。

在前方，又热闹，也真开眼，

虽受点艰苦我心里舒坦。

打起仗来呀，那个大炮轰轰，

那个机枪嗒嗒……响成一片。

咱们解放大军真勇敢，

他们冲锋陷阵百战百胜把敌歼。

打一仗活捉的俘虏无数，

缴获的武器堆成山，我认也认不全。

那么粗的大炮一摆一大溜，

还有那两人抬的重机枪。

我参加战役五六次，

积极地完成任务吃苦在前。

行军时替别人把东西背，

对伤员如兄弟照顾周全。

回来时在县里开了一个庆功大会，

又唱歌又演戏锣鼓喧天。

县长他亲自把花献，

又把这光荣牌挂在我胸前。

李二嫂　你比以前可更进步啦，以后可得帮助帮助俺哪！

张小六　二嫂，您在后边也闲不着，还不都是一样吗！二嫂，也不知怎的在前方我一想起……

李二嫂　什么？

张小六　（改口）一想起家来劲头就来了，恨不得一下子把蒋匪军消灭了，好早点儿回来。

李二嫂　俺在家也是这样，光想着多干点儿工作，好叫你们在前方快打胜仗，好快点儿……

张小六　想不到我走了这几个月，家里会出这么些事。

李二嫂　唉，家里的事我还没告诉你呢！

张小六　俺娘已经对我说过了。说起来都怨我那时思想还有毛病，临走没把事情给俺娘和村里说明白，叫你吃了这些苦。

李二嫂　这事也怨我，当时没给你娘说，怕她不答应。

〔小青与众村民上。有些人在门外偷听。

张小六　这回你还有顾虑没有？

李二嫂　俺早就没有了，只要你同意……

张小六　我不是早就同意了吗……

〔李二嫂与张小六两人笑。众人齐进。

小　青　二嫂，这回可行啦！

青　年　六哥，你在这里啊！

妇女会主任　六兄弟，你回来得真巧！

小　青　（学李二嫂与张小六的口气）"只要你同意……"

众青年　"我不是早就同意了吗……"

众　人　哈哈……

〔李七上。

妇女会主任　六弟，为了你俩的事，大伙儿可真没少操心啊。

李　七　六兄弟，我该死，我是上了天不怕的当啦！

妇女甲　算了吧！你还上了人家的当，你俩还不是一样的东西！

小　青　他俩破坏人家的婚姻不是个小事情，得送区上处理。

李　七　六兄弟，以后我一定学好，这回我真坚决啦。这不，大伙儿都在这里，我对天盟誓。（边说边跪）

众　人　（抓起李七来向外推）你不要来这一套啦！

李　七　六兄弟，谁叫咱是哥儿们来，要是有个山高水低，你多兜着点儿。

〔众人将李七推出门去。

〔天不怕在窗外看了一下，轻轻地叹口气下。

众　人　哈哈……

〔二哥上。

二　哥　啊，恁都来了。六兄弟，村长叫我来找你，庆功会马上就要开始啦！

〔音乐起。张大娘上。

张大娘　六啊，人家村长他们都到咱家找你来了。

小　青　人家来家，还能不先见见面吗？

妇女会主任　二妹妹，今晚这个庆功会你可得参加。

李二嫂　（微笑不语）……

二　哥　六兄弟，这可是双喜临门，这回快些办了喜事吧，省得大娘着急。

众　人　对，越快越好！

张大娘　咱可得看个好日子。

老　汉　老嫂子，新社会哪天不是好日子。

张大娘　六啊！（高兴地拉过张小六、李二嫂，看了看，流下泪来）

妇女会主任　那明天咱就筹备喜事。

众　人　好啊！

　　　　〔音乐大作。

二　哥　庆功会就要开始了，快去吧。

众　人　好啊！

　　　　〔众人向外走，张小六也要随下。

李二嫂　（向张小六）等等，穿上这件夹袄。

　　　　〔在乐声中李二嫂替张小六穿衣，两人相视而笑。

　　　　〔幕落。

——剧　终

　　《李二嫂改嫁》根据王安友同名小说改编，创作完成于1954年，同年由山东省吕剧团首演，1957年由长春电影制片厂拍摄成戏曲电影，郎咸芬饰演李二嫂，王俊英饰演张大娘。

作者简介

刘梅村　（1914—1977），男，导演、编剧，山东省吕剧团主要创始人，挖掘和培养了一大批人才。代表作品有《李二嫂改嫁》（合作）、《穆桂英》等。

刘奇英　（1922—2012），男，编剧。代表作品有《光明大道》《沂河两岸》《丰收之后》等。

王昭声　(1928—1966)，男，山东肥城人。1946年参加革命工作，1947年加入中国共产党。在解放战争期间，从事革命文艺工作，曾荣立二等功、甲等功各一次，在全国解放以后，一直从事党的革命文艺工作，历任鲁中南区太西文工团团员、干事，省文联地方戏曲研究室调研员、组长，省吕剧团副团长，省柳子剧团团长、党支部书记等职。

靳惠新　(1927—2013)，女，山东章丘人，演员，1957年参演电影《李二嫂改嫁》。

张　斌　(1928—1968)，原名张传芳，男，山东省宁津县人，作曲家。幼年随祖父、叔父沿街卖唱，1947年加入中国共产党，后一直从事戏曲音乐工作。在吕剧传统音乐的基础上，发展了多种唱腔板式，丰富了吕剧唱腔音乐的表现力，在吕剧《李二嫂改嫁》《井台会》等剧中编创的音乐唱腔，流畅优美，传唱至今。

·粤 剧·

搜书院

广东粤剧院整理

执笔：杨子静　莫汝城　林仙根

人　物　　谢　宝——琼台书院掌教。

张逸民——琼台书院学生。

林　伯——琼台书院老仆。

翠　莲——镇台家侍婢。

镇　台——驻琼州镇台。

夫　人——镇台的老婆。

小　姐——镇台的女儿。

秋　香——镇台家侍婢。

师　爷——镇台的幕客。

谢　福——谢宝的轿夫。

谢　禄——谢宝的轿夫。

书生甲、乙、丙。

书童、家丁、更夫、兵丁若干人。

第一场

〔重阳节日。

〔琼州镇台府内花园。

〔小姐扑蝴蝶上，小姐追赶不着。

小　姐　（唱【滚花】）

蝶儿逃避过花荫，

追扑不来心恼恨。

翠莲糊得风筝好，

不若教她侍候放风筝。

翠莲，快把你的风筝拿来！

〔翠莲捧风筝上。

翠　莲　（念）夫人日夜催针黹，

小姐偏叫放风筝。

小　姐　（唱【滚花】）

　　　　你持彩蝶候风来，

　　　　我执红丝将线引。

　　〔翠莲捧风筝退下。

　　〔小姐牵线放风筝。

　　〔翠莲复上，仰看风筝飞舞。

翠　莲　（唱【双飞蝴蝶】）

　　　　看它乘风向青云，

　　　　飘飘举举自在身。

小　姐　（接唱）莫教凌空逐雁群，

　　　　手中彩线我捏紧。

翠　莲　（接唱）天空海阔任它高飞去。

小　姐　（接唱）高低俯仰任我手牵引。

翠　莲　（接唱）看天空，五彩缤纷。

小　姐　（接唱）我家彩蝶谁能近？

翠　莲　（接唱）化作雨中鹰，风中燕，

　　　　冲霄一去势莫禁，

　　　　青天碧海洗红尘，

　　　　云端翻个身。

　　〔小姐因风紧不会纵线，正手忙脚乱。翠莲上前想帮忙，小姐却
　　把她挥开。

　　〔风筝线断，随风飞去。

翠　莲　（张望）小姐，断线风筝飞落圣母宫那边去了。

小　姐　（生气）这都怪你，这都怪你！（向内叫）娘亲快来。

　　〔秋香扶夫人上。

夫　人　女儿，又与何人生气？

小　姐　可恨翠莲，把风筝失落，娘亲快打她！

夫　人　女儿休要气恼，为娘定不饶她。翠莲过来！（唱【快滚花】）

　　　　两三天皮鞭未到，

　　　　伺候小姐又不殷勤。

　　　　真是天生贱骨头，

255

　　　　　　打死也无人怜悯。

　　　　〔打翠莲嘴巴。

小　姐　快去把风筝找回来。

夫　人　（唱【滚花】）

　　　　　　拾得风筝犹自可，

　　　　　　若然失落你要当心！

　　　　去！

　　　　〔翠莲含泪下。

　　　　〔幕闭。

第二场

　　　　〔幕启。

　　　　〔与上场同日。

　　　　〔琼州府城外，圣母宫前。

　　　　〔张逸民和书生甲、乙、丙上。

　　　　〔书童挑食盒书箱随上。

书生甲　（念）极目重洋浪拍天，

书生乙　（念）椰林莽莽鸟翩翩。

书生丙　（念）海南九月花还好，

张逸民　（念）未觉秋声过耳边。

书生甲　逸民兄，想我辈埋头攻读，坐守书斋。虽生长在琼州，还不知此
　　　　胜地。若非书院放假，结伴登高，未免辜负这秀丽风光了。

书生乙　对啊！书童，那边是什么所在？

书　童　前面就是圣母宫。

书生乙　久闻圣母宫香火旺盛，今日重阳佳节，定然更加热闹，何不同去
　　　　游玩一番。

书生甲　逸民兄意下如何？

张逸民　小弟意欲暂留，饱看景色，诸位先行。

书生甲　如此说，我等先行随喜去吧！

张逸民
书生甲
书生乙　请！
书生丙

〔书生甲、乙、丙下。

〔书童从书箱里取出笔砚，在石上摆好。

书　童　张相公，笔砚已经摆好，让我也去游耍一会儿吧！

张逸民　好。

〔书童下。

张逸民　（念）天开地阔生秋色，

水态山容动客心。

（唱【凤凰台】）

美景无如海岛边，

眼底琼崖胜洞天。

风满帆悬，

群鸥逐绕打鱼船。

看天上竞放纸鸢，

似羽扇，

似雪片，

似云端舞白燕。

（忽见飘下断线风筝，接唱【滚花】）

碧空陨落断线纸鸢。

看她飘泊东西——

啊！险落山泉水面。

（上前拾起风筝）好一只蝴蝶风筝！可惜线断飘零，落得身沾尘土，真正可惜可惜！（把风筝拂拭干净）趁我诗兴正来，就此借物抒怀，填词一首，倒是一番雅事，正是：

几曾晓梦迷蝴蝶，

一片秋心托纸鸢。

（执笔在风筝上题词）

〔翠莲上。

翠　莲　（唱【快滚花】）

　　　　　忘饥忍倦到山前，

　　　　　不见风筝心倍乱。

（见张逸民手上的蝴蝶风筝，上前）请问相公，这风筝是……

张逸民　是小生方才拾到的。

翠　莲　风筝原是镇台府中失落，奴婢奉命，正在找寻。

张逸民　啊！所幸水未沾来尘未染，璧还原物理当然。（交还风筝）

翠　莲　（接过风筝，如释重负）好了！（唱【快中板】）

　　　　　一声多谢别尊前，

　　　　　接过风筝回府转。

（施礼欲走，发现风筝上有字即回头）相公，这风筝不是我的。

张逸民　不是你的？

翠　莲　奴婢风筝之上，并无文字。

张逸民　哦！俚词一首，是小生方才写上去的。

翠　莲　（为难地）这……你写了些什么？

张逸民　姑娘放心，让小生念来你听。（念词）

　　　　　不羡红丝牵一线，

　　　　　扶摇直上遥空，

　　　　　几曾愁梦绕芳丛，

　　　　　栖香心宛转，

　　　　　写影骨玲珑。

　　　　　信道黄花还比瘦，

　　　　　无端轻落泥中。

　　　　　拼将弱质斗西风，

　　　　　命虽同纸薄，

　　　　　身肯逐飘蓬？

翠　莲　（沉吟）命虽同纸薄，身肯逐飘蓬。（忍泪）

张逸民　姑娘因何伤感起来？

〔翠莲低头无语，强忍眼泪，移步下山。百感集怀，心神不定，失足跌地，碰伤手腕。

〔张逸民见状，稍作踌躇，撕下衣襟一角，上前为翠莲包扎伤处。

〔翠莲感极而泣。

张逸民　姑娘何以伤心落泪呢？

翠　莲　相公！（唱【反线中板】）

　　　　　　听君感慨念诗篇，

　　　　　　不禁伤怀身世暗自凄然，

　　　　　　可叹那风筝，俯仰沉浮，

　　　　　　操在人家手中线。

　　　　　　身似飘蓬，命同纸薄，

　　　　　　泥涂沦落，似我翠莲。

张逸民　（唱【中板】）

　　　　　　见姑娘感触伤心，

　　　　　　引起我同情一念。

　　　　　　真果是相逢何必曾相识，

　　　　　　萍飘絮乱共辛酸。

　　　　　　既是身世凄凉，

　　　　　（转唱【滚花】）

　　　　　　可否对我细谈一遍？

翠　莲　（唱【乙反二黄】）

　　　　　　多感相公垂问，我且忍泪开言。

　　　　　（转唱【合字过门】）

　　　　　　我是寒门弱女世代租种别人田。

　　　　　　不幸丧了妈妈无钱殡殓，

　　　　　　老父只得忍痛卖女儿换血钱。

　　　　　　时已十四年，

　　　　　　我受折磨受棍鞭，

　　　　　　磨难不断。

张逸民　姑娘卖身葬母，孝义堪嘉，既是身受折磨，我想尊翁定会设法赎
　　　　你出来的。

翠　莲　唉！（唱【紫云回】）

　　　　　　亲爹爹，更不幸，

　　　　　　只因遭遇大旱天，

强迫纳税交租捐，

惨受公差拷打丧黄泉。

张逸民　（唱【乙反清歌】）

可叹弱女飘零家惨变，

沉沦苦海更堪怜。

（唱【乙反木鱼】）

何不拜求亲友，赎你出生天？

翠　莲　（接唱）亲朋零落，无处求援！

张逸民　（接唱）小生家道清贫，亦是一筹莫展。

空抱满腔义愤，无能慰解悲酸。

翠　莲　（接唱）相公怜及路人，已感阳和春暖。

〔山寺晚钟忽响。

翠　莲　（续唱）眼看夕阳将下，不敢山上流连。

张逸民　镇台家法森严，姑娘请便。还望多多珍重……

翠　莲　相公，奴婢尚有一言奉恳。

张逸民　姑娘请讲。

翠　莲　相公高义，奴婢铭心，还求赐告姓名，留作终生永记。

张逸民　姑娘言重了。小生张逸民，文昌人氏，家有老母在堂。现在琼台书院谢宝老师门下攻读。

翠　莲　如此张相公珍重！

张逸民　翠莲姑娘珍重！

〔翠莲恋恋地下。

〔张逸民感叹地目送翠莲远去。

张逸民　（唱【滚花】）

教我行人偷下泪，

秋山九月有啼鹃。

〔幕闭。

第三场

　　〔幕启。

〔次日。

〔镇台府二堂。

〔镇台持风筝含怒上，家丁随上。

镇　台　（念）世道衰微家出丑，

　　　　　　　常言女大不中留。

　　　　　人来，快请夫人！

家　丁　有请夫人。

〔秋香引夫人上。

夫　人　老爷相请何事？

〔镇台瞪秋香一眼。秋香知意，退避一旁。

镇　台　（对夫人）你好家教！（唱【滚花】）

　　　　　　　女儿有辱门风，

　　　　　　　皆因你这败儿慈母。

夫　人　老爷何说此话？

镇　台　（指风筝，续唱）

　　　　　　　内有私情暧昧，

　　　　　　　你休诈作糊涂！

夫　人　（一惊）吓？（取过风筝一看，心里明白）哦！（唱【减字芙蓉】）

　　　　　　　女儿昨日放风筝，

　　　　　　　风筝线断随风舞。

镇　台　少讲废话！

夫　人　树由根脚起嘛。（续唱）

　　　　　　　曾叫翠莲去捡拾，

　　　　　　　归来复命话含糊。

镇　台　我要问诗词来历！

夫　人　（唱【滚花】）

　　　　　　　常言"斟酒问提壶"。

　　　　　　　追究翠莲哪怕不吐露。

镇　台　都是你没用！（接唱）

　　　　　　　才有外招浪蝶家养妖狐。

　　　　　人来，叫出贱丫头——

261

〔家丁领命下。

镇　台　（续唱）审出情夫，差人拘捕。

〔师爷上。

师　爷　启禀镇台，道台驾到！

镇　台　道台驾到，待我出迎。（对夫人续唱）

你且执行家法，拷问女奴！

〔镇台与师爷下。

〔翠莲上。

翠　莲　（唱【中板】）

搜去风筝难免祸，

暗自忧疑唤奈何。

猛听堂前呼喝我，

强镇惊心把步挪。

拜见夫人。

夫　人　贼婢好胆！（掴翠莲一巴掌，唱【快慢板】）

骂一声小贱人可知罪过？

你昨天背地里干了什么？

翠　莲　（接唱）伴小姐在闺房描花绣朵，

老夫人严责问不知为何？

夫　人　你瞒不了！（唱【快中板】）

既敢艳句淫词相唱和，

定有投桃报李自执柯。

（把风筝掷于地上，唱【滚花】）

铁证如山，奸情已破！

翠　莲　夫人容禀！（唱【石榴花】）

昨日寻风筝，夫人命我急似星火，

山上找去寻来我未敢稍延俄，

及后遇见一书生，

是他拾得在山坡。

他交还我，我欢喜不过，

不知纸鸢上，写的是什么。

（转唱【西皮】）

谁想会招横祸！

夫　人 （接唱【西皮】）

书生姓名，不得瞒我！

翠　莲 （唱【西皮尾腔】）

与他相逢陌路，

未问姓名可奈何？

夫　人 你好利嘴！（唱【快中板】）

你欺我近来收了火，

撬不开你这死田螺。

家法拿来——

〔家丁拿藤鞭上。

夫　人 你讲不讲？

翠　莲 我都讲了！

夫　人 （续唱）手执藤鞭要你皮开肉破！

〔挥鞭狠打翠莲。

翠　莲 （唱【沉腔滚花】）

新伤旧痛，忍灾磨！

夫　人 （见硬的不行，转过一副面孔，念【白榄】）

翠莲你一向聪明，夫人我再三开导。

有道是船沉大海，先救出自己为高。

若能如实吐真情，老爷面前我将你保。

翠　莲 （接念）夫人心意奴明白，将来有日报劬劳。

夫　人 （接念）一时急切望你回头，夫人打你是为你好。

翠　莲 （接念）夫人待我我记在心，好歹哪有不知道。

夫　人 （见软的又不行，再变脸，快念）

贼婢矢口不招，枉我唇焦舌燥，

贼骨头，真可恼！打死你，没状告。

（再打翠莲）你讲不讲！

翠　莲 （旁唱【乙反慢滚花】）

张生受累实无辜，

名字一提他灾祸到。

何忍善良遭牵累，

任教皮肉受煎熬。

拼将弱质斗西风。

冷眼横眉对强暴。

（对夫人转唱【正线快滚花】）

奴婢并无差错，夫人拷问徒劳。

纵使刀斧加身，也是无言可告。

夫　人　看我收拾你！（唱【滚花】）

贱人颈硬硬不过刀！

〔镇台上。

镇　台　贱婢如何？

夫　人　矢口不招！

镇　台　可恼！人来，把钢刀麻绳拿上。

〔家丁下，取钢刀麻绳复上。

镇　台　贱婢！你的情夫是谁？快快从实供出，如若不然，你来看，钢刀
　　　　一把，麻绳一条，逢刀刀上死，遇绳绳上亡！

〔镇台掷下刀绳，举足要踩踏翠莲。

〔夫人拉开镇台。

镇　台　夫人为何饶过贱婢！

夫　人　老爷说过，要送一婢与道台为妾，难道忘了此事？

〔秋香在一旁留意静听。

镇　台　好！就将翠莲断送。人来，将这贱婢，锁困柴房！

〔家丁无奈拖扯翠莲下。

〔幕闭。

第四场

〔幕启。

〔同日夜里。

264　　〔镇台府内一间堆放柴草的破屋。

〔翠莲被锁禁柴房内，独坐悲泣。

翠　莲　（唱【哭相思尾腔】）

千悲万怨！

（抚伤悲痛，撑持不起，唱【南音】）

情惨惨、泪涓涓。

满腔含恨，恨恶主滥施威权。

摆下麻索似长蛇将我来死缠。

架起钢刀如恶虎等着喝血吞膻。

（转唱【乙反南音】）

黑压压石牢房难将天日见，

雾沉沉苦海里望啊望不到边沿。

（转唱【快乙反流水南音】）

不信奴婢生来身下贱，

不信主人命里福齐天。

只为你显贵尊荣权飞烈焰。

把我辈烹炮宰割摆作琼筵，

苦煞我手足鳞伤肝肠痛断。

（转唱【乙反二黄】）

盼谁来解救，向何处申冤？

翠莲行止光明，相公居心良善。

本是抒怀寄意，诬作递柬传笺。

惨受重打严拷，

（转唱【正线二黄】）

——真是百辞莫辩。

含冤无告死难瞑目到黄泉，

饱受灾磨路到尽头何所恋？

（拿起麻绳意欲自缢，见手腕上张生为她裹伤的一角衣，寻思片刻，愤然把麻绳掷在地上，唱【乱弹慢板】）

纵使轻生，冤枉有谁知，苦处有谁怜？

我断不肯，冤屈招承累张生，

且忍度日如年！

但得拨开层云青天现。

（转唱【二黄滚花】）

怎把囚牢冲破跳出深渊?

展翅迎风似迥翔海燕。

〔翠莲推门，牢门紧锁，一时无法。

〔秋香悄悄上。

秋　香　（靠近门边，轻声地）翠莲姐，翠莲姐!

翠　莲　你是何人?

秋　香　我是秋香。

〔秋香轻手开锁入门。

翠　莲　秋香——

秋　香　翠莲姐，有要紧事情，来见你面。

翠　莲　啊!

秋　香　可知镇台夫妇狠心害你翠莲。

翠　莲　这话怎讲?

秋　香　他们要把你——（唱【三脚凳】）

送与道台为妾，正似与虎同眠。

道台四妾三妻，一去如入阎罗殿。

永无出头之日，屈杀你火坑莲。

（转唱【快七字清】）

秋香急忙来报信，

事紧有如箭在弦，

苦命翠莲，你要即时打算。

翠　莲　（唱【沉腔滚花】）

恨恨恨，恨深如海世难填。

〔翠莲悲愤凝思。

秋　香　翠莲姐，事到如今，你该当机立断。

翠　莲　秋香，我……（作手势表示出走）

秋　香　好! 只是投奔何处去? 可有亲朋在外边?

翠　莲　（与秋香耳语）……

266　秋　香　（点头）我来助你，事不宜迟!

〔秋香拉翠莲欲出门，突闻击柝声由远而近，两人复退回柴房，秋香隐蔽墙边。

〔更夫提灯击柝上，向柴房略一张望。见翠莲独坐，更夫轻轻叹息一声，击柝下。

〔翠莲、秋香耳语，秋香下，拿一包袱复上。

秋　香　找来巾袍一套，快改装逃走吧！

翠　莲　秋香！

秋　香　姐姐！

〔秋香、翠莲相抱感泣，更声又起，两人急走。

〔幕闭。

第五场

〔幕启。

〔紧接上场，上弦月夜。

〔琼州府城外。

〔谢宝内唱【首板】："步月黄泥之坂——"上。

〔林伯提琼台书院灯笼上。

谢　宝　啧啧……好月色！（唱【滚花】）

　　　　　一轮明月照海南。

林　伯　老师，莫非多饮几杯花了眼。刚过重阳只得半边月，何以说"一轮明月照海南"？

谢　宝　哦！你见的是半边明月？

林　伯　半边明月。

谢　宝　我见的也是半边明月。

林　伯　本来是半边明月。

谢　宝　你见半边明月，我也见半边明月，合起来岂不是一轮明月么？哈哈……

林　伯　哈哈……老师博学多才，无人不赞，赞你诸子百家，天文地理无所不识……

谢　宝　有所不晓！

林 伯	有所不晓？
谢 宝	一不晓阿谀谄媚，二不晓颠倒是非，三不晓伤天害理。
林 伯	所以得人称赞……
谢 宝	所以得罪权奸，唉！（唱【七字清中板】）

　　　　　吏恶官贪真可叹，

　　　　　地棘天荆仕路难。

　　　　　附势趋炎人齿冷，

　　　　　卑躬屈膝太无颜。

　　　　　甘愿粗茶和淡饭，

　　　　　风云路断倒清闲。

　　　　　非是老夫脾性硬，

　　　　　应留正气在人间。

　　（转唱【滚花】）

　　　　　愿得天下英才而教育之，虽穷何患。

　　〔翠莲内声："苦呀！"

谢 宝	（谛听，唱【滚花】）

　　　　　何来悲声隐隐，令我心烦。

　　林伯，方才悲声阵阵，是什么声音？

林 伯	老奴耳背。
谢 宝	老夫心清。
林 伯	唔——想是孤雁哀鸣？
谢 宝	非也。
林 伯	啊——莫非长空鹤唳？
谢 宝	亦非也。
林 伯	老师，我想这荒郊地面，夜静更深，除了这些，更无别的。
谢 宝	还有……
林 伯	还有什么？
谢 宝	（感叹）唉！"非因风弄竹，不是雨霖铃；民间多疾苦，四野有悲声。"
林 伯	老师，夜寒多露，早回书院休息。
谢 宝	如此步月起行。

| 林 伯 | 老师，我曾吩咐谢福、谢禄打轿到来，就在前面。（向内）喂！谢福、谢禄。 |

〔谢福、谢禄上。

| 谢 福
谢 禄 | 见过老师。 |

| 谢 宝 | （笑责林伯）哎，你真多事，想老夫骨头尚硬，步履还轻，不用坐轿，你们回去。 |

| 谢 福
谢 禄 | 谢过老师。 |

〔谢福、谢禄下。

〔谢宝、林伯下。

〔翠莲男装上。

| 翠 莲 | 想我脱离虎口，前路茫茫，坐等天明，去见张相公求助，方才悲声发叹，惊动书院老师，见他处事待人，是个慈祥长者，何不赶去，求他书院收留，趁此机缘，得见张生一面。（犹豫）唉，事到头来，也顾不得许多了。 |

〔翠莲要追上去，跌倒，呼痛。

〔林伯闻声，提灯复上，照见翠莲。

| 林 伯 | （向内）老师！ |

〔谢宝复上。

| 林 伯 | 老师，果然有人呻吟叫苦。 |

〔翠莲跪见，谢宝扶起。

| 谢 宝 | 这位书生，深夜之中，荒郊之地，因何孤身一人，哀哀叫苦？ |

| 翠 莲 | 小子父母双亡，欲去投亲访友，不想迷失路途，故而难忍悲声，惊动大人，请大人恕罪。 |

| 谢 宝 | 我不是什么大人，不必以大人相称，我乃书院一名掌教，你单身一人，深夜到此，纵不为歹人所害，也难免为猛兽所伤，此地离我书院不远，何不在书院歇宿一宵，明天再算，你道如何？ |

| 翠 莲 | 多谢老师！ |

| 谢 宝 | 古人说过："安得广厦千万间，大庇天下寒士俱欢颜。"些小事 |

情，何足挂齿。请呀！

〔谢宝下，林伯随下。

翠　莲　（念）心里未消千种恨，

　　　　　　　眼前喜过一重关。

〔翠莲正欲赶上谢宝，师爷带兵丁一名提灯笼上，碰面。翠莲一惊，随即故作镇定下。

师　爷　奇怪！这个小子，神色仓皇，行藏闪缩，看来事有蹊跷，待我跟随，查个明白。（示意兵丁把灯笼吹熄，跟踪下）

〔兵丁跟下。

〔幕闭。

第六场

〔幕启。

〔次日清晨。

〔琼台书院张逸民书房。

张逸民　（磨墨写扇，念）登高写意翻惆怅，

　　　　　　　今日书怀亦黯然。

林　伯　（念）之乎者也听人读，

　　　　　　　书院敲钟四十年。

林　伯　张相公，一早就写字读书，难怪老师夸奖。啊！老师收留了一位公子，要来拜会你这个同乡。

张逸民　同乡？有请。

〔林伯下，引着男装的翠莲上。

〔林伯指点房门后下。翠莲门外徘徊。

翠　莲　（唱【七字清中板】）

　　　　　　　一步一行一暗想，

　　　　　　　如何开口诉衷肠。

　　　　　　　脚步难抬心跳荡，

　　　　　　　隔条门槛，似隔城墙。

　　　　（转唱【滚花】）

常言患难见真情，

试探相公，对我翠莲怎样。

（上前，轻叩房门）

张逸民 （唱【七字清中板】）

又闻来客叩书房。

肃整衣冠——看是谁人过访？

〔张逸民出迎，相见愕然，但觉面善，一时无语。

翠　莲　张兄，一别多时，特来拜望。

张逸民 （唯唯诺诺）呃……仁兄枉驾，蓬荜生光。请！

〔张逸民让翠莲进房，心里在想"他是谁呢"？

张逸民 仁兄请坐。

翠　莲　告坐。

张逸民 仁兄此来，有何赐教？

翠　莲　这……素仰张兄才高学广，小弟一来拜会乡亲，二来要多多领教。

张逸民 小弟不才，哪敢班门弄斧。

翠　莲　张兄休要客气。

张逸民 既蒙不弃，但不知是要谈诗还是论文？

翠　莲　这个……张兄！（唱【长句滚花】）

论诗文，我本是门外汉，

不过近日听闻人家讲，

有新词一首共八行。

争论不休难定案，

有人骂它是淫邪词句，

有人又赞它是绝好文章。

愿听张兄高见品评……

张逸民 （接唱）仁兄读来容我鉴赏。

翠　莲　张兄请听。

张逸民 仁兄请念。

翠　莲　（念）不羡红丝牵一线，

扶摇直上遥空，

几曾愁梦绕芳丛。

栖香心宛转，

写影骨玲珑。

信道黄花还比瘦，

无端轻落泥中。

拼将弱质斗西风，

命虽同纸薄，

身肯逐飘蓬？

〔张逸民越听越惶然，暗暗看扇上方才写的这首词。

翠　莲　这首词，张兄以为怎样？

张逸民　（唱【三脚凳】）

敢问诗句自何来？

翠　莲　（接唱）是个同乡对我讲。

张逸民　（接唱）他又听从何处？

翠　莲　（接唱）早已到处传扬。

张逸民　到处传扬？

翠　莲　（接唱）不只议论纷纷，有人为这首词，祸从天降。

张逸民　（不安）祸从天降？

翠　莲　张兄以为是好句还是淫词呢？

张逸民　唉！……仁兄，实不相瞒，小弟重九登高，拾得风筝，一时有
　　　　感，题下这首词的。

翠　莲　啊！其中原委，小弟愿闻其详。

张逸民　（念）镇台府内把风筝放，

风筝断线落山岗。

丫环寻找来山上，

我拾得风筝付女郎。

她身世谈来多苦况，

我至今惆怅未能忘。

（把扇上的词交给翠莲看）

翠　莲　啊！（唱【沉腔滚花】）

这这这，这叫无心惹出祸一场。

272　　张逸民　（唱【二黄】）

     莫非冤枉了丫环？

翠 莲 （接唱）硬说她私情偷汉。

张逸民 （接唱）岂能无辜入罪？

翠 莲 （接唱）诗句他便作实据真赃。

张逸民 （接唱）好诗竟作淫词，

     镇台无风起浪。

     那丫环又怎样？

     一定是饱受灾殃。

翠 莲 （唱【流水南音】）

     那丫环不愿累兄遭枉，

     眼前苦难一身当。

     夫人追究施刑仗，

     鞭鞭打落血染衣裳。

     丫环宁死不愿讲，

     牙龈咬紧泪汪汪。

张逸民 （接唱）及后如何来发放？

翠 莲 （接唱）连拖带扯困锁在柴房。

张逸民 唉！（唱【追贤二黄合字过门】）

     寻常事竟不寻常，

     莫须有，成罪案，

     恨难虎穴救羔羊，

     徒然气愤心不安，

     长叹一声"枉"！

翠 莲 张兄若是有心人，何不助她脱罗网？

张逸民 镇台跋扈多兵马，笔墨焉能敌刀枪？

翠 莲 张羽煮海斗龙王，有志竟成一榜样。

张逸民 神话分明凭想象，人间不易剪强梁。

翠 莲 秤砣虽小压千斤，事在人为凭志向。

张逸民 这个……（唱【滚花】）

     欲待商量难再见，

     姑娘困锁在柴房。

　　　　　　她心未必似我心……

翠　莲　（暗示地，接唱）

　　　　　　——我看姑娘比你有胆量！

张逸民　（接唱）书上张生情义重，

　　　　　　中间还要靠红娘。

　　　　　　难将冰扇代瑶琴……

翠　莲　（接唱）——我为你送到姑娘手上。

　　　　〔翠莲取扇，张逸民急阻止。

翠　莲　啊！到底你是相公，她是丫环……

张逸民　说哪里话！世上无黄衫客、昆仑奴，难入镇台府上。

　　　　又防万一疏漏，那时反误小姑娘。

翠　莲　（感慰，自语）相公他果是真诚，翠莲我来得不枉。却又如何表
　　　　露呢？

　　　　〔翠莲寻思表白无法，看到手腕裹伤的衣角。

翠　莲　张兄，有道是"二人同心，其利断金"。请看——

　　　　（解帛回身递给张生）这衣帛一方。

　　　　〔张逸民接看，审视翠莲面容。

张逸民　啊！你……你就是翠莲？

　　　　〔翠莲点头，羞涩背向走开。

　　　　〔张逸民忙出门瞻顾，慌张关门。

张逸民　怪不得面善非常，何以改装到访？

翠　莲　若非如此，今生难到你书房。

张逸民　唉！受苦蒙冤，竟是这般惨怆？

　　　　〔翠莲点头，感伤泪下。

张逸民　出乎意外，累你遭劫一场。

翠　莲　还有苦情在后呀！（唱【乙反中板】）

　　　　　　镇台还将我翠莲，送与道台为妾。

　　　　　　惊闻噩耗胆战心寒。

　　　　　　说什么食珍馐，说什么着绫罗，

　　　　　　绝不是我翠莲愿望。

　　　　　　我便逃奔乘黑夜，路遇老师怜念。

才得一诉凄惶。

（转唱【乙反滚花】）

多少话，噎喉咙，叫我翠莲怎讲！（掩泣）

张逸民 （唱【叹板】）

痛她遭逢苦难，敬她意志坚强。

本该诚掬肺肝，又觉不宜鲁莽。

翠　莲 张相公，我虽贫贱出身，却非无耻之辈，只为镇台迫害，才有冒险奔逃，念相公当日同情，因此到来求助，若蒙相救，定感再造之恩……

张逸民 路见不平，理应相助，唯是镇台势大，怎避锋芒呢？

翠　莲 相公！我是破笼飞鸟，誓不重蹈网罗，就算刀斧临头，也不甘为姬妾。若是相公留我……

张逸民 我岂是无义之人，哪有不留之理，无奈此时此地……

翠　莲 相公，我也知书院学堂，难容女子。能否作为亲友，且住数天，然后一道回乡，代你把高堂侍奉，翠莲能耕能织，愿同甘共苦，相公参详。

张逸民 着呀！（唱【滚花】）

多感情深义重，愿偕地久天长。

翠　莲
张逸民 （唱【同命鸟】）

茫茫云路远，密密网罗张。

愿为同命鸟，生死亦双双。

〔幕闭。

第七场

〔幕启。

〔同日下午。

〔二幕前——路上。

〔师爷率四兵丁过场。

〔开二幕转琼台书院内。谢宝书斋。

275

〔学子们持卷吟哦过场。各向老师为礼，下。

谢　宝　（唱【梆子慢板】）

一片读书声，满门桃李好，

不枉我掌教廿年，人道是宝刀未老。

公道在人心，疾风知劲草，

百年身后，是非公论岂能逃。

（转唱【梆子中板】）

琢玉雕金良工心苦，

言传身教夫子任劳。

百载树人方是兴邦之道，（坐书案前）

重阳假后学子有待熏陶。

〔林伯匆匆上。

林　伯　老师，事情不好。

谢　宝　何事慌张？

林　伯　镇台派了兵马，围困书院，听说有婢女私逃。

谢　宝　这与书院何干，可知什么缘故？

林　伯　说是书院学生勾引，门外闹嘈嘈。

谢　宝　绝无此事！（唱【滚花】）

老夫所教生徒，个个规行矩步。

镇台作威作福，一向糊里糊涂。

又来侮辱斯文，待我出而应付。

林　伯　且慢！（唱【滚花】）

镇台虽然无理，亦非根据全无。

老师，书院百多学生，或有一两个顽皮亦难担保。

依老仆之见，先查问明白，再接见为高。

谢　宝　（略考虑，唱【滚花】）

姑且稍作稽查，此亦未尝不好。

叫年长的学生出来！

〔林伯急去，却被叫住。

谢　宝　（续唱）少时镇台来到，先向我打个招呼。

〔林伯下。

〔谢宝寻思踱步。

〔书生甲、乙、丙、张逸民同上。

众　生　拜见老师。

谢　宝　嗯，镇台兵马临门，你们可知何故？

众　生　学生未知底细，大家不解意图。

谢　宝　听着！（唱【二黄】）

　　　　　　说我书院有人，在外拈花惹草，

　　　　　　竟至逾闲荡检，拐他侍婢私逃。

　　　　　　谁坏书院名声，快向老师自报！

〔众不作声，张逸民不安。

谢　宝　（唱【滚花】）

　　　　　　重阳三天假日，可有出外登高？

书生甲　重阳佳节去登高。

书生乙　携手同游兴致豪。

书生丙　圣母宫前风景好。

张逸民　空山寂寂听松涛。

谢　宝　山上遇见何人，归程是否同路？

书生甲　上山逢道士。

书生乙　问路遇樵夫。

书生丙　来回四个人。

张逸民　我……未行差半步。

谢　宝　守规矩，好门徒！且去读书，各归房号。待我更衣。

〔谢宝进室内。书生甲、乙、丙下。

张逸民　（焦灼不安，唱【乙反长句滚花】）

　　　　　　风既来，雨就到，

　　　　　　弱女怎能抗强暴，

　　　　　　翠莲插翼也难逃。

　　　　　　她似迫近悬崖无退路，

　　　　　　我似热锅蚂蚁受煎熬，

　　　　　　两下彷徨一般苦恼。

〔林伯上。

张逸民　（唱【相思尾腔】）

　　　　　如何是好！

林　伯　张相公，你有什么心事？

张逸民　没……没什么。

林　伯　没什么？何以又说"如何是好"呢？

张逸民　我……担心那镇台搜书院……

林　伯　啊！难道是你……

　　　　〔张逸民暗示不要声张。

林　伯　莫非就是那个——落难之人？老师还在闷葫芦啊！

　　　　〔张逸民再暗示不要声张。

林　伯　（着急）张相公，镇台大人快到了！

张逸民　林伯，求你救她一命……

林　伯　唉！事到如今，还是快向老师禀明才好。（催促张去见老师）

张逸民　镇台临门，怎生应付？

林　伯　不妨！我说未曾下课，老师正在讲解《离骚》。

　　　　〔林伯急下。

　　　　〔张逸民焦灼逡巡，见谢宝上，急跪在跟前。

谢　宝　你跪在跟前，是何缘故？

张逸民　老师，镇台侍婢在我书斋之内，她……实在无辜。

谢　宝　吓！就是你？

　　　　〔翠莲上，在窗外驻足倾听。

谢　宝　（唱【快慢板】）

　　　　　想不到，小奴才，不由正路。

　　　　　累为师，丧名誉，你自误前途。

张逸民　（接唱）事有因，情可恕，老师息怒。

　　　　　敢将心，比明月，不染尘污。

谢　宝　（接唱）她淫奔，你勾引，离经叛道，到今时，还狡辩，说话
　　　　滔滔。

张逸民　（唱【滚花】）

　　　　　她非是苟合淫奔，我不曾有乖教导。

谢　宝　内情怎样？

张逸民　容禀——（唱【快二黄】）

　　　　重阳佳节与书友登高，

　　　　拾得风筝题诗寄怀抱，

　　　　那丫环来到谢我捡拾之劳。

　　　　她讨了风筝便告辞就道。

谢　宝　却又来！风筝诗篇之意，男女授受之间，若无暧昧之情，何至弄成今日？吓！

张逸民　（呈上抄有风筝词的扇，唱【三脚凳】）

　　　　一诗成罪证，平地起波涛。

　　　　镇台乱猜疑，侍婢难申告，

　　　　堂前遭毒打，柴房作监牢。

　　　　出走是死里逃生。

　　　　（转唱【滚花】）

　　　　她宁折不弯，洁身自好。

谢　宝　嗯！这个女子倒是硬骨头！

张逸民　学生敬重于她正是这一点。

谢　宝　胡说！她出奔则有志，淫奔则不该，你敬之为同情，纳之为非礼。失之毫厘，差以千里，可不慎哉！事到如今，我问你怎样？你叫老师怎样？

张逸民　（唱【快滚花】）

　　　　学生岂能负义，临阵而逃。

　　　　正气难摧，白刃可蹈。

〔张逸民欲奔出，翠莲急入阻拦。

谢　宝　啊！你……

翠　莲　老师！我是翠莲，有苦情面告……

谢　宝　慢！（瞻顾左右）你们真是个不知地厚天高！

翠　莲　老师！（下跪）

谢　宝　起来起来，你的事情我都知道。你家主人来搜书院，你累己累人急煞老夫！

翠　莲　（唱【十字清中板】）

　　　　老师请恕张生，勿论是非邪正，

出自我一意私逃。

恶主是仇雠，他迫我束志输心，

我誓要全身抗暴。

义不累他人，勇不回心志，

纵使面临鼎镬决不宛转哀号。

（转唱【滚花】）

生不重入镇台衙，死不屈嫁琼崖道。

谢　宝　（慨叹，接唱）

朱门大户，古今同慨一团糟！

其奈从井救人，却怕自身难保。

〔林伯匆匆上。

林　伯　老师！镇台到！

〔气氛骤紧，各思应付之策。

〔谢宝转身凝望壁上孤松图，一时无语。

翠　莲　（愤然，念【快白榄】）

我似砧上肉，他如砧上刀。

宰割既由人，一死何足道。

老师绑我见镇台，书院名声仍可保。

张逸民　（接念）我愿救翠莲，挺身将险冒。

去与镇台来论理，常言义愤即兵韬。（欲出去）

翠　莲　（拦阻，接念）

镇台得我始甘心，应该我去好。（欲出）

张逸民　（拦阻，接念）

你去定送死，还是我去好。

翠　莲　我去！

张逸民　我去！

谢　宝　慢！（感动地唱【滚花】）

他两人艰危不避，

可算得义重情高。

镇台他煮鹤焚琴，

我应该主持公道。

援救那深渊弱女。（指翠莲，接唱）

爱惜这一片凤毛。（指张逸民，接唱）

那镇台势大官高，

却叫我如何……如何应付？

林　伯　老师，依老仆之见，先找个地方将她收藏。

谢　宝　藏？……

林　伯　再来远放。

谢　宝　放？（苦思焦虑片刻，成竹在胸，点头有计，睁视两人，似责实爱，唱【滚花】）

为你两人之故，令我心血交枯。

逸民过来！快带她……（示意林伯看过无人）带她前去轿厅，藏在我的轿底。（对翠莲）你在轿底，不可声张，须要记得！

张逸民
翠　莲　谢过老师！（急下）

〔内场锣声响，林伯急望谢宝。

〔谢宝镇静无言，挥手着林伯出迎。

〔林伯下，引师爷、四兵丁上。

〔镇台后上，谢宝接待，不卑不亢。

谢　宝　大人驾临书院，有失远迎，还祈见谅。

镇　台　哼！

谢　宝　大人有何指教？请道其详。

镇　台　谢掌教，你门下有多少生徒？

谢　宝　一百有余。

镇　台　可算得桃李满门……

谢　宝　大人过奖。

镇　台　谢掌教，未知日常功课，授何书本？

谢　宝　单日授经，双日讲史。

镇　台　嗯！经史诗文，不教也罢，何不专攻一课……

谢　宝　哪一课？

镇　台　教读《西厢》。

谢　宝　（不语）……

281

镇　台　哼！看你满面羞惭，若非教读《西厢》，何至书院不成书院？

谢　宝　敢问大人，若说不成书院，乃是什么？

镇　台　乃是勾栏，乃是藏垢纳污之所！

谢　宝　何以见得？

镇　台　你枉食朝俸，误人子弟，还来诈懵装傻！（唱【快慢板】）

　　　　　　《三字经》，讲清楚，

　　　　　　"教不严，师之惰"。

　　　　　　你门生，不向学，

　　　　　　干了坏事许多。

谢　宝　（唱【慢板】）

　　　　　　谢某虽不才，圣人也有错，

　　　　　　敢请大人，明以教我。

镇　台　（唱【霸腔滚花】）

　　　　　　你门生勾引女子，作奸犯科。

谢　宝　勾引谁家女子？

镇　台　（续唱）拐带我侍婢翠莲，非同小可。

　　　　　　淫奔苟合，借书院作安乐窝。

谢　宝　这还了得！

镇　台　哼！（续唱）

　　　　　　什么道德文章，全是欺人欺我！

谢　宝　如此说来，谢某太过糊涂……

镇　台　糊涂太过！

谢　宝　有疏管教……

镇　台　管教有疏！

谢　宝　不过……

镇　台　不过什么？

谢　宝　请问，我门生勾引尊婢翠莲，大人耳闻还是目睹？

镇　台　这个……（望师爷一眼）

师　爷　（忙代答）是我家大人，亲眼看见！

镇　台　着呀！是"我的目而观"，千真万确！

谢　宝　如此说来，辱没大人你了。

镇　台　此话怎讲?

谢　宝　大人！自你镇守琼州以来，重刑治乱，多杀立功官绅怀大德，百姓畏虎威。——但今日之事，既是大人亲眼所见，区区一府中侍婢，为何不就地擒拿，却让她逃来此地，大人似有相当之罪！

镇　台　吓！老夫有罪? 罪在何来?

谢　宝　大人官居镇台，容纵侍婢私奔，诱惑生员，玷污书院居心何在?

镇　台　这个……分明是你的门生，勾引在前，窝藏在后，你这书院学规何存? 你这老师要来何用?

谢　宝　小弟无才无德，管教不严，有此不肖生徒，也未可料，惟是衙中侍婢，生长礼义之门，出自大人所教，居然淫奔，干得好事，令人难信，岂不出奇！

镇　台　这个……呸！(唱【滚花】)

　　　　看你支吾应付，狡辩诸多。

　　　　休得包庇徇私，快讲个一清二楚。

谢　宝　(接唱) 既说大人亲眼见，还来问我做什么?

　　　　重阳放假我回家，昨晚归来不清楚。

镇　台　(接唱) 显见定然有此事，莫道老夫难奈你何。

　　　　叫左右——把书院搜过。

〔师爷率兵正要搜查。

谢　宝　慢！

镇　台　(狞笑) 嘿嘿！(念【快白榄】)

　　　　我劝你，快认错，

　　　　书院周围都封锁。

　　　　她飞也飞不去，躲也难以躲。

　　　　知机者快交人，倒还可补过。

谢　宝　(念【慢白榄】)

　　　　我有何罪过?

　　　　大人要搜书院，先将公文交与我。

镇　台　(快念) 兵权我掌握，谁个敢拦阻。

　　　　搜你小小一书院，要公文做什么?

谢　宝　（慢念）文有文职权，武有武官佐。

　　　　　　　谢某虽小总是朝廷器脉。

　　　　　　　书院虽小有助取士开科。

　　　　　　　道台大人是我上司，

　　　　　　　搜书院要得他许可。

镇　台　哎呀！（唱【滚花】）

　　　　　　　你你你，分明借词推搪……

谢　宝　非也！（接唱）

　　　　　　　只怕两位大人因我，弄到文武不和。

镇　台　（接唱）你莫以道台压本官……

谢　宝　（接唱）也请大人尊重我。

镇　台　（接唱）没有公文也要搜……

谢　宝　（接唱）搜不出问你如何？

镇　台　（接唱）分明藐视镇台……

谢　宝　岂敢（接唱）

　　　　　　　藐视王法，藐视同僚，我倒担心大人你做错！

〔镇台气得软下来，师爷拉他到一旁私语。

师　爷　大人，翠莲原系送与道台为妾，去取手令公文，有何不可？

镇　台　唉！被道台知情，搜出时家风有损，搜不出怎样收科？

师　爷　大人说得是，不过，道台向你讨翠莲，你又如何交"货"？

镇　台　唉！搜书院是为越权，见道台又妨失礼，小小谢宝，气煞于我！（气得发昏）

谢　宝　大人，是否贵体欠安？

镇　台　哼！我晓得你的鬼计！（唱【滚花】）

　　　　　　　你想在我去见道台之际，私放狗男女脱网罗。

谢　宝　（接唱）书院围满贵兵丁，加上一个能干师爷。

　　　　　　　苍蝇也飞不过。

镇　台　我要与你同去！

谢　宝　谢宝正要同去。

镇　台　好！（唱【滚花】）

　　　　　　　一同前去莫蹉跎。

师爷过来！传命加派兵丁，包围书院，不论男女人等，一律不准进出！

师　爷　（对外传命）呔！镇台大人有令，加派兵丁。包围书院。不论男女人等，一律不准进出！

　　　　〔内应："知道！"

镇　台　立刻前去！

谢　宝　事不宜迟。

镇　台　门前备马！

师　爷　遵命！（下）

谢　宝　内庭打轿！

林　伯　（会意）知道！（下）

镇　台　走！

谢　宝　请！

　　　　〔幕闭。

第八场

　　　　〔幕启。

　　　　〔紧接上场。

　　　　〔郊外竹树坡附近。

　　　　〔镇台策马与四兵丁上。

镇　台　（唱【快滚花】）

　　　　　谢宝老头儿，偏偏逍遥在后。

　　　　　你莫停留！

　　　　〔谢福、谢禄抬轿上，谢宝端坐轿中。

谢　宝　（唱【长句二流】）

　　　　　离书院，一路暗筹谋，

　　　　　要把轿底翠莲来放走，

　　　　　怎奈镇台骑马几步一回头。

　　　　（对轿底翠莲安慰，轻唱）

　　　　　知你心忧，还要暂时忍受。

镇　台　（唱【海南曲】）

　　　　你居心把计扭，分明将气斗。

　　　　天时已经晏昼，还不快些走。

　　快走！

　　〔镇台率众圆场。

谢　福　（唱【海南曲】）

　　　　尊一声谢老师，我膊头真够受。

谢　禄　（接唱）不如歇一歇，歇过后再走。

谢　宝　（接唱）将近竹树坡，到时好舒身手。

镇　台　（接唱）中途不准歇，我要快把书院搜！

　　（威喝众兵）押轿起程。

　　〔众兵押轿圆场。

谢　福　老师，已到竹树坡，让我们喝点水湿湿口。

谢　禄　已经抬到气喘喘，大汗满头。

镇　台　不准歇息，休多开口！走！

谢　宝　大人，人心肉造，他们非是牛马，你骑的是畜生，我用的人力，人怎比得你那禽兽！天时未晚，何必担忧。

镇　台　（唱【滚花】）

　　　　看来你不敢走，故意在此逗留。

　　　　叫左右！押轿快走！

　　〔众兵强推轿夫，谢福、谢禄故意趋前退后。

　　〔众兵牵扯，谢福、谢禄乘机诈跌倒。

　　〔众兵吆喝轿夫，举棒要打。

谢　宝　慢！大人，看你部下如狼似虎，推两名轿夫，还要逞凶殴打。不独有干律例，怕也难服人心呀！

镇　台　这……（对兵）慢打他们，扯起来赶路！

　　〔众兵扯谢福、谢禄，两人佯呼痛。

谢　宝　（佯问）你们可有受伤呀？

谢　福　我跌伤尾闾骨，痛到了不得。

谢　禄　我倒是没什么，只是动不得。

286　谢　宝　哦！累你们受委屈！

镇　台　（唱【滚花】）

　　　　　轿夫纵然跌坏，也不善罢甘休。

〔众兵打开轿夫，正要抬轿。

谢　宝　慢！以大人部下，充作谢某轿夫，于力不应，于法不容，于情不合。

镇　台　出自本官主意，这又何妨？

〔众兵又要抬轿。

谢　宝　大人，我想朝廷养兵，用来守土卫国。岂能充作谢某轿夫，这等斗胆！纵使大人体贴，人言可畏。心有不安，一旦朝廷闻知，那时嘛，你我头颅不保呀！

〔镇台暗惊，示意众兵不要抬轿。

谢　宝　大人，此地离道台府不远，以我之见……

镇　台　怎么样？

谢　宝　（下轿，唱【滚花】）

　　　　　我宁愿舍轿不坐，步行而去倒优游。

镇　台　（接唱）立刻趱程，莫延时候。

谢　宝　谢福、谢禄，你们休息片时，再抬轿到道台府前伺候。莫阻行人来往，把轿抬到竹树坡头。（暗示放人）

谢　福
谢　禄　（会意）知道。

镇　台　来来来！

谢　宝　走走走！

〔镇台、谢宝、众兵丁同下。

〔谢福、谢禄一跃而起，张望无人，谢禄大笑。谢福暗示慎重。

谢　福　（仿谢宝口吻，唱【滚花】）

　　　　　莫阻行人来往，把轿抬到竹树坡头。

〔两人抬轿到竹林边放下。

谢　福　（对轿底的翠莲）姑娘，快快出来，惊慌过了。

〔两人扛轿入竹林，卸轿作为放了翠莲。再抬轿去接谢宝。

〔音乐起。翠莲从竹林闪出，悲喜交集，惊慌四顾，急闻人声，忙躲回竹林内。

〔镇台高举道台公文策马上，众兵随上。

镇　台　（念）同见琼崖道，公文已取到，

　　　　　　　　搜出贱丫头，严惩老谢宝。（下）

〔谢宝内唱【追信头】："返书院——"坐轿怡然自得地上。

谢　宝　（接唱【追信】）

　　　　　　喜则喜那翠莲消灾难，

　　　　　　经我筹算一番，计生心间，

　　　　　　半途已释放受苦丫环，

　　　　　　莽将军何堪与先生谈？

　　　　　　何堪与先生谈！

　　　　　　人已出关，任搜千番，

　　　　　　搜不着，枉逞蛮，

　　　　　　他来时威武，去必羞惭。（大笑三声下场）

张逸民　（内唱【五更头】）

　　　　　　匆匆赶去接她回乡下。

〔张逸民匆匆上，在竹林四周寻找。

张逸民　翠莲！翠莲！翠莲！

〔翠莲在竹林内应声，走出。

翠　莲　张相公，候得你好苦呀！

张逸民　不是苦尽甘来了么？你看啊！

　　　　（唱）看彩霞灿烂如画。

翠　莲　（唱）看海鸥云水为家。

张逸民　（唱）似你不怕风吹和浪打。

翠　莲　（唱）似你不嫌贫贱志堪嘉。

张逸民
翠　莲　（唱）成就了患难姻缘。

　　　　　　留海南千秋佳话。

张逸民　（唱）向水涯。

翠　莲　（唱）向水涯。

张逸民　（唱）归林下。

　翠　莲　（唱）归林下。

| 张逸民 翠　莲 | （唱）荷锄耕垄，垂钓渔槎。 |

———剧　终

　　1954年，《搜书院》根据同名琼剧移植改编而成，与琼剧整理本同时上演。《搜书院》的改编超越了一般的才子佳人戏的老套路，是粤剧革新的一个里程碑。初由黎国荣饰谢宝，刘美卿饰翠莲，后由马师曾、红线女分饰。1956年由上海电影制片厂摄制成彩色戏曲艺术片。

作者简介

杨子静　（1913—2006），男，广州番禺人，著名粤剧编剧。1943年初作《还我汉江山》，由马师曾、红线女演出，轰动一时。1945年，加入马师曾的胜利剧团，担任专职编剧。新中国成立后，参加了华南文联编剧组。代表作品有粤剧《搜书院》（合作）、《关汉卿》《焚香记》、《荆轲》、《血溅乌纱》，粤剧现代戏《山乡风云》（合作）。

莫汝城　（1926—2009），男，广东高要人，广东粤剧院粤剧编剧，是粤剧界第一位戏曲专业研究生，代表作品有《搜书院》（合作）、《山乡风云》（合作）、《李香君》等，粤剧研究成果有《粤剧弋腔浅探》《粤剧昆腔牌子小考》《粤剧小曲概说》等。

林仙根　（1906—1964），原名林鼎基，男，新会县人，粤剧编剧，二十岁入蜚声剧团当演员，次年开始从事粤曲、粤剧的写作，后因生计问题，改当职员，业余编写剧本。1950年入华南文联粤剧研究组从事专业创作，后历任广东省、广州市戏改会，广东粤剧团，广东粤剧院专职编剧。主要作有（包括合作作品）：《三打节妇碑》《愁龙苦凤两翻身》《刘永福》《鸳鸯剑》《木头夫婿》《花云带箭》《闹严府》《搜书院》《秦香莲》。

·京 剧·

白蛇传

田 汉

人　物　白素贞、小青、许仙、船夫、病媪、法海、法明、小沙弥、众僧、窦先生、鹿童、鹤童、南极仙翁、众仙童、神将、水族、风神、许氏、许梦蛟、伽蓝、塔神、众仙。

第一场　游湖

〔幕启。

〔西湖。

〔白素贞内唱【南梆子倒板】："离却了峨眉到江南——"与小青同上。

白素贞　（接唱【南梆子小安板】）

　　　　人世间竟有这样美丽的湖山！

　　　　这一旁保俶塔倒映在波光里面，

　　　　那一旁好楼台紧傍着三潭；

　　　　苏堤上杨柳丝把船儿轻挽，

　　　　颤风中桃李花似怯春寒。

小　青　（充满少女的欢跃与新鲜感觉）姐姐，我们可来着了，这儿真有意思！瞧，游湖的男男女女都是一对儿、一对儿的。

白素贞　是啊，你我姐妹在峨眉修炼之时，洞府高寒，每日白云深锁，闲游冷杉径，闷对桫椤花。于今来到江南，领略这山温水软，叫人好生欢喜。青妹，你来看，那前面就是有名的断桥了。

小　青　姐姐，既叫"断桥"，怎么桥又没有断呢？

白素贞　青妹呀！（转唱【西皮流水板】）

　　　　虽然是叫断桥桥何曾断，

　　　　桥亭上过游人两两三三。

　　　　对这等好湖山愁眉尽展，

　　　　也不枉下峨眉走这一番。

〔天色忽暗。

白素贞　呀!(唱【西皮散板】)

　　　　一霎时天色变风狂云暗——

小　青　姐姐,你看,那旁有一少年男子夹着雨伞走来了,好俊秀的人品哪!

白素贞　在哪里?(随小青手望去)呀!(接唱前腔)

　　　　好一似洛阳道巧遇潘安。

小　青　(见白素贞呆望,笑着提醒她)下雨了,走吧,姐姐。

白素贞　走啊!(唱【西皮散板】)

　　　　这颗心千百载微波不泛,

　　　　却为何今日里陡起狂澜?

　　〔小青扶着白素贞避雨。

　　〔许仙风雨中撑伞上。

许　仙　(唱【西皮散板】)

　　　　适才扫墓灵隐去,

　　　　回来风雨忽迷离。

　　　　风吹柳叶丝丝起,

　　　　雨打桃花片片飞。

　　　　百忙中哪有闲情意?

小　青　姐姐,雨下大了,就在柳下躲避片时吧。

白素贞　也好。

许　仙　(圆场,见柳下白素贞二人)呀!(唱【西皮散板】)

　　　　柳下避雨怎相宜?

　　　　(向白素贞、小青)啊!二位娘子何往?

小　青　我们主婢二人在湖中游逛,不想中途遇此大雨。我们要回钱塘门去,请问君子您上哪儿呢?

许　仙　我到清波门去。这样大的雨,柳下焉能避得?就用我这把雨伞吧。

白素贞　只是君子你呢?

许　仙　我么,不要紧的。

白素贞　这怎么使得?

　　　　〔船夫内念:

　　　　　"桨儿划破白萍堆,

送客孤山看落梅。"

许　仙　雨越下越大了，两位娘子不要推辞。（递伞）我去叫船。

白素贞　如此，多谢君子！（接伞）

许　仙　好说。

〔船夫划船上。

船　夫　（接念）湖边买得一壶酒，

　　　　　　风雨湖心醉一回。

许　仙　喂，船家！

船　夫　客人要船吗？

许　仙　正是。

船　夫　你们上哪儿呢？

许　仙　先送二位娘子到钱塘门，再送我到清波门，多给你船钱就是。

船　夫　好好，你们上船吧。

许　仙　搭了扶手。

船　夫　船板忒滑，二位娘子需要小心。

白素贞　青儿搀扶了。（与小青相扶上船）

许　仙　（也上船）开船！（离得远远的，以袖遮雨）

船　夫　今天湖里风大，客人靠拢点儿吧。

小　青　是啊，雨下大了，我们共用一把伞吧。

许　仙　（摇手）不要紧的。

白素贞　这如何使得？

〔小青走过来用伞遮许仙，但这样白素贞半身又在雨里了。小青又要回过去，白素贞和许仙无法只得彼此靠近些。

船　夫　（念）最爱西湖二月天，

　　　　　　斜风细雨送游船；

　　　　　　十世修来同船渡，

　　　　　　百世修来共枕眠。

〔白素贞、许仙闻之不觉相望。天忽转晴。许仙见雨小了，稍稍离开她们，望着桥上。

许　仙　好了，雨已止了！（唱【西皮散板】）

　　　　　　一霎时湖上天晴云淡，

柳叶飞珠上布衫。

小　青　小姐，您看雨过天晴，西湖又是一番风景哪！

白素贞　是啊！（唱【西皮流水板】）

　　　　雨过天晴湖山如洗，

　　　　春风习习透罗衣。

许　仙　（不觉爱慕，唱前腔）

　　　　真乃是西湖比西子，

　　　　淡妆浓抹总相宜。

白素贞　青儿！（唱前腔）

　　　　问郎君家住在哪里？

　　　　改日登门叩谢伊。

小　青　是。（向许仙）我说君子，您住哪儿？我们小姐要给您道谢哩。

许　仙　哎呀！不敢当啊。（唱前腔）

　　　　寒家住在清波门外，

　　　　钱王祠畔小桥西。

　　　　些小之事何足介意，

　　　　怎敢劳玉趾访寒微？

白素贞　好说了。（见许仙不回问，唱前腔）

　　　　这君子老诚令人喜，

　　　　有答无问只把头低。

　　　　青儿再去说仔细：

　　　　请郎君得暇访曹祠。

小　青　是啦。（向许仙）君子，我们住在钱塘门外曹家祠堂附近，有红楼一角，就是我们小姐的妆阁。您有工夫一定请来坐坐啊！

许　仙　哦，原来小娘子住在曹祠附近，小生改日定当登府拜候。

船　夫　客人钱塘门到了。

　　　　〔白素贞按住伞，与许仙依依相望。

小　青　（会意，往空中一指，天色忽暗）哎呀！怎么又下雨了！

　　　　〔天果然又下雨。

白素贞　是啊，又下雨了，如何是好？

小　青　真是的，这伞……

许　仙　不要紧，雨伞小姐拿去，我改日来取就是。

白素贞　多谢君子！（唱【西皮流水板】）

　　　　　　谢君子，恩义广，

　　　　　　殷勤送我到钱塘。

　　　　（指岸上）君子请看！（接唱）

　　　　　　我家就在红楼上，

　　　　　　还望君子早降光。

　　　　青儿扶我把湖岸上！（回头向许仙）君子，明日一定要来的呀。

许　仙　明日一定奉访。小姐慢走。

白素贞　少陪了，君子。（唱【西皮散板】）

　　　　　　莫教我望穿秋水，

　　　　　　想断柔肠。

　　　　（盈盈一礼，偕小青下）

许　仙　（望着白素贞与小青的后影）好一位娘子！（唱【西皮散板】）

　　　　　　一见神仙归天上，

　　　　（忽记起）哦！（接唱）

　　　　　　不问姓氏忒荒唐。

　　　　小娘子转来！

　　　　〔小青闻声转来。

小　青　什么事啊？莫非要伞？

许　仙　不是，不是，请问你家小姐她姓什么呀？

小　青　我家小姐她姓白。

许　仙　原来是白小姐。你们知道我姓什么？

小　青　（笑）君子你么？（不假思索地）你姓许，对不对？

许　仙　（惊异）我正是姓许，你是怎么知道的？

小　青　（微笑）你那雨伞上不是有大大的一个许字吗？君子，明儿个请
　　　　早些来，免得我们小姐久候啊。

许　仙　那是自然。小娘子慢走。

小　青　少陪了。（施一礼，翩然下）

许　仙　（望着小青的后影）哈哈哈哈……（唱【西皮散板】）

　　　　　　好一个小娘子伶俐无双，

　　　　莺莺正合有红娘。

　　　　（喜极健忘）哦呀！那位小姐她姓什么呀？她姓……

船　夫　（冷隽地）她姓白。

许　仙　是啊，她姓白。

船　夫　怎么闹了半天，敢情你不认识她？我还当你们是一家人哩。

许　仙　咳，这就叫：（念）

　　　　　　"相逢何必曾相识"——

船　夫　（接念）风雨同舟便一家。

　　　　（撑开船，叫许仙一惊）客人坐好了。

　　　　〔许仙遥望岸上，不禁神往。船下。

　　　　〔暗转。

第二场　结亲

　　　　〔滨湖红楼。

　　　　〔小青内白："许相公这里来呀！"引许仙上。

小　青　（唱【西皮散板】）

　　　　　　扫尽落花门外等，

　　　　　　接来姐姐盼望的人。

　　　　（对许仙）相公请坐。（急入内）

许　仙　（打量，接唱）

　　　　　　曹祠竟有神仙境，

　　　　　　一角红楼傍水滨。

　　　　〔小青急引白素贞上。

白素贞　何事？

小　青　（含笑低声）他来了。

白素贞　（惊喜）啊，君子在哪里？（入室）君子在……

许　仙　小生拜揖。

白素贞　还礼！快快请坐。

　　　　〔白素贞与许仙就座，小青献茶。

白素贞　昨日在湖上遇雨，若非君子借伞叫船，我与青儿真不知如何是好。

297

许　仙	此乃男子分内之事，何足挂齿。
白素贞	青儿看酒，与君子小饮几杯，借申谢意。
小　青	是。（急下）
许　仙	何劳小姐如此费事。
白素贞	理当的呀！

〔小青取杯盘上，斟酒。

白素贞	君子请。
许　仙	小姐请。
白素贞	请问君子府上还有何人呀？
许　仙	小生自幼父母双亡，寄居姐姐家中。虽蒙姐丈见怜，只是他家也非宽裕。蒙姐丈推荐，在药铺作伙。
白素贞	（同情）君子既是在药铺做事，昨日却哪有工夫在湖中游玩呢？
许　仙	小生哪里是在湖中游玩，先母就葬在灵隐山后，昨日乃是先母忌日，告假半日，到我母亲坟上拜扫。回来刚过苏堤，就大雨淋漓，才得与小姐、小娘子相遇。
白素贞	君子如此纯孝，真乃可敬。（举杯）君子请。
许　仙	小姐请。
白素贞	（抿了一口，轻轻起身，拉小青）青儿！
小　青	小姐。
白素贞	附耳上来。（含羞耳语）
小　青	这，怎么好意思问呢？

〔白素贞拉小青的衣示意。

小　青	（小声）你们当面说说不好吗？
白素贞	贤妹，拜托……（一拂，羞下）
小　青	（转向许仙，直率地）许官人，我们小姐问您可娶过亲了没有？
许　仙	小生伶仃孤苦，还提什么"娶亲"二字？
小　青	我说许官人，您还没有娶亲，我们小姐也没有出嫁，主婢二人也是无依无靠。小姐意欲跟您结为百年佳偶，您意下如何呢？
许　仙	若得小姐为妻，真乃望外。只是方才说过，小生药铺作伙，寄人篱下，怎么养得活小姐与小娘子呢？
小　青	哼！我们主婢二人不是在柴、米、油、盐上打搅的。先老爷去

世，还留有一份家财。你既在药铺作伙，小姐也深明医理，结亲之后，学个夫妻卖药，那还愁什么呢？

许　仙　也当回去禀告姐姐才是。

小　青　忙什么呀？结了亲，带新娘子回去见姑奶奶、姑丈，不更有意思吗？

许　仙　只是今日仓促之间不曾带得聘礼，如何是好？

小　青　哎，要什么聘礼！你那把雨伞就是你们定亲的上好聘礼。今日正是良辰吉日，我点起花烛，你们俩就拜见了吧。（点烛）

许　仙　（对这意外的幸运，不知如何是好）哎呀，这这……

小　青　预备好了，我替你们赞礼吧：

　　　　　　千里姻缘一线牵，

　　　　　　伞儿低护并蒂莲；

　　　　　　西湖今夜春如海，

　　　　　　愿做鸳鸯不羡仙。

动乐，搀新人！

〔邻室果有乐声，小青引许仙东向立，又接着下去搀扶白素贞。白素贞身着红衫，花冠楚楚出堂，小青扶她与许仙交拜。

小　青　先拜天地，后拜高堂；夫妻对拜，送入洞房。

〔行礼如仪。小青送他们入洞房，下。

〔暗转。

第三场　查白

〔金山寺。

〔法海坐禅床，众僧侍立。

众　僧　（唱【滚绣球】）

　　　　　　千年古刹阅兴亡，

　　　　　　一片江声入海洋。

法　海　（念）堪笑世人太冥顽，

　　　　　　沉沦三字痴、嗔、贪。

　　　　　　苦海回头即是岸，

方寸之地有灵山。

老僧法海，住持金山。近日镇江来一白素贞，老僧查明，她乃千年蛇妖所化，与杭州许仙相恋，结为夫妇，在此开店卖药。江南佛地，岂容妖孽混迹其间！不免先度许仙，再降白氏。曾命法明前去查访，未见回报。

〔法明上。

法　明　参见师父。

法　海　命你查访白素贞、许仙之事，怎么样了？

法　明　弟子也曾见过许仙，募化得檀香一担。

法　海　就该引他前来见我。

法　明　弟子对许仙说："本月十五日是本寺观音菩萨开光之期，奉法海老禅师之命请许施主到寺拈香。"许仙本待要来，白素贞的丫头小青说："小姐吩咐，'僧道无缘'。休说是你，就是那法海亲自来请，也是不能前去的呀。"

法　海　可恼！（唱【西皮散板】）

江南佛地威灵显，

大胆妖魔发狂言！（更衣取杖）

衲衣龙杖离禅院，

去到江南度许仙。

众　僧　送师父。

法　海　免。（下）

〔暗转。

第四场　说许

〔保和堂。

许　仙　（唱【西皮散板】）

江边买得时鲜果，

归家来慰女华佗。

〔小青迎上。

小　青　姑爷回来了？

许　仙　回来了。娘子呢?

小　青　小姐还在看病哩。

　　　　〔白素贞内声:"老妈妈,走好了。"

　　　　〔病媪内声:"多谢大娘子!"

　　　　〔白素贞内声:"大嫂慢走!"上,见许仙。

白素贞　哦,官人回来了!

许　仙　回来了。娘子忒以辛苦了,歇息歇息吧。(藏着果篮)

白素贞　见了病人,怎么休息得下?

许　仙　不要忘了你已是有孕之身了。

白素贞　(羞俯)晓得了。(见鲜果篮)你那是什么?

许　仙　适才江边见有卖洞庭山时鲜水果的,十分难得,带些回来,与娘
　　　　子尝尝。

白素贞　官人如此见爱,(接果篮)多谢了。

许　仙　(随手将果篮置桌上,扶持劳累的妻子)娘子说哪里话来!许仙
　　　　自幼伶仃孤苦,自得娘子,才知人生幸福。如今来到镇江,赖娘
　　　　子之力,药店又如此兴旺,卑人正不知怎样感谢娘子才好哟!
　　　　(唱【西皮散板】)

　　　　　　贤妻待我恩情似海——

　　　　青儿!

小　青　姑爷。

许　仙　快请窦先生来照顾病人,让娘子歇息歇息吧。

小　青　是。(从右侧下)

许　仙　娘子来啊。(接唱)

　　　　　　我与你到房中把绣被安排。(一笑先下)

白素贞　官人先请。呀!(唱前腔)

　　　　　　许郎夫他待我百般恩爱,

　　　　　　喜相庆病相扶寂寞相陪。

　　　　　　才知道人世间有这般滋味,

　　　　　　也不枉到江南走这一回。

　　　　〔许仙再上。

许　仙　娘子怎么不来呀?

白素贞　为妻来了。(无限情深地扶许仙将入内室)

〔小青左侧上。

小　青　姑爷，窦先生已经知道了。

许　仙　(回头)这便才是。

〔许仙、小青、白素贞同下。有顷，法海拄杖上。

法　海　(唱【西皮散板】)

　　　　　一苇渡过长江浪，

　　　　　只为寻妖到店房。

店中有人么?

〔许仙适上取果篮，急招呼。

许　仙　啊!师父请了。

法　海　施主请了。你就是许官人么?

许　仙　正是。请问老师父上下。

法　海　(低沉而威严地)老僧法海。

许　仙　原来是法海老禅师，想是募化来了，卑人已捐过檀香一担了。

法　海　深谢施主。老僧今日却不为募化而来。

许　仙　想是来看病的。拙荆累了，歇息去了。

法　海　休要惊动尊夫人，老僧是来与施主你看病的呀。

许　仙　我无有病哪。

法　海　(打量许仙，威严地)看施主满脸黑气，乃是被妖孽所缠，怎说无病?

许　仙　妖孽在哪里?

法　海　就在施主的身边。

许　仙　(惊顾)无有哇?

法　海　许官人，请借步讲话。(把许仙引到左侧，低声)老僧查明你那妻子乃是千年蛇妖所化。

许　仙　唉!我妻乃贤德之人，怎说是蛇妖所化!老师父说出此话，忒以无礼了。

法　海　许官人，老僧喜你善根甚深，才亲下金山，指点于你。你若执迷不悟，久后必被她所害。

　许　仙　她既要害我，为何对我十分恩爱呢?

法　海　此乃她迷惑于你，待等时候一到，定要将你吞吃腹内。

许　仙　她如今忘餐废寝，医治病人，也是迷惑于我么?

法　海　这……（唱【西皮散板】）

　　　　许官人休得要执迷不醒，

　　　　她本是峨眉山千年的蛇精。

　　　　时候到定然要害你性命，

　　　　那时节想回头再世为人。

许　仙　老师父!（唱前腔）

　　　　那白氏她为人温婉贞静，

　　　　老师父说此话有悖人情哪。

　　　　（怫然）嘿!

法　海　许官人，看你入迷已深，说也无益。待等端阳佳节，你劝她多喝
　　　　几杯雄黄酒，她原形一现，方知我言不谬也。（唱前腔）

　　　　好言相劝你不信，

　　　　端阳酒后看分明。

　　　　告辞了。（下）

许　仙　老师父慢走。（目送法海下，不觉失笑）

　　　　〔小青内声：“姑爷，小姐请你呢。”

许　仙　（忽本能地一惊）哦，哦，这……（引起了许多疑惧，踌躇起
　　　　来，继想白氏平日对自己的好处，又觉得法海言语断不可信，才
　　　　一笑驱逐那些思想）这是从哪里说起!（提果篮下）

　　　　〔暗转。

第五场　酒变

　　　　〔通内室的过路房。

　　　　〔小青黯然上。

小　青　（念）剑蒲角黍悼高贤，

　　　　愁绝江南五月天。

　　　　千古忠臣难见信，

　　　　美人香草总缠绵!

光阴似箭，不觉又是端阳。是我劝姐姐避开这个日子，以免官人见疑。姐姐说，她与官人形影不离，不便他往，只好托病在床。要我到了正午，去到附近山中暂避一时。本当前去，又不放心姐姐。咳！（唱【西皮散板】）

　　　　听满城庆端阳何等欢畅！

〔鞭炮锣鼓内声。

小　青　（接唱）怎知道姐妹们苦痛难当？

　　　　　我本当独自山岗往——

〔白素贞内叫："青儿！"

小　青　（接唱）贤姐姐唤我为哪桩？

　　　　　莫非姐姐她也要走？（急下）

〔许仙持壶上，微带醉意。

许　仙　（唱【西皮散板】）

　　　　　人逢佳节精神爽，

　　　　　玉壶银盏入兰房。

　　　　（向内室）娘子起来了么？娘子！

〔白素贞内应："为妻起来了。"

〔暖帘启，小青扶白素贞上。

白素贞　（唱【西皮散板】）

　　　　　年年此日心惝恍，

　　　　　强打精神对许郎。

　　　　官人用过饭了？

许　仙　娘子，适才店房之中，与伙友们共贺佳节，喝得十分畅快。只是鄙人与娘子每日同桌而食，从不相离；偏偏今日，你身染小恙，鄙人如何放心得下？伙友们定要我进来代敬娘子几杯雄黄酒。来，来，来，鄙人先干。（饮尽另斟）

白素贞　为妻身体不爽，不能饮酒，官人代为妻谢谢他们吧。

许　仙　娘子海量，今日佳节，你我夫妻怎能不醉？

小　青　（冲口而出）今天怎能比得往日！姑爷别劝小姐喝了吧。

许　仙　（惊讶）怎么小姐今日就不能喝酒呢？

小　青　（急辩解）小姐今天身体不爽，再说，她有了小少爷了。

许　仙	也说得是。只是日子还早，几杯淡酒又待何妨？哦，是啊。（向小青）青儿，你也辛苦了，喝一杯吧。
小　青	谢谢姑爷，您知道我从不喝酒的。
许　仙	既然如此，你就下去歇息去吧。
小　青	我要服侍小姐。
许　仙	小姐有我服侍，你下去吧。
白素贞	青儿，你就去吧。（以眼色叫小青上山）
小　青	小姐！
白素贞	知道了。

〔小青无奈只得下去。

许　仙	娘子，今日异乡佳节，看鄙人薄面，饮干了吧。
白素贞	（婉谢）为妻身体不爽，饶了为妻吧。
许　仙	娘子平日海量，今日不饮，伙友们要笑话鄙人的。饮干了吧。
白素贞	这……为妻身体不爽，实实不能饮酒。
许　仙	如此，就依娘子——鄙人……（忽失笑）
白素贞	官人为何发笑？
许　仙	鄙人想起一桩笑话来了。
白素贞	什么笑话？
许　仙	（想到笑话的严重性）咳，不说也罢。
白素贞	夫妻之间有什么说不得的？但说何妨！
许　仙	前者有人对我说，娘子乃……
白素贞	乃什么？
许　仙	说娘子乃……千年蛇妖所化，若饮雄黄酒，必现原形。
白素贞	（大惊，急镇静）怎么，竟有人这样胡说！（带笑）如此说来，官人今日劝酒，莫非有心试我？
许　仙	（惶恐）哪有此事！就为不信那等胡说，鄙人才告诉娘子的。休说笑话了，娘子身体不爽，不敢多劝，就干了这一杯吧。
白素贞	（笑）少时为妻若现原形，那还了得！
许　仙	（赔笑）哎呀呀，娘子不要生气。你我夫妻情深义重，休说你不是妖怪，就是妖怪，鄙人也疼爱娘子的呀。（想）好，就与娘子换过那小玉杯如何？（到内室取杯）

白素贞　（十分感激）呀！（唱【西皮流水板】）

　　　　　　　许郎夫他把笑话讲，

　　　　　　　吓得素贞心内慌。

　　　　　　　先只说夫妻卖药多欢畅，

　　　　　　　又谁知祸事起端阳。

　　　　　　　我与人无仇无怨无欺诳，

　　　　　　　挑拨我夫妻为哪桩？

　　　　　　　本当不饮归罗帐，

　　　　　　　官人当我怕雄黄；

　　　　　　　疑心一点成魔障，

　　　　　　　夫妻恩爱就难久长。

　　　　　〔许仙换玉杯上，斟酒。

许　仙　娘子饮干这一杯吧。

白素贞　（唱【西皮散板】）

　　　　　　　莫奈何接玉盏心中估量——

　　　　　　（自恃千年道行，做了一个错误的决定）罢！（接唱）

　　　　　　　凭着我九转功料也无妨！

　　　　　　（饮尽）干！

许　仙　娘子真快人也！再饮一杯。

白素贞　这……（踌躇）

许　仙　祝你我夫妻偕老百年。

白素贞　怎么，偕老百年？

许　仙　正是！无忌无猜，白头相守。

白素贞　（一时兴至，又饮尽）好，干！

许　仙　（再斟）如此娘子再饮一杯。

白素贞　哎呀，（雄黄落肚，十分苦痛）为妻不胜酒力，如何是好？

许　仙　（完全未顾到白素贞的苦痛）怎么，娘子不要紧吗？

白素贞　（力自镇静）不要紧。（求助）青儿！

许　仙　青儿她下去了，待鄙人扶娘子睡去吧。

白素贞　（醉笑）不要紧。我还不曾醉，我还不曾……（不由自主地大吐）

　　　　　〔许仙急扶白素贞入帐。白素贞再吐。

许　仙　（出帐）咳！娘子有七月身孕，又兼身染小恙，把她灌得如此大醉，如何是好？（想了想）有了。不免去至药房调制一杯醒酒汤，与她解酒便了。（下，旋取汤上，唱【西皮散板】）

　　　　许仙做事欠思量，

　　　　不该劝妻饮雄黄。

　　　　月来辛苦且不讲，

　　　　她腹中还有小儿郎。

　　　　上前去拨开红罗帐——

哦，且慢。（接唱）

　　　　犹恐我妻不寻常！

前者法海对我言讲，我妻乃千年蛇妖所化，若饮雄黄药酒，必现原形。如今我妻喝得如此大醉，倘若拨开锦帐，竟然现出原形，那那那还了得！（转念）嗳咦！想娘子待我恩情似海，又兼一貌如花，哪里会是妖怪？休信那法海胡说！（听）娘子睡熟，不免将醒酒汤放在桌案之上，等娘子酒醒再来赔罪不迟。（置汤桌上）娘子，醒酒汤在这里，鄙人下去了。（举步将下）

〔空中法海的声音："许仙，这红罗帐内就是你的醒酒汤。你大胆看看你那千娇百媚的妻子吧！"

许　仙　哎呀！（唱【西皮散板】）

　　　　老法海几次对我言道，

　　　　道我妻乃是千年的蛇妖。

　　　　本当不把香梦扰，

　　　　这疑心一点怎能消？

　　　　端起汤儿把贤妻叫——

（闻帐内苦闷声）娘子不要难过，鄙人与你解酒来了。（拨帐，若有所见）哎呀！（惊倒）

〔小青急上。

小　青　呀！（抚摸许仙，向帐内）姐姐醒来！姐姐醒来！

白素贞　唔……

小　青　姐姐速醒！官人被你给吓死了！

白素贞　（开帐，见许仙躺地下，大惊，俯身摇了摇他，久久哭出）喂喂

呀，苦命的夫哇！（接唱【西皮散板】）

　　　一见官人胆魂消！

　　　眼儿紧闭牙关咬，

　　　醒酒的汤儿满地浇。

　　　哭官人只哭得肝肠如绞！

喂呀，官人哪！

小　青　姐姐，现在不是哭的时候了，必须想个法儿搭救官人才好啊。

白素贞　贤妹说得有理，就托贤妹护住官人，为姐去至仙山盗取灵芝去了。

小　青　且慢，仙山守护威严，倘被守山神将看见，如何是好？

白素贞　为姐此去只要取得仙草，漫说是守山神将，就是那刀山火海，为姐也顾不得了。青妹啊！（一跪，唱【西皮散板】）

　　　忍泪含悲托故交，

　　　为姐仙山把草盗。

　　　你护住官人莫辞劳！

　　　为姐若是回来早，

　　　救得官人命一条；

　　　倘若是为姐回不了，（转唱【流水】）

　　　你把官人遗体葬荒郊。

　　　坟头种上同心草，

　　　坟边栽起相思树苗；

　　　为姐化作杜鹃鸟，

　　　飞到坟前也要哭几遭。

小　青　官人之事，姐姐但放宽心。（取宝剑给白素贞）

白素贞　（接剑，到床前看了一下许仙，对小青一礼）贤妹，拜托你了。

　　　（急下）

　　　〔暗转。

第六场　守山

　　　〔仙山。

　　　〔鹤童、鹿童上，"走边"。

鹤　童
鹿　童　（唱【折桂令】）

> 看仙山，别样风光，
>
> 日映霓霞，鸟弄笙簧；
>
> 碧池畔瑶草芬芳，
>
> 紫岩下有灵芝生长；
>
> 看两峰相接处，
>
> 白云来往，
>
> 衬托那绕琳宫古柏青苍。

鹤　童　仙官请了。

鹿　童　请了。

鹤　童　奉仙翁法旨守护此山，犹恐妖魔擅闯园林，巡山一回便了。

鹿　童　请。

鹤　童　（接唱）俺宝剑闪寒光，

> 守护着清净坛场，
>
> 休让那妖魔擅闯。

（与鹿童同舞，下）

〔暗转。

第七场　盗草

〔前景。

〔白素贞内唱【高拨子倒板】："轻装佩剑到仙山——"上。

白素贞　（接唱【回龙】）

> 不由素贞泪不干。
>
> 悔当初不听青儿语，
>
> 端阳佳节把杯贪。（转唱【散板】）
>
> 官人托在青儿手，
>
> 不采灵芝誓不还。
>
> 大胆且把前山进——

呀！（接唱）

山门神将好威严!

莫奈何转到后山上——

〔鹿童仗剑拦住白素贞。

鹿　童　（接唱【散板】）

来了守山鹿仙官。

你是何方妖魔女,

偷探灵山为哪般?

白素贞　（唱【高拨子垛板】）

素贞低头苦哀告,

尊声仙官听我言:

素贞本是扫叶女,

曾炼仙家九转丹。

只为思凡把峨眉下,

与许仙匹配在江南。

我夫不幸染重病,

特采灵芝上仙山。

鹿　童　（唱【散板】）

灵芝本是仙家草,

怎肯轻易与人间?

白素贞　（唱）仙佛本是慈悲种,

应替人间解危艰。

鹿　童　（唱）劝你休得巧言辩,

宝剑之下活命难。

白素贞　（唱）只要取得回生草,

姑娘九死也心甘。

鹿　童　（接唱）劝你早早离山去——

（举剑刺向白素贞）

白素贞　（按住鹿童剑,接唱）

恕你姑娘礼不端。

〔白素贞与鹿童斗剑,刺伤鹿童,急采灵芝。鹤童闻警冲上。白素贞口衔灵芝,与鹤鹿二童苦战不支,倒下,但仍护住仙草。

鹤　童　（举剑）妖女受死！

〔南极仙翁率众仙童急上。

南极仙翁　鹤童住手！（向白素贞）啊，大胆白素贞，敢来仙山盗草！

白素贞　喂呀，仙翁啊！素贞死不足惜，只可叹我那许郎就无有回生之望了哇！

南极仙翁　白素贞，念你痴情可感，又兼身怀有孕，饶你不死。灵草带回家去，可救你夫性命，下山去吧！

白素贞　（深感意外，感极而泣）谢仙翁！（唱）

　　　　捧住灵芝泪不干，

　　　　险些儿难得活命还。

　　　　拜别仙翁镇江返，（施礼）

　　　　云山万里救夫男。（下）

鹿　童　唔。（有敌意）

南极仙翁　休得拦阻。（望着白素贞后影摇头叹息）众仙童！

众仙童　有。

南极仙翁　回山去者。（率众仙童下）

〔暗转。

第八场　释疑

〔内室。

白素贞　（唱【二黄散板】）

　　　　盗灵芝受尽了千磨百难，

　　　　才救得许郎夫一命回还。

　　　　又谁知他病愈将我冷淡，

　　　　对妆台不由人珠泪偷弹。

〔小青愤然上。

小　青　（唱【二黄散板】）

　　　　许官人全不念夫妻情分，

　　　　把一本隔月账搪塞小青！

　　　　姐姐，（打量白素贞）您梳妆好了？

白素贞　（转喜）青妹回来了，官人他来了无有哇？

小　青　哼！官人见了小青，就忙着算账，把算盘子儿拨拉得直响。我仔细一看，原来是好几个月前的一本陈账。

白素贞　（无限惆怅）想是他还不愿理我……（泪下）

小　青　可不是嘛！姐姐九死一生，救了他的性命，他竟然这样无情无义！依小青之见，还是舍弃了他，抽身远走，免陷愁城哪！

白素贞　青妹你不知道为姐身怀有孕么？

小　青　怎么不知？分娩之后把孩子还给许官人不就得了吗？

白素贞　青妹，我与许郎百般恩爱，海可枯，石可烂，我与他是永不分离的了。（唱【二黄慢板】）

　　　　　　小青妹你劝我回转山林，

　　　　　　你言说倒不如及早抽身免陷愁城。

　　　　　　怎知我与官人爱深情定，

　　　　　　我与他是天荒地老海枯石烂永不离分。

小　青　姐姐！（接唱前腔）

　　　　　　姐妹们原不惯丹房寂静，

　　　　　　哪有个白云黄叶回转山林？

　　　　　　怕只怕许官人性情不定，

　　　　　　眼见得贤姐姐山盟海誓付与烟云。

　　　　　　倒不如辞官人飘然远引，

　　　　　　也免得爱成仇揉碎了痴心。

白素贞　依为姐看来，官人不是那样之人。（接唱前腔）

　　　　　　小青妹虽然是刚烈可敬，

　　　　　　夫妻间离与合要三思而行。

小　青　既然不走，姐姐就该想个法儿消除许官人的疑心才是。

白素贞　（点首）青妹说得是。（唱【二黄散板】）

　　　　　　低下头我这里忙把计定……

　　　　（有所决）有了。（唱前腔）

　　　　　　去疑心全凭这七尺银绫。

　　　　贤妹，我倒想起一个主意来了——

　小　青　姐姐有什么主意？

白素贞　我不免将腰间白绫化作一条银蛇，盘踞厨房屋梁之上，就说是苍
　　　　龙出现，引得官人到来，一同观看，他就不再疑心了。

小　青　此计甚好，姐姐速速安排，待我引官人到此。（急下）

白素贞　这正是——（念）

　　　　　　只因宝镜生尘障，

　　　　　　且遣银绫上屋梁！

　　　　（解腰间白绫向厨房梁上掷去）

　　　　〔小青上。

小　青　窦先生他们把许官人给推进来了。

　　　　〔窦先生内白："东家，娘子久等，快些进去吧。"推许仙上。

白素贞　（起迎许仙）官人。

许　仙　（余悸犹存，举止不安）娘子。（勉强同坐）

白素贞　适才青儿说，官人在店中清理账目，病体初愈，不要过于劳累
　　　　才是。

许　仙　（畏怯地）还好，还好。

白素贞　为妻放心不下，今日命青儿准备几样小菜，与官人畅饮几杯。

许　仙　不饮也罢。

白素贞　哪有不饮之理？青儿，取酒来。

小　青　是啦。（下）

白素贞　官人哪！（唱【二黄摇板】）

　　　　　　从端阳抛撇我到今天十七，

　　　　　　从今后再不要片刻分离。

　　　　〔小青内惊叫："小姐快来！小姐快来！"

白素贞　哎！何事？（向许仙）官人少待，为妻去去就来。（轻盈、庄重地
　　　　走下）

许　仙　呀！（唱前腔）

　　　　　　见娘子依然是千娇百媚，

　　　　　　只可惜人与妖难配夫妻。

　　　　〔白素贞急上，做惊惧色。

许　仙　娘子为何这等害怕？

白素贞　官人哪里知道，方才青儿厨下取酒，看见一条银蛇，盘踞在屋梁

之上。

许　仙　（哆嗦）怎么又是银蛇！

〔小青赶上。

小　青　姑爷、小姐不必害怕。窦先生说，这是护宅的苍龙，不害人的呀！

许　仙　怎么？这是护宅苍龙，不害人的？

小　青　是，"男勤女俭"，才有"苍龙出现"哩，这是一家兴旺之兆。

白素贞　哦，这是一家兴旺之兆？

许　仙　那苍龙走了无有哇？

小　青　还在那儿哩，我们去看看去。

许　仙　看得的？

小　青　看看何妨？我还不怕哩。

许　仙　（好奇地）如此，我们一同前去。

〔许仙、白素贞、小青同从上场门进去，旋出。

许　仙　哈哈！这就好了。（唱【二黄摇板】）

　　　　　　　果然是苍龙现家交好运，

　　　　　　　心儿上才释去一片疑云。

　　　　果然是苍龙出现！啊，娘子，我倒想起一桩心事来了。

白素贞　什么心事？

许　仙　端午那日，娘子酒醉，鄙人送去醒酒汤，揭开罗帐一看，哎呀！也是一条银蛇，与此物一般无二。

白素贞　怎么？端阳那日，官人也曾见过它？

许　仙　嗯！想来就是它，我那病就是由它而得。

小　青　怎不早说？

许　仙　这……是我一时糊涂，还当应了外人言语。真正岂有此理。娘子请坐。（就座）小青看大杯，与娘子痛饮几杯，以赎半月来冷落之罪。

白素贞　官人刚刚病好，少饮为是。

许　仙　不要紧，鄙人于今明白了，这病么，就好了。

白素贞　端阳那日，为妻身染小恙，不能多陪官人饮酒，今晚也正要与官人补贺佳节。只是你我夫妻病后之身，就用小杯如何？

　许　仙　就依娘子。

白素贞　（向小青）青儿，将杯盘移到内室。（回望许仙）待为妻与官人把盏。

许　仙　多谢娘子！

白素贞　官人哪！（唱【二黄摇板】）

　　　　半月来泪湿鸳鸯枕，

许　仙　（热情地唱前腔）

　　　　从今后云破月儿明。

白素贞　夫哇！（轻轻责难，唱前腔）

　　　　再不可轻把浮言信——

许　仙　娘子啊！（指天上双星为誓，唱前腔）

　　　　上有牵牛织女星！

〔许仙、白素贞亲爱相携下，小青喜慰，随下。

〔暗转。

第九场　上山

〔江边。

〔法海扶杖独上。

法　海　（唱【西皮散板】）

　　　　扶筇来到江亭上，

　　　　等候钱塘迷路羊。

〔许仙上。法海见许仙来，闪在一旁。

许　仙　（唱【四平调】）

　　　　那一日炉中焚宝香，

　　　　夫妻举酒庆贺端阳。

　　　　白氏妻醉卧牙床上，

　　　　我与她端来醒酒汤。

　　　　用手儿拨开红罗帐，

　　　　吓得我三魂七魄飏！

　　　　先只说我妻是魔障，

　　　　却原来苍龙降吉祥。

315

　　　　既然是苍龙把福降，

　　　　又为何盘踞在牙床？

　　　　闷恹恹来至江亭上——

　　（观望江景，不觉感叹）呀！好壮阔的长江也！（接唱）

　　　　长江壮阔胜钱塘。

　　〔法海暗上。

法　海　施主欣赏长江壮阔，何不到金山一游？

许　仙　哎呀，师父在此，多日不见了。

法　海　老僧年高，前些时候忽染重病，几乎就见不到施主了。

许　仙　但不知师父害的什么病？

法　海　老僧受了一点惊吓，故而病了。

许　仙　老师父道高智广，也受惊么？

法　海　事出意外，怎能不惊？

许　仙　真有凑巧，弟子也曾与老师父害一样的病。

法　海　怎么施主也受惊了？莫非吃了"醒酒汤"？

许　仙　（大惊）这……正是此事。

法　海　老僧的话应验如何？

许　仙　应验倒是应验，只是后来它又在厨房梁上出现。娘子说："此乃苍龙，不害人的。"

法　海　施主哪里知道，那日你被惊吓，原已死去。那白素贞去到蓬莱，盗得仙草，才将你救活。苍龙乃是她的白绫所化，若非妖怪，怎能有此本领？

许　仙　如此说来，我那娘子仙山盗草救了我的性命，倒是一个好人了。

法　海　她哪里是救你性命！不过贪恋你眉清目秀，叫你多活一时。

许　仙　她于今身怀七月身孕，难道也是假的不成？

法　海　这……施主请听！（念）

　　　　昔有一人去进香，

　　　　遇一美女泣路旁，

　　　　诉她继母心肠狠，

　　　　逼女提篮采野桑。

　　　　此人怜爱将她救，

引女归家效鸳鸯，

十月怀胎生一子，

如鱼似水度时光。（企图狠狠地吓唬许仙）

谁知一夜风波起，

她化作银蛇十丈长！

先把娇儿吞吃掉，

再咬此人一命亡。

你今年轻眉目秀，

白蛇与你配鸾凰。

一旦青春不再来，

施主啊施主，

白蛇腹内葬许郎！

许　仙　（不寒而栗，由于自保心急）哎呀，师父！但不知何法可解？

法　海　皈依佛法，自然可解。

许　仙　弟子病中也曾许下心愿。今日与我妻说知，正要到宝刹拈香还愿，就请老师父多多指引。

法　海　只是，老僧"法不空传"。

许　仙　这里有纹银十两，望老师父笑纳。

法　海　有道是"菩提不用黄金买"。

许　仙　依师父之见？

法　海　入我门来。

许　仙　这……明日如何？

法　海　到了明日你就走不成了。

许　仙　师父忒以性急了。

法　海　从水火中救人，不得不急。

许　仙　如此，师父请上，受弟子一拜。

法　海　阿弥陀佛。随为师来呀！哈哈哈……（挽许仙欲下）

　　　　〔许仙踌躇后又走回去。

法　海　许仙哪里去？

许　仙　弟子想回去一下，再来如何？

法　海　岂不闻"出家容易归家难"？

317

许　仙　弟子不愿出家了。

法　海　你那家还有什么舍不得的呀？

许　仙　家可舍，娘子恩情难舍。

法　海　看你孽缘不断，怎脱大难？也罢。你不是说要到金山寺拈香还
　　　　愿么？

许　仙　正是。

法　海　待等拈香还愿之后，老僧把前后因果对你说明，那时生死祸福，
　　　　由你自择。

许　仙　如此甚好。

法　海　走哇!

许　仙　走哇。这正是——（念）

　　　　　　又羡鸳鸯又羡仙，

　　　　　　许仙踏上两边船。

法　海　（接念）老僧自有无情剑，

　　　　　　斩断人间冤孽缘。

　　　　哈哈哈哈，许仙来呀。阿弥陀佛!（胜利地挽着许仙下）

　　　　〔暗转。

第十场　渡江

　　　　〔长江。

　　　　〔白素贞与小青划船上。

白素贞　（唱【西皮倒板】）

　　　　　一叶舟忙来到——

　　　　青妹!

小　青　姐姐。

白素贞　想当日与官人湖上相逢，何等恩爱，怎知今日却信法海言语，轻
　　　　易相抛，教为姐好生悲苦哇。

小　青　姐姐，事到于今不用伤感，快到金山找法海算账吧。

白素贞　走哇!（唱【西皮散板】）

　　　　　　哪顾得长江波浪高!

　　　　秃驴妒我恩爱好，

　　　　诱骗许郎把红粉抛。（转唱【流水】）

　　　　一去三日无家报，

　　　　活活斩断鸾凤交。

　　　　望金山不由我银牙咬——

　　青妹啊！（接唱前腔）

　　　　小青妹与我把橹摇。

　　　　腰间宝剑双出鞘，

　　　　拿住秃驴莫轻饶！

〔白素贞与小青同下。

〔暗转。

第十一场　索夫

〔金山。法海上。

法　海　（唱【西皮倒板】）

　　　　适才间打坐在文殊院——

　　（立金山寺山门外断崖上，唱【西皮原板】）

　　　　初把法华教许仙。

　　　　也知道妖魔必来见，

　　　　问我一声答一言。

〔白素贞、小青上。

小　青　秃驴！还俺姑爷来吓！

白素贞　（急止住小青）青儿不要胡说。（转向法海婉求）老禅师啊，我丈
　　　　夫三日前到宝刹拈香，望求师父唤他出来，一同回去。

法　海　你丈夫他是何人？

白素贞　许仙。

法　海　许仙不在本寺，别处去找吧。

白素贞　我丈夫临走之时，明明说是到宝刹拈香还愿。我与他恩爱深重，
　　　　不能一日相离，望求老禅师放他出来，夫妻重聚。

法　海　实对你说，你丈夫已拜在老僧名下，在本寺出家，他不能回去

319

的了。

白素贞　这怎么使得，我与许郎海誓山盟，各不相负，好端端夫妻，生生拆散，怎肯甘心？老禅师一代高僧，慈悲为本，望求放我丈夫回家团聚，我夫妻生生世世感老禅师大恩大德。老禅师啊！（唱【西皮摇板】）

　　　　　那许郎他与我性情一样，

　　　　　立下了山海誓愿做鸳鸯。

　　　　　望禅师开大恩把许郎释放，

　　　　　我夫妻生生世世永不相忘。

法　海　孽畜！

〔小青大愤，白素贞急抑止她。

法　海　（唱【西皮原板】）

　　　　　那许仙前生是高德和尚，

　　　　　岂与你妖魔女匹配鸾凰？

　　　　　我劝你早回转峨眉山上，

　　　　　再若是混人间顷刻身亡。

小　青　秃驴！（唱【西皮快板】）

　　　　　我小姐与许郎妇随夫唱，

　　　　　老匹夫活生生拆散鸳鸯。

　　　　　速放出许官人万事不讲，

　　　　　倘若是再迟延水涌长江。

白素贞　青儿不要胡说。老禅师啊！（唱【西皮散板】）

　　　　　小青儿性粗鲁出言无状，

　　　　　怎比得老禅师量似海洋。

　　　　　我如来对众生平等供养，

　　　　　才感得有情者共礼空王。

　　　　　念我白氏啊！（唱【西皮快板】）

　　　　　在湖上结良缘同来江上，

　　　　　怀下了七月胎就要离娘。

　　　　　求禅师且替我素贞着想，

　　　　　发下了大悲心还我许郎！

法　海　（唱前腔）

　　　　　白素贞休得要痴心妄想，

　　　　　见许仙除非是倒流长江。

　　　　　人世间哪容得害人孽障，

　　　　　这也是菩提心保卫善良。

白素贞　（仍竭力控制愤怒，唱前腔）

　　　　　白素贞救贫病千百以上，

　　　　　江南人都歌颂白氏娘娘。

　　　　　也不知谁是那害人孽障，

　　　　　害得我夫妻两下分张！

法　海　（威严地唱前腔）

　　　　　岂不知老僧有青龙禅杖，

　　　　　怎能让妖魔们妄逞刁强！

白素贞　（唱前腔）

　　　　　老禅师纵有那青龙禅杖，

　　　　　敌不过宇宙间情理昭彰。

小　青　（怒不可遏，唱【西皮摇板】）

　　　　　哪有这闲言语对他来讲？

　　　　　姐妹们今日里……

白素贞
小　青　（唱）大闹经堂！

法　海　（唱【西皮散板】）

　　　　　望空中叫一声护法神将！

　　　　〔神将内声：“来也！”上。

法　海　（接唱）快与我拿妖孽保卫经堂。

　　　　〔白素贞引小青急下。

神　将　领法旨！（追下）

　　　　〔暗转。

第十二场 水斗

〔金山寺边，长江滚滚。

〔白素贞悲愤满面，带令旗上，经思虑后，愤掷令旗交小青。小青接旗号召水族，白素贞在水族中出现。

白素贞 （对水族）听我吩咐！（唱【水仙子】，众和之）

仗、仗、仗法力高，

夫、夫、夫、夫妻们卖药度晨宵。

却、却、却、却谁知法海他来到，

教、教、教、教官人雄黄在酒内交。

俺、俺、俺、俺也曾到蓬莱盗仙草，

却、却、却、却为何听信那谗言诬告？

将、将、将、将一个红粉妻轻易相抛！

多、多、多、多管是老秃驴他妒恨我恩爱好，

这、这、这、这冤仇似海怎能消！

众兄弟姐妹，杀却那法海者！

众水族 （应声）喳！

〔众神将上。众水族与众神将开打。白素贞、小青等与神将殊死战，屡败之后，白素贞被触动胎气，陷于苦战。小青与水族极力掩护，且战且退。

白素贞 （哀叫）官人哪！（下）

〔众神将追白素贞等下。

〔暗转。

第十三场 逃山

〔佛堂。

〔许仙执经上。

许 仙 （唱【西皮散板】）

到金山原指望避灾脱险，

　　　　　谁知道锁禅房度日如年；

　　　　　对法华我苦把娇妻念——

　　　〔鼓声。

许　仙　呀！（接唱）

　　　　　山门外为何喊杀连天？

　　　〔小沙弥送茶上。

许　仙　小师父，我且问你，山门外何来这样人声喧嚷？

小沙弥　这，我不能告诉你。

许　仙　（悟）莫非我那娘子她找我来了？

小沙弥　哎，你还是真猜着啦。正是你那妻子找你来了。她长得好漂亮
　　　　啊，可是你那丫头，好厉害呀！

许　仙　她们现在何处？快让我们夫妻见面吧！

小沙弥　得了吧，这个时候怎么能让你们夫妻见面呢！再说，老师父说你
　　　　那妻子是妖怪，她是假的。

许　仙　可是她的情意是真的呀。哦，我知道了，这山门外喊杀连天，莫
　　　　非师父与我那妻子交手了不成？

小沙弥　师父派遣护法神将，捉拿你那妻子去了。于今他们正打得难解难
　　　　分哩！

　　　〔鼓声。

　　　〔法海内声：“众神将，休让白素贞逃走，将她紧紧围住者！”

　　　〔鼓声。

许　仙　（焦急）哎呀，我妻现有七月身孕，她、她、她、她怎经得起这
　　　　一场恶斗！小师父，快快放我出去吧！

小沙弥　你出去做什么呀？

许　仙　我、我、我、我要帮……

小沙弥　你帮谁？

许　仙　我帮我那妻子。

小沙弥　你这不是存心给我惹娄子嘛！老师父法力无边，眼看你那妻子就
　　　　要被擒啦。

许　仙　哎呀！

　　　〔擂鼓声。

〔白素贞内声："许郎你在哪里？许郎你在哪里？许郎啊！"

许　仙　（急叫）娘子我在这里！（向小沙弥）小师父啊！（唱【西皮散板】）

　　　　　小师父快救我出罗网，

　　　　　　怎忍听声声唤"许郎"？

　　　　哎呀，小师父呀，快快放我下山，恩当厚报。

小沙弥　你先别忙，听这喊杀之声越来越远，八成你那妻子战败逃走啦。

许　仙　那我更要赶了前去。小师父方便，我、我、我这里跪下了。

小沙弥　得，得，你别着急，趁师父还没回来，我放你逃下山去就是。

许　仙　多谢小师父。

小沙弥　许官人随我来！（圆场）这里有一条小路，趁他们不知道，你快
　　　　走吧。

许　仙　这就好了。（唱前腔）

　　　　　小师父领路山下往——

　　　　（正待逃去，忽与法海相遇）

法　海　（唱前腔）

　　　　　许仙为何走慌忙？

小沙弥　（急辩）师父，他、他、他要我领他找您去，他说想求您饶恕他、
　　　　他、他媳妇。

法　海　唔！似这样凡心不死，如何出家？

　　　　〔许仙低头不语。

法　海　也罢。许仙，那白素贞被为师杀败，于今逃往临安去了，邱王府
　　　　被焚，此妖并无安身之处；若逃往别地，必留后患。赐你神风一
　　　　阵，容你与白妖一月重聚。风神何在？

　　　　〔风神上。

风　神　在。

法　海　速将许仙送往临安去者。

风　神　领法谕。

　　　　〔风神掩许仙下。

　　　　〔暗转。

第十四场　断桥

〔杭州西湖边。

〔白素贞狼狈逃上。

白素贞　（唱【西皮倒板】）

　　　　　杀出了金山寺怒如烈火！

　　　　（"哭头"）狠心的官人哪！

〔小青追上，寻觅白娘子。姐妹重见，相抱而哭。

白素贞　（接唱【西皮散板】）

　　　　　法海贼无故起风波。

　　　　　官人不该辜负我，

　　　　　害得素贞受折磨。（跌倒）

小　青　（扶起白素贞）姐姐怎么样了？

白素贞　腹中疼痛，寸步难行，如何是好？

小　青　想是就要分娩了，且到前面桥边，稍坐片时，再想良策吧。

白素贞　事到如今，只好如此。

〔小青扶白素贞前行，眺望湖上。

白素贞　（惆怅地）青妹，这不是断桥么？

小　青　（望）正是。

白素贞　哎呀，断桥哇！想当日与许郎雨中相见，也曾路过此桥。到于今，桥未曾断，素贞我，却已柔肠寸断了哇！（唱【西皮摇板】）

　　　　　西子湖依旧是当时一样，

　　　　　看断桥桥未断却寸断了柔肠。

　　　　　鱼水情山海誓全然不想，

　　　　　不由人咬银牙埋怨许郎。

小　青　这样负心之人，小青早就劝姐姐舍弃了他，姐姐不听。于今害得姐姐有孕之身，这样颠沛流离，有家难奔，有国难投！俺小青若再见许仙之面，定饶不了他！

白素贞　为姐也深恨许郎薄情无义。只是细想起来，此事也只怪那法海从中离间，以致如此。

小　青　虽然法海不好，也是许仙不该忘了前情，听信他的挑拨。

白素贞　许郎疑惧于我也是常情，还是那法海不好。

小　青　咳，到了今天你还这样向着他，你的苦还没受够么，姐姐？

白素贞　青妹啊！（唱【西皮散板】）

　　　　　　　我与他对双星发下誓愿，

　　　　　　　夫妻们相信赖各不猜嫌。

小　青　（唱前腔）

　　　　　　　贤姐姐虽然是真心不变，

　　　　　　　那许仙已不是当时的许仙。（愤然抽出剑）

　　　　　　　叫天下负心人吃我一剑！

〔许仙内叫："走啊！"急上。

许　仙　（唱前腔）

　　　　　　　风神一阵到家园。

　　　　　　　一路上只把贤妻念——

　　　　　（瞥见白素贞与小青，惊喜）呀！（唱前腔）

　　　　　　　却见她花憔柳悴断桥边！

　　　　　　　小青儿腰挎三尺剑，

　　　　　　　圆睁杏眼怒冲天！

　　　　　　　怪不得她把许仙怨，

　　　　　　　我害得她姐妹不周全。

　　　　　　　不顾生死把贤妻见——

　　　　　娘子！

白素贞　（惊叫）官人！

小　青　（同时）许仙，你来得好！（打许仙，拔剑）

　　　　　〔许仙逃，小青追下。

白素贞　青儿！（"颠仆"追）青儿！（下）

　　　　　〔许仙逃上，小青追上。

许　仙　（接唱前腔）

　　　　　　　吓坏了钱塘小许仙。

小　青　哪里走？（再追许仙，"圆场"）

　　　　　〔白素贞追上。

白素贞 （追叫）青儿不可！青儿不可！

〔小青亮剑。

许　仙 （跪抖）娘子救命，娘子救命哪！

白素贞 （护许仙，无限怨愤地）怎么你、你、你、你今日也要为妻救命么？你、你、你——（唱【西皮垛板】）

你忍心将我伤，
端阳佳节劝雄黄。
你忍心将我诳，
才对双星盟誓愿，
又随法海入禅堂。
你忍心叫我断肠，
平日恩情且不讲，
怎不念我腹中怀有小儿郎？
你忍心见我败亡，
可怜我与神将刀对枪，只杀得我筋疲力尽头晕目眩腹痛不可当，
你袖手旁观在山岗。
手摸胸膛你想一想，
有何面目来见妻房？

许　仙 娘子！（唱【西皮散板】）

耳听得寺外声喧嚷，
心念贤妻泪千行。
几次要闯出文殊院，
法海不许我见妻房。

小　青 既然法海不许你来见小姐，从镇江到此，千里迢迢，你今天是怎样来的？

许　仙 只因……

小　青 （不等许仙说完，急风暴雨地）是不是法海派你来追赶我们姐妹来了？这样负心之人，待我杀了他！

许　仙 哪有此事！娘子听我说，娘子听我说！

白素贞 （对小青）且听他说些什么。

327

小　青　（愤指许仙）讲！

许　仙　娘子、青姐，娘子啊！（唱【西皮摇板】）

　　　　　　　那一日来到大江边，

　　　　　　　法海劝我去逃禅。

　　　　　　　先只想拜佛早回转，

　　　　　　　文殊院粉墙高似天。

　　　　　　　听鱼罄，只把贤妻念，

　　　　　贤妻啊！（接唱【西皮快板】）

　　　　　　　那几夜何曾得安眠！

　　　　　　　贤妻金山将我探，

　　　　　　　咫尺天涯见无缘。

　　　　　　　法海与你来交战，

　　　　　　　鄙人心中似箭穿。

　　　　　　　小沙弥，行方便，

　　　　　　　放我下山访婵娟。

　　　　　　　谁知又被法海见，

　　　　　　　一阵风吹我返家园。

　　　　　　　得与贤妻见一面，

　　　　　　　纵死黄泉心也甜。

小　青　呸！（唱【西皮快板】）

　　　　　　　既是常把小姐念，

　　　　　　　你为何轻易听谗言？

　　　　　　　小姐与法海来交战，

　　　　　　　你为何站在秃驴一边？

　　　　　　　秃驴若不将你遣，

　　　　　　　怎肯送你返家园！

　　　　　　　花言巧语将谁骗？

　　　　　　　无义的人儿吃我的龙泉！（举剑）

白素贞　（急拦住小青）青妹！（唱【南梆子倒板】）

　　　　　　　小青妹且慢举龙泉宝剑——

　　　　　（向许仙）冤家啊！（转唱【梆子清板】）

　　　　　许郎夫你莫要怕细听我言。（转唱【原板】）

　　　　　你妻原不是凡间女，

　　　　　妻本是峨眉山一蛇仙。

　　〔小青见白素贞吐出真情，急来止住她，白素贞不顾。

白素贞　（接唱）只为思凡把山下，

　　　　　与青儿来到西湖边。

　　　　　风雨湖中识郎面，

　　　　　我爱你深情眷眷风度翩翩；

　　　　　我爱你常把娘亲念，

　　　　　我爱你自食其力不受人怜。

　　　　　红楼交颈春无限，

　　　　　怎知道良缘是孽缘。

　　　　　到镇江，你离乡远，

　　　　　我助你卖药学前贤。

　　　　　端阳酒后你命悬一线，

　　　　　我为你仙山盗草受尽了颠连。

　　　　　纵然是异类我待你情非浅，

　　　　　腹内还有你许门的香烟。

　　　　　你不该病好良心变！

　　　　　上了法海无底船。（转唱【二六】）

　　　　　妻盼你回家你不见，

　　　　　哪一夜不等你到五更天？

　　　　　可怜我枕上泪珠都湿遍，

　　　　　可怜我鸳鸯梦醒只把愁添。（转唱【快板】）

　　　　　寻你来到金山寺院，

　　　　　只为夫妻再团圆。

　　　　　若非青儿她拼死战，

　　　　　我腹中的娇儿也命难全。

　　　　　莫怪青儿她变了脸，

　　冤家啊！（接唱）

　　　　　谁的是谁的非你问问心间哪！

小　青　（向许仙）好，许仙，我小姐已然把真情实话都对你说了。你快
　　　　找你那法海师父去吧。（向白素贞）姐姐，我们走。

许　仙　娘子，青姐，娘子啊！

白素贞　青妹听他说。

许　仙　（唱【反西皮】）

　　　　　　　娘子把真情说一遍，

　　　　　　　一桩桩往事涌上我的心间。

　　　　　　　风雨西湖初见面，

　　　　　　　双双卖药到大江边。

　　　　　　　端阳节我不该把酒劝，

　　　　　　　只害得贤妻受苦我也吓倒在床前。

　　　　　　　多亏你灵山盗草不辞远，

　　　　　　　才救得鄙人一命还。

　　　　　　　那一日金山去还愿，

　　　　　　　法海他劝我断"孽缘"。

　　　　　　　我在金山不能回转，

　　　　　　　可怜你每夜等我到五更天。

　　　　　　　寻我来到金山寺院，

　　　　　　　哪顾得有孕之身受颠连。

　　　　　　　才知道娘子你情真爱重心良善，

　　　　　　　受千辛忍万苦为的是许仙。

　　　　　娘子啊！（接唱）

　　　　　　　你纵然是异类我也心不变——

小　青　（走过来抓住许仙）许仙！（唱【西皮散板】）

　　　　　　　许官人好一片蜜语甜言！

　　　　　　　你这负心之人只顾你一人自在，

　　　　　　　哪里知道小姐的苦楚！

白素贞　青儿，官人于今他知道了。

小　青　怎见得他知道了？（甩开许仙）姐姐啊！（唱【西皮散板】）

　　　　　　　贤姐姐你为人心肠忒软，

　　　　　　　怎知道男儿汉他变化万千。

许　仙　娘子，青姐！（唱前腔）

　　　　　许仙再把心肠变，

　　　　　三尺青锋尸不全。

白素贞　喂呀！（扶起许仙，相抱而哭）

小　青　呀！（唱前腔）

　　　　　他夫妻依旧是多情眷，

　　　　　看将来难免要再受熬煎。

　　　　　倒不如辞姐姐天涯走远——

　　　　　（凄然一拜）姐姐，多多保重，小青拜别了。

白素贞　（急拦住小青）青妹！（唱【西皮快板】）

　　　　　我与你患难交何出此言！

　　　　　不念我怀胎儿就要分娩，

　　　　　不见我流离在道路边，

　　　　　你忍心叫为姐单丝独线——

　　　　　青妹……（痛哭）

小　青　（急慰）姐姐不要如此。（接唱前腔）

　　　　　小青我与姐姐血肉相连。

　　　　　下山时姐妹们发下誓愿，

　　　　　同生死共患难不相弃捐。

　　　　　但愿得产麟儿母子康健，

　　　　　但愿得那许……

白素贞　（哭）喂呀。

　　　　〔许仙愧悔低头。

小　青　（为着挚爱的师姐只得宽恕许仙，接唱前腔）

　　　　　但愿得我姑爷爱定情坚。

　　　　　倘若是贤姐姐再受欺骗，

　　　　　这三尺无情剑誓报仇冤。

许　仙　青姐！（唱【西皮散板】）

　　　　　千熬百炼真金显，

　　　　　娘子深情动地天；

　　　　　青姐但把心头展，

331

许仙永不负婵娟。

白素贞　许郎，你我夫妻哪里安身？

许　仙　就到我姐丈家中安身如何？

白素贞　也好，此去不可提起金山之事。

许　仙　那是自然。

白素贞　青妹来呀！（扶小青，唱前腔）

　　　　　难得是患难中一家重见，

　　　　　学燕儿衔泥土重整家园。

　　　　　小青妹扶为姐清波门转，（回望湖上）

　　　　　猛回头避雨处风景依然。

〔许仙、白素贞、小青同下。

〔暗转。

第十五场　合钵

〔临安居室内。

〔许仙的姐姐许氏带一些花色鲜艳的小孩衣物上。

许　氏　好哇！（唱【西皮散板】）

　　　　　我许家从今后有了结果，

　　　　　把几件小衣裳送与阿哥。

〔小青从内室抱婴儿上。

小　青　（唱前腔）

　　　　　贤姐姐产麟儿真乃可贺，

　　　　　也不枉到人间受尽风波。

　　　　　咦，姑奶奶来了！

许　氏　青姑娘早哇。舅妈起来了吗？

小　青　早起来了。

许　氏　我兄弟呢？

小　青　姑爷到外面摘花儿去了，说是要给小姐打扮打扮哩。

许　氏　舅妈今天满月子，怎么不要打扮打扮？这是我昨晚赶成的几件小
　　　　衣裳，还有一把金锁、一个围嘴儿、一双小袜子，就算我当姑妈

的送的薄礼吧。

小　青　这可太美了！我们小姐也给他做了好些小衣裳，够穿到满周岁的
　　　　啦。我们把小官人也给打扮打扮吧。

许　氏　好，上我屋子里去。

　　　　〔小青与许氏同下。

　　　　〔许仙摘花上。

许　仙　（唱前腔）

　　　　　　　娇儿满月我心欢喜，

　　　　　　　今日亲朋试壮啼；

　　　　　　　摘得鲜花香喷鼻，

　　　　　　　房中去慰疼爱的妻！

　　　　娘子起床了么？快来梳妆，亲友们就要到了。

　　　　〔白素贞内声："为妻来了。"

许　仙　且慢，待鄙人来搀扶你。

　　　　〔许仙入室扶妻，产后的白素贞疲怯而喜悦地上。

白素贞　（唱【南梆子】）

　　　　　　　扶许郎步出了罗帏以外，

　　　　　　　今日里整精神重对妆台。

　　　　　　　官人你快把那菱花镜摆——

　　　　〔白素贞对镜，许仙代她梳发。

许　仙　（接唱）许汉文对宝镜笑逐颜开。

　　　　　　　我的妻拥云鬟花容无改，

　　　　　　　恰好似天仙女初下瑶台。

　　　　　　　我这里将花朵与妻插戴——

　　　　〔许仙为白素贞簪花，白素贞回头微笑。

白素贞　（接唱【散板】）

　　　　　　　从今后夫妻们苦尽甘来。

　　　　〔法海忽上。

法　海　许仙！你与白素贞孽缘已满，用此钵将她收下，随为师金山去也。

许　仙　（急以身护白素贞）啊！你、你、你又来了。

白素贞　好秃驴！

333

〔白素贞拔剑杀上前，法海架住。

法　海　伽蓝何在？

〔伽蓝上，举起金钵。

白素贞　（叫）青儿，青儿……（被金钵光芒罩住）

法　海　你那青儿被老僧战败，逃走了。

白素贞　不好了！（唱【西皮散板】）

听说青儿已不在——

〔小青突然挥剑冲上，奋勇救白素贞，与神将力斗。法海以青龙
禅杖交神将击败小青。

小　青　（叫）姐姐！姐姐！

白素贞　贤妹快去，与我夫妻报仇！

法　海　护法神，杀！

小　青　贼子！（奋战，叫）姐姐！（败下）

白素贞　哎呀！（唱【西皮散板】）

姐妹们今日两分开，

但愿她杀出临安外，

他年卷土又重来！

（拉住许仙）许郎啊！（接唱【流水】）

我为你到镇江同把药卖，

我为你盗仙草私上蓬莱；

我为你金山寺大战法海，

苦难里生下小婴孩。

夫妻恩爱今难再——

许郎夫啊！

许　仙　（接唱【西皮散板】）

许仙心中似刀裁。

吞声忍气把法海拜，

望求师父把恩开。

老禅师呀，我妻她身无过犯，为何要下此毒手？我妻一死，夫妻
恩爱莫要提起，撇下这刚刚满月的婴孩，何人抚养？望求师父开
恩饶恕，许仙我这里跪下了。

法　海　（转身不理）嘿！

白素贞　（拦住向法海下跪的许仙）许郎！（唱前腔）

对屠夫讲什么恩和爱？

〔婴儿啼。

白素贞　（唱）快把娇儿抱过来！

〔许氏抱许梦蛟上。

白素贞　哎！儿呀！（接过许梦蛟，唱【快原板】）

娇儿何辜也受害，

刚满月就要离娘怀。

苦命儿再吃一口离娘的奶——

娇儿啊！（接唱）

你娘亲此去再不回来。

（抱婴儿回身哺乳）

许　氏　（扶住白素贞，疑讶而义愤地）弟妹啊！（唱前腔）

你回杭州一月上，

怎知你今日遭祸殃。

有什么言语对为姐讲，

我舍生忘死将你帮！

白素贞　（回身向许氏）姐姐啊，（唱【反西皮】）

小娇儿才满月就失了依傍，

放不下这颗心把姐姐来央。

求姐姐就当他亲生一样，

教养他成一个有用的儿郎。

姐姐啊！小妹之事许郎日后自会对你言讲，恼恨法海将我夫妻拆散，可怜这小娇儿才满一月也要离娘。他是你兄弟一点亲骨血，望求姐姐，当作亲生一样，将他抚养成人，小妹纵死九泉也感姐姐大恩大德啊！（唱前腔）

将娇儿托姐姐如同刀割心上，

（将许梦蛟托付许氏，见许梦蛟啼哭，又抱回）苦命的娇儿啊！

（接唱）从今后儿姑母就是儿的亲娘！

（狠心地将许梦蛟交付许氏）

许　仙　好恼！（唱【西皮散板】）

　　　　　鸳鸯遇了无情棒，

　　　　　不由怒气满胸膛。

　　　　　悔不该错把金山上，

　　　　　轻信法海惹祸殃。

法　海　许仙！（唱前腔）

　　　　　你若不把金山上，

　　　　　早被妖魔吃下肚肠。

许　仙　呸！（唱前腔）

　　　　　许仙今日心头亮，

　　　　　吃人的是法海不是妻房！

　　　　　打碎金钵将贤妻放——

　　　　（欲打碎金钵但不能撼动）

法　海　许仙！（接唱前腔）

　　　　　佛法无边不自量。

　　　　（大笑）呵哈哈哈哈！

白素贞　（指法海大叫）法海，贼啊！你不要发笑，我夫妻恩爱岂是你这
　　　　钵儿压得住的么？（唱前腔）

　　　　　法海不必笑呵呵，

　　　　　你是带着屠刀念弥陀。

　　　　　任你罩下黄金钵，

　　　　　夫妻的情爱永不磨！

法　海　伽蓝听旨，将白蛇压在雷峰塔下。若要再出，除非西湖水干、雷
　　　　峰塔倒！

白素贞　好贼子！

　　　　〔伽蓝欲押白素贞下，许仙、许氏抢护白素贞，被法海拉开。

许　仙　（惨叫）娘子！

许　氏　弟妹！

白素贞　官人、贤姐、娇儿啊！（下）

　　　　〔暗转。

第十六场 倒塔

〔钱塘江口，云水茫茫之际。

〔小青内唱【西皮倒板】："三山五岳把兵搬——"率仙众驰上。

小　青　（接唱【西皮快板】）

报仇雪恨返江南。

救师姐，出磨难，

再破法海上金山。

金戈铁甲往前趱——

〔云开现出西湖，雷峰塔在望。

小　青　（接唱）一见雷峰咬牙关！

哒！塔神出来受死！

〔塔神率众卒上。

塔　神　何方妖神敢来唤我？

小　青　我乃青蛇大仙！速将娘娘放出，饶尔不死。

塔　神　无有法海禅师法旨，怎敢擅放？

小　青　俺姐姐被压雷峰塔下，数百余年。俺忍泪含悲，炼成剑法，今日率各洞仙众到来，与俺姐姐报仇雪恨！

塔　神　原来妖魔到此，休走看铜！

〔小青率仙众与塔神及众卒开打，塔神及众卒败下。众仙烧塔。

小　青　雷峰塔倒，娘娘快出来啊！

〔塔倒。白素贞从彩云中嫣然出现。

〔幕落。

——剧　终

附：

1963年秋，作者应张艾丁要求，在"合钵"一场为赵燕侠增写了一段唱词，脍炙人口，广为流传：

"**白素贞** （接过婴儿）娇儿啊！儿啊！为娘与你就要分别了……（哭，唱

【二黄三眼】）

　　　　亲儿的脸，

　　　　吻儿的腮，

　　　　点点珠泪洒下来。

　　　　都只为你父心摇摆，

　　　　妆台不傍他傍莲台。

　　　　断桥亭，重相爱，

　　　　患难中生下你这小乖乖。

　　　　先只说苦尽甘来风波不再，

　　　　抚养娇儿无病无灾。

　　　　娘为你缝做衣裳装满一小柜，

　　　　春夏秋冬细剪裁。

　　　　娘也曾为你把鞋袜备，

　　　　从一岁到十岁，做了一堆，

　　　　你是穿也穿不过来。

　　　　又谁知还是这个贼法海，

　　　　苦苦地要害我夫妻母子两分开。

　　　　说什么佛门是慈悲一派，

　　　　全不念你这满月的小婴孩，

　　　　一旦离娘怎安排！

　　　　再亲亲儿的脸，

　　　　再吻吻儿的腮，

　　　　母子们相聚就是这一回！

　　　　再叫儿吃一口离娘的奶，

　　　　把为娘的苦楚记心怀，

　　　　长大了把娘的冤仇解。

　　　　娇儿啊！

　　　　别让娘在雷峰塔下永沉埋！"

1943年，田汉受李紫贵之邀，参考弹词《义妖传》、传奇《雷峰塔》和话本小说《白娘子永镇雷峰塔》等有关白蛇故事的文学作品改编创作了《金钵记》，1948年由四维儿童戏剧学校排练上演。

《白蛇传》是田汉在旧作《金钵记》的基础上改编，1952年9月底完成，发表于《剧本》1953年第8期。1952年10月6日至11月14日由文化部戏曲改进局所属戏曲实验学校首演。1954年田汉再次对《白蛇传》进行修改加工，由"52版"的二十四场压缩为十六场，中国京剧院演出，杜近芳饰演白素贞，李少春饰演许仙。1963年北京京剧团排演《白蛇传》，由张艾丁导演，赵燕侠饰演白素贞。

作者简介

田　汉　（1898—1968），男，湖南长沙县人，我国革命戏剧运动的奠基人和戏曲改革运动的先驱者，早期革命音乐、电影事业的杰出组织者和领导人，诗人，词作家、戏剧家，在国内外享有广泛声誉。

十五贯

《十五贯》整理小组

人　物　尤葫芦、秦古心、苏戌娟、娄阿鼠、熊友兰、过于执、况钟、周忱、夏总甲、禁子、门子、夜巡官、中军、家丁、四邻人、差役、刽子手、皂隶、旗牌等。

第一场　鼠祸

〔幕启。

〔大街上。尤葫芦酒醉揣钱上。

尤葫芦　哎呦！好重啊！（唱【六么令】）

　　　　吃酒愈多愈妙，

　　　　本钱越蚀越少。

　　　　停业多日心内焦，

　　　　为借债，东奔西跑。

想我尤葫芦自从肉店停业，全靠借当过活，终日愁眉不展，幸喜我那死去的妻子，有个姐姐，住在皋桥，为人热心好义，今朝请我吃了两壶酒，又借了本钱十五贯给我做生意，好不快活！（接唱）

　　　　姨娘待人心肠好，

　　　　周济贫穷世难找；

　　　　离开她家才黄昏，

　　　　一路行来更已敲。

我往日买猪，全靠秦老伯帮忙，明朝买猪，只好再去请他相帮。这里已是他家门口。秦老伯可在家里？秦老伯！

〔秦古心内声："外面是哪一个？"

尤葫芦　（学女人声）是我！

〔秦古心上。

秦古心　原来是尤二叔。你就喜欢开玩笑！这样晚了，叫我有什么事？

尤葫芦　（指钱，得意地）老伯请看！

秦古心　这样多的铜钱是哪里来的？

尤葫芦　（故意地）路上拾来的。

秦古心　你又开玩笑了！

尤葫芦　（笑）不瞒你说，这十五贯钱是皋桥姨娘借给我做本钱的。

秦古心　好好！有了本钱，你老店重开，可以吃用不愁。我这里卖酒卖油
　　　　的生意也要沾光兴旺了。明朝买猪，还是你我一同去吧。

尤葫芦　多谢老伯。

秦古心　只怕你酒醉误事，明朝还是我来叫你吧。

尤葫芦　多谢！多谢！

秦古心　明朝会！

　　　　〔二道幕启，尤葫芦家门前。

尤葫芦　才离秦家油盐店，又到自家猪肉铺。开门！开门！

　　　　〔苏戌娟自内出。

苏戌娟　来了。（开门）爹爹回来了？

尤葫芦　回来了。（放钱）

苏戌娟　哪里来的这许多铜钱？

尤葫芦　你猜是哪里来的？

苏戌娟　可是借来的？

尤葫芦　哪里有这样的好人，肯借这许多钱给我？

苏戌娟　那么是哪里来的呢？

尤葫芦　唉，事到如今，瞒你也是无用。我今朝出门，正遇见张媒婆，她
　　　　说王员外的小姐出嫁，缺少个陪嫁丫头。我收下她十五贯铜钱，
　　　　把你卖去了。

苏戌娟　此话当真？

尤葫芦　明天一早就要过去，你快收拾收拾去吧！

苏戌娟　啊呀！亲娘啊！（哭下）

尤葫芦　一句笑话，她却信以为真。且骗她一夜，明朝再说明白，倒也有
　　　　趣。铜钱且放好，痛快睡一觉！（上床入睡）

　　　　〔苏戌娟拭泪上。

苏戌娟　（唱【山坡羊】）

　　　　　　心悲酸，

343

泪涌如泉；

我好似，

茫茫大海一叶船；

波浪翻滚，

望不见岸和边。

待我苦求他，

看亡母情面，

念孤儿，

退回卖身钱。

爹爹！爹爹！唉！他已睡熟了。（接唱）

我与他，非亲生，

彼此疏远。

他呵，

既有卖我意，

怎会把我怜？

只怕是，难劝他，

心意转。

似油煎，喊苍天喊了千万遍，

如箭穿，唤亲娘唤得我唇儿干。

（心中痛苦异常，见案上有肉斧，顿萌死念，正欲自刎，忽想起皋桥姨母）且住，曾记得皋桥姨母对我言讲：若有难事，前去找她。如今事已危急，不如投她去吧！（接唱）

但愿得，姨母成全，

免身受颠连。

趁此时，他酒醉正眠，

投亲莫迟延。

（出门逃下）

〔娄阿鼠上。

娄阿鼠 （念）输尽骗来钱，

再找倒霉人。

想我娄阿鼠一不经商，二不种田，专靠赌博为生，不论士农工

商，不管三教九流，只要见他有钱，能骗则骗，得偷便偷。虽说
名气不好，但是赌场中兄弟多，衙门里朋友多，街坊邻舍对我倒
也敬重。昨日骗得一笔钱，可恨手气不好，统统输光大吉。虽说
有这副灌铅的骰子，只因今夜赌场里全是行家，不能下手，想翻
转没有本钱。（贼头贼脑，东张西望）咦？尤葫芦家为何大门未
关，灯火未熄？想是又在杀猪了。待我赊他几斤肉，饱吃一顿再
说。（入内）尤二叔，大姐！咦？他还浓睡未醒。想必他老酒吃
醉，忘记关门，忘记熄灯。啊，台上有把肉斧，不如偷去换得几
文也是好的。啊呀，见他枕头下面，有许多铜钱，这却料想不
到！（放下肉斧，干念【六幺令】）

> 财星高照，
>
> 眉开眼笑；
>
> 心慌肉跳，

方才正愁没有赌本，如今是（念）

> 有了赌本心不焦。
>
> 去到赌场，
>
> 押大牌，猜大宝。
>
> 我要是赢了钱！
>
> 去到酒馆吃个饱，
>
> 再到妓院走一遭。（偷钱）

尤葫芦　（转醒）哪一个？不好了，有贼！（抓住娄阿鼠）

娄阿鼠　……

尤葫芦　原来是你！娄阿鼠，你欠了我的肉债不还，还要来偷我铜钱！

〔尤葫芦、娄阿鼠二人相打，夺钱。

娄阿鼠　（肉斧杀死尤葫芦）尤葫芦，尤葫芦！你莫怪我手下无情，我要是
　　　　不杀你，被你传扬出去，叫我娄阿鼠怎样做人？我是——（念）

> 一不做，二不休，
>
> 扳倒葫芦泼掉油，
>
> 拿起铜钱快快溜！

（想出门，听到打更声，急回室内，吹灯，躲床后，慌乱中散落
部分铜钱，娄阿鼠来不及全部拾起。娄阿鼠听打更声远，偷看门

345

外无人，急逃出，身上的骰子也落在床后）

〔秦古心上。

秦古心　（念）亲帮亲，邻帮邻，

富帮富，贫帮贫。

大门已开，想必已经起身了。（入内）尤二叔，尤二叔！啊！
地上什么东西绊了我一跤？原来是尤二叔。好好的床上不睡，
你为何睡在地上？喂！尤二叔！醒来醒来！（推尤葫芦）啊呀
不好了，满身都是鲜血，已被人杀死了！大姐！大姐！啊呀！
连大姐也不见了。（出门）众位街坊！众位街坊！不好了，快
些来呀！

〔邻人甲、乙、丙、丁及娄阿鼠上。

邻人 甲丙　老伯为何喊叫？

秦古心　不好了，出了人命了！

邻人 乙丁　哪家出了人命了？

秦古心　尤葫芦被人杀死了！

众邻人　啊！

娄阿鼠　我不相信！

秦古心　不信就去看吧！

众邻人　走，进去看看！（入内，见尤葫芦尸体，大惊，唱【黄龙滚】）

喉咙断，

血满胸怀。

面如蜡，

僵卧尘埃。

秦古心　看啊，肉斧之上鲜血淋淋！（念）

定被人，

用斧所害。

娄阿鼠　鲜血淋淋，怕人得很啊！

众邻人　秦老伯，你是怎样知道的？

　娄阿鼠　是呀，你是怎样知道的？

秦古心　昨夜他来寻我，说是在皋桥家里借了十五贯铜钱，邀我相帮，今早一同买猪。早上我来喊他，不料他已经死了。

邻人乙　那十五贯钱呢？

秦古心　（找）不见了。

邻人丙　他女儿呢？

秦古心　也不见了。

众邻人　好奇怪呀！（念）

　　　　　父亲死，女儿不在，

　　　　　这桩事，令人疑猜。

邻人丁　（念）定是那，十五贯，

　　　　　惹下灾害，

　　　　　只落得，

　　　　　穷运未退，

　　　　　杀身祸又来！

秦古心　（念）也许是，贼骨头，偷钱财。

　　　　　谋财害命，

　　　　　又把他女儿拐带。

邻人丁　（念）贼人定带凶器来，

　　　　　肉斧伤人好奇怪！

邻人甲　（念）也许是，苏戍娟，

　　　　　杀父盗财，

　　　　　私逃出外。

邻人丙　（念）苏戍娟，忠厚老实。怎能够，为非作歹？

娄阿鼠　（念）常言道——

　　　　　女大不中留，

　　　　　久留惹祸灾！

　　　　　苏戍娟，恋情贪爱，

　　　　　通奸夫，杀父盗财。

　　　　　野鸳鸯，高飞天外。

邻人乙
秦古心　（念）谁曾见，有男人，与她往来？

邻人 甲丙丁 （念）谁曾见，她与人，有什么情爱？

娄阿鼠 （念）女大心大，

　　　　　孤身难挨，

　　　　　与人私通，

　　　　　自然是暗中往来。

　　　　　肉斧伤人，

　　　　　定不是外人所害。

　　　　　她本是，

　　　　　假装正经，

　　　　　心藏鬼胎，

　　　　　凶手定是她，

　　　　　不必再疑猜！

秦古心 是贼也罢，是他女儿也罢，我想也许不曾逃远。我们分头办事，（对邻人乙、丁）你们二人前去报官，（对邻人甲、丙和娄阿鼠）我们去追赶凶手！

邻人 乙丁 好，我去报官！

邻人 甲丙 秦古心 我去追赶凶手！

娄阿鼠 我去，我去，我也去！

　　　　〔暗转。

第二场　受嫌

　　　　〔野外，大道上。

　　　　〔熊友兰捎钱赶路上。

熊友兰 走呀！（唱【粉孩儿】）

　　　　　家贫寒，少衣食。

> 难养双亲。
>
> 靠为人帮佣，
>
> 苦度光阴。
>
> 主人经商家豪富，
>
> 我为他，受尽苦辛。
>
> 终日里，买货卖货，
>
> 为主人，赚取金银。
>
> 走遍了，苏、杭、湖、广、皖、赣、闽，
>
> 贩遍了绫罗、药草、海味、山珍。（下）

〔苏戌娟疲倦地上。

苏戌娟　（唱【红芍药】）

> 两腿酸，脚疼难忍。
>
> 口儿干，汗水淋淋。
>
> 怕追赶，拼命往前奔。

跑得我四肢无力，头晕眼花。不知此去皋桥，还有多少路程。啊呀，好苦啊！（接唱）

> 身孤单，少亲人，
>
> 似黄叶飘零，
>
> 谁怜谁问？
>
> 眼前一线路，
>
> 皋桥投亲，
>
> 对姨娘细诉衷情。（下）

〔追赶凶手的众人过场下。熊友兰上。

熊友兰　（唱【福马郎】）

> 做牛做马力用尽，
>
> 到头来，难以顾双亲。
>
> 但不知，何日能养家？
>
> 乐天伦。

〔苏戌娟内喊："前面客官慢行——"上。

熊友兰　呀！原来是位小娘子。（念）

> 莫非是，把路问？

349

为何她一人独出门？

熊友兰　不知大姐唤我，为了何事？

苏戌娟　（唱【耍孩儿】）

平日一向少出门，

如今迷了路，急在心。

因此相问，

请问此去皋桥，往哪条路走？

熊友兰　大姐如此匆忙赶路，为了何事？

苏戌娟　前往皋桥，探望亲戚。

熊友兰　为何没有亲人伴随？

苏戌娟　只因……唉——（念）

家中生活忙碌，

父母难分身。

有要事，皋桥去投亲，

不知如何走，请指引。

熊友兰　原来如此，大姐要到皋桥，鄙人正当便道，你我同行便了。

苏戌娟　多谢了。

熊友兰
苏戌娟　（唱【会河阳】）

我
他在前行，

她
我在后跟，

同行乃是陌路人，

陌路人。

此人姓名不曾问。

陌路人，何必问。

〔邻人甲内白："前面二人，不知可是凶手，快快追啊！"

熊友兰
苏戌娟　忽听得，喊叫声，一阵阵！

〔邻人甲内喊："前面二人慢走！"与邻人丙、秦古心和娄阿鼠奔上。

熊友兰 苏戍娟	又望见，奔上来，人一群！
众邻人	（见苏戍娟与一陌生男子同行，惊异地）呀！（唱【风入松】） 　　知人知面不知心， 　　不料她，果然是， 　　勾结奸夫行凶人！
秦古心	大姐，你干的好事啊！
苏戍娟	秦老伯！我想念姨母，前去探望，有什么不可呢？
邻人甲	你父被杀命归阴。
苏戍娟	（大惊）怎么？爹爹死了！
邻人丙	自然是死了！（见苏戍娟欲走，阻拦）你要到哪里去？
苏戍娟	回家看望。
邻人甲	哼！（念） 　　你装模作样谁相信！
苏戍娟	既是爹爹被害，为何不让我回去看望呢？
邻人丙	（念）勾结奸夫害父亲， 　　盗取钱财想逃奔。 　　如今双双被捉住， 　　你要脱身难脱身。
熊友兰	怪不得她这样匆忙，原来如此！（欲行）
邻人甲	哎！你走不得！
熊友兰	为何走不得？
秦古心	你要走了，叫哪一个替你抵罪啊！
娄阿鼠	对啊！你要走了，难道叫我娄阿鼠替你去抵罪不成！
熊友兰	这又奇了，这与我有什么相干啊？
邻人丙	不用多说，且看看他的铜钱是不是十五贯？ 〔众人去拿熊友兰的钱。
熊友兰	（与众人抢夺）哎哎，这钱是我的！
邻人甲	（夺过钱）数数看，数数看！
秦古心	让我来数。（数钱）一五、一十、十五——哎哟，一贯也不多，半贯也不少，整整十五贯，你还想抵赖？

351

众邻人　（干板）谋财害命拐女人，

　　　　　　　　狗肺狼心！

娄阿鼠　（念）你心太狠，

　　　　　　　　胆大万分，

　　　　　　　　竟敢杀死人！

熊友兰　啊呀，列位啊！我叫熊友兰，是客商陶复朱的伙计，这十五贯钱，是主人命我前往常州购买木梳篦栉去的。我与这个女子，彼此并不相识，怎可把我认作凶犯呢？

苏戌娟　我与这位客官，素不相识，不可冤屈好人！

邻人甲　你们这话，是真是假，哪个相信！

熊友兰　我那主人陶复朱，现住苏州玄妙观前悦来客栈，列位不信，请派人查问便知。

众邻人　（彼此互视，疑信参半，念）

　　　　　　　　听他言，又疑又信，

　　　　　　　　难断定，是假是真。

　　　　　　　　这件事，难解难分！

娄阿鼠　人在赃在，尤葫芦不是他们杀的，难道还是别人杀的不成？

　　　　〔二差役及邻人乙、丁上。

娄阿鼠　二位大哥，凶手在这里，快带走吧！

　　　　〔二差役锁熊友兰与苏戌娟。

差役 甲乙　（干板）杀人偿命，

　　　　　　　　自引火，

　　　　　　　　自烧身！

邻人甲　慢来！慢来！还是再问问清楚吧！

差役甲　不管是也不是，到了衙门，自然明白！

差役乙　走！你们也一同去！（与差役甲押熊友兰、苏戌娟下）

邻人丙　是，是！

　　　　〔众人跟下。

娄阿鼠　嘿嘿！想不到这两个人，倒做了我娄阿鼠的替死鬼了！（下）

352

　　　　〔暗转。

第三场　被冤

〔无锡县大堂。

〔众差役与过于执先后上。

过于执　（念）可恨民风太凶恶，

　　　　　　泼妇刁男讼事多。

　　　　　　治国安邦刑为主，

　　　　　　威严不立起风波。

　　　　想我过于执自从到任以来，屡逢疑难案件，幸亏我善于察言观色，揣摩推测。虽然民性狡猾，一经审问，十有八九不出我之所断。上至巡抚，下至黎民，哪个不知我过某人的英明果断？今有尤葫芦被害一案，据报凶手已经拿获，不免升堂理事。来！升堂！

差役丁丙　啊！

过于执　带街坊上堂！

差役丁丙　众街坊上堂！

〔众街坊上。

邻人甲　参见老爷！

过于执　你们全是尤葫芦的街坊吗？

邻人丙　是的。

过于执　起来回话！

邻人甲　是！

过于执　尤葫芦被害，你们是怎样知道的？这两名凶手你们是怎样拿住的？

秦古心　回大老爷！尤葫芦昨夜在皋桥亲戚家里，借了十五贯铜钱，前来邀我相帮，一同买猪，我怕他酒醉误事，起早喊他，不料他已被人害死。他女儿苏戌娟也不知去向。小人等一面报官，一面追赶凶犯。追到皋桥近处，忽见苏戌娟与一男子同走，那男子身上正带着十五贯钱……

过于执　啊，熊友兰所带之钱，也是十五贯吗？

邻人 丁 丙	是的。
过于执	他们二人又是一同行走？
众　人	……
过于执	由此可见熊友兰与苏戌娟一定是通奸谋杀无疑的了！
众　人	这……小人不敢乱说！
娄阿鼠	老爷说是通奸谋杀，自然是通奸谋杀的了。
过于执	唔。下去！

〔邻人甲、乙、丙、丁和秦古心下。

娄阿鼠	大老爷真是英明果断！（下）
过于执	来！带苏戌娟上堂！
差役丙	带苏戌娟上堂！

〔差役甲、乙拖苏戌娟上。

差役甲	十五贯赃钱在此。
苏戌娟	参见老爷！
过于执	抬起头来！
苏戌娟	不敢抬头。
过于执	叫你抬头，只管抬头！

〔苏戌娟抬头。

过于执	看她艳如桃李，岂能无人勾引？年正青春，怎会冷若冰霜？她与奸夫情投意合，自然要生比翼双飞之意。父亲拦阻，因此杀其父而盗其财，此乃人之常情。这案情就是不问，也已明白十之八九的了。苏戌娟！你为何私通奸夫，偷盗十五贯钱，杀父而逃？
苏戌娟	大老爷所问之事，小女子一件也不曾做过！
过于执	嘿嘿！推得倒也干净！我再问你，你父姓尤，你为何姓苏？
苏戌娟	我父早死。我母改嫁，带我同来尤家，仍姓父姓，故而姓苏。
过于执	这就是了，你们既非亲生父女，他见你招蜂引蝶，伤风败俗，自然要来管教，于是你就怀恨在心，起了凶杀之意，是也不是？
苏戌娟	小女子并无此事。
过于执	岂有此理！俗语说：拿贼拿赃，捉奸捉双，如今你与奸夫双双被捉，十五贯赃款在此，又有邻人为证，人证物证俱全，难道本县

还会冤枉你不成?

苏戌娟　小女子实在是冤枉的呀!(唱【泣颜回】)

我父贪钱财,

把我身躯变卖,

不愿为奴,

因此私逃出外。

迷路途,烦客官顺便来引带。

被疑猜,

想逃大祸又遇灾,

冤从天上来。

过于执　一派胡言!方才邻人言讲,这十五贯钱,乃是你父从亲戚家中借来的。你却加他一个卖你的罪名,分明是含血喷人!看你年纪虽轻,竟然如此恶毒,不愧凶手本色!想本县无头疑案也不知审清多少,何况你这桩案件?不管你如何狡猾,还能瞒过我老爷不成?

苏戌娟　天呐!

过于执　(干板)

杀父盗财,

还敢狡赖,

不受刑罚,

怎知厉害!

还不快招!

苏戌娟　冤枉难招!

过于执　来!拶指!

〔差役甲、乙拖苏戌娟下,复上。

差役甲　这女子受刑不起,昏厥过去了。

过于执　松刑!

差役丙　松刑!

过于执　叫她画供!

差役甲　画供!

〔苏戌娟两手被拶,疼痛难忍,不能握笔,差役甲强牵其手盖手印。

过于执　将她带了下去，钉镣收监！

〔差役甲、乙带苏戌娟下，复上。

过于执　带奸夫上堂！

差役 甲乙　带奸夫上堂！

〔差役甲、乙下，拖熊友兰上。

熊友兰　参见老爷！

过于执　熊友兰！你与苏戌娟私通，偷盗十五贯铜钱，杀死尤葫芦，还不
　　　　快快招认！

熊友兰　老爷容禀——（唱【泣颜回】）

　　　　　　前日方从苏州来，

　　　　　　赴常州，去把货买。

　　　　　　大姐迷途，

　　　　　　因顺路，在前引带。

　　　　　　素昧平生，

　　　　　　并不曾有什么情和爱。

　　　　　　十五贯，本是货款，

　　　　　　几时曾，为非作歹？

过于执　伶牙俐齿，真会讲话。可是谁来信你？你说你从苏州而来，往常
　　　　州而去，为何不迟不早，正巧与苏戌娟相遇？你说与她素昧平
　　　　生，为何她不与别人同走，偏偏要与你同走？你说十五贯本是货
　　　　款，为何与尤葫芦丢失的钱数分文不差？苏戌娟已经招了口供，
　　　　你还是与我招认了罢！

熊友兰　冤枉难招！

过于执　来！拖他下去，重打四十！

〔差役甲、乙拖熊友兰下，用刑后复上。

过于执　有招无招？

熊友兰　打死小人，也是无招！

过于执　（干板）小刑可耐，

　　　　　　大刑难挨，

　　　　　若不招供，

　　　　　夹棍等待！

熊友兰　冤枉！

过于执　来！大刑伺候！

差役甲　是！

　　　　〔差役甲拖熊友兰下，复上。

差役甲　犯人昏厥！

过于执　松刑！

熊友兰　（唱【前腔】）

　　　　　同行受疑猜，

　　　　　天外飞来祸灾，

　　　　　大刑难挨！

过于执　叫他画供！

差役甲　画供！（趁熊友兰不防，强行使熊友兰画供）

熊友兰　（唱）可恨冤深似海。

　　　　（掷笔于地）

过于执　来，把他带下去！钉镣收监！

　　　　〔熊友兰呼冤枉，被差役甲拖下。

过于执　哈哈哈！这样一桩人命重案，不消三言两语，被我审得清清楚
　　　　楚、明明白白！正是——（念）

　　　　　胸中若无宏才，

　　　　　怎可迎刃而解。

　　　　退堂！

　　　　〔暗转。

第四场　判斩

　　　　〔苏州府监狱。

　　　　〔刽子手甲、乙上。

刽子手甲　手拿鬼头刀，

刽子手乙　专斩犯法人。（至监门外）

刽子手甲乙 开门！开门！

禁　子 来了。（开门）原来是二位大哥！有什么事啊？

刽子手甲 都爷命本府况太爷，连夜监斩常州府无锡县原解囚犯两名，我们二人奉命吊取熊友兰绑赴法场！

禁　子 二位请稍待！熊友兰走动！

　　〔刽子手甲、乙下。

熊友兰 啊呀苦啊！（唱【解三酲】）

　　　　遭奇冤，悲愤难平，

　　　　恨昏官，乱定罪名！

禁　子 熊友兰，恭喜你了！

熊友兰 （大惊，接唱）

　　　　闻听此言猛一惊！

　　　　莫非……莫非！

禁　子 人活百岁，难免一死，你也不用难过！

熊友兰 （接唱）含冤死，

　　　　目难暝！

禁　子 事到如今，无锡县的原审，常州府的复审，都爷的朝审都过去了。三审定案，木已成舟。你就是真冤枉，也是难以挽回的了。

熊友兰 （接唱）想不到平地风波送了命！

　　　　谁奉养，白发苍苍，二老双亲。

禁　子 你这官司若要落在我们苏州府况太爷手里，那就不会冤枉了。我们况太爷是出名的爱民如子，包公再世。今天监斩的就是他。

熊友兰 是况太爷监斩？

禁　子 是啊！

熊友兰 （念）但愿他，察冤情，

　　　　起死回生！

禁　子 他只是奉命监斩，无权审问。就是知道你真有冤情，也是无能为力啊！

　　　　〔刽子手甲、乙内声："快走，快走！"

358　　**禁　子** 走吧！

〔转暗。

〔苏州府大堂。

〔门子及况钟先后上。

况　钟　（唱【点绛唇】）

　　　　执法严明，

　　　　德威并行。

　　　　体民苦，

　　　　查察民情，

　　　　平生愿，效包拯。

想俺况钟，自任苏州府以来，且喜五谷丰登，百姓安乐。今奉上台之命，委本府连夜监斩囚犯两名，已着刽子手前往吊取，想必来矣！

〔刽子手甲内声："走啊！"

〔况钟升堂。

〔刽子手乙内声："走啊！"

〔四刽子手带熊友兰、苏戌娟分上。

刽子手甲　犯人进！（报门）犯人当面！

熊友兰
苏戌娟　爷爷！冤枉、救命啊！

况　钟　唔！（唱【混江龙】）

　　　　杀人者，

　　　　理当偿命。

　　　　律典上，

　　　　字字如铁载分明。

　　　　抬头！

〔刽子手甲、乙扶熊友兰、苏戌娟抬头。

况　钟　（唱）为人要，忠诚勤劳，

　　　　怎准许，偷盗横行？

　　　　只为你，无法无天，

　　　　才落得，身受极刑。

〔刽子手甲、乙回原位。

况　钟　（接唱）可叹！

359

                            贪色刀下死，

                            可笑！

                            贪财丧残生！

                            打开刑具！

            〔四刽子手应，打开熊友兰、苏戌娟刑具，给二人吃酒。

况　　钟　与我洗衣受绑！

            〔四刽子手应，将熊友兰、苏戌娟五花大绑。

况　　钟　（接唱）对恶人，理当严惩，

                        若姑息，是非怎明？

四刽子手　绑完！

熊友兰
苏戌娟　爷爷！

熊友兰　小民冤比山高！

苏戌娟　小女子冤比海深啊！

况　　钟　多讲！

四刽子手　多讲！

况　　钟　（唱）若冤枉，何来条条罪情？

                        若冤枉，怎有人证物证？

            刽子手！

            〔四刽子手应。

况　　钟　（唱）只等那谯楼敲五更——

熊友兰
苏戌娟　爷爷！

况　　钟　（接唱）速将钢刀齐掣！

            〔四刽子手拔出钢刀。

况　　钟　（接唱）速将他，斩首回令！

            〔刽子手甲将斩旗呈上，况钟提笔欲判。

熊友兰
苏戌娟　爷爷！

            〔四刽子手喝。

            〔况钟以目止住众人。

熊友兰　人人都说你是爱民如子，包公再世，难道你也不分清白，看小人含冤而死吗？

苏戌娟　你要是屈斩良民，还算得什么清官，算得什么爱民呢？

　　　　〔四刽子手喝。

况　钟　（止住众人）此案经过多少问官，三审六问，已经定案。你们二人口口声声叫喊冤枉，本府未获凭证，也难轻信。既是冤枉，你们又有何词申辩？

熊友兰　爷爷啊！小人被判与这女子通奸谋杀，罪证不实！

况　钟　怎见得罪证不实？

熊友兰　我家住淮安，她家住无锡，二人素不相识。只因她迷失路途，顺便指引同行，哪里有什么奸情呢？我本跟随客商陶复朱为佣终年往来各地，贩卖土产货物。我所带的十五贯铜钱，是主人付与我前往常州购买木梳篦栉的。哪里是什么偷盗而来呢？

况　钟　你主人陶复朱现在何处？

熊友兰　我动身之时，他住在本城玄妙观前悦来客栈之中，大人不信，请派人查问，便知明白。

　　　　〔况钟思索。

苏戌娟　我与这位客官，实不相识，只因我赴皋桥投亲，迷失路途，求他指引，被人猜疑，害得他含冤而死，岂不是我把他连累了！爷爷若能查明这位客官的真实来历，就知道我与他通奸谋杀的罪情是冤枉的了！

况　钟　（向门子）来！速到玄妙观前悦来客栈查问可有此事？

　　　　〔门子持火签应下。

况　钟　（拿走案卷仔细研究分析，唱【天下乐】）

　　　　　　一住淮安，一住无锡，

　　　　　　怎结得这私情？

　　　　　　一赴常州，一赴皋桥，

　　　　　　既同路自可同行，

　　　　　　他二人，有奸情，

　　　　　　并无实证。

　　　　　　熊友兰，十五贯，

是货款，难料定。

这命案，

来龙去脉，

尚不清。

怎可以，

不辨黑白，

判死刑！

〔门子上。

门　子　启禀爷爷，小的前去查问，确有此事。如今陶复朱已往福建经商去了。据客栈主人言讲，这熊友兰确是陶复朱的伙计。陶复朱确曾付与他十五贯钱，前往常州办货。这是悦来客栈的循环簿，请爷爷查看！

况　钟　（在循环簿上找到陶复朱和熊友兰的名字，自语）陶复朱，熊友兰——熊友兰，你是几时来到苏州的？

熊友兰　四月初八。

况　钟　几时动身赴常州的？

熊友兰　四月十五。

况　钟　（独白）如此看来，这熊友兰是冤枉的了。

苏戌娟　爷爷！既然查出这位客官的根底，就请替他昭雪了吧！

况　钟　苏戌娟！你与熊友兰是否通奸谋杀，尚可再行追查。只是你父被杀，为何你却偏偏出门呢？

苏戌娟　爷爷！那晚继父回家，带来十五贯铜钱，明明说是卖我的身价。只因我不愿为婢，故而深夜私逃投亲。若说是我偷了钱财，杀了继父，又有什么真凭实据呢？

况　钟　（独白）若说她不曾杀人，就要捉到真正凶手；若说她确曾杀人，也要找到真实证据。怎可捕风捉影，轻率判成死罪？斩不得！斩不得！（忽然想起自己所处的地位和职责）唉！（唱【前腔】）

我乃是奉命监斩，

翻案无权柄。

苏州府怎理得常州冤情？

况且啊！（接唱）

部文已下，

怎好违令行！

（提笔，犹豫再三）啊！不可啊！不可！（接唱）

这支笔，千斤重。

一落下，丧二命！

既然知，冤情在，

就应该，判断明。

错杀人，

怎算得，为官清？

刽子手！

〔四刽子手应。

况　钟　这两名囚犯，与我暂且带至耳房，照令行事！

刽子手甲　回上去，回上去！啊呀爷爷！奉旨决囚，停留不得！

况　钟　不必多讲！本府自有道理！

〔四刽子手刚要带熊友兰与苏戌娟下，谯楼正打二更三点。

刽子手甲　爷爷！五更斩囚，迟延不得，倘误时刻，小的们吃罪不起！

况　钟　呀！（唱【前腔】）

奉上命，五更斩囚，

现已近三更；

翻案复查恐难成。

好叫我，一时无计，

心不宁！

（心中焦急异常，思考）哎！既遇冤情，理当相救，为民昭雪，何必犹豫！（向四刽子手）将囚犯带下去！

〔四刽子手无可奈何地带熊友兰与苏戌娟下。

况　钟　来！取我素服印信，掌起明灯，随我前往辕门，面见都爷！

〔暗转。

第五场　见都

〔辕门外。

〔门子与况钟同上。

门　子　马来!

况　钟　辕门外伺候!

门　子　是!（下）

况　钟　辕门上哪位在?

夜巡官　什么人?

况　钟　本府在此。

夜巡官　原来是太爷，监斩辛苦了。

况　钟　本府正为监斩一事，特来面见都爷，相烦通报!

夜巡官　大人安寝已久，不便通报。太爷请回，明日早堂相见吧!

况　钟　有要紧公务，迟延不得。

夜巡官　小官前程要紧，不敢禀报!

况　钟　倘若误了大事，你可担当得起?

夜巡官　这个……太爷与别官不同，待小官通报便了。（下）

况　钟　嘿!此人胆小如鼠，却也可笑!

　　　　〔巡官复上。

夜巡官　太爷呢?

况　钟　在。

夜巡官　小官进去通报，大人十分着恼。说了太爷，才得免责。又传出话来，说太爷请回，明日早堂相见。

况　钟　生死呼吸，说什么早堂，再烦禀报!

夜巡官　小官性命要紧!（急下）

况　钟　啊呀!这便如何是好?事出无奈，待我击鼓便了!（击堂鼓二记）
　　　　〔中军内声:"来呀!都爷有令，问是何来鲁莽小民，乱击堂鼓。若有状纸，先打四十，等候传问;若无状纸，加倍重打，赶出辕门!"上。

中　军　（故意地）何人击鼓?

况　钟　是本府。

中　军　原来是太爷!

况　钟　本府没有状纸，如何是好?

　中　军　太爷说哪里话来?待小官去禀明都爷!（下）

况　钟　狐假虎威，可恶得很！

　　　　〔内声：“有请太爷客厅相见！”

　　　　〔中军上。

中　军　都爷请太爷客厅相见！

况　钟　有劳了。（中军引况钟转场）

　　　　〔二道幕启。

　　　　〔周忱的客厅。

中　军　请稍待！（中军入内）

　　　　〔况钟坐，等待良久，不见周忱出，焦急，中军自内出，况钟以
　　　　为周忱即出，起立。中军过场下，未见周忱出。

　　　　〔中军内声：“下面听着：都爷命旗牌客厅伺候。”

　　　　〔况钟以为周忱即将出，入位等候，又良久，仍无动静，稍停，
　　　　中军过场入内，仍不见周忱出。

况　钟　（焦急异常，唱【石榴花】）

　　　　　　　急在心间，

　　　　　　　坐立不安。

　　　　　　　刀下留人，时光本有限，

　　　　　　　不料他，

　　　　　　　身如磐石，稳如泰山。

　　　　　　　急惊风，偏遇郎中慢，

　　　　　　〔谯楼敲三更三点。

况　钟　（接唱）更鼓敲得人心烦。

　　　　　　　今方知，光阴贵，胜过黄金千万！

　　　　　　　侯门深似海，

　　　　　　　见贵人，如此艰难！

　　　　　　〔四旗牌上，中军上。

　　　　　　〔良久，二家丁方引周忱上。况钟打躬，周忱面带不悦，坐。

况　钟　参见老大人！

周　忱　请坐！

况　钟　谢坐！

周　忱　奉旨决囚，已经借重贵府，理合法场监斩。深夜击鼓，却是为何？

365

况　钟　只因这两名罪犯，罪证不实，因此深夜禀见，欲求老大人，准予暂缓行刑，查明真相。

周　忱　怎见得罪证不实？

况　钟　苏戌娟虽曾与熊友兰同路行走，熊友兰所带钱数，虽说与尤葫芦丢失之钱数相同，但经卑府查问，其中疑点尚多，不可以此即草率判定二人为通奸谋杀。老大人！（唱【尾犯序】）

　　　　　同行走，怎能定罪，

　　　　　钱无凭，难断是非。

　　　　　此案可疑，

　　　　　还须要，仔细查追！

周　忱　三审六问，不知经过多少问官。铁案已定，贵府不必过问了。

况　钟　老大人说哪里话来！（唱）

　　　　　怎可轻易地，

　　　　　判成死罪？

　　　　　害良民，

　　　　　成为冤鬼！

周　忱　无锡县与常州府都是朝廷命官，国家良臣，见闻多，阅历广，审理此案，决不会有什么差错的。况且本院朝审已过，若有冤枉，早已昭雪，贵府不必多事了！

况　钟　老大人既经朝审，不知那熊友兰可是客商陶复朱的伙计？十五贯铜钱的真实来处，可曾查明？熊友兰家住淮安，苏戌娟家住无锡，不知他们怎样相识？二人私通又有何人为证？据卑府派人前往玄妙观前悦来客栈……

周　忱　唔！本院巡抚江南，所辖州县甚多，国家大事，尚且无暇一一料理，这小小案件，难道还要本院亲自详细审问不成？本院审理此案，有常州府案卷可查，岂是捕风捉影的么！

况　钟　不过人命关天，非同儿戏。依卑府看来，此案还须慎重处理！（唱）

　　　　　证，务要真证。

　　　　　凭，必须实凭。

　　　　　不可空论黑白。

周　忱　贵府！本院有一事不明，请贵府指教。

况　钟　不知有何事下问？

周　忱　监斩官职责如何？

况　钟　验明正身，准时斩犯回报。

周　忱　不在其位呢？

况　钟　不谋其政。

周　忱　本院既委贵府监斩，就当谨守职责。为何擅离职守，越俎代庖？

况　钟　老大人！那律典上载着一款：凡死囚临刑叫冤者，再勘问陈奏。
　　　　如今只求老大人做主，那被冤者就可得生矣！

周　忱　如今部文已下，本院哪里还做得主！（唱）

　　　　　　　节外生枝惹是非，

　　　　　　　王法如山，

　　　　　　　何人敢违？

　　　　　　　周某官卑职小，

　　　　　　　无斗胆，

　　　　　　　胡乱为。

况　钟　想我们为官之人，上报国家，下安黎民，这样草菅人命，卑府实
　　　　难从命！

　　　　〔谯楼敲四更。

周　忱　贵府！（唱）

　　　　　　　你听谯楼，

　　　　　　　更鼓紧催，

　　　　　　　望贵府速回。

　　　　　　　倘若违误时刻，彼此都有不便！

况　钟　老大人差……

周　忱　唔！

况　钟　（唱）君轻民为贵。

　　　　　　　若百姓含冤，

　　　　　　　为官心愧。

　　　　　　　为民昭雪，

　　　　　　　即丢官，不后悔！

周　忱　事关重大，本院难以做主，贵府不必多言！

况　钟　若是大人怕担干系，不妨推在卑府身上，卑府愿一人独当！（唱）

　　　　　卑府蒙圣上，

　　　　　亲赐玺书，

　　　　　当为者，可斟酌而为。

　　　　　僚属不法，尚能拿问。既遇冤情，怎可不理？

周　忱　嘿嘿！

况　钟　请大人务必高抬贵手——（唱）

　　　　　多多施恩惠！

周　忱　你既可便宜行事，又何必再向本院饶舌？（唱【前腔】）

　　　　　你既奉玺书，

　　　　　可随意而为，

　　　　　何必屈驾前来？

　　　　本院呵——（接唱）

　　　　　一生唯谨，

　　　　　从来是不违常规。

况　钟　老大人请息怒，卑府无非是为被冤者请命耳。

周　忱　决难从命！

况　钟　啊！老大人既执意不允，也罢！卑府将此金印寄押在老大人这里。请老大人宽限数月，待卑府亲自到无锡、常州查明回报。务请准允。

周　忱　（冷笑）好个怜民的知府，却也难得！这印还请收回，本院就准你前去！

况　钟　多谢老大人！还求令箭一支。

周　忱　要令箭何用？

况　钟　常州、无锡非卑府所属，有了老大人的令箭，方好行事。

周　忱　取令箭过来！

中　军　是！（下）

　　　　〔中军复上。

中　军　令箭在此。

况　钟　多谢老大人！（欲下）

周　忱　慢！贵府此去，只限半月为期！

况　钟　……

368

周　忱　倘半月之内，不能查得水落石出，本院当奏明圣上，哼哼！题参未便！（拂袖而下）

〔暗转。

第六场　疑鼠

〔街上。

〔夏总甲上。

夏总甲　（念）为人切莫做地方，
　　　　　　　日日夜夜奔波忙。
　　　　　　　若是出了人命案，
　　　　　　　里里外外跑断肠！
　　　　　　　有请众位街坊！

〔众邻人上。

四邻人　夏大叔，何事呼唤？

夏总甲　只因尤葫芦被杀一案，苏州府况太爷前来查勘，即刻就到，特请众位等候问话。

邻人甲　他是苏州府，怎么管这常州府的案件呢？

夏总甲　况太爷是请了都爷的令箭来的！

邻人甲　真凶实犯，都已拿到，怎么还要查勘？

四邻人　是呀！

夏总甲　况太爷是清官，他说冤枉了。众位随我来吧！

　　　　（众人下，只有娄阿鼠一人在场。

娄阿鼠　哎哟！我只道熊友兰、苏戌娟已做了刀下冤鬼，怎么如今况钟又来查勘？莫不是我娄阿鼠的案情发了？不会的，不会的！我干这桩事情，一无人看见，二无人知道，既无人证，又无赃证，怕些什么？待我混在街坊之中，假充好人，以便看风转舵，见机行事。啊呀！使不得！使不得！那况钟是：足智多谋，厉害无比。若是我露了马脚，被他识破，到那时想逃也来不及了。俗语说得好：三十六着，走为上策。待我到乡下躲个十天半月，且等风平浪静之后，再回来不迟。说得有理，拔脚就走！（下）

〔皂隶甲、乙，门子及过于执、况钟先后上。

况　钟　为民不怕跋涉苦，

过于执　官场最怕遇阔人！

〔夏总甲上。

夏总甲　地方迎接二位太爷！地方叩头！

况　钟　起来。尤葫芦家住哪里？

夏总甲　就在前面。

况　钟　带路！

夏总甲　是！

（众行至尤葫芦门前）

夏总甲　这里就是尤葫芦的房屋！

况　钟　把门打开！

夏总甲　是！开封了。（开封条，打开门）

况　钟　请进！

过于执　大人请进！

况　钟　同进！（入门）

过于执　请大人查勘！

况　钟　一同查勘！地方！

夏总甲　在！

况　钟　尤葫芦死在哪里的？

夏总甲　（指地上）死在这里的。

况　钟　凶器放在哪里的？

夏总甲　（指）放在这里的。

况　钟　几时验尸埋葬？

夏总甲　死后三天。

况　钟　凶器呢？

夏总甲　已被差官带去存案了。

况　钟　（问过于执）贵县当时可曾亲自到此查勘？

过于执　真凶实犯俱已拿住，何必多此一举！

〔况钟仔细地看大门、肉案、墙壁、床等，又仔细察看地上血
迹，一面看，一面研究。

过于执　（装腔作势地）啊，这是血迹！

况　钟　是血迹。

过于执　只怕是被害者的血迹。

况　钟　自然不会是凶手的血迹！

过于执　这血迹与凶手密切相关，倒要仔细察看。

况　钟　自然要仔细察看。

过于执　啊呀！这血迹看来看去，也看不出凶手是哪一个啊！

况　钟　依贵县之见呢？

过于执　依卑职之见么?!

况　钟　是哪一个呢?

过于执　（笑）不过大人说他们是冤枉的！

况　钟　（向夏总甲）苏戌娟住在哪里？

夏总甲　就在里面！

况　钟　平日为人如何？

夏总甲　平日为人稳重。

过于执　未嫁之女，与人私通，自然要假装稳重，掩人耳目！

况　钟　……

　　　　〔况钟等入内室查勘。

过于执　（冷笑，唱【太师引】）

　　　　　　罪情真，定说冤枉，

　　　　　　赃证在，偏要查访，

　　　　　　把凶手，认作善良，

　　　　　　可笑他，无知、荒唐！

　　　　〔况钟出。

过于执　大人是否发现可疑之处？

况　钟　贵县你呢？

过于执　（故意地）啊！处处可疑啊！

况　钟　哪里可疑，因何可疑呢？

过于执　若无可疑之处，大人又何必前来查勘呢！

况　钟　如此说来，是我多管闲事了。

过于执　唷！说哪里话来，大人乃为民请命！

371

况　钟　贵县你呢？

过于执　卑职才疏学浅，审理此案，虽然凭赃凭证，据理而断，既是老大人说有差错，想必另有高见！（唱）

　　　　老大人才高阅历广，

　　　　一经亲查勘，定知端详！

况　钟　只怕空来一场，徒劳往返！

过于执　大人胸有成竹，怎会徒劳往返？（笑）请查！

况　钟　请！咦，这地上有一枚铜钱！（拾铜钱查看）

皂隶乙　这里也有一枚铜钱！（捡铜钱交给况钟）

过于执　这一二枚铜钱，难道也有什么道理在内不成？

况　钟　（未理睬过于执）再寻！

　　　　〔众人四处寻找。

皂隶甲　太爷！床后面有铜钱半贯之多！

况　钟　（急看，思索）这半贯多钱，好不令人奇怪！

过于执　大人！尤葫芦卖肉为业，误将铜钱抛落地上，也是有的，不足为奇。

况　钟　传街坊上来！

夏总甲　传众街坊！

过于执　（独白）众街坊都是此案见证，对本县审理此案，人人心悦诚服，问也如此，不问也是如此！

　　　　〔众邻人上。

四邻人　参见大老爷！

况　钟　起来！尤葫芦平日家境如何？

秦古心　尤葫芦停业多日，借当过活。

四邻人　家无隔宿之粮！

况　钟　啊！（唱）

　　　　尤葫芦，家无余粮，

　　　　哪有钱，抛落地上？

过于执　尤葫芦酒醉糊涂，定是停业之前遗忘在那里的。

况　钟　（唱）三五枚，或可言讲，

　　　　半贯钱，决难遗忘。

〔四邻人看钱，互相议论。

过于执　依大人之见，这半贯钱是从何而来的呢？

况　钟　我也正在纳闷，这半贯钱，是从何而来的呢？

秦古心　依小人看来，这半贯钱，也许就是十五贯里面的。

邻人甲　怎会掉下半贯呢？

邻人乙　也许是凶手杀人之后，手忙脚乱，把钱散落了。

邻人甲　可是那凶手身上，十五贯钱，并没有分文短少啊！

邻人丙丁　也许那捉到的凶手，并不是真的凶手！

秦古心　那熊友兰只怕是……

过于执　那熊友兰只怕是不知床后有钱，若是知道，也就顺手带去了。

况　钟　（对皂隶甲）将钱拾起存案！

皂隶甲　是！（拾钱后，发现一小木盒）太爷！小的又拾到一只小小木盒！

况　钟　拿来！原来里面放着一副赌博的骰子。——分量为何这样重呢？

皂隶甲　也许是灌了铅的。

况　钟　唔！好像是灌铅的。

〔众邻人议论。

过于执　本县民风浇薄，赌风极盛，这骰子么家藏户有，不足为奇！

况　钟　贵县！（唱）

　　　　这骰子，

　　　　内中藏铅非寻常，

　　　　定是那，

　　　　赌徒恶棍，骗人勾当！

过于执　尤葫芦既喜吃酒，定爱赌博。这骰子一定是他的了。

况　钟　众位街坊，尤葫芦可是好赌的吗？

邻人甲　他经常吃酒，从不赌博！

过于执　一定是尤葫芦的亲友，遗落在这里的。

况　钟　他可有好赌的亲友，常来常往？

邻人乙　他的亲友，我们都相识，没有一个好赌的！

况　钟　众位暂且退下！

〔众邻人下。

况　钟　夏总甲！这街坊之中可有好赌之人？

过于执　自然有的！

夏总甲　这几位街坊，没有好赌之人。

况　钟　除这几位之外呢？

过于执　他已说过，没有好赌之人！

夏总甲　噢，有是有一个。

况　钟　叫什么名字？

夏总甲　叫娄阿鼠。

况　钟　他与尤葫芦可常往来？

过于执　自然时常往来，若不往来，怎会把骰子掉在这里！

夏总甲　只因他常赊欠尤葫芦猪肉，不给铜钱，他二人素不往来。

过于执　大人！（唱【刘泼帽】）

　　　　深究此物，

　　　　空费心肠！

　　　　想搜罗，

　　　　车载斗量！

况　钟　（唱）要深究，

　　　　哪怕费心肠。

　　　　若是贵县另有要事，无心查勘——（接唱）

　　　　请先回，

　　　　留我一人也无妨！

〔暗转。

第七场　访鼠

〔惠山脚下，东岳庙附近。

〔门子改扮货郎模样与秦古心同上。

秦古心　经我东打听，西打听，打听了十多天，直到如今方才打听到娄阿鼠就住在那间茅屋里面。（指与门子看）

门　子　老伯！那娄阿鼠是什么模样？

秦古心　（注视前方）咦？前面那人，好像就是娄阿鼠！是的！正是他。

374

不要被他看见，待我躲在一旁。（下）

〔娄阿鼠上，与门子相遇，门子敲货郎鼓，娄阿鼠惊吓，门子下。

娄阿鼠 是谁？……哪个？……唉！为人不做亏心事，半夜敲门心不惊。自从那个短命的况钟来到无锡，害得我心惊肉跳，坐卧不安。十多天来躲在乡下，实在气闷。前面东岳庙里的老道，与我相识，他时常进城购买香烛，不免再去向他打听城里风声如何。顺便求个签，问问吉凶祸福。（干板）

乡下躲藏，

气闷难当；

况钟入相，

我再出将！（下）

〔秦古心与门子上。

秦古心 就是他，我先回去了。（下）

门　子 辛苦你了！（望幕内娄阿鼠走向庙内）我家太爷每日乔装改扮，东查西访，正为限期将满，心中焦急，如今有了娄阿鼠的下落，他定然欢喜。

〔皂隶甲乔装上。

皂隶甲 事情怎样了？

门　子 娄阿鼠现在东岳庙内，你快去禀报爷爷！

皂隶甲 待我进去将他拿住！

门　子 爷爷吩咐，娄阿鼠虽然嫌疑重大，尚难断定就是凶手。不可鲁莽行事。我在这里守望，你到船上禀报爷爷，再作道理。

〔皂隶甲下。

〔二道幕启。

〔东岳庙大殿内。

〔娄阿鼠上。

娄阿鼠 老道进城购买香烛，还不曾回来，待我求上一签，等他一等。啊呀东岳大帝啊！若是无事呢，赏个上上。（求签）

〔况钟扮作卜卦人上。

况　钟 喂！老兄！

娄阿鼠 吓了我一跳，什么事？

况　钟	可要起数么?
娄阿鼠	我在这里求签。起数? 不要不要!
况　钟	求签不如起数的好。
娄阿鼠	求签不如起数的好?
况　钟	是啊,若是心中有什么疑难之事,问流年吉凶祸福,只要起个数,便能知道得清清楚楚,明明白白。若是想逢凶化吉,遇难呈祥,找人能逢,谋事能成,赌钱能赢,起个数,便知分晓,万分灵验!
娄阿鼠	啊,起数好?(放下签筒)请教这是什么数?
况　钟	请看!(唱【好姐姐】)

　　　　观枚测字,

　　　　声名遍四方。

娄阿鼠	测字么就是测字,什么观枚不观枚!
况　钟	老兄,你若有什么心事,只要随手写一个字,便能判断吉凶。
娄阿鼠	测不成,测不成!
况　钟	为何测不成?
娄阿鼠	我,一字不认得,一字不会写,可是测不成?
况　钟	随口说一个字也好。
娄阿鼠	啊,随口说一个字也好?
况　钟	是啊!
娄阿鼠	先生,小弟贱名叫娄阿鼠,这个老鼠的鼠字,你可测得出?
况　钟	测得出,测得出!
娄阿鼠	待我拿只凳子你坐!
况　钟	(唱)借测字,

　　　　慢慢探真相,

　　　　但愿今朝定短长。

娄阿鼠	先生请坐!
况　钟	你测这个字,想问什么事呢?
娄阿鼠	(左右回顾,轻声地)官司。
况　钟	噢!官司?

　　　　〔娄阿鼠堵住况钟口,暗示他不要大声。

376　　况　钟　(做测字状)鼠乃一十四画,数目成双,乃属阴爻;这鼠,又属阴类。阴中之阴，乃幽晦之相。若占官司，急切不能明白。

娄阿鼠　明白是不曾明白。不知日后可会有什么是非连累？

况　钟　请问这字是你自己测的，还是代别人测的？

娄阿鼠　啊，啊，代别人测的，代测，代测。

况　钟　依字上看来，只怕不是代测！

〔娄阿鼠惊。

况　钟　（故作吃惊状）啊！倒是为祸之首呢？

娄阿鼠　怎么解说？

况　钟　鼠乃十二生肖之首，岂不是个罪魁祸首么？依字理而断，一定是
偷了人家的东西，造成这桩祸事来的。老兄可是么？

娄阿鼠　先生！你码头跑跑，我赌场混混，自家人，这一套江湖诀可用不着。
江湖诀不要用，江湖诀不要用啊！人家偷东西，你怎能测得出呢？

况　钟　鼠，善于偷窃，所以才有这样断法。还有一说，那家人家，可是
姓尤？（见娄阿鼠惊惧跌倒在地）哎呦，请当心！

娄阿鼠　哎，叫你不要用江湖诀，你江湖诀又来了。我不相信你把别人的
姓也测得出。别人的姓怎么能测得出呢？

况　钟　有个道理在内！

娄阿鼠　什么道理？

况　钟　那老鼠不是最喜偷油么？

娄阿鼠　对！有道理。（做偷油状）老鼠偷油，偷油老鼠！先生！不要管
他油也罢，盐也罢，你看我往后可有是非口舌连累得着？

况　钟　怎说连累不着，目下就要败露了。

娄阿鼠　怎么说？

况　钟　喏，你问的这个鼠字，目下正交子月，乃当令之时，只怕这官司
就要明白了。

娄阿鼠　（独白）啊呀！明白是明白不得的呀！（惊慌失措）

况　钟　老兄你要对我实讲！你究竟是自己测的呢？还是代别人测的？你
要说得清，我才指引得明。

娄阿鼠　先生！你等一等。（走到一旁，思考，唱鬼曲，四面望）他那里
吓，我这里吓！先生！我是代……

况　钟　唔？老兄，四海之内皆朋友也，你有什么为难之事，说出来，我

或许可以替你分忧。

娄阿鼠　　不瞒你说，我是自测！

况　钟　　啊，自测！

娄阿鼠　　（暗示况钟不可高声）先生！你看这灾星，我可躲得过么？

况　钟　　嗯，你若是自测，本身就不落空了。

娄阿鼠　　怎么讲？

况　钟　　喏！空字头，加一鼠字，岂不是个竄字？

娄阿鼠　　什么竄？

况　钟　　逃竄的竄字。

娄阿鼠　　先生！可能竄得出？

况　钟　　要竄是一定能竄得出的，只是老鼠生性多疑，若是东猜西想，疑神疑鬼，只怕弄得上下无路，进退两难，到那时就竄不出了。

娄阿鼠　　（佩服地）先生的神数，真是灵验，我一向喜欢疑神疑鬼的。依先生神断，你看我几时动身最好。

况　钟　　若是走，今日就要动身，到了明天，就走不掉了。

娄阿鼠　　为什么？

况　钟　　鼠字头是个旧字，原是一日之意。若到明日，就算两日，就走不掉了。

娄阿鼠　　啊呀！现在天色已晚，叫我怎样走呢？

况　钟　　哎！鼠乃昼伏夜行之物，连夜逃去，那是最妙的了。

娄阿鼠　　先生费心看看，往哪一方走，才得太平无事。

况　钟　　待我算算看，鼠属巽，巽属东，东南方去的好。

娄阿鼠　　东南方？先生再费心看看，还是水路太平，还是陆路无事？

况　钟　　待我再算算看！鼠属子，子属水，水路去的好。

娄阿鼠　　东南方，水路去，无锡、望亭、关上、苏州……（吃惊）不对，苏州府况太爷正在缉捕凶手，是不是叫我投到他网里去？

况　钟　　老兄，有道是搜远不搜近。

娄阿鼠　　唉！要是有只便船，往东南方去，我"扑通"一跳，它即刻就开，那有多好！

况　钟　　老汉倒有只便船，正好今晚开船，往苏杭一带，赶趁新年生意。只是……

娄阿鼠　我一定多付船钱。

况　钟　说哪里话来！钱财似粪土，仁义值千金，只是船行太慢，老兄若不嫌弃，与老汉同舟就是！

娄阿鼠　啊呀，你不是测字先生啊？

况　钟　怎么？

娄阿鼠　你真是我娄阿鼠的救命王菩萨了！我娄阿鼠这条性命就交给你了！

况　钟　你放心就是，保你一路平安！

娄阿鼠　（唱【姐姐入拨棹】）
　　　　我好比，鱼儿漏网，
　　　　急匆匆，逃入海洋。

况　钟　（接唱）愿只愿，遇难呈祥，
　　　　从今后，稳步康庄。

娄阿鼠　（接唱）向天涯，高飞远翔。
　　　　先生！你的船在哪里？

况　钟　（拉娄阿鼠出门）就在前面河下。

娄阿鼠　我就住在对河那间茅屋里面。这是起数钱，这是船钱，请你收下。让我去拿些衣服银钱，即刻就来。

况　钟　速去速来，我在船上等你。
　　　　〔娄阿鼠下，皂隶甲及门子上。

况　钟　（向皂隶甲）快快跟上前去！（见皂隶甲下，向门子）你快回到城里带领差役，邀集街坊，速到娄阿鼠家中查抄。若有可疑之物，连夜带回苏州，不得有误！
　　　　〔门子下。况钟下。
　　　　〔暗转。

第八场　审鼠

〔苏州府大堂外。
〔门子上。

门　子　（念）奉命去查抄，
　　　　顺风归来早；

379

　　　　　　带来真赃证，

　　　　　　后堂把令交。

　　昨日前往娄阿鼠家中查抄，在他床下，查出地窖一个，内藏各种
　　开锁的钥匙，各种骗人的赌具。内中并有钱袋一个，据秦古心言
　　讲，这钱袋乃是尤葫芦之物。娄阿鼠家中既藏有尤葫芦的钱袋，
　　凶手不是他，还有哪个？只因怕娄阿鼠狡赖，秦古心自愿前来作
　　证。（对内）秦老伯，快走！

　　〔秦古心上。

门　子　秦老伯！你随我到前面耳房等候，我到后堂去禀报太爷！

秦古心　是！（与门子同下）

　　〔二道幕启。

　　〔苏州府大堂。

　　〔内敲梆，皂隶甲上。

皂隶甲　喂！伙计！发三梆了！大门上吊原卷，二门上解犯人，太爷即刻
　　就要坐堂了，快点伺候！（下）

　　〔皂隶甲引况钟上。

况　钟　（唱【粉蝶儿】）东寻西找，

　　　　　　喜只喜真凶擒到。

　　　　　　水落石出，

　　　　　　雾散云消，

　　　　　　担着心，捏着汗，

　　　　　　救出命两条。

　　升堂！

　　〔众皂隶应。

况　钟　带苏戌娟上堂！

众皂隶　带苏戌娟上堂！

　　〔皂隶甲带苏戌娟上。

况　钟　苏戌娟！你可认得这钱袋吗？

苏戌娟　这钱袋是我爹爹的，怎么会在这里？

况　钟　既说是你爹爹的，可有什么记号为凭？

苏戌娟　爹爹曾把钱袋烧了一个圆洞，是我用线缝补并绣成花朵模样。爷

爷请看！

况　钟　暂且下去！

苏戌娟　是！

〔皂隶甲带苏戌娟下。

〔皂隶丙上。

皂隶丙　启禀太爷！都爷派人前来，要面见太爷！

况　钟　有请！

皂隶丙　是！（下）

〔中军上。

中　军　太爷在上，小官拜见！

况　钟　不知有何贵干？

中　军　太爷前往无锡查勘案情，都爷言明，限期半月，今日已经期满，未见回报，不知何故？都爷言讲，尤葫芦被杀一案，人赃俱在，已经三审定案。太爷却依仗有圣上玺书，胡作非为，包庇死囚，延误斩期，蔑视上司，违抗上命，殊属不法。都爷有令，命你即刻进见，若查明确有冤情，将功折罪，若未查明，交上印信，听候题参。

况　钟　请稍待！（向皂隶甲）看座。

〔皂隶甲取椅与中军坐。

况　钟　带娄阿鼠！

〔皂隶丙押娄阿鼠上。

皂隶丙　娄阿鼠带到！

况　钟　娄阿鼠！

娄阿鼠　大老爷！

况　钟　你干的好事啊！

娄阿鼠　小人不曾干什么坏事！

况　钟　你杀了尤葫芦，盗了十五贯钱还想抵赖！

娄阿鼠　小人冤枉！

况　钟　还说冤枉！（指骰子，对皂隶甲）拿与他看！（对娄阿鼠）这可是你的？

娄阿鼠　（惊）不是我的。

况　钟　抬起头来，你可认得东岳庙中测字先生么？

381

　　〔娄阿鼠抬头，看到况钟，大惊，变色。

况　钟　狗才！还不快快招上来！

娄阿鼠　一无赃证，二无人证，大老爷不能冤屈良民！

况　钟　（指钱袋，对娄阿鼠）你可认得这钱袋么？

娄阿鼠　（全身发抖）这是哪里来的？

况　钟　你家地窖里的东西，怎么就不认识了？

娄阿鼠　这是小人自己的东西！

况　钟　既然是你自己的，可有什么记号为凭？

娄阿鼠　记号？小人记不清了。

况　钟　传秦古心！

皂隶甲　秦古心上堂！

　　〔秦古心上。

秦古心　见大老爷！

况　钟　起来回话。秦古心，娄阿鼠说这钱袋是他自己的东西，你看如何？

秦古心　娄阿鼠胡说乱道，这钱袋分明是尤葫芦的。小人与尤葫芦是多年
　　　　的街坊，常常帮他一同买猪，对这钱袋甚是熟悉。去年尤葫芦吃
　　　　醉了酒，把这钱袋烧了指头大的一个圆洞，他女儿苏戌娟在圆洞
　　　　上面织了一朵花，大老爷请看！

况　钟　（看钱袋）娄阿鼠！你还有什么话说？

娄阿鼠　唉！想赖也赖不掉，招供就是！大人啊！（唱）

　　　　　　那日夜静更深，

　　　　　　输得身无分文，

　　　　　　尤家肉铺未关门，

　　　　　　为赊肉，迈步闯进。

　　　　　　苏戌娟不在房内，

　　　　　　尤葫芦大梦沉沉，

　　　　　　只为谋财起杀心，

　　　　　　害得他斧下归阴，

　　　　　　乱将罪名害别人，

　　　　　　所供句句是真！

382　　况　钟　可有同谋之人？

娄阿鼠　只有小人一个。

况　钟　叫他画供。

皂隶甲　画供！

况　钟　你这狗才！因赌为盗，因盗杀人，律有明条，钉上枷锁，押入死囚牢内。秦古心你暂且下去吧！

（皂隶甲钉枷锁，押娄阿鼠下。秦古心下。

况　钟　（对中军）虽然三审定案，可是直到如今方才人赃俱获，你道怪也不怪？

中　军　……

况　钟　带熊友兰、苏戌娟上堂！

众皂隶　带熊友兰、苏戌娟上堂！

〔皂隶甲带熊友兰、苏戌娟上。

况　钟　熊友兰、苏戌娟！真凶娄阿鼠已被定罪，你们二人的冤情已经平反了！

〔熊友兰、苏戌娟惊喜交集。

况　钟　将他二人刑具打开！（见皂隶甲打开刑具）熊友兰，本府与你十五贯铜钱，拿回去吧！

〔皂隶甲交钱与熊友兰，熊友兰感激泪下，忘记接钱。

况　钟　苏戌娟！本府与你十两纹银。皋桥投亲去吧！

〔苏戌娟也感激万状，忘记接银。

况　钟　拿呀！

熊友兰
苏戌娟　青天爷爷呀！（唱）

　　　　爷爷似，水晶明灯，
　　　　爷爷似，轩辕宝镜，
　　　　放豪光，当头照耀，
　　　　若比那，铁面包公，
　　　　不差分毫。
　　　　若不是爷爷恩德高，
　　　　早做了刀下怨鬼，
　　　　早做了刀下怨鬼，

怎能够，活到今朝！

况　钟　回去吧！

熊友兰
苏戌娟　（接过银钱）多谢爷爷救命之恩！（欲走）

中　军　慢！未曾禀明都爷，不得擅自释放！

况　钟　（笑）放走两个假凶手，还他一个真凶手，怕些什么？（向熊友
　　　　　兰、苏戌娟）你们去吧！

　　　　　〔熊友兰、苏戌娟二人出门。

苏戌娟　客官！连累你了！

熊友兰　大姐说哪里话来！都是那过于执昏庸之错，我怎会怪你呢？走吧！

苏戌娟　是！（与熊友兰同下）

中　军　这样的知府，真正少见。

况　钟　少见多怪。虽然我胡作非为，包庇死囚，延误斩期，总算案情已破，
　　　　　而且半月虽满，幸未逾期。走吧，和你一同前去面见都爷。请！

——剧　终

　　《十五贯》故事先见于明传奇《醒世恒言》一书中的《十五贯戏言成巧
祸》，经清时朱素臣改编成戏曲剧目《双熊梦》，成为昆剧的一个保留剧目。
1955年冬，黄源、郑伯永、周传瑛、王传淞、朱国梁、陈静成立整理小组再
做改编，陈静执笔。1956年浙江省昆苏剧团赴京演出，轰动全国，《人民日
报》发表了题为《从"一出戏救活了一个剧种"谈起》的社论。

·童话剧·

马兰花

任德耀

人　物　王老爹、妈妈、大兰、小兰、老猫、树公公、兔子姐姐、兔子妹妹、梅花鹿妈妈、鹿娃子、猴子、小松鼠、喇叭花、狗尾巴草、马郎（马兰花）、小鸟、水底的姑娘们、王老爹家的邻居们。

第一幕

第一场

〔天刚破晓，太阳上升，长着茂密树木的远山逐渐显现，山谷里的小河在闪闪发光。

〔雄鸡在叫，大地渐渐明亮，王老爹家的屋子轮廓也越来越清楚。这间屋子是建造在山坡上的，墙上长满了爬墙虎之类的植物，显得很古老。

〔小兰卷着袖子、撩起裙子挑了一担水上来。

小　兰　（轻轻地放下担子，拿水瓢舀水浇花，轻轻地唱）

　　　　　我和朝霞一块起床，

　　　　　我和露珠同上山冈，

　　　　　结识了好伙伴风霜雨雪，

　　　　　知心的小鸟天天对我歌唱。

　　　　　一年四季花开满山岗，

　　　　　争红斗艳吵吵又嚷嚷，

　　　　　唯有那马兰花不声不响，

　　　　　一丛丛在路旁散发清香。

　　　　　每年三月马兰开，

　　　　　山谷天空一色蓝，

　　　　　今年春天来得晚，

　　　　　寒霜尽消未见一片蓝花瓣。

　〔王老爹从屋里出来。

王老爹　姑娘，轻点，妈妈还睡着呢。

小　兰　(伸了伸舌头，顽皮地) 爹，你早!

王老爹　早呀，像小鸟一样。快去，给爹烙几张饼，我要上山。

小　兰　哎! (转身就跑)

王老爹　小心，(小兰进屋去了) 不要把你妈弄醒。

〔王老爹吸了一口新鲜空气，接着打开屋后的鸡窠，一群鸡和鸭子，吵着闹着出来了，老爹把它们赶远。

〔灶房里的烟囱冒出了青烟，家雀儿在吱吱喳喳地叫着。

〔王老爹坐在一个长满青苔的水池旁边，磨起他的斧头。他一摸到斧头，不由得就哼起了他砍柴时唱的山歌。

〔一会儿，妈妈从屋里匆匆忙忙地跑出来，手里拿着一个篮子，埋怨着自己。

妈　妈　该死! 该死! 起晚了，起晚了……

〔她发现王老爹已经起来了，就跑到他身边。

妈　妈　你早起来了? 真是，也不叫我一声。

〔王老爹不搭理她，光笑，看着她，又唱起歌来了。

妈　妈　还唱? 像鸭子一样!

王老爹　(笑得格外起劲) 妈妈，你别急，我是存心要你多睡一会儿的。

妈　妈　多睡一会儿，小鸡小鸭可要饿坏了。(跑到鸡鸭窠旁边，发现窠门已经打开，小鸡小鸭一只也没有了，急坏了) 小鸡呢? 小鸭呢? 糟了，糟了!

王老爹　怎么了，怎么了?

妈　妈　没有了，没有了。(四处寻找)

王老爹　什么没有了?

妈　妈　啊呀，你真是，一点都不着急。小鸡小鸭没有了!

王老爹　没有了? 哈哈哈，你来，你来。(拉着妈妈到小河边) 你看这河里是什么?

〔屋后远处的小河里，鸭子愉快地游着。

王老爹　(再拉着妈妈到屋后) 再看后院里。

〔后院有小鸡的叫声。

妈　妈　(忍不住笑了起来) 老爹，你真是……(忽然想起) 啊呀，我给

387

你做几张饼，路上吃。（打算到灶房里去做饼）

〔妈妈刚一转身，灶房的窗户推开了，小兰从窗户里探出身来，两手都是面粉，她正在做饼。

小　兰　妈妈，你别来了，我都做完了。你看，这是最后一个，放在锅里就得了。（转身回到灶房里做饼）

〔妈妈在发愣。

〔烟囱里冒出一股浓烟。

妈　妈　好呀！你们爷儿两个存心捉弄我！

王老爹　妈妈，你就多睡一会儿吧！你身体本来就不好，昨天晚上织那床毯子，老晚老晚才睡，也该歇会儿嘛。——想到这里，我该问问你，你忙着织那床毯子干吗呀？

妈　妈　老爹呀，你不知道我的心事，两个女儿都大了，说不定哪一天选中了哪家的小伙子，说出嫁就出嫁，到时候，我这个老妈妈连点儿礼品都没有，该多寒碜呀。

王老爹　啊呀，妈妈，人家说，老人家只有两件心事，老母鸡和女婿，一点儿也不错。

妈　妈　这又怎么样，难道不可以吗？

王老爹　可以，当然可以！

妈　妈　咦，大兰起来没有？你喊过她了吗？

王老爹　没有呀。

妈　妈　这孩子，你不喊她，她会睡到吃午饭才起来的。（朝屋里喊）大兰！大兰！该起来了！

王老爹　大兰，起来吧！你爹要上山去了！

〔大兰内声："嗯——起来了——"

妈　妈　姑娘，起来吧，太阳都老高老高的了！

〔大兰推开窗户，伸着懒腰。

大　兰　嗯，起来了。真是——人家睡得正香，什么事情呀？

妈　妈　姑娘，快醒醒吧！你爹快上山了，妹妹给爹做的饼都快好了，你还伸懒腰呢。

王老爹　出来吧！趁着太阳刚出来，给南瓜去浇点水吧！

388　大　兰　哎。（答应得很好，可是身体却像贴在窗户上，一动也不动，过

了一会儿，伏在窗台上又睡着了，头发披到水池边上也不觉得）

妈　妈　老爹呀，咱们两个姑娘不像一个娘胎里生出来的。

〔大兰伏在窗台上睡着了，老猫跳上窗台，把大兰吓了一跳，她起身看是老猫，便把它抱在身边。老猫也驯顺得很，懒洋洋地靠着她，咕噜咕噜地念起经来。

妈　妈　这条死猫，又来了。两个人简直离不开，大兰整天就缠住个猫，什么事也不做。

王老爹　这猫是怎么回事？来了就不走。

妈　妈　这死猫是前村官老爷家里的。老爷一出去，它就跑到这儿来。大兰就喜欢跟官老爷家的人来往，家里的事简直不愿意干，什么事都要人侍候。我看她也快变成官家的人了。

王老爹　妈妈，别着急，女儿大了，咱们要好好地劝她。

妈　妈　你跟她说破嘴皮她也不听，可是官老爷家的人随便说句什么，她就忘不了。

〔小兰从灶房里走出来，拿着一个小竹篮。

小　兰　爹！饼。

王老爹　（看着竹篮里的饼）太多了，我吃不完。

小　兰　不多，一共才十个，吃得完。

王老爹　吃不完。

小　兰　吃得完。

〔父女二人各自坚持起来了。

妈　妈　我说老爹呀，你就……

王老爹　（抢着学妈妈的声调）你就带着吧，这是你女儿的好意。是不是？

〔小兰和妈妈都笑起来。王老爹也哈哈大笑。

王老爹　你们母女两个每天都是这样，真是……（把斧头插在腰里，拿起扁担、绳子准备出门）大兰，爹要走了，你就起来吧！帮你妈做点事。

〔大兰醒来了，头发还散着。

大　兰　爹，你要走了？噢，走吧。（忽然想起一件事，赶忙跑出来）哎哎哎，爹，卖了柴，在市上买点花布回来，你看，我袄子都旧了。

妈　妈　别买，老爹。（对大兰）要穿自己去织，家里有的是织布机。

〔大兰噘着嘴走开了。

小　兰　爹，山里的马兰花该开了，看到的话，就采点回来。

王老爹　好！

〔王老爹下，离家不远，就唱起山歌来了。

妈　妈　老爹呀，早点回来呀！

〔王老爹幕内远远地答应着："哎——"

妈　妈　上山多加小心呀。

小　兰　爹，不要忘了花，马兰花。

〔王老爹幕内远远地应声："哎——"

〔歌声渐远了，听不见了。

〔大兰靠着水池，看见水里的影子，懒洋洋地梳着头发。

〔窗台上的老猫，呼呼地睡着了。

〔幕落。

第二场

〔幕启。

〔深山里。峭壁悬崖，悬崖下面是一个湖，湖水很平静。

〔古树参天，野花遍地。

〔梅花鹿妈妈和她的小儿子在山顶上晒太阳。

〔猴子爬在古藤上荡秋千。

〔小松鼠在树上梳尾巴。

〔兔子姐妹在追逐嬉戏。

兔子妹妹　（一面逃，一面声音清脆地）哈哈……姐姐……慢点……姐姐……我跑不动了……

兔子姐姐　哈哈……我才不管呢……抓到你，你就算输……

〔兔子姐妹围着大树转，树公公给她们弄得直痒痒，也哈哈大笑起来。树公公一动，把古藤也带动了，吊在古藤上荡秋千的猴子吓了一跳。

〔兔子姐妹不管这些，仍然在追逐。妹妹往喇叭花丛里钻，她埋着头，一下子撞在喇叭花身上。喇叭花正从地底下冒出来，被这一撞，满脸气呼呼的。

喇叭花 你这个小鬼，干什么？

〔兔子妹妹吓坏了，赶快跑到兔子姐姐身边。喇叭花鼓着个嘴，看样子她在地底下就生气了。

兔子妹妹 姐姐，她怎么了？要不要向她道个歉？

兔子姐姐 别作声，她不是跟我们生气。

〔一会儿，地底下又冒出了狗尾巴草，哭丧着脸。

狗尾巴草 你看你，又生这样大的气，值得吗？我不过是说着玩的，你就认真起来了。

喇叭花 谁跟你认真了，你不过是棵草，而且是狗尾巴草；而我呢，是花——喇叭花。

狗尾巴草 花跟草有什么两样，还不都是泥里长出来的？

喇叭花 嗯，不同！

狗尾巴草 花跟草就配不到一道儿了？

猴　子 （冒冒失失地）配得到一道儿。

〔大家哈哈大笑。

兔子妹妹 （也跟着大家笑）姐姐，什么叫配在一道儿？

兔子姐姐 不知道，我也不知道……

小松鼠 哈哈哈……配在一道儿都不懂，真是……哈哈……

喇叭花 你们笑什么？（向狗尾巴草）走，那边去谈谈。

〔狗尾巴草向大家做个鬼脸，就顺从地跟着喇叭花走了。

〔大家笑得格外起劲。

〔远处响起一阵伐木的声音，跟着，王老爹的山歌也在山谷里响起来。歌声把山谷里的"居民们"都吓了一跳。

〔兔子姐妹竖起两只耳朵。

〔小松鼠爬上树顶，只剩了尾巴在外边。

〔猴子灵活地爬在古藤上眺望。

〔梅花鹿妈妈护着小儿子，一动也不动地观察着。

〔歌声越来越响。

〔喇叭花回过头拉着狗尾巴草，躲在了一块石头后面。

〔山谷里的"居民们"慌乱起来，纷纷准备逃走。

树公公 （登高眺望）孩子们，不要怕，那是王老爹，常在这山上打柴的

391

王老爹，从来不伤害好人的，不要跑吧。

〔谁也没听清树公公的话，一溜烟都跑光了，躲了起来。

〔一阵慌乱之后，山谷里显得很安静，树叶在微微颤动，花草也摇摆了两下，小鸟轻轻地飞过晴空。

〔王老爹的歌声越来越响，一会儿，他来了。他把捆好的半担柴放在一旁，捡地上的枯枝。他渴了，走到湖边舀点水喝；肚子饿了，拿出竹篮里的饼吃；累了，就躺在山坡上休息一会儿。他发现树上一只松鼠的尾巴，就捡起一块小石子扔上去。松鼠尾巴摇了两下，又不动了。王老爹拿树枝弄他的尾巴，小松鼠转过头来，生气地向着王老爹瞥了一眼，跟着就躲进树叶里去了。王老爹哈哈大笑。

〔笑声把躲在小山背后的两只小兔引了出来，先是两只大耳朵，慢慢伸出两个可爱的兔子头来，瞪着四只大眼睛，看着王老爹。

〔王老爹发现了两只小兔子，高兴极了，用手去摸兔子耳朵，兔子姐妹机灵地跑到他跟前。

〔一会儿，小松鼠和小兔子，还有山顶上的梅花鹿娃子等也都探出头来，看着王老爹。

〔王老爹毫无恶意，拿出自己的饼，弄成一小块一小块地放在地上。

〔大胆的猴子第一个跑出来拿了一小块饼吃，王老爹没有惊动他。他胆子大了，又来拿第二块。王老爹还是没有动，渐渐地，小动物们都围在王老爹身边，王老爹对他们好极了，和他们一起玩开了。

〔鹿娃子要下山来跟王老爹玩，梅花鹿妈妈不放，鹿娃子找了个机会就逃下山来。

〔王老爹和小动物们越玩越高兴，摸摸他们的鼻子、耳朵、尾巴、头上的角。小动物见他没有恶意，也都很乐意给他摸。慢慢地小动物们也摸王老爹，有的摸他的胡子，有的爬到身边拉他的手。猴子挠老爹的痒痒，老爹乐得把什么都忘了，跟小动物们翻上翻下，在地上打滚。

〔树公公和梅花鹿妈妈看见了也高兴了，哈哈大笑。

树公公　孩子们，别闹了，老爹年纪大了，经不起你们这样弄，停止吧！

梅花鹿妈妈　鹿娃子，上来吧！

　　　　〔可是小动物们谁也不听他们的话，仍旧缠着王老爹玩。鹿妈妈和树公公互相看看，一点儿办法都没有。

　　　　〔忽然，山谷里发出一阵美妙的音乐。在音乐声中，悬崖顶上的石缝里，慢慢伸出了一丛蓝色的花，这花在闪闪发光。小动物们都惊叫起来。

猴　子　马兰花开了。

小动物们　马兰花开了，马郎又要来了……

王老爹　这是什么？

树公公　王老爹，你赶巧了，这是马兰花，它是今年山谷里的第一朵。它一出现，接着满山遍野的马兰花就全要开花了。

王老爹　啊呀，好看哪，这不是小兰要我采的马兰花吗？要是我能得到它，该多好呀。（走上悬崖，打算采花）

　　　　〔小动物们都在等着别处马兰花的开放，没有注意王老爹。王老爹快走到悬崖边上了，他心里惦记着花，没注意脚下。

树公公　老爹，当心……

　　　　〔可是已经来不及了，王老爹得花心切，一下子就掉下了悬崖。

　　　　〔小动物们忙成一团，乱喊乱叫，来回奔跑，都在设法救老爹，可是谁都没有想出好办法。

　　　　〔正在这紧张的时刻，小动物们忽然静下来，都注视着悬崖底下的动静。

　　　　〔悬崖下，一丛马兰花，渐渐地长高了，王老爹无力地躺在花丛上。花儿慢慢地分开了，王老爹被一个健壮的小伙子抱着。

　　　　〔小动物们看到都惊叫起来。

小动物们　马郎！马郎！

　　　　〔马郎向大家笑了一笑，接着抱着王老爹走下花丛，把王老爹放在一个小山坡上。

　　　　〔小动物们都围过来，有的亲他的脸，有的摸他的手。大家都轻手轻脚地不敢出声。

马　郎　老爹，醒醒！醒醒！

小动物们 （也跟着轻轻地喊）老爹，醒醒！醒醒！

王老爹 （慢慢地睁开了眼睛，看看大家）嗯……好危险呀！是你们救
了我。

猴　子 不是我们，是他，马兰花。

马　郎 老爹，你哪儿受伤了？

王老爹 哪儿也没有伤，你们看。（站起来，慢慢地走着。猴子跟在他后
面，提防他跌倒。）

王老爹 （走上悬崖，看着闪闪发光的马兰花）这是什么地方？

马　郎 这是马兰山。

王老爹 马兰山？这是什么花？

马　郎 这是今年开放的第一朵马兰花。

王老爹 马兰花？

马　郎 是的，随着这第一朵马兰花的开放，整个山谷的马兰花都将开出
来了，你看！

〔在马郎手指划过去的地方，长出了一丛丛蓝色的马兰花，顿
时，满山遍野像是一片蓝色的海洋。

〔这景色使王老爹和小动物们都看呆了。

王老爹 你是谁？

马　郎 我叫马兰。我用这双手，培植了成千上万朵的马兰花。

王老爹 你是人，还是花？

马　郎 （站立在花丛中）既是人，又是花。花和我，就像露珠和雨点，
合起来就是一滴水。

王老爹 你愿意给我一朵这蓝色的花吗？

马　郎 是你要吗？

王老爹 不，我的女儿。

马　郎 你的女儿？是不是住在这山脚底下、随着朝霞一块儿起床、跟着
小鸟一块儿歌唱的姑娘？

王老爹 是的，你认识她？

马　郎 我不认识，不，也可以说认识，因为从我这么小的时候起，我就
听惯了她的歌声，你听。

〔远处传来小兰的歌声。

马　郎　（向着悬崖上那朵发光的马兰花招手，接住飞来的马兰花，交给王老爹）老爹，这朵花请你带回去。那位姑娘喜欢它，那就请你问问她，愿不愿意嫁给我马郎？

树公公　老爹，恭喜你呀，马郎向你家姑娘求亲啦。

王老爹　（接过马兰花，乐得什么似的）好好好，我就回去问问她，我就回去……（挑起柴担，准备下山）

〔小动物们围着王老爹，帮他收拾。

狗尾巴草　（把喇叭花拉在一边，给她一根狗尾巴草）你喜欢不喜欢呀？你愿意不愿意呀？

喇叭花　（打了狗尾巴草一下）傻瓜，你自己去想吧。

〔小动物们听到狗尾巴草和喇叭花的对话，都乐开了。

王老爹　我走了，再见了，孩子们。

马　郎　老爹，再见了。这朵神奇的马兰花，和我的心连成一片，如果姑娘不嫌弃我，那么明天，月亮当头的时候，在山脚底下，小河旁边，我们来迎亲！

〔王老爹挑着担子在小动物们的陪送下下山去了。马郎一个人在想着什么，小动物们回来了，偷偷地围着他，一齐向他做鬼脸，马郎不好意思地躲进花丛。

〔幕落。

第三场

〔幕启。

〔王老爹家，景同第一场。

〔天色渐晚，小鸟归林，落日的余晖映在房子上、瓜棚上。

〔瓜棚下的小桌上摆好了饭菜。小兰在绣花，大兰抱着老猫在嗑葵花子。妈妈心里在惦记着王老爹。往常，王老爹早就回家了，可是，今天天都快黑了还没有回来。她看看大路，又摸摸饭菜，心里很不安。

大　兰　真是，还不回来，人家肚子饿得直叫。（起身欲拿桌上的饭菜）

妈　妈　大兰，再等一会儿吧。

大　兰　又不是我吃，我弄点东西给老猫吃。

妈 妈　老猫也得等人吃完了再吃。

大 兰　好吧。

妈 妈　我说，孩子们，你爹一定出了什么事，往常没有这么晚还不回来。

大 兰　我看哪，爹一定在市上见到好朋友，上酒馆喝酒去了，一定是的。妈，别等了，我们先吃饭吧。

妈 妈　不会的，他知道我们在等他，你饿，你先吃吧。

小 兰　（放下花绷）妈，我去找爹去。

大 兰　你到哪儿去找呀，到山里，还是到市上？我说，你们别操这份心吧，他会回来的。

小 兰　我到山里去找找看。（跑下）

妈 妈　大兰，你是姐姐，一点心眼儿都没有。你爹这么晚还没有回来，你也不着急，我说你到市上去看看吧，说不定他真给你到市上买花布去了。

大 兰　市老早就散了，到哪儿去找呀？

妈 妈　你到大路上看看也好呀。

大 兰　好吧！我去，真是麻烦！（刚走了两步，听到老猫叫，又回身到窗台上抱着老猫出去了）

　　　　〔妈妈一个人到处看，她记挂着老爹，坐也不是，站也不是，不知怎么办好。

妈 妈　（自语）人老了，也变糊涂了，好像不知道会等他似的！啊呀，菜都凉了，饭也冷了。

　　　　〔妈妈把饭菜端进灶房，一会儿，烟囱里冒烟了。

　　　　〔王老爹挑了一担柴上，他拿着那枝马兰花，宝贝似的捧在手里。

王老爹　妈妈，妈妈！姑娘们！

　　　　〔妈妈从灶房跑出来。

妈 妈　啊呀，你可回来了啦，简直变成个小孩子了。过来过来，我闻闻，大概又碰到几个老酒鬼，喝饱了老酒回来了。

王老爹　妈妈，妈妈，别叫别叫，一没有喝酒，二没有贪玩，遇到一件大喜事。

妈 妈　算了算了！什么大喜事？喜事会落到你头上？

王老爹　你看。（举起马兰花）

妈　妈　什么宝贝？一朵野花，值得你大惊小怪的！

王老爹　哎哎哎！你别动，别抢，这可真是了不得的大喜事呀。

妈　妈　我知道，你在哪儿玩迟了，忘记回来了，想编套词儿来搪塞，是不是？老头子，快讲吧！一定是喝酒了。

王老爹　你闻你闻！（向妈妈哈了一大口气）真没有喝酒。可遇到一件好事，你听我讲。

〔妈妈把耳朵凑过去，王老爹跟她耳语，妈妈又是惊又是喜，眼睛越瞪越大。听王老爹讲完了，妈妈却愣头愣脑像个傻瓜似的，不知所措。

妈　妈　啊呀，我的毯子还没有织好哪！我说嘛，说来就来，措手不及，来啦！我这个丈母娘什么礼也拿不出来，多寒碜呀！

王老爹　啊呀，我的老伴呀！亲还没有迎呢，你就想当丈母娘了。再说，女儿还没有答应哪！

妈　妈　是呀，两个丫头，都去找你了，一个到市上，一个到山里。快喊去！明儿就迎亲了，真是，这么急。

王老爹　小兰，你快回来呀！（见没有人答应）大兰，你快回……

大　兰　哎，我来了。

妈　妈　你来了，你怎么这么快？你根本就没有去？

大　兰　我在大路看了一眼，没有人嘛，我就回来了呀！

妈　妈　小兰一定跑远了。老爹呀，你跑一趟，去喊她去。哎呀，算了算了，我去，你那个跟头跌得也够受了，歇会儿吧，我去我去！（有意把王老爹拉在一旁）你跟大兰谈，我看到小兰就告诉她。（急急忙忙地下）

大　兰　爹，你到市上去了？花布买了没有？

王老爹　孩子，爹没到市上去，花布也没有买。你爹在山上带回来这朵花，你看好看吗？（把马兰花给大兰看）

大　兰　爹！你不给我买花布，拿这枝花来骗我，我才不要呢！院子里的花多着呢，谁稀罕这个？我才不喜欢它呢，有什么好看的。

王老爹　大兰呀！这是山上一个年轻汉子给我的，他人长得漂亮，聪明能干，他说哪位姑娘喜欢这朵花，就问问她，愿不愿意嫁给马兰花。马兰花就是他的名字。

大　兰　（把抱在手里的老猫丢掉，一把抢过马兰花）我喜欢这朵花，多好看呀！（闻闻花）啊呀，好香呀！我喜欢它。

王老爹　真喜欢吗？

大　兰　真的。爹，把这花给我吧。马兰花住在哪儿？

王老爹　（把马兰花给大兰）山里。

大　兰　山里？他的房子大吗？他有多少地？他有几匹马？家里可有佣人侍候他？

王老爹　大兰，你想错了。马兰花和你爹一样，既没有地，也没有马，更没有高楼大厦，侍候他的佣人想也不用想。

大　兰　那他靠什么过日子呢？

王老爹　靠他的一双手。

大　兰　（马上变了主意）爹呀，女儿舍不得爹，舍不得妈，也舍不得这个家。爹，我虽然喜欢这枝花，可是我现在还不想出嫁。（把马兰花掷在地上）

王老爹　（赶忙拾起马兰花）我知道你不会喜欢这枝花的。

〔小兰和妈妈上，跑进院子，住在附近的邻居跟上。

小　兰　爹！

王老爹　小兰，你看。（把马兰花高高举起）

〔马兰花发出了奇异的光彩，院子里叫这光彩照耀之后，好像进入了一个奇妙的境地。

小　兰　（被美丽的马兰花征服了，屏住呼吸看着这朵花，然后跑过去，把花抱在胸前）爹，女儿要，要这枝在梦里见过了不知多少次的花。（转身对妈妈）妈，女儿肯嫁给马兰花。

〔隐隐约约地听到一曲醉人的音乐，好像无数童子在合唱，那和声像颂歌一样动听。

〔远处的小河显得格外清亮。

〔小兰拿着马兰花走向河边。

〔妈妈和王老爹欢喜得快流泪了。邻居们向他们道贺。

〔大兰坐在水池旁，摸摸老猫，无所谓的样子，对院里发生的一切好像什么也没有看见。

〔幕落。

第四场

〔幕启。

〔山脚下，小河边。

〔圆月当空，银光倾泻满地。五彩云霞，在天空游动，也映在河底。远处飘来了音乐和歌声，其中还夹杂着清脆的笑声。

〔在河的远处，漂来了一只荷叶做的小船。小船上站着马郎和他的朋友们，他们都打扮得十分漂亮，其中有两个小动物装扮成和合二仙，头上戴了大头娃娃的面具，一个手里捧了一个宝盒，一个手里拿了荷花、荷叶。

〔小兰穿着新衣服，手里拿着马兰花上。王老爹、妈妈及邻居们都来了。大家都打扮得干净漂亮。他们看到远处河上的景色，惊呆了。

妈　妈　老爹呀！你看见没有？那远远的五颜六色的是他们吗？

王老爹　妈妈，别响，是他们来了。

妈　妈　来啦？马郎呢？

王老爹　别急呀！

〔马郎他们快走近了。

喇叭花　（老远地喊）王老爹呀！我们来迎亲了！

王老爹　来吧，我们都准备好了。

狗尾巴草　老爹呀！妈妈来了没有？马郎给丈母娘准备好礼品啦！

妈　妈　（向王老爹）我说过，要没礼品，多寒碜呀。（整理王老爹手里的绣花毯子和梳妆盒）老爹，整理整理好。

〔马郎和朋友们上岸。

〔马郎看着小兰，小兰看着马郎，两人相对无言，可是他们各人心底都在说着话。两个人慢慢地走近，朋友们都安静地凝视着他们。

〔小兰把马兰花交给马郎，马郎把马兰花戴在小兰的头上。顿时响起音乐，天空落下无数花瓣，舞台上呈现一片花海，天空的五彩云霞，变幻得更加美丽。

树公公　孩子们，准备起来，给他们举行婚礼吧。

399

〔场面排开，和合二仙扶着小兰和马郎立在正中，形成了我们古老的民族婚礼的场面。

〔马郎和小兰向树公公、王老爹、妈妈、鹿妈妈等长辈行礼，又转身向朋友行礼，然后相向行礼。鹿妈妈端出了两杯酒，请他们喝交杯酒。朋友们都愉快地跳起舞来。

〔狗尾巴草把喇叭花牵至一边，偷偷地谈话。

狗尾巴草 看看人家马兰花，多幸福呀。

喇叭花 他是花，你是草。

狗尾巴草 还不是一样。

喇叭花 你要怎么样呢？

狗尾巴草 我想，我想……我想和你……就像马兰花和小兰姑娘一样。

喇叭花 哎哟，你别说了，多难为情呀！

狗尾巴草 好不好吗？我等了好几年了。……就在今天，顺便把婚礼也举行了好不好？

喇叭花 哎呀！多难为情呀！你去跟树公公说去。

狗尾巴草 （跑到树公公身边）树公公，树公公！我……（不好意思了）

树公公 什么事？你讲呀！

狗尾巴草 我……我……你问她吧。（指喇叭花）

喇叭花 （很快地把身子转过去）我……

树公公 哈哈哈，你们是怎么回事呀，吞吞吐吐的？

〔朋友们都围过来了。

狗尾巴草 是这么回事，我……我们……我们想……哎呀，喇叭花！

喇叭花 看你这没用的劲儿，我来给你说吧。树公公，他想和我成亲。

树公公 好呀，你怎么样呢？

喇叭花 我……我答应了。

狗尾巴草 嘻嘻嘻。（他傻里傻气地跑过来拉喇叭花的手）

树公公 好，双喜临门！孩子们，给他们打扮打扮，把婚礼一道举行起来吧。

〔狗尾巴草从头上拔下一根狗尾巴草，插在喇叭花的头上。

〔紧接着他们也按照马兰花和小兰刚才进行过的婚礼仪式，行起礼来，不过他们是被小动物们强迫着行了跪拜礼。

〔大家欢乐无比，跳起欢乐的舞蹈。大家为新郎和新娘祝福。

树公公　孩子们，露水已经把我们的衣服弄湿了，我们该回去了，向老爹和妈妈告别吧。

〔众人互相告别。马郎把小兰扶上船。小动物们跟着上船。

〔船渐渐漂远了。

妈　妈　小兰呀！记住呀！明年马兰花开的时候，千万回趟家。妈妈记挂你们。

小　兰　哎。

〔他们的船越漂越远，歌声越来越轻。后来只有几颗闪闪发光的花朵，在小河的尽处漂流，慢慢地什么也看不见了。

〔幕落。

第二幕

第五场

〔幕启。

〔深山里，景同第一幕第二场。

〔一年的时间过去了。又快到马兰花盛开的季节了。

〔早晨，树公公在门前打扫，小松鼠和猴子在帮他做事。

〔山顶上出现一对长鹿角，跟着，鹿娃子神气十足地出现在山顶上，他长高了，声音也变粗了。

鹿娃子　树公公，您早！

树公公　鹿娃子，你早！

鹿娃子　树公公，我给您说过多少回了，我长大了，我不叫鹿娃子了，我叫梅花鹿。（伸伸腿，挺起胸，昂起头，摇摇尾巴，做出一副大人的样子）

树公公　哈哈哈……

小松鼠　鹿娃子，快下来，帮着做点事。

鹿娃子　小鬼……

猴　子　鹿娃子，别偷懒，下来！

鹿娃子	（伸手采了一个松果，掷下来）小鬼头，你们也喊我鹿娃子，我长了一岁了，去年我比你们小，今年我比你们大。
小松鼠	嘻嘻嘻，你长了一岁，难道我们没有长？
鹿娃子	你也长大了？
猴　子	哈哈哈，只许你长，不许我们长？真是笑话。

〔猴子掷上去一个松果，鹿娃子又掷下一个，他们互相打起来。鹿妈妈跑来。

鹿妈妈	鹿娃子，怎么又打起来了？
鹿娃子	他们喊我鹿娃子。
鹿妈妈	喊你鹿娃子有什么不对？
鹿娃子	我叫梅花鹿，你看，我的角。
鹿妈妈	看你神气的。
树公公	鹿妈妈，他长大了，不高兴人家喊他鹿娃子了。
鹿妈妈	树公公，您老人家早。您在忙什么呀？
树公公	嘿，你忘了？马兰花今天就要开花了，马郎和他的媳妇就要看我们来了。
鹿妈妈	啊呀，可不，一年了。鹿娃子……啊，梅花鹿！快回来，收拾一下。

〔小动物们随树公公回山洞去了。

| 树公公 | 孩子们哪，快点弄吧，看样子马兰花快开了，你闻，泥土散发着清香的气息，我想，时辰快到了。 |
| 猴　子
小松鼠 | 对，我们快收拾吧。 |

〔小动物们树上树下地忙碌起来。树公公也和他们一起忙。

〔狗尾巴草抱着小狗尾巴草上。

狗尾巴草	噢，噢，噢，小宝贝不要哭……
喇叭花	（在远处）孩子他爹，你慢点走呀，这路不好走，滑，你来扶我一把呀！
狗尾巴草	哎呀！我手里抱着孩子呀，这怎么办呢？你当心呀！
喇叭花	你过来一下呀！
狗尾巴草	我手里有孩子呀！（亲亲孩子）乖，乖乖！我来也不抵用呀，

你当心点儿走吧，对了，对了，扶着那棵树。对，对，抓紧那把草，当心……

喇叭花　（在远处）哎呀！

狗尾巴草　哎呀！不要紧，抓紧那把草。

〔喇叭花没有跌下来。艰难地上，她穿了一身新衣服，戴了满头花，左手提了一个包袱，右手提了一个红纸包，臂弯里还夹了一只老倭瓜。她一步一步地横着走过来，快走近狗尾巴草，狗尾巴草伸过手去扶她，她也伸过手来抓他，还没抓到狗尾巴草的时候，一不小心，跌了一跤，东西也都落在地上了。

狗尾巴草　哎呀！

喇叭花　哎呀！

〔小狗尾巴草被吓哭了。这下子把狗尾巴草忙坏了，他又要哄孩子，又想去扶喇叭花。喇叭花坐在地上要爬起来，但很难，显得很狼狈。

狗尾巴草　叫你少带点儿东西，你偏不听……

〔树公公、小松鼠、猴子、鹿妈妈、鹿娃子等闻声都赶紧跑出来。鹿妈妈去扶喇叭花，拉不动她，就接过狗尾巴草手里的孩子，叫狗尾巴草去拉喇叭花。

鹿妈妈　你这个家伙，连媳妇也不晓得招呼。

〔喇叭花叫鹿妈妈这么一说，感到委屈，哇哇地哭起来。

狗尾巴草　（拉喇叭花，急得也快哭了）哎呀！鹿妈妈，我手里有小孩呀！（听到小孩又哭了，立马把喇叭花往地上一放，赶忙跑到鹿妈妈身边哄孩子）啊呀，我的小宝贝，别哭了……啊呀！我的小宝贝……

鹿妈妈　快去把媳妇扶起来！（哄孩子）噢，噢，不要哭……

狗尾巴草　（嘟嘟囔囔地）大手大脚的，这点路都不会走，真是……（勉勉强强地去拉喇叭花）

喇叭花　（甩开狗尾巴草，从地上跳起来）谁稀罕你！我爬不起来？

狗尾巴草　（吓了一跳）能爬起来就好。

喇叭花　你这棵狗尾巴草，神气得什么似的，非你不可呀，我是一朵花，花！

狗尾巴草　花！花又怎么样呢？难道花就娇……

403

树公公　你们这两口子，谁也不服谁，成天像冤家一样。

喇叭花　树公公，你评评理呀！他……

狗尾巴草　树公公，你说说看，总不能不讲理呀……

树公公　好了，好了，你们都少说一句吧，要学着互相尊重才好。

喇叭花　可是他……

鹿妈妈　别说了，你是来看树公公的吧？

喇叭花　可不是吗，一吵架把正经事也给忘了。你还站在那儿噘着个嘴做什么？还不去找一下，我那包东西呢！

狗尾巴草　（瞪着眼睛，噘着嘴，走到刚才来的路旁，拾起那个红纸包和包袱、老倭瓜等物给喇叭花）给你。

喇叭花　树公公，给你带来一个老倭瓜，老得很哩。（见树公公不理，推推狗尾巴草）说话呀！你！

狗尾巴草　树公公，我们下次不吵了。

树公公　说话要算话。

喇叭花　（抱过小孩，向树公公）树公公，别生气了，看看您的小孙子吧。

〔喇叭花把小狗尾巴草抱给树公公看，树公公这下子才给逗乐了。

〔兔子姐妹跑上，她们都长大了，已经不是一对不懂事的小孩子，而是一对漂亮的小姑娘。不过兔子妹妹清脆的笑声，仍然没有变。

兔子妹妹　树公公……树公公……

兔子姐姐　树公公，马兰花开了没有？

树公公　别急，别急，小姑娘，你们没有来，马兰花不会开的。哈哈哈……

〔正在此时，山谷里放出异彩，响起了迷人的音乐，长在最高处的马兰花在闪闪发光。一朵碧蓝的马兰花慢慢地开放，接着满山遍野都发出光亮，成千上万朵的马兰花都在缓缓开放。这景色，比起去年来，更加美丽，更加迷人了。

〔所有花丛里发出来的光彩都集中在舞台中心的一丛正在生长的马兰花上，这一丛花组合得特别美丽，颜色也特别蓝，远远看去，像是蓝宝石。

〔就在这花丛中，站立着马郎和小兰。他们幸福的形象引起了所有人的羡慕。

小动物们 马郎、小兰嫂嫂，你们好！

马　郎 你们好！

小　兰 树公公，您好！

树公公 好，你们好！

鹿妈妈 （向小兰）小兰，过得惯吗？

小　兰 过得惯。

兔子妹妹 小兰嫂嫂，你喜欢我们这儿吗？

小　兰 喜欢。

兔子姐姐 喜欢什么？喜欢谁？

小　兰 喜欢你，喜欢他，喜欢你们大家。

猴　子 喜欢不喜欢他？（指马郎）

　　　　〔大家都乐起来了。

喇叭花 小兰，你看！（把小狗尾巴草抱给小兰看）

小松鼠 嘿，喇叭花又献宝了。

猴　子 不是献宝，是献草，献了一棵小狗尾巴草。

　　　　〔大家又乐开了。

树公公 孩子们哪！一年一度的马兰花开花的节日已经来了。让我们按照马兰山的传统，跳起我们节日的舞蹈吧。

　　　　〔音乐响起，山谷里的居民们跳起舞来，大家按照传统，先向长辈们致敬，再相互致敬，然后向后辈们祝福，最后赞美伟大的自然，大家兴奋而愉快。

　　　　〔马郎和小兰一边跳，一边交谈着。

小　兰 马郎，真快呀，（随手摘了一朵路旁的马兰花）马兰花又开得漫山遍野的了。

马　郎 嗯，这条路都变成蓝颜色的了。

小　兰 像天空，又像海洋，真美呀。

马　郎 你还记得吗，去年这个时候，我们也是在这条蓝色的道路上，一同走进我们的家。

小　兰 怎么不记得，露水把我的裙子都弄湿了。

马　郎 真快呀，都一年了。

小　兰 马郎……

马　郎　嗯。

小　兰　马郎……

马　郎　你想说什么呀，说呀？

小　兰　你难道想不到吗？我的心事。

马　郎　（看着小兰的眼睛）嗯，我懂，你想家。

小　兰　妈、爹，还有姐姐，他们时常跑到我的心里来，我想去看看他们。

马　郎　明天我就送你回去。

小　兰　不，我要现在，因为今天我离开家整整一年了。我想妈、爹，还有姐姐，他们一定在记挂着我。我现在就回去，明天就回来，好不好？

马　郎　好，原谅我不能和你一块儿回去，希望你明天一定回来。

小　兰　一定。马郎，你明天早晨在山脚下接我。离开你，我也会想你的。

马　郎　一定。

小　兰　那我走了。

马　郎　等一等。（向长在高处的马兰花招手，接住飞来的一朵蓝色的小花）带着这一朵马兰花，你要什么，只要说："马兰花，马兰花，风吹雨打都不怕，现在请你就开花，勤劳的人在跟你说话……"这样，你要什么，它就会给你，黑路会明亮，逢水就有桥。千万戴好，不要丢了。（把花插在小兰头上）

小　兰　谢谢你，我会当心的。再见。

马　郎　不，再等一会儿。树公公！朋友们！请停一会儿跳舞吧。小兰要回家去一趟，看看爹妈，现在就要上路了。

〔树公公和小动物们跑来。

树公公　什么？什么？

小　兰　树公公，我离家一年了，想回家一趟，看看爹妈。

树公公　应该的，应该的。

兔子妹妹　怎么说想走就走了哩。

鹿妈妈　代我们大家问老爹和妈妈好。

喇叭花　小兰，告诉老爹和妈妈，我们养了个胖小子。

406　小　兰　好，一定把这好消息告诉他们。谢谢你们了，朋友们，我上路了，明天我们就能见面了。你们玩吧，顶好玩个通宵，省得马郎回去寂寞。

狗尾巴草 你放心吧，我们不会让他寂寞的。

小　兰 马郎，再见了，不要忘了，明天清早就来接我。再见了，朋友们！（下）

大　家 再见。

马　郎 当心呀！路上当心呀，那枝马兰花！

〔小兰内应："哎——"

〔朋友们向远处看着。

〔幕落。

第六场

〔幕启。

〔王老爹家屋外，景同第一场。

〔月夜。屋子里点上了灯。妈妈在屋外，向大路上眺望。王老爹出来喊她。

王老爹 妈妈，回来吧，下露水了，外面冷。进去吧，今天她不会回来了。（嘴里虽这样说，可心里仍然惦记着小兰，也向大路上眺望）

妈　妈 该回来的呀，一年了，连个信也没有。

王老爹 就在这两天了，你放心吧，小兰不会忘记我们的。

〔老猫在屋顶上叫。

妈　妈 死猫，又来了。

〔大兰听到老猫叫，赶忙推开窗户。

大　兰 喵呜！咪咪咪，老猫，过来。（发现王老爹和妈妈）你们还不睡觉？我说妈妈，你就别操这份心吧，妹妹有了新家，早把我们给忘了。

妈　妈 你别瞎扯，小兰不像你。

王老爹 妈妈，回去吧，天晚了，今天是不会回来的了。睡去吧。

〔王老爹和妈妈进屋，屋里的灯没有熄，妈妈绣花的影子在窗户上出现。

〔月光下，小兰上，她几乎是一路跑回来的。这里的一切都勾起她无限的回忆。她发现妈妈的影子。

小　兰　妈——（赶忙停住，在水池边照照自己，整理整理头发）

〔老猫又在屋顶上叫了，小兰看看它。

〔小兰要进屋，忽然想起什么，从头上拿下马兰花，举得高高的。

小　兰　马兰花，马兰花，风吹雨打都不怕，请你现在就开花，勤劳的人在跟你说话：把送给爹妈的礼品送来吧。

〔一阵五彩云霞，飞来一个篮子，这篮子里装满了礼品。小兰惊喜地去看这些礼品。

〔老猫喵喵直叫。

〔大兰推开窗户。

大　兰　老猫，叫什——（忽然发现小兰）谁？——妹妹！妈妈！

〔妈妈赶忙出屋。

小　兰　妈妈！

妈　妈　小兰……我就说你会回来的……（拥抱小兰）

〔王老爹也从屋里出来。

小　兰　爹。

王老爹　你到底回来了，怎么这么晚？

大　兰　妹妹，快坐一会儿吧。

妈　妈　小兰，你胖了。

大　兰　妹妹，你这一身衣服真好看哪。

小　兰　这是我自己做的。

王老爹　马郎可好？

小　兰　好。

〔一家人笑声不绝，把邻居们都引来了。

邻居甲　小兰，你回来了？

邻居乙　可把你妈想坏了。

〔大家你一言，我一语，乐得更起劲了。

年轻姑娘甲　跟我们谈谈，你们的日子过得可好？

年轻姑娘乙　给我们唱一首新歌吧。

小　兰　（舞蹈，唱）

　　　　　高高山上有我家，

　　　　山青水绿难描画，

　　　　好伙伴相处像兄弟，

　　　　同甘共苦有马郎。

　　　　远离家乡整一年，

　　　　儿时的伙伴挂心边，

　　　　朝别山冈晚归家，

　　　　探望乡亲和爹妈。

　　　　敬献老爹一壶酒，

　　　　深山打柴好润口；

　　　　各色丝线送妈妈，

　　　　愿您绣出百样花。

　　　　送给姐姐一匹布，

　　　　做身袄裤好洗换；

　　　　马兰花儿赠大家，

　　　　愿幸福走进你们家。

　　　〔每个人都得到了礼物，戴上一朵马兰花。大家快乐地跳起了舞。

老妇人　小兰，你们进屋歇一会儿吧，我们也该走了。

　　　〔邻居们向小兰告别，小兰和老爹、妈妈进屋去了。

　　　〔大兰一个人留在屋外，她看看屋内，半天没有讲话。

大　兰　（自言自语）把她美死了，小丫头，看她那副神气的样子，真把
　　　　人给气死了。

　　　〔屋里传出了一阵笑声。

大　兰　好呀，你高兴，你享福了，你这个小丫头，我哪一点不如你？
　　　　（走到水池边照着自己）我长得和你一样好看，你不比我多点什
　　　　么，你会的，我都会；你能的，我都能。你有一个脑袋，我也有
　　　　一个脑袋；你能想，我也会想。——可当初我是怎么想的呢？爹
　　　　先问我的呀，该死的糊涂脑袋，你怎么了，你怎么把得到手的幸
　　　　福，又给了别人呀？唉，我真恨呀！

老　猫　（在屋顶上）喵呜——喵呜！

大　兰　（对老猫）死东西，你还叫，难道你在笑话我吗？

老　猫　（叫得更响了）喵呜，喵呜——

大　兰　（捡起地上石头扔过去）死东西，让你叫！

〔随着石头扔过去的地方，一阵青烟突起，在烟雾里，跳出一只黑猫。它已经不是大兰抱在手里的黑猫，而是和大兰一样高矮的大黑猫。

老　猫　喵呜！喵呜！喵……哈哈哈……

大　兰　（吓了一跳）你是谁？

老　猫　老猫，你的好朋友。

大　兰　老猫？怎么变得这么大？

老　猫　从来就没有小过，你看，胡子这么长，而且是白的。（捋捋胡子）

大　兰　你来干什么？

老　猫　看你怪可怜的样子，想来帮你一个小忙。

大　兰　你！帮我的忙？

老　猫　对了，老朋友有了困难，不能站在一边看着不管。

大　兰　你有什么能耐？

老　猫　你瞧：这是腿，一跳，五六尺高，从地上跳上台子找点吃的，不费劲；这是手，有人管它叫爪子，挺厉害，抓起扫把来哗哗剥剥地响，（低声）逮耗子两手儿可忘了；（大声）这身体，挺灵活，翻个把跟斗，吊个把毛儿，不费劲，你瞧，（翻了个跟头，吊了一个毛儿）面不改色，还不带喘气；这脑袋，出起主意来顶快，什么事，我都能想出来，保管能行。你听这首诗：

一二二来一二三，

老猫法术大如山，

翻个跟斗打个滚，

出几个好主意没困难。

大　兰　我的心思，你都知道了？

老　猫　笑话，哪能不知道呢！不知道，还叫什么好朋友呢！

大　兰　你说说看，我能把已经丢掉的幸福找回来吗？

老　猫　怎么不能！

大　兰　我该怎么做呢？

老　猫　告诉你，你要幸福，就不要怕别人痛苦。

大　兰　我还怕她痛苦呀！我恨死那死丫头了。

老　猫　那好，等她回家的时候，你想法子送她上路，要让她相信，你是
　　　　没有坏意的……以后该怎么做，我等会儿告诉你。他们要来了，
　　　　你要装着什么事也没有发生过一样。喵呜。

　　　　〔小兰出来了，老猫躺在一边。大兰装着收拾东西。

小　兰　姐姐，你一个人在收拾呀，我来帮你吧。

大　兰　不要了，小妹，我来，你歇着吧，一路上辛苦了。

小　兰　不累，我来。

大　兰　小妹，你的手好巧呀。这件衣服是你自己做的吗？多好看呀，我
　　　　怎么样也做不来，真懊悔当初没有跟你好好学。

小　兰　姐姐，现在跟妈学也行呀。

大　兰　反正妈妈会做就行了，我好像永远也学不会了。我一拿上针线，
　　　　头就昏，大概我永远也学不好了。

小　兰　姐姐，不是不能学……

大　兰　亲妹呀，好妹妹呀，你知道我多想你呀！你在家不显，离开家可
　　　　叫人想呀！亲妹妹，这次你可得多住几天，我要跟你多谈谈。

小　兰　姐姐，我明天早上就要走了，家里还有很多事情呢。

大　兰　明天就走？那怎么行呢！我们还没有好好地谈过呢。

小　兰　那现在就谈吧。

大　兰　亲妹妹，说来话长呀，现在我又不晓得从哪儿谈起了。这样吧，
　　　　好妹妹，明天早晨我送你上路，一路上我们谈吧。

小　兰　好，就这样吧。

　　　　〔妈妈内声："小兰——"出屋。

妈　妈　怎么一会儿就不见你了，我还在跟你说话呢，一转眼就不见了。

大　兰　小妹，你进去跟妈妈谈谈去吧，我一会儿就收拾好了。

妈　妈　大兰，你也来吧，就要吃饭了。

大　兰　我就来。

　　　　〔妈妈和小兰进屋。

老　猫　（鬼鬼祟祟地跑出来，四处看看，然后走到大兰身边，轻轻地）
　　　　明天在路上，设法把她的衣服、耳环弄到手，到河边的时候，
　　　　就——（做了一个推人下河的姿势）

大　兰　哎呀——

411

老　猫　这样，你就可以找到你的幸福啦。哈哈哈……

大　兰　（点点头）嗯。

〔天空越来越阴沉，月亮叫乌云遮没了。远处在闪着电光。

〔幕落。

第七场

〔幕启。

〔山脚下，小河边，景同第四场。

〔清晨，山雨欲来之势。小河里的水不是那么平静了，微风吹过，激起波浪。

〔老猫像一阵风一样飞奔而上，鬼鬼祟祟地看看四周，又朝来的路上看看，然后回来，在河边的一块石头后面躲了起来。

〔一会儿，大兰和小兰上。

小　兰　马郎，马郎！（对大兰）姐姐，马郎还没有来。

大　兰　我说吧，太早了，咱们坐下休息一会儿吧。

小　兰　姐姐，你累了，叫你跑这样多的路来送我。

大　兰　这有什么呢！亲姊妹，一年不见面了，难得的。

小　兰　一路上尽顾了赶路，姐姐，你说要跟我谈话的呢。

大　兰　唉！真不知道从哪儿谈起呀。

小　兰　我们快来好好谈谈吧，一会儿马郎来了，我就要走了。

大　兰　小妹，马郎从哪一边来？

小　兰　从那边。

大　兰　顺着这条河上去，就是你们的家吗？

小　兰　对了，顺着这条河向前走，再翻过一个山头，就可以看到一大片马兰花，那就是我们的家。

大　兰　这河里有鱼吗？（跑向河边）

小　兰　（一把拉住大兰）姐姐，你不是有话和我谈吗？

大　兰　小妹，我们去看看，河里一定有鱼。走！

小　兰　不要，鱼有什么稀奇呢。

大　兰　一定还有石头。

小　兰　姐姐，你怎么老是扯这些呢？

大　兰　小妹呀，你别急，我们说正经的，你说我长得难看吗？

小　兰　谁说你难看了！

大　兰　比你呢？

小　兰　我不知道，为什么要比呢？

大　兰　比着玩嘛。来，我们看河里的影子。(拉着小兰来到河边的一块
　　　　大石头上)

　　　　〔河里显出两个姑娘的影子。

大　兰　你看，我难看死了，衣服都打了补丁，颜色也洗褪了，你的衣服
　　　　多好。人恃衣衫马恃鞍，我当然比不过你了。

小　兰　姐姐，我把这件衣服送你吧。(脱下自己的外衫)

大　兰　那怎么行呢！马郎知道不要怪你呀？

小　兰　不会的，我告诉他给了你了，他会高兴的。

大　兰　那也好。我来试试吧。

　　　　〔小兰把外衫给大兰穿上。

大　兰　(穿好外衫之后，看看小兰)哎呀，不行，还是你好看，因为你
　　　　有耳环，而我没有。

小　兰　(拿下自己的耳环)耳环也给你吧！(见大兰伸手就来拿耳环，不
　　　　舍)这副耳环是马郎亲手做的。

大　兰　那你告诉他，你给了我了，他会高兴的。

小　兰　是的，他会高兴的。(把耳环给大兰戴上)

大　兰　(赶忙在河里照照)哎呀！我头上没有花。小妹，这朵花多好看
　　　　呀，也给我吧。

小　兰　姐姐，你要花，我给你去采，这朵花，不能给你。

大　兰　你什么都给我了，这么一朵野花有什么了不起的。

小　兰　姐姐，你不知道，这不是平常的花，这朵马兰花是马郎的命根
　　　　子，我们全家的幸福都靠它。

大　兰　啊，马兰花！那借给我戴一会儿吧！

小　兰　不能够。你要什么，我都可以给你，这枝花，不能给。

大　兰　(半开玩笑似的)那我抢了。

小　兰　你抢我也不能给，因为给了你，我还能不能见到马郎，都不敢
　　　　说。好姐姐，你说吧，你还要什么吧，我再给你。

413

大　兰　我要马兰花，不给？那我真抢了！（动手就要抢）

小　兰　（跳下石头）姐姐，不要开这样的玩笑。

大　兰　哈哈哈哈……小妹，你真有趣，我跟你闹着玩的，你就当真了。好了，好了，不开玩笑了，我知道马兰花是你们家的宝贝，你就是送给我，我也不能要呀。

小　兰　可你刚才真的要动手抢了。

大　兰　我的好妹妹，那是跟你闹着玩的。咱们是亲姐妹，这点儿事还挂在心上干吗呢！来吧，亲妹妹，我们来谈谈吧。来吧，坐到这儿来。

〔小兰不愿意理大兰了，她看着河的上流，盼着马郎。

大　兰　（也看着河的上游）小妹，你来看，远远来了一个人，那是谁？是不是马郎？

小　兰　（赶忙爬上石头）哪儿？哪儿？

大　兰　喏！那一边，那一边，那个穿蓝衣服的。

〔小兰踮起脚尖，向河的上游看。

〔大兰趁小兰注视着远方的时候，冷不防地抢了小兰头上的马兰花，小兰被大兰这一举动吓愣了。这时老猫从石头后面跑出来，和大兰一起把小兰推下河去。

〔水花四溅，小兰呼救。老猫捡起一块石头扔向河里的小兰。过了一会儿，一切都恢复了平静。

老　猫　哈哈哈哈……大兰，你有两手。（顺手把马兰花抢到手）再见！（转身就要跑）

大　兰　哎哎哎！你怎么走了？

老　猫　事情都办好了。你在这儿等着吧，小马郎一会儿就来接你了，从此就可以过好日子了。

大　兰　他……他会相信我是小兰吗？

老　猫　怎么会不相信呢？你们姐妹俩本来就长得很像，现在你又穿了小兰的衣服，戴了小兰的耳环，他还会不相信吗？你等着吧，他一会儿就来了。我可要走了。

大　兰　慢点，你等会儿嘛，我怕得很，他要问起我，小兰哪儿去了，怎么办呢？

老　猫	傻瓜，你自己就是小兰嘛。他怎么会问呢？
大　兰	对，对。哎……你把马兰花拿去干什么呀？
老　猫	你懊悔当初没有嫁给小马郎，把得到手的幸福丢了，我帮你出了主意，现在你把幸福找回来了，你就去吧。至于我，我要的就是这枝马兰花，哈哈哈……闲话少说，我要走了，再见，祝你幸福！
大　兰	哎哎，马郎要是问起我马兰花，可怎么办呢？
老　猫	这还不简单，你就说丢了就行了。（打算走，可是走了两步，又想了一想）哎，我这个傻瓜，还跑路干什么呀？我有宝贝在手里，我该享享福了！（把马兰花举得高高的，大声喊着）马兰花，马兰花，风吹雨打都不怕，勤劳的人在说话，请你马上就开花，我要一辆八匹马拉的大车，把我送回去。（闭上眼睛，满以为马车来了，再向四周看看，一切都照旧，什么也没有）大兰，有马车来过吗？
大　兰	见鬼了，什么也没有来过。
老　猫	（打了马兰花一下）你这个什么宝贝花，连马车都变不来。
大　兰	世界上就没有八匹马拉的马车。
老　猫	你没有见过世面，我们老爷进进出出都是坐八匹马拉的车，或者十六个人抬的大轿。你以为世界上就只有一头老牛拉的大车，才叫车吗？真是没有见过世面！
大　兰	可是你没有变来呀。
老　猫	啊，我想起来了，一定是口诀不对。你知道口诀吗？
大　兰	不知道。
老　猫	这有什么用呢！丢掉它算了。
大　兰	啊呀，多可惜呀。拿给我戴戴吧！
老　猫	不行，你带回去，落在马郎手里就有用，他就可以把一切都搞清楚的。没有马兰花，他一点办法也没有的。千万不能给他。
大　兰	那怎么办呢？
老　猫	（想了一会儿）这样吧，我跟你一起去，你就说我是你家的老猫，可以帮你们做事情、捉老鼠。把花藏在我这儿，找机会骗到口诀再走。
大　兰	好，有你跟我一起，我胆子就会大一点儿。（远远地听到马郎的

　　　　　　歌声）

老　　猫　来了。

大　　兰　谁？

老　　猫　你的马郎呀！

大　　兰　啊呀！这怎么办呢？啊呀呀……我第一句话跟他说什么呢？

老　　猫　安静点，沉住气。

大　　兰　（整理整理自己的衣服，摸摸耳环）上天保佑，不出事才好。……
　　　　　　老猫呀，你要帮忙呀，露了马脚就糟了。

老　　猫　放心吧，这点事情，保管干得利落。来了，小兰，记住你叫小
　　　　　　兰。（把马兰花藏起来，卧在地上，贴在大兰的身边，装着很驯
　　　　　　顺的样子，摇着尾巴）喵呜，喵呜，喵呜！
　　　　　　〔马郎划着一条小船上。

马　　郎　小兰，小兰！
　　　　　　〔大兰傻傻地愣在那里。

老　　猫　（低声地）答应呀，你。

大　　兰　哎。

老　　猫　喵呜！

马　　郎　小兰，你来了半天了吧？

大　　兰　没有。……刚到一会儿。

马　　郎　我来迟了。

大　　兰　不要紧。

马　　郎　妈妈他们好吗？

大　　兰　（狼狈地）好！

马　　郎　你别难过了，过两天我再送你回去住几天。

大　　兰　不要不要，我住腻了……

老　　猫　喵呜！

马　　郎　这猫是你带来的吗？

大　　兰　是呀，他是我们家的老猫，我一年不回去了，他还认识我。今天
　　　　　　我走了，说什么也不肯离开我，一直跟着我。我叫他回去，他也
　　　　　　不干。老猫，你回去吧。

416　　老　　猫　不，喵呜！不，我不回去。（贴在大兰身边，装得很驯顺，舔舔

马郎的脚，又摇摇头，表示不愿意回去）

大　兰　你看，这死猫。

马　郎　回去吧，老猫，老爹还等着你呢。

老　猫　不，我要跟我们姑娘在一起。喵呜。（索性坐在大兰脚下不起来了）

大　兰　这样吧，我们把他带回去吧，他会帮我们做事，还会捉老鼠。

马　郎　可是老爹他们不要吗？

大　兰　不要紧，爹知道老猫跟我来的。

马　郎　那好吧，快上船吧，要下雨了。

〔老猫很快地跳上船，马郎把大兰扶上船，解开船索，自己也跳上去，划起桨，船走了。

〔天空闪着电光，雷声隆隆，紧接着是倾盆大雨。小河里的波浪更大了。

〔幕落。

第三幕

第八场

〔幕启。

〔马郎和小兰的家。马郎领老猫、大兰进来。

大　兰　噢！比我们家的大。

马　郎　什么？这屋子变样了吗？

大　兰　噢，噢，我说，这山楂果比我们家的大。（拿起桌上的山楂果就吃）

马　郎　先换衣服吧，洗洗脸洗洗手再吃东西呀！

大　兰　不要紧，我肚子饿了。

马　郎　怎么这样饿？

大　兰　哎呀，你不知道！昨天一夜都没有好好地睡觉，今天天没亮就起来了，早饭也没有吃，就走了十几里路。啊呀！我累了，想睡一会儿。（倒在床上睡觉）

马　郎　好吧，你歇着吧。老猫，你也休息休息去吧。过不惯吧，怎么半天没有开口？

老　猫　姑爷，过得惯的，过得惯的。

马　郎　啊呀，你浑身都湿了。

老　猫　不要紧的，姑爷，待会儿，太阳出来了，我爬上屋顶，晒一会儿就好了。

马　郎　老猫，你就住在这间屋里吧。

老　猫　姑爷，用不着，我喜欢住灶台，又舒服，又暖和，找点什么吃的也方便。

马　郎　你是说你打算偷嘴？

老　猫　哪能偷嘴呢？……我是说灶房里耗子多，逮耗子吃很方便。

马　郎　你倒蛮勤快的。

老　猫　什么话！谁不知道，我们猫是世界上最勤快的，当人们都已经睡得很甜很甜的时候，而我们却瞪着两只大眼，注视着墙犄角、小窟窿。姑爷，你就放心吧，我来到你们家，保管把你们家耗子逮光，并且还帮你做事，没有话讲，我们姑娘知道我。

马　郎　老猫，你很会说话。

老　猫　那是，我就有这点嗜好：爱讲话。我肚子里装了不少典故，姑爷，闲下来，我给你讲吧，保管你听得够味儿。

马　郎　好吧！

〔门外传来一片嘈杂的声音，其中喇叭花的声音最尖、最突出。

〔喇叭花内声："小兰！老爹和妈妈可好呀？"

〔兔子妹妹内声："小兰嫂嫂，带什么东西给我们吃没有？"

〔喇叭花、兔子姐妹、猴子和小松鼠跑了进来。

喇叭花　马郎！小兰回来了？

马　郎　回来了，睡觉了。

兔子妹妹　小兰嫂嫂。（跑近床边）

〔大兰被吵醒。

小松鼠　（猛然发现了老猫，吓了一跳）哎呀，一只猫！

猴　子　（看见了老猫，也吓了一跳）你是我们这儿的？

马　郎　朋友们！不要怕，他是老猫，是小兰的好朋友，以后就住在我们这儿了。

喇叭花　小兰，老爹他们可好呀？

大　兰　好得很，好得很。

兔子姐姐　小兰嫂嫂，你带点什么吃的给我们啦？

大　兰　吃的？要有，我老早吃光了。

〔小动物们显得很尴尬，话也说不下去了。

大　兰　老猫，你没有睡觉？

老　猫　没有，我跟姑爷说话呢，你呢？

大　兰　刚刚睡下去，就被吵醒了，哎呀，真是！（伸了个懒腰）

兔子妹妹　姐姐，走吧！

兔子姐姐　小兰嫂嫂，对不起，我们把你吵醒了。

大　兰　已经醒了，还说什么呢。

喇叭花　走吧……

〔鹿娃子边喊边跑上。

鹿娃子　小兰，小兰，你好呀？

〔小动物们拉住鹿娃子。他一看气氛不对，停住脚。大家把他也拉出去了。

猴　子　（低声对鹿娃子）快走吧！变了。

〔小动物们下。

大　兰　真讨厌！人家睡得正香着呢。

〔马郎感到奇怪，他一直以怀疑的眼光打量着大兰。

老　猫　姑娘，你也太不对了，人家好心好意来看你，你却给人家浇冷水。

大　兰　谁请他们来的！

马　郎　你病了，还是怎么的？怎么回去一趟，什么都变了？

大　兰　马郎，我实在太累了！我除了想睡觉，什么也不想。

老　猫　说也实在，姑娘回去简直没有休息，老爹和妈妈跟她谈了一通宵，今天天没亮就起来，走了十几里路，连饭都没有好好吃一顿。你睡去吧，姑娘。

马　郎　等一下吧！我问你，我的马兰花呢？

大　兰　马兰花？

马　郎　嗯！在哪儿呢？

大　兰　我戴在头上的呀。（故意在头上乱找）

马　郎　没有呀!

大　兰　那一定掉在床上了。(在床上乱翻)

马　郎　(也在床上翻找)没有呀!

大　兰　(浑身乱找)哎呀,那一定在路上丢掉了。别急,让我想想……对了,一定是在西山坳子里丢掉的,我在那儿歇了歇脚……哎呀,不对不对,一定是在回来的路上,下大雨那阵子丢掉的。

马　郎　你仔细想想,究竟是在哪儿丢掉的?

大　兰　哎呀,这叫我怎么想呢!我要是知道丢掉了,就把它拾起来了呀!哎呀,马郎,算了吧,一枝马兰花,有什么了不起,路边多的是,待会儿我给你采一大把来。

马　郎　我看,你是着了魔了!你简直变了!你一点儿也不像小兰。

大　兰　哈哈哈哈……我看你才着了魔呢,连自己的妻子都不认识了。哈哈哈……老猫,你说可笑不可笑,马郎连自己的妻子都不认识了,哈哈哈哈……

老　猫　姑娘,好好说,好好说!再想想,在哪儿丢了,我去找。姑爷,你别生气,我出去给你找去,我去,我去!

马　郎　不用你去了,老猫,你帮她想想看,会在哪儿丢掉的呢?

老　猫　别急,别急,让我想想。离开家的时候,我看到她还戴在头上的。嗯……过河的时候,我好像也看见的……以后怎么样的呢?哎呀,我就不知道了,恐怕就是在过河的时候丢掉的,一定。

马　郎　我去找。

老　猫　姑爷,我给你去找吧!不过我也真不明白,这里山前山后,长满了各式各样的花,丢掉了,再摘一枝就行了,为什么非要那枝不可呢?

马　郎　老猫,你不知道,山里的野花,摘下来隔不了一会儿就枯了,我那枝马兰花永远不会枯,遇到什么困难,求教它,就可以给你设法了。

老　猫　(趁机探听)怎么求教它呢?

马　郎　我没有心思再跟你谈什么了,我求你不要缠着我吧!我要走了,在没有找到马兰花之前,我没有心思再管其他的事情。(跑下)

　老　猫　姑爷,等等,我跟你一齐去找。

〔马郎内声：“不要，不要了。”

〔老猫要出去，大兰一把拉住他。

大　兰　算了吧，你就歇着吧。

老　猫　（趁势翻了一个跟头）哈哈哈，你以为我真的跟他去找呀？笑话，我不过是做做样子，让他以为我还不错，要紧的是要找机会骗到他的口诀之后我好溜之大吉。哈哈哈，让他去找吧。姑娘，我们来，把这屋里好吃的东西都拿出来，吃个饱，然后再睡一个好觉。

〔大兰和老猫情不自禁地乱蹦乱跳，嘴里还唱起了莫名其妙的歌来。

〔幕落。

第九场

〔幕启。

〔小河边，景同第四场。

〔月亮被乌云遮住了。小河里的水在哗啦啦地流着。大地寂静无声，微风吹过，隐隐地听到树叶子颤动的声音。

〔马郎疲乏地上。

马　郎　（注视着河水）小河里的流水呀，你可曾看见一朵蓝颜色的花？

〔小河的流水声。

马　郎　你们的话，实在不能理会。啊——丢了马兰花，就像丢了眼睛一样，什么都看不见。（眺望四周）这是什么地方？这不是我和小兰成亲的地方吗？……可是，小兰在哪儿呢？……啊！我的小兰！（伏在岸边石头上流泪沉思）

〔月亮从乌云里出来了，五彩云霞又在天空出现，小兰和马郎成亲的情景再现，他们又跳起成亲时跳的舞蹈，可是他们两个谁也无法接触到谁。他们都想说心底的话，可是谁也听不到谁的声音。

〔黑色的波浪冲击着他们，无情地将他们分开，小兰消失在黑色的波浪里。

〔舞台上恢复了平静，马郎寂然一人伏在河岸的石头上。

马　郎　小兰！小兰！难道真的遭了灾难？（站起，奔向另一方向）小兰！

小兰!（下）

〔滔滔流水滚过，透过波浪，可以看到小兰躺在水底的石头上，很多仙女围着她。马郎的喊声惊醒了小兰，她起身想跑出水面，可是她身处水底，无法摆脱水的束缚。她好像一朵莲花，被流水冲过来、冲过去，无法逃出水面。最后她只能又躺在石头上。

小　兰　（无力地）我要回去……马郎在喊我……我要回去……

水仙甲　小兰姑娘，你安静一些，你们丢了马兰花，是不能见面的。等马郎找到马兰花，你们就会跟从前一样了。

小　兰　可是谁能告诉他马兰花在哪儿呢？这样他永远也找不到的呀。

水仙乙　不会的，马兰花帮助诚实、善良的人，它总有一天会回到你们手里的。

小　兰　好心的姑娘，请你去告诉他一声好不好？

水仙甲　不，我们上不去。

小　兰　那不是什么都完了吗？

水仙乙　小兰姑娘，别急，我们会给你设法的。

〔水底的仙女们在商议着，一只小鸟在天空盘旋着，叫着。

小　兰　小鸟！这是我家门口的小鸟。小鸟！小鸟！

〔小鸟停在岸边的石头上，注视着水底。

水仙甲　小鸟，小兰姑娘遭到不幸，你快给她送一个信吧。

〔小鸟朝水底倾听着。

小　兰　小鸟，请你快去告诉马郎，马兰花在大兰身上，她骗了我的衣服，抢了马兰花，把我害死，装成我的模样……小鸟，快去吧，马郎要跑远了。

〔小鸟在天空盘旋之后，在一块大石头上停下来。当这只小鸟停在石头上时，石头上冒出一阵青烟，在青烟里出现小鸟的化身——一个青年人。

小　鸟　马郎！马郎！

〔马郎回来了。

马　郎　谁？

小　鸟　是我，小鸟。

马　郎　小鸟，你可曾看见一朵蓝色的花？

小　鸟　马兰花吗？

马　郎　对，你看见过？

小　鸟　我知道在哪里。

马　郎　你知道？

小　鸟　嗯。

马　郎　你怎么知道的？

小　鸟　小兰姑娘告诉我的。

马　郎　她在哪儿？

小　鸟　叫大兰害死了。

马　郎　什么？

小　鸟　大兰害死了小兰，又到你家里装成小兰，要夺去小兰姑娘的幸福。

马　郎　马兰花呢？

小　鸟　就在她身上。

马　郎　小鸟，请你跟我一齐回去，帮我找到马兰花，好吗？

小　鸟　好。

马　郎　那请你飞过来吧。

　　　　〔小鸟展开翅膀，轻轻地落在马郎身旁。

马　郎　小鸟，感谢你在困难中帮助我。

小　鸟　事情还没有做呢，你就感谢。走吧，去找马兰花。

马　郎　好。

　　　　〔小鸟在前面飞，马郎踏着兴奋的步子跟着小鸟回家去了。

　　　　〔幕落。

第十场

　　　　〔幕启。

　　　　〔马郎和小兰的家。

　　　　〔马郎和小鸟上。

小　鸟　好安静，一个人都没有吗？

马　郎　哼，还没有醒呢。小鸟，你就待在这儿吧，我找树公公他们去。

　　　　小鸟，你不要离开这里，等着我。

小　鸟　你去吧，我看到马兰花就喊你。

〔马郎下。

小　鸟　太阳晒上床了，这山里的人都做了很多事情了，他们还躺着呢，真是不害臊！

大　兰　（躺在床上）谁在这儿乱叫！（到处寻找，看到小鸟，见小鸟不看她，她并没有想到小鸟会讲话）真是讨厌！（转身准备再去睡觉）

小　鸟　懒骨头！懒骨头！

大　兰　（迅速回身）谁呀？谁呀？家里爹爹妈妈每天吵得人不能安宁，这儿是什么人好管闲事呀！我爱睡多久就睡多久，你管得着吗？笑话，简直是狗拿耗子！

小　鸟　谁都管得着，懒骨头，坏良心的人，谁都看她不顺眼。

大　兰　你呀！闹了半天，是你讲话呀！这地方真邪气，小鸟也管起大人来了，我看你还是安分一点儿吧，哈哈哈。老猫呀！老猫，起来没有？快出来！

老　猫　（从床底下懒洋洋地爬出来，抖抖身上的灰，打了个哈欠，伸了个懒腰）唉——

大　兰　怎么了，垂头丧气的？

老　猫　过不惯嘛！这地方真不是味儿，昨天到今天没有闻到一点点鱼腥味，真不好受。

大　兰　算了，算了，别发牢骚了，早晚你会大吃一顿的。（向老猫指指小鸟）你瞧。

老　猫　噢——一只小鸟。（口水都滴下来了）

小　鸟　懒骨头！坏良心！

大　兰　你怎么随便骂人呀？

老　猫　（赶忙制止她）骂得对，骂得对，我们的确起得太迟了。你看你，披头散发的，实在不好看。

〔大兰拿了小兰的梳子对着镜子梳起头来，她一面梳头，一面自鸣得意地唱着一首粗俗的歌。老猫在窥视着小鸟的动静。

小　鸟　害人精，没良心！

大　兰　什么！你说什么？

小　鸟　不害羞，用别人的镜子照鬼脸，用别人的梳子梳狗头！

大　兰　你！

小 鸟	不管别人痛苦不痛苦，就管你自己快活！
大 兰	你这个鬼鸟，（向小鸟扑了过去）你管得着吗？

〔小鸟灵活地跑开了。大兰像凶神一样，追着小鸟。

老 猫	（一把拉住大兰）姑娘，干吗生这样大的气呀？
大 兰	（低声）老猫，这怎么得了，他知道底细了呀，他要是告诉马郎，那你我都要完了。
老 猫	别急，别急，慢慢来，你去梳你的头吧。（笑容可掬地走近小鸟）小鸟，你的心真好呀！你这是骂谁呀？小兰姑娘一向很好的呀！
小 鸟	小兰好，谁都知道。可是她是小兰吗？
老 猫	（装作一点恶意都没有的样子靠近了小鸟）小鸟呀，她怎么不是小兰呀，你看她模样儿一点也没有变。
小 鸟	穿了小兰的衣服，戴了小兰的耳环，可是小兰的心，她是偷不走的！你要干吗？
老 猫	不干吗。小鸟，你太好了，你简直……（一下扑过去）

〔小鸟展开翅膀想飞，可是被老猫逮住了。

老 猫	（突然变成一副可怕的面孔）你简直是我的一顿丰富的早点。哈哈哈，我老猫一整天没有吃到荤腥了，哈哈哈。

〔小鸟在挣扎，可老猫抓得紧，羽毛掉落一地。

小 鸟	你放手！你这阴险的东西！
老 猫	放手？哈哈哈！我肚子饿得直叫了。
小 鸟	你……马郎……

〔小鸟被老猫拉到屋后去了。幕内传来老猫的狞笑和小鸟挣扎的叫声。

〔大兰若无其事地梳她的头。

〔过了一会儿，老猫安闲地上，抹抹嘴，洗洗脸。

大 兰	怎么样，过瘾吧？
老 猫	还不错。
大 兰	也不收拾收拾，满地都是鸟毛。
老 猫	从来没有这个习惯。
大 兰	马郎一会儿就回来，看到不问呀？
老 猫	（恍然大悟）你这个提醒很要紧，必须做出像没有发生过什么事

情的样子。（下）

〔老猫捧了一堆骨头和鸟毛复上，他刨了一个坑，把小鸟的羽毛和骨头埋起来。

〔马郎内声："小鸟！小鸟！"

大　兰　糟了，马郎来了，他找小鸟，怎么办？

老　猫　别慌，我们先躲起来，看他怎么样。

〔老猫拉着大兰躲起来。

〔马郎跑上。

马　郎　小鸟！小鸟！小鸟哪儿去了，（四处寻找，发现地上的羽毛，又看看床，发现床上的大兰不见了，觉察出小鸟遭遇到不幸，情不自禁地流泪）我的小鸟。

〔这时响起了一阵悦耳的音乐，随着音乐，在埋小鸟骨头和羽毛的地方，慢慢地长出了一棵苹果树，树上结满了苹果，所有的苹果，都在闪闪发光。

〔在音乐声中，可以听到小鸟的声音。

〔小鸟画外音："马郎，马郎，你的小鸟就像你的小兰一样，叫老猫害死了。"

〔马郎抱着苹果树哭了。

〔小鸟画外音："马郎，马郎，千万不要悲伤，快去找朋友们去，找到马兰花，什么都会好起来的。"

〔马郎依依不舍地离开苹果树，下。

〔大兰和老猫走了出来。

大　兰　（向马郎下的方向）傻瓜，找你的马兰花去吧，哈哈哈……

老　猫　当心，他没有走远。

大　兰　管他呢，来，我们摘苹果吃。

〔大兰的手刚触碰到苹果，苹果就闪起耀眼的光亮，手就像被打了一下，她急忙把手缩回来。她不甘心，再去摘，同样被打回。她双手抱着树干摇，可是奇怪得很，手被苹果树吸住了，无法离开。

大　兰　哎呀，老猫，我手拿不下来了……老猫……

老　猫　别急，别急。（捡起地上的苹果就大吃起来）想想办法。

大　兰　（背）哎呀，人都急死了，他还要想办法，真是！（对老猫）老猫，帮帮忙吧！

老　猫　就来，就来。别急……（忽然大叫）哎呀！这倒霉的苹果，把人都酸死了！

大　兰　老猫，快点找把斧子来，把苹果树砍掉，快，快，快……

老　猫　来了……来了（找来一把斧子，拼命砍树）

大　兰　用劲砍呀，快点……

〔马郎跑上。

马　郎　干什么呀？你们！

老　猫　（猛然被吓昏了）哦——大兰——大兰妹妹的手拿不下来了。姑爷。

大　兰　砍呀，快砍呀，还有一点点，快呀，别理他！

〔老猫继续砍树。

马　郎　停止！不许砍！

〔老猫不听，仍然猛砍。马郎跑过来，抢他的斧子，老猫不给。大兰的手虽然粘在树上拿不下来，但是她仍然找机会踢马郎。

〔苹果树被砍倒了，大兰的手也拿下来了。

马　郎　你这没良心的东西，害死了小兰不算数，连我的小鸟和苹果树你们也要统统害死，你们这些害人精！

大　兰　好呀，你已经知道了，那也就不瞒你了。怎么样呢？小兰死了，马兰花丢了，你还有什么法宝？哈哈，我劝你不必了，咱俩好好成家，好日子在后头呢！

马　郎　去你的吧！我恨你，恨你这个人面兽心的东西！快告诉我，马兰花在哪里？

大　兰　我怎么知道呢，你又没有给我。

老　猫　姑娘，你也太放肆了！姑爷，你别生气，马兰花没有了，没有关系，也许光念那几句口诀也能行，你就试试吧，也许能行。念吧！

大　兰　对了，念吧，念咒吧，也许念念咒你就能得救了。

马　郎　去你的吧！马兰花帮助诚实、善良的人。你们这些虚伪阴险的家伙，得到马兰花，也没有用处的。拿出来！

大　兰　哈哈，你有能耐你找呀！我从哪儿拿出来呀？

马　郎　狡猾的东西！一定藏在你身上。（追到大兰身边去找）

〔大兰狡猾地逃开，靠近了老猫的身旁。

427

大 兰 你还不快跑，老猫，把马兰花去毁掉。（大声喊）来吧，马郎，你的马兰花就藏在我的头发里，你来吧！来吧！……

〔马郎追大兰，大兰逃下。马郎追下。

老 猫 （迅速地拿出马兰花）哈哈，傻瓜，你上当了。

〔小鸟的画外音："马兰花！马兰花！马郎！马兰花在老猫那儿。"

〔老猫听到小鸟的声音，赶快把马兰花藏起来，逃掉了。

〔小鸟的画外音："马郎，老猫跑了！"

〔马郎跑上，四处找着。

〔小鸟的画外音："快追老猫去呀，马兰花在他那儿。"

马 郎 小鸟，小鸟，飞出去，告诉朋友们，抓老猫。

〔小鸟的画外音："马兰花在老猫身上，朋友们，抓住老猫呀！"

〔马郎追下。

〔幕落。

第十一场

〔幕启。

〔深山里。景同第二场。

〔远处传来鹿娃子奔跑的声音。

〔兔子姐妹从路边草丛中伸出耳朵。

〔山顶上，梅花鹿妈妈也探出头来。

〔喇叭花夫妇交头接耳地谈论着。

〔小松鼠爬到树上看动静。

〔猴子趴在悬崖的石缝里。

树公公 （仔细地看了看四周）这是鹿娃子的声音，一定是有了什么消息，孩子们准备好。

〔鹿娃子跑上。

鹿娃子 坏东西来了，我在那边山头上看到的。

树公公 孩子们，小心，躲起来，坏东西诡计多，大家要当心些。

〔大家都躲好了，兔子妹妹伸出耳朵，兔子姐姐一把把她拉下去。在四周都安静下来的时候，突然有一个小孩的哭声，接着就听到狗尾巴草低声地说："小心些，不要让他出声。"跟着又传来喇叭花哄孩子的声音。

〔一切归于安静，老猫狼狈不堪地逃上。

老　猫　（看看后头没有人追来）见鬼，今天我老猫倒过来变成个耗子了！长这么大，第一次跑这样多的路。哎呀，腿也不听我使唤了，头也好像重得多了。（想起马兰花，很小心地把马兰花拿出来）马兰花，老爷爷，我老猫诚心诚意地求您，赐给我一辆八匹马拉的大马车吧。马兰花老爷爷救救我吧！如果八匹马拉的车子不行，那请您赐给我四匹马拉的马车也行，要不就是两匹的，或者一匹马拉的也可以，要不，您干脆就给我一匹马吧。马兰花老爷爷，我求您，我跪下来求您了，行行好吧，做做好事吧！我老猫都哭了，呜呜呜！

树公公　你这是干什么呀？

老　猫　（猛然睁开眼，看见一个长胡子的老公公，又惊又喜，以为马兰花来了，马上磕头如捣蒜）老爷爷救苦救难，做做好事，帮帮忙呀！

树公公　你要什么？

老　猫　我要一匹马，不不不，八匹马拉的大马车，车子上装着金银财宝，珍珠玛瑙，山珍海味，绫罗绸缎。……老爷爷，行行好吧，立刻就来，立刻就要。（又磕头）快呀！快呀！

〔小鸟画外音："马兰花，马兰花在老猫身上，朋友们抓住他呀！抓住他呀！"

老　猫　（更惊慌了）老爷爷，行行好吧，快！快！快！等我到了家给你盖庙宇、立佛像……快呀！快来吧！车子、金子、银子……

树公公　你这个骗子，孩子们，把住路口不许他跑掉。

老　猫　（发觉不对，转身就想跑，但是每个地方都有人把守，走投无路）哎呀，糟了！

〔马郎追上，老猫看到马郎来了，吓坏了，马上奔上悬崖。

马　郎　骗子，快把马兰花还给我。

老　猫　（站在悬崖上，高举马兰花）马兰花在这儿，你想要吗？哈哈，我不能从它身上得到东西，我也不想给你！

〔马郎追上悬崖，和老猫展开了搏斗。最后，马郎把老猫举得高高的，扔下悬崖。老猫惨叫。正在这时，大兰跑上，她看到这一情景，简直吓坏了。

马　郎　糟了，马兰花也掉下去了。

猴　子　不要紧，有我！

〔猴子和鹿娃子飞一样奔下悬崖。

〔马郎转身看到大兰，大兰又羞又愧，像得了病似的瘫在草丛里。

马　郎　你？

喇叭花　害死自己的亲妹妹，哪有这样狠心的人！

鹿妈妈　真是，鬼迷了你的心了。

大　兰　我……

树公公　你还有脸说话？

〔猴子和鹿娃子一路上打闹而来。

猴　子　给我，是我先拿到手的……

鹿娃子　是我先拿到手的……马郎……（正要把花交给马郎）

猴　子　（一把把花抢过去）马兰花！给你！

鹿娃子　你……（打算去抢花）

小松鼠　算了，你们这两个人，谁也不饶谁。

兔子姐姐　老猫呢？

猴　子　老猫变成死猫了。

兔子妹妹　在哪儿？（爬上悬崖，想去看死猫）

树公公　算了，孩子们，不要去看了，让这个坏东西和他做的丑事一齐去死吧！马郎，快把小兰叫回来吧。

马　郎　（高高举起马兰花）马兰花，马兰花，风吹雨打都不怕，现在请你就开花，勤劳的人在跟你说话：让小鸟和小兰，一齐回来吧。

〔山谷里响起幸福的音乐。天空又显现出奇幻的景色，一只小鸟迅速地从天上飞过，接着马兰花开放了，花丛中站立着小兰，马郎赶忙过去拥抱她。这幸福的会见，使所有的人都高兴得流下了眼泪。

〔小兰看到了大兰。

小　兰　你——姐姐，你不是有很多话要跟我说吗？

〔大兰羞愧得抬不起头。

小　兰　姐姐，千言万语，只有一句话，幸福要自己去创造，马兰花不会

　　　　　　凭空给你什么。

树公公　回去吧，好好想想，你干了些什么？

　　　　〔大兰羞愧地走了。

树公公　孩子们，都回去吧，让他们两个人谈一会儿吧。

　　　　〔天空出现彩虹，小兰和马郎在花丛中说着话。朋友们都悄悄地
　　　　躲藏起来。

　　　　〔深山里恢复了平静。

——剧　终

　　《马兰花》创作于1955年，取材于中国民间故事，并参考熊塞声长诗
《马莲花》创作而成。1956年9月首演于上海兰心大戏院，导演孟远。同年在
文化部举办的"第一节全国话剧观摩演出会演"中获演出一等奖、剧作二等
奖，1980年获全国第二次少年儿童文艺创作一等奖。此剧是中国儿童剧走向
世界的领先作品。1958年至1991年，先后在苏联、日本、澳大利亚、新加坡
等国演出。作品具有浓郁的儿童情趣和哲理意义。

作者简介

任德耀　（1918—1998），笔名王十羽，男，江苏扬州人，儿童剧作家、一
　　　　级导演。先后创作了二十三部儿童剧，其中三部被改编拍摄成电
　　　　影。导演各类剧目三十八部，其中有十部获得省市和国家级奖励。
　　　　其代表作《友情》《马兰花》《小足球队》《宋庆龄和孩子们》《魔
　　　　鬼面壳》等剧目已成为新中国成立后中国儿童戏剧各个时期的代
　　　　表作。

·话 剧·

茶 馆

老 舍

人　物　王利发——男，最初与我们见面，他才二十多岁。因父亲早死，
　　　　　　　他很年轻就做了裕泰茶馆的掌柜。精明、有些自私，
　　　　　　　但心眼儿不坏。

唐铁嘴——男，三十来岁，相面为生，吸鸦片。

松二爷——男，三十来岁，胆小却爱说话。

常四爷——男，三十来岁，松二爷的好友，都是裕泰的主顾，正
　　　　　直，体格好。

李　三——男，三十多岁，裕泰跑堂的，勤恳，心眼儿好。

二德子——男，二十多岁，善扑营当差。

马五爷——男，三十多岁，吃洋教的小恶霸。

刘麻子——男，三十多岁，说媒拉纤，心狠意毒。

康　六——男，四十岁，京郊贫农。

黄胖子——男，四十多岁，流氓头子。

秦仲义——男，在第一幕中二十多岁，阔少，王掌柜的房东，后
　　　　　来成了维新的资本家。

老　人——男，八十二岁，无依无靠。

乡　妇——三十多岁，穷得出卖小女儿。

小　妞——十岁，乡妇的女儿。

庞太监——四十岁，发财之后，想娶老婆。

小牛儿——男，十多岁，庞太监的书童。

宋恩子——男，二十多岁，老式特务。

吴祥子——男，二十多岁，宋恩子的同事。

康顺子——在第一幕中十五岁，康六的女儿。被父亲康六卖给庞
　　　　　太监为妻。

王淑芬——女，四十多岁，王利发的妻子。比丈夫更公平正直些。

巡　警——男，二十多岁。

报　童——男，十六岁。

康大力——十二岁，庞太监买来的义子，后与康顺子相依为命。

老　林——男，三十多岁，逃兵。

老　陈——男，三十岁，逃兵，老林的把弟。

崔久峰——男，四十多岁，做过国会议员，后来修道，居住在裕
　　　　　泰附设的公寓里。

军　官——男，三十岁。

王大拴——四十岁左右，王利发的长子，为人正直。

周秀花——四十岁，王大拴的妻子。

王小花——十三岁，王大拴的女儿。

丁　宝——十七岁，女招待，有胆有识。

小刘麻子——三十多岁，刘麻子之子，继承父业而发展之。

取电灯费的——男，四十多岁。

小唐铁嘴——三十多岁，唐铁嘴之子，继承父业，有做天师的
　　　　　愿望。

明师傅——男，五十多岁，包办酒席的厨师。

邹福远——男，四十多岁，说评书的名手。

卫福喜——三十多岁，邹福远的师弟，先说评书，后改唱京戏。

方　六——男，四十多岁，打小鼓的，奸诈。

庞四奶奶——四十岁，庞太监的四侄媳妇，丑恶，要做皇后。

春　梅——十九岁，庞四奶奶的丫环。

小二德子——三十岁，二德子之子，打手。

小宋恩子——三十来岁，宋恩子之子，承袭父业。

小吴祥子——三十来岁，吴祥子之子，承袭父业。

茶客、茶房、难民、大兵、住客、学生、押大令的兵、宪兵、
学生等若干，大傻杨。

第一幕

〔时间：1898年（戊戌）初秋，康梁等的维新运动失败了。早
半天。

〔地点：北京，裕泰大茶馆。

〔幕启。这种大茶馆现在已经不见了。在几十年前，每城都起码有一处。这里卖茶，也卖简单的点心与菜饭。玩儿鸟的人们，每天在遛够了画眉、黄鸟等之后，要到这里歇歇腿，喝喝茶，并使鸟儿表演歌唱。商议事情的、说媒拉纤的，也到这里来。那年月，时常有打群架的，但是总会有朋友出头给双方调解；三五十口子打手，经调解人东说西说，便都喝碗茶、吃碗烂肉面（大茶馆特有的食品，价格便宜，做起来快当），就可以化干戈为玉帛了。总之，这是当时非常重要的地方，有事无事都可以来坐半天。（在这里，可以听到最荒唐的新闻，如某处的大蜘蛛怎么成了精，受到雷击。奇怪的意见也在这里可以听到，像把海边上都修上大墙，就足以挡住洋兵上岸。这里还可以听到某京戏演员新近创造了什么腔儿，和煎熬鸦片烟的最好的方法。这里也可以看到某人新得到的奇珍——一个出土的玉扇坠儿，或三彩的鼻烟壶。这真是个重要的地方，简直可以算做文化交流的所在。

〔我们现在就要看见这样的一座茶馆。

〔一进门是柜台与炉灶——为省点事，我们的舞台上可以不要炉灶；后面有些锅勺的响声也就够了。屋子非常高大，摆着长桌与方桌，长凳与小凳，都是茶座儿。隔窗可见后院，高搭着凉棚，棚下也有茶座儿。屋里和凉棚下都有挂鸟笼的地方。各处都贴着"莫谈国事"的纸条。

〔有一位茶客，不知姓名，正眯着眼，摇着头，拍板低唱。有两三位茶客，也不知姓名，正入神地欣赏瓦罐里的蟋蟀。

〔今天又有一起打群架的，据说是为了争一只家鸽，惹起非用武力解决不可的纠纷。假若真打起来，非出人命不可，因为被约的打手中包括着善扑营的哥儿们和库兵，身手都十分厉害。好在，不能真打起来，因为在双方还没把打手约齐，已有人出面调停了——现在双方在这里会面。三三两两的打手，短打扮，都横眉立目，他们随时进来，往后院去。

〔马五爷在不惹人注意的角落，独自坐着喝茶。

〔王利发高高地坐在柜台里。

〔一个卖《圣经》的，手拿《圣经》，走过茶客面前，见无人买，然后走出大门。

茶客甲　（看着卖《圣经》的背影，向对面茶客）你可别瞧不起那位，这年头，吃洋饭的吃香！前些日子，江西出了这么档子事，您知道不知道，闹教的把教堂给砸了！

茶客乙　砸教堂？

茶客甲　喔！洋人不答应啊！要把砸教堂的给逮起来！

茶客乙　逮了几个？

茶客甲　一个也没逮着。洋人火了，把县太爷弄在教堂里，吊在树上，给活活吊死了。

茶客丙　这还有王法没有！还不去府里告他们！

茶客甲　您说得对，可是这年头，知府也管不了……

王利发　（忙下柜台劝阻几位茶客）诸位，请莫谈国事……

　　　　　〔两个穿灰色大衫的，宋恩子与吴祥子（北衙门里办案的侦缉）走进茶馆，茶客们注意到二人，都静下来。

　　　　　〔王利发上前向宋恩子、吴祥子请安，并到戏迷坐的茶桌前，请他挪地方让座，戏迷让开，二灰大衫坐下。茶馆又热闹起来。

　　　　　〔唐铁嘴趿拉着鞋，身穿一件极长极脏的大布衫，耳上夹着几张小纸片进来。

王利发　唐先生，你外边遛遛吧！

唐铁嘴　（惨笑）王掌柜，捧捧唐铁嘴吧！送给我碗茶喝，我就先给您相相面吧！手相奉送，不取分文！（不容分说，拉过王利发的手来相看）今年是光绪二十四年，戊戌。您贵庚是……

王利发　（夺回手去）算了吧，我送给你一碗茶喝，你就甭卖那套生意口啦！用不着相面，咱们既在江湖内，都是苦命人！（由柜台内走出，让唐铁嘴坐下）坐下！我告诉你，你要是不戒了大烟，就永远交不了好运！这是我的相法，比你的更灵验！

　　　　　〔松二爷和常四爷都提着鸟笼进来，王利发向他们打招呼，他们先把鸟笼子挂好，找地方坐下。松二爷文绉绉地提着小黄鸟笼；常四爷雄赳赳地提着大而高的画眉笼。他们自带茶叶。茶房李三赶紧过来，给二位沏上盖碗茶。茶沏好，松二爷、常四爷向邻近

437

的茶座让了让。

松二爷
常四爷 您喝这个！（往后院看了看）

松二爷 好像又有事儿？

常四爷 反正打不起来！要真打的话，早到城外头去啦，到茶馆来干吗？

松二爷 您说得对！

〔二德子和一打手恰好进来，听见了常四爷的话。

二德子 （凑过去）你这是对谁甩闲话呢？

常四爷 （不肯示弱）你问我哪？花钱喝茶，难道还教谁管着吗？

松二爷 （打量了二德子一番）我说这位爷，您是营里当差的吧？来，坐下喝一碗，我们也都是外场人。

二德子 你管我当差不当差呢！

常四爷 要抖威风，跟洋人干去，洋人厉害！英法联军烧了圆明园，尊家吃着官司饷，可没见您去冲锋打仗！

二德子 甭说打洋人不打，我先管教管教你！（一下子把一个盖碗搂下桌去摔碎，翻手要抓常四爷的脖领）

〔王利发急忙跑过来。

王利发 哥儿们，都是街面上的朋友，有话好说。德爷，您后边坐。

常四爷 （闪过）你要怎么着？

二德子 怎么着！我碰不了洋人，还碰不了你吗？

马五爷 （并未站起）二德子！

二德子 （四下扫视，看到马五爷）嗬，马五爷，您在这儿哪！

马五爷 你好威风啊！

二德子 我可眼拙，没看见您！（过去给马五爷请安）

马五爷 有什么事好好的说，干吗动不动地就讲打？

二德子 嗻！您说得对！我到后头坐坐去。（对李三）李三，这位马五爷的茶钱我候啦！（往后面走去）

常四爷 （凑过来，对马五爷发牢骚）这位爷，您圣明，您给评评理！

马五爷 （起身）我还有事，再见！（走出去）

常四爷 （对王利发）这倒是个怪人！

王利发 你不知道这是马五爷呀？怪不得您也得罪了他！

常四爷　我也得罪了他？我今天出门没挑好日子！

王利发　（低声地）刚才您说洋人怎样，他就是吃洋饭的。信洋教，说洋话，有事情可以一直地找宛平县的县太爷去，要不怎么连官面上都不惹他呢。

常四爷　（走回座位）哼，我就不佩服吃洋饭的！

王利发　（向宋恩子、吴祥子那边稍一歪头，低声地）说话请留点神！（大声地）李三，再给这儿沏一碗来！（拾起地上的碎瓷片）

松二爷　盖碗多少钱？我赔！外场人不做老娘们儿事！

王利发　不忙，待会儿再算吧！（走开）

　　　　〔纤手刘麻子领着康六进来。刘麻子先向松二爷、常四爷打招呼。

刘麻子　您二位真早班儿！（掏出鼻烟壶，倒烟）您试试这个！刚装来的，地道英国造，又细又纯。

常四爷　唉！连鼻烟也得从外洋来，这得往外流多少银子啊！

刘麻子　咱们大清国有的是金山银山，永远花不完！您坐着，我办点小事。（领康六找了个座儿）

　　　　〔李三拿过一碗茶来。

刘麻子　说说吧，十两银子行不行？你说干脆的！我忙，没工夫专伺候你！

康　六　刘爷！十五岁的大姑娘，就值十两银子吗？

刘麻子　卖到窑子去，也许多拿一两八钱的，可是你又不肯。

康　六　那是我的亲女儿！我能够……那不是因为乡下种地的都没法子混了吗？一家大小要是一天能吃上一顿粥，我要还想卖女儿，我就不是人！

刘麻子　那是你们乡下的事，我管不着。我受你之托，教你不吃亏，又教你女儿有个吃饱饭的地方，这还不好吗？

康　六　到底给谁呢？

刘麻子　我一说，你必定从心眼儿里乐意！一位在宫里当差的。

康　六　宫里当差的谁要个乡下丫头呢？

刘麻子　那不是你女儿的命好嘛。

康　六　谁呢？

刘麻子　大太监，庞总管！你也听说过庞总管吧？侍候着太后，红得不得了，连家里打醋的瓶子都是玛瑙做的！

康　六　　刘大爷，把女儿给太监做老婆，我怎么对得起人呢！

刘麻子　　卖女儿，无论怎么卖，也对不起女儿。你糊涂！你看，姑娘一过门，吃的是珍馐美味，穿的是绫罗绸缎，这不是造化吗？怎样？摇头不算点头算，来个干脆的！

康　六　　自古以来，哪有……他就给十两银子？

刘麻子　　找遍了你们全村儿，找得出十两银子找不出？在乡下，五斤白面就换个孩子，你不是不知道。

〔康六往外走。

刘麻子　　你哪儿去？回来，回来！

康　六　　我，唉！我得跟姑娘商量一下。

刘麻子　　告诉你，过了这个村可没有这个店，耽误了事别怨我！快去快来！

康　六　　哎，我一会儿就回来。

刘麻子　　我在这儿等着你！

〔康六慢慢地走出去。

刘麻子　　（凑到松二爷、常四爷身边）乡下人真难办事，永远没有个痛痛快快！

松二爷　　这号生意又不小吧？

刘麻子　　也甜不到哪儿去，弄好了，才赚个元宝！

常四爷　　乡下是怎么了？会弄得这么卖儿卖女的？

刘麻子　　谁知道！要不怎么说，就是一条狗也得托生在北京城里嘛！

常四爷　　刘爷，您可真有个狠劲儿，给拉拢这路事。

刘麻子　　我要不分心，他们还许找不到买主呢！（忙岔话）松二爷，（掏出个小时表来）您看这个！

松二爷　　（接表）好体面的小表！

刘麻子　　您听听，嘎喽嘎喽地响！

松二爷　　（听）这得多少钱？

刘麻子　　您爱吗？就让给您！一句话，五两银子！您玩够了，不爱再要了，我还照数退钱！东西真地道，传家的玩意儿！

常四爷　　我这儿正咂摸这个味儿：咱们一个人身上有多少洋玩意儿啊！老刘，就看你身上吧：洋鼻烟、洋表、洋缎大衫、洋布裤褂……

刘麻子　　洋东西可是真漂亮呢！我要是穿一身土布，像个乡下脑壳，谁还理我呀！

常四爷 我老觉乎着咱们的大缎子，川绸，更体面！

刘麻子 松二爷，留下这个表吧，这年月，戴着这么好的洋表，会教人另眼看待！是不是这么说，您哪？

松二爷 （真爱表，但又嫌贵）我……

刘麻子 您先戴两天，改日再给钱！

〔黄胖子进来。

黄胖子 （患有严重的沙眼，看不清楚人，进门就请安）哥儿们，都瞧我啦！我请安了！都是弟兄，别伤了和气呀！

王利发 这不是他们，他们在后院哪！

黄胖子 我看不大清楚啊！掌柜的，预备烂肉面，有我黄胖子，谁也打不起来！（往里走）

二德子 （出来迎接）两边已经见了面，您快来吧！

〔黄胖子同二德子入内。

〔老人进来，拿着些牙签、胡梳、耳挖勺之类的小东西，低着头慢慢地挨着茶座儿走；没人买他的东西。他要往后院去，被小伙计截住。

小伙计 老大爷，您外边遛遛吧！后院里，人家正说和事儿呢，没人买您的东西！（见老人耳聋，没听见，提高音量）后院正说和事儿呢，没人买您的东西！

松二爷 （低声地）李三！（指后院）他们到底为了什么事，要这么拿刀动杖的？

李 三 （低声地）听说是为一只鸽子。张宅的鸽子飞到了李宅去，李宅不肯交还……唉，咱们还是少说话好，（问老人）老大爷，您高寿啦？（见老人听不清，大声）高寿啦？

李 三 唉！来，您喝这碗茶。（顺手把剩茶给老人一碗）

老 人 （喝了茶）多谢！八十二了，没人管！这年月呀，人还不如一只鸽子呢！唉！（慢慢走出去）

〔秦仲义穿得很讲究，满面春风地走进来。

王利发 哎哟！秦二爷，您怎么这样闲在，会想起下茶馆来了？也没带个底下人？

秦仲义　来看看，看看你这年轻小伙子会做生意不会。

王利发　哎，一边做一边学吧，指着这个吃饭嘛。谁叫我爸爸死得早，
　　　　我不干不行啊！好在照顾主儿都是我父亲的老朋友，我有不周
　　　　到的地方，都肯包涵，闭闭眼就过去了。在街面上混饭吃，人
　　　　缘儿顶要紧。我按着我父亲遗留下的老办法，多说好话，多请
　　　　安，讨人人的喜欢，就不会出大岔子。您坐下，我给您沏碗小
　　　　叶茶去！

秦仲义　我不喝，也不坐着。

王利发　坐一坐！有您在我这儿坐坐，我脸上有光！

秦仲义　也好吧！（坐）可是，用不着奉承我。

王利发　李三，沏一碗高的来！二爷，府上都好？您的事情都顺心吧？

秦仲义　不怎么太好。

王利发　您怕什么呢？那么多的买卖，您的小手指头都比我的腰还粗！

唐铁嘴　（凑过来）这位爷好相貌，真是天庭饱满，地阁方圆，虽无宰相
　　　　之权，却有陶朱之富！

秦仲义　躲开我！去！

王利发　先生，你喝够了茶，该外边活动活动去！（推开唐铁嘴）

唐铁嘴　唉！（垂头走出去）瞧这鼻子……

秦仲义　小王，这儿的房租是不是得往上提那么一提呢？当年你爸爸给我
　　　　的那点租钱，还不够我喝茶用的呢！

　　　　〔乡妇拉着十来岁的小妞进来。小妞的头上插着一根草标。李三
　　　　本想不许她们往前走，可是心中一难过，没管。她们俩慢慢地往
　　　　里走。茶客们忽然都停止说笑，看着她们。

王利发　二爷，您说得对，太对了！可是，这点小事用不着您分心，您
　　　　派管事的来一趟，我跟他商量，该长多少租钱，我一定照办！
　　　　是！嗻！

秦仲义　你这小子，比你爸爸还滑！哼，等着吧，早晚我把房子收回去！

王利发　您甭吓唬着我玩，我知道您多么照应我，心疼我，决不会叫我挑
　　　　着大茶壶，到街上卖热茶去！

秦仲义　你等着瞧吧！

442　小　妞　（走到屋子中间，立住）妈，我饿！我饿！

秦仲义　（对王利发）轰出去！

　　　　　〔乡妇呆视着小妞，忽然腿一软，跪在地上，低泣。

王利发　是！出去吧，这里坐不住！

乡　妇　哪位行行好？买下这个孩子，二两银子！只当买个小猫小狗吧。

常四爷　李三，要两个烂肉面，带她们到门外吃去！

李　三　是啦！（过去对乡妇）起来，门口等着去，我给你们端面来！

乡　妇　（站起，抹泪往外走，好像忘了孩子；走了两步，又转回身来，
　　　　　搂住小妞吻她）宝贝！宝贝！

王利发　快着点吧！

　　　　　〔乡妇、小妞走出去。

王利发　（对常四爷）常四爷，您是积德行好，赏给她们面吃！可是，我
　　　　　告诉您：这路事儿太多了，太多了！谁也管不了！（对秦仲义）
　　　　　二爷，您看我说得对不对？

　　　　　〔李三端面到门外给乡妇母女。

常四爷　（对松二爷）二爷，我看哪，大清国要完！

秦仲义　（老气横秋地）完不完，并不在乎有人给穷人们一碗面吃没有。
　　　　　小王，说真的，我真想收回这里的房子！

王利发　您别那么办哪，二爷！

秦仲义　我不但收回房子，而且把乡下的地，城里的买卖也都卖了！

王利发　那为什么呢？

秦仲义　把本钱拢在一块儿，开工厂！

王利发　开工厂？

秦仲义　嗯，顶大顶大的工厂！那才救得了穷人，那才能抵制外货，那才
　　　　　能救国！（对王利发说，而眼睛看着常四爷）唉，我跟你说这些
　　　　　干什么，你不懂！

王利发　您就专为别人，把财产都出手，不顾自己了吗？

秦仲义　你不懂！只有那么办，国家才能富强！好啦，我该走啦。我亲眼
　　　　　看见了，你的生意不错。

王利发　托您福，托您福！

秦仲义　您甭再耍无赖，不涨房钱！

王利发　那不能够！

〔秦仲义往外走，王利发送。

〔小牛儿搀着庞太监走进来。小牛儿提着水烟袋。

秦仲义　庞老爷！

庞太监　哟！秦二爷！

秦仲义　这两天您心里安顿了吧？

庞太监　那还用说吗？天下太平了：圣旨下来，谭嗣同问斩！告诉您，谁
　　　　敢改祖宗的章程，谁就掉脑袋！

秦仲义　我早就知道！

〔茶客们忽然全静寂起来，几乎是闭住呼吸地听着。

庞太监　您聪明，二爷，要不然您怎么发财呢！

秦仲义　我那点财产，不值一提！

庞太监　太客气了吧？您看，全北京城谁不知道秦二爷！您比做官的还厉
　　　　害呢！听说呀，好些财主都讲维新！

秦仲义　不能这么说，我那点威风在您面前可就施展不出来了！哈哈哈！

庞太监　说得好，咱们就八仙过海，各显其能吧！哈哈哈！

秦仲义　改天过去给您请安，再见！（下）

庞太监　（自言自语）哼，凭这么个小财主也敢跟我逗嘴皮子，年头真是
　　　　改了！

王利发　庞老爷，您吉祥！

庞太监　（对王利发）刘麻子在这儿哪？

〔刘麻子早已看见庞太监，但不敢靠近，怕打搅了庞太监、秦仲
义的谈话。

刘麻子　我的老爷子！您吉祥！我在这儿侍候您好大半天了！（搀庞太监
　　　　往里走）

〔宋恩子、吴祥子过来给庞太监请安。

宋恩子
吴祥子　庞老爷，您吉祥！

庞太监　小子们，你们在这儿呢！

〔宋恩子、吴祥子对庞太监耳语，庞太监对二人有所指示。

宋恩子
吴祥子　嗻！（走回茶座坐下）

〔众茶客静默了一阵之后，开始议论纷纷。

茶客甲　谭嗣同是谁？

茶客乙　好像听说过！反正犯了大罪，要不，怎么会问斩呀！

茶客丙　这两三个月了，有些做官的，念书的，乱折腾乱闹，咱们怎能知道他们捣的什么鬼呀！

茶客丁　得！不管怎么说，我的铁杆庄稼又保住了！姓谭的，还有那个康有为，不是说叫旗兵不关钱粮，去自谋生计吗？心眼儿多毒！

茶客戊　（连忙阻拦）咱们还是莫谈国事吧！

常四爷　一份钱粮倒叫上头克扣去一大半，咱们也不好过！

松二爷　那总比没有强啊！好死不如赖活着，叫我去自己谋生，非死不可！

王利发　（故意大声地）李三给诸位续茶！（见众茶客安静下来）诸位主顾，咱们还是莫谈国事吧！

〔少顷，众茶客又各谈各的事。

庞太监　（坐下）怎么说？一个乡下丫头，要二百银子？

刘麻子　（侍立）乡下人，可长得俊呀！带进城来，好好地一打扮、调教，准保是又好看，又有规矩！我给您办事，比给我亲爸爸做事都更尽心，一丝一毫不能马虎！

〔唐铁嘴又回来了。

王利发　铁嘴，你怎么又回来了？

唐铁嘴　街上兵荒马乱的，不知道是怎么回事！

庞太监　还能不搜查搜查谭嗣同的余党吗？唐铁嘴，你放心，没人抓你！臭样儿！

唐铁嘴　嗻，总管，您要能赏给我几个烟泡儿，我可就更有出息了！

庞太监　去一边去，别蹬鼻子上脸。

松二爷　咱们也该走了吧！天不早啦！

常四爷　嗻，走吧！

〔宋恩子和吴祥子走过来。

宋恩子　等等！

常四爷　怎么啦？

宋恩子　刚才你说"大清国要完"？

常四爷　我，我爱大清国，怕它完了！

吴祥子　（对松二爷）你听见了？他是这么说的吗？

松二爷　哥儿们，我们天天在这儿喝茶。王掌柜知道：我们都是地道老
　　　　好人！

吴祥子　问你听见了没有？

松二爷　那，有话好说，二位请坐！

宋恩子　你不说，连你也锁了走！他说"大清国要完"，就是跟谭嗣同
　　　　一党！

松二爷　我，我听见了，他是说……

宋恩子　（对常四爷）走！

常四爷　上哪儿？事情要交代明白了啊！

宋恩子　你还想拒捕吗？我这儿可带着"王法"呢！（掏出腰中带着的铁
　　　　链子）

常四爷　告诉你们，我可是旗人！

吴祥子　旗人当汉奸，罪加一等！锁上他！

常四爷　甭锁，我跑不了！

宋恩子　量你也跑不了！（对松二爷）你也走一趟，到堂上实话实说，没
　　　　你的事！

　　　　〔黄胖子由后院过来。

黄胖子　得啦！一天云雾散，算我没白跑腿儿！

松二爷　黄爷！黄爷！

黄胖子　（揉眼）谁呀？

松二爷　我！松二！您过来，给说句好话！

黄胖子　（看清二灰衣人）哟，宋爷、吴爷，二位爷办案哪？请吧！

松二爷　黄爷，帮帮忙，给美言两句！

黄胖子　官厅儿管不了的事，我管！官厅儿能管的事呀，我不便多嘴！
　　　　（对众茶客）是不是？

　　　　〔宋恩子带着常四爷往外走。

松二爷　（对王利发）看着点我们的鸟笼子！

王利发　您放心，我给送到家里去！

　　　　〔常四爷、松二爷、宋恩子、吴祥子下。

黄胖子	哟，庞老爷，您吉祥，您在这儿哪？听说您要安份儿家，我先给您道喜！
庞太监	等吃喜酒吧！
黄胖子	您赏脸，您赏脸！（下）

〔乡妇端着空碗进来，王利发接过她手中的碗，小妞跟进来。

小　妞	妈！我还饿！
王利发	唉！出去吧！
乡　妇	走吧，乖！
小　妞	不卖妞妞啦？妈！不卖啦？妈！
乡　妇	乖！（哭着携小妞下）
庞太监	怎么还没来呀？
刘麻子	这就来，这就来。来了！

〔康六带康顺子上。

刘麻子	进来，进来见见总管。（强拉康顺子至庞太监面前，见庞太监看康顺子表示满意）行了，（在桌上打开康顺子的卖身契，对唐铁嘴）文房四宝！（唐铁嘴拿过印台，强拉康六按手印）
康顺子	（扑在康六身上）爸爸！（哭）
康　六	姑娘！顺子！爸爸不是人，是畜生！可你叫我怎么办呢？你不找个吃饭的地方，你饿死！我不弄到手几两银子，就得叫东家活活地打死！你呀，顺子，认命吧，积德吧！
康顺子	我，我……（说不出话来）
刘麻子	来见见总管！给总管磕头！（又将康顺子拉到庞太监面前）磕头，往后好好侍候总管，磕头！
康顺子	爸……（晕倒）
康　六	（扶住康顺子）顺子！顺子！
刘麻子	怎么啦？
康　六	又饿又气，昏过去了！顺子！顺子！
庞太监	我要活的，可不要死的！

〔刘麻子含一口水喷在康顺子脸上，康顺子缓过气，一声哭出来。

庞太监	（怪笑）哈哈哈！
茶客甲	（正与茶客乙下象棋）将！哈，哈，你完了！

〔周围众人为之一惊。

〔幕落。

第二幕

〔时间：与前幕相隔十余年，是袁世凯死后，帝国主义指使中国军阀进行割据，时时发动内战的时候。初夏，上午。

〔地点：景同前幕。

〔幕启。北京城内的大茶馆已先后相继关了门，"裕泰"是硕果仅存的一家了，可是为避免被淘汰，它已改变了样子与作风。现在，它的前部仍然卖茶，后部却改成了公寓。前部只卖茶和瓜子什么的；"烂肉面"等等已成为历史名词。厨房挪到后边去，专包公寓住客的伙食。茶座也大加改良：一律是小桌与椅，桌上铺着浅绿桌布。"莫谈国事"的纸条可是保存了下来，而且字写得更大。王利发真像个"圣之时者也"，不但没使"裕泰"灭亡，而且使它有了新的发展。

〔王利发站在桌子上，往迎石柱子上钉幛子（上面有"大展宏图"四个大字），李三在擦拭放在地下的财神龛，王淑芬在抹桌椅。

王利发　拴子他妈，你看看，高短合适不合适？

王淑芬　再高点，高点，行啦！

〔住公寓的一个学生从后院上，正用一块包袱包一卷用红绿纸写的标语口号，敲右屋门，另一学生出，二人往外走，向王利发、王淑芬打招呼。

学生 甲乙　大嫂，王掌柜，给二位道喜！

王利发 王淑芬　谢谢！谢谢！

〔一穿长衫的中年人上。

中年人　掌柜的，有位何思明先生住这儿吗？

王利发　在这儿住，您往里去。

〔中年人进后院。

李　三　掌柜的，这佛爷……

王利发　请后边去！

李　三　这是财神爷。

王利发　叫他背点屈吧，咱们这儿改良哪！往后多烧几炷香不就得了，请后边去吧！

李　三　您真成，财神爷往后边请！（将财神龛抬往里院）

〔油漆匠上。

油漆匠　掌柜的，零活儿都找补完了，你看看去。

王利发　行啦，不用看了。

油漆匠　我们掌柜的说，让我把工料钱带回去。

王利发　你跟掌柜的说，先等我两天，明日开张以后，我亲自送去。

油漆匠　好吧。（准备走）

王利发　等等，你把这两块牌子帮我拿出去挂上，干完活儿，回头儿咱们一块儿吃炸酱面。（走进后院）

〔油漆匠拿牌子下。王淑芬梳着时行的圆髻，正在铺桌布，李三却还留着小辫儿，忙着布置桌椅。

王淑芬　（看李三的辫子碍事）三爷，咱们的茶馆改了良，你的小辫儿也该剪了吧？

李　三　改良！改良！越改越凉，冰凉！

王淑芬　也不能那么说！三爷你看，听说西直门的德泰，北新桥的广泰，鼓楼前的天泰，这些大茶馆全先后脚儿关了门！只有咱们裕泰还开着，为什么？不是因为拴子的爸爸懂得改良吗？

李　三　哼！皇上没啦，小辫儿剪了，总算大改良吧？可是改来改去，袁世凯还是要做皇上，袁世凯死后，天下大乱，今儿个打炮，明儿个关城，改良？哼！我还留着我的小辫儿，万一把皇上改回来呢！

王淑芬　别顽固啦，三爷！人家给咱们改了民国，咱们还能不随着走吗？你看，咱们这么一收拾，不比以前干净、好看？专招待文明人，不更体面？可是，你要还带着小辫儿，看着多么不顺眼哪！

李　三　太太，你觉得不顺眼，我还不顺心呢！

王淑芬　哟，你不顺心？怎么？

李　三	你还不明白？前面茶馆，后面公寓，全仗着掌柜的跟我两个人，无论怎么说，也忙不过来呀！
王淑芬	前面的事归他，后面的事不是还有我帮助你吗？
李　三	就算有你帮助，打扫二十来间屋子，侍候二十多人的伙食，还要沏茶灌水，买东西送信，问问你自己，受得了受不了！
王淑芬	三爷，你说得对！可是呀，这兵荒马乱的年月，能有个事儿做也就得念佛！咱们都得忍着点！
李　三	我不干了！天天睡四五个钟头的觉，谁也不是铁打的！
王淑芬	唉！三爷，这年月谁也舒服不了！你等着，大拴子暑假就高小毕业了，二拴子也快长起来，他们一有用处，咱们可就清闲点啦。从老王掌柜在世的时候，你就帮助我们，老朋友、老伙计啦！

〔王利发老气横秋地从后面进来。

李　三	老伙计？二十多年了，他们可给我长过工钱？什么都改良，为什么工钱不跟着改良呢？
王利发	哟！你这是什么话呀？咱们的买卖要是越做越好，我能不给你长工钱吗？得了，明天咱们开张，取个吉利，先别吵嘴，就这样办吧！All right？
李　三	就怎么办啦？不改我的良，我干不下去啦！

〔崔久峰内声："李三！李三！"

王利发	崔先生叫，你快去！咱们的事，有工夫再细研究！
李　三	哼！
王淑芬	我说，昨天就关了城门，今儿个还说不定关不关，三爷，这里的事交给掌柜的，你去买点菜吧！别的不说，咸菜总得买下点呀！

〔崔久峰内声："李三！李三！"

李　三	对，后边叫，前边催，把我劈成两半儿好不好！（念念地往后走）
王利发	拴子的妈，他岁数大了点，你可得……
王淑芬	他抱怨了大半天了！可是抱怨得对。当着他，我不便直说；对你，我可得说实话：咱们得添人！
王利发	添人得给工钱，咱们赚得出来吗？我要是会干别的，可是还开茶馆，我是孙子！

〔远处响起炮声。

王利发 听听，又他妈的开炮了！你们闹，你们就闹！明天开得了张才
怪！这是怎么说的！

王淑芬 明白人别说糊涂话，开炮是我闹的？

王利发 别再瞎扯，干活儿去！嘿！

王淑芬 早晚不是累死，就得叫炮轰死，我看透了！（抹泪）

王利发 （温和了些）得了，拴子的妈，甭害怕，开过多少回炮，一回也
没打死咱们，北京城是宝地！

王淑芬 心哪，老跳到嗓子眼儿里，宝地！我给三爷拿菜钱去。（下）
　　〔一群难民上，在门外央告。

难　民 掌柜的，行行好，可怜可怜吧！

王利发 走吧，我这儿不打发，还没开张！

难　民 可怜可怜吧！我们都是逃难的！

王利发 别耽误工夫！我自己还顾不了自己呢！
　　〔巡警上。

巡　警 走！滚！快着！
　　〔难民散去。

王利发 怎样啊！六爷！又打得紧吗？

巡　警 紧！紧得厉害！仗打得不紧，怎能够有这么多难民呢！上面交派
下来，你出八十斤大饼，十二点交齐！城里的兵带着干粮，才能
出去打仗啊！

王利发 您圣明，我这儿现在光包后面的伙食，不再卖饭，也还没开张，
别说八十斤大饼，一斤也交不出啊！

巡　警 你有你的理由，我有我的命令，你瞧着办吧！（要走）

王利发 您等等！我这儿千真万确还没开张，这您知道。开张以后，还得
多麻烦您呢！得啦，您买包茶叶喝吧！（递钞票）您多给美言几
句，我感恩不尽！

巡　警 （接票子）我给你说说看，行不行可不保准！
　　〔四个大兵上，军装破烂，都背着枪，闯进门口。

巡　警 老总们，我这正查户口呢，这还没开张！

大兵甲 屌！

巡　警 王掌柜，孝敬老总们点茶钱，请他们到别处喝去吧！

王利发　老总们，实在对不起，还没开张，要不然，诸位住在这儿，一定欢迎！（递钞票给巡警）

巡　警　（转递给四个大兵）得啦，老总们多原谅，他实在没法招待诸位。

大兵甲　屌！谁要钞票？要现大洋！

王利发　老总们，让我哪儿找现大洋去呢？

大兵甲　屌！揍他个小舅子！

巡　警　快！再添点！

王利发　（掏口袋）老总们，我要是还有一块，请把房子烧了！（递钞票）

大兵甲　屌！（接钱下，顺手拿走两块新桌布，与另外三个大兵下）

巡　警　得，我给你挡住了一场大祸！他们要不走呀，你就全完，连一个茶碗也剩不下！

王利发　我永远忘不了您这点好处。

巡　警　可是为这点功劳，你不得另有份意思吗？

王利发　对！您圣明，我糊涂！可是，您搜我吧，真一个铜子儿也没有啦！（掀起褂子，让巡警搜）您搜！您搜！

巡　警　我干不过你！明天见，明天还不定是风是雨呢！（下）

王利发　您慢走！（看巡警背影，跺脚）他妈的！打仗，打仗！今天打，明天打，老打，打他妈的什么呢？

〔唐铁嘴进来，还是那么瘦，那么脏，可是穿着绸子夹袍。

唐铁嘴　王掌柜，我来给你道喜。

王利发　（还生着气）哟！唐先生？我可不再白送茶喝！（打量，有了笑容）你混得不错呀。穿上绸子啦！

唐铁嘴　比以前好了一点儿，我感谢这个年月。

王利发　这个年月还值得感谢？听着有点不搭调。

唐铁嘴　年头越乱，我的生意越好！这年月，谁活着谁死都碰运气，怎能不多算算命、相相面呢？你说对不对？

王利发　Yes，也有这么一说！

唐铁嘴　听说后面改了公寓，租给我一间屋子，好不好？

王利发　唐先生，你那点嗜好，在我这儿恐怕……

唐铁嘴　我已经不吃大烟了！

王利发　真的？你可真要发财了！

唐铁嘴	我改抽"白面儿"啦。（指墙上的香烟广告）你看，哈德门烟是又长又松，（掏出烟来表演）一顿就空出一大块，正好放"白面儿"。大英帝国的烟，日本的"白面儿"，两大强国侍候着我一个人，这点福气还小吗？
王利发	福气不小！不小！可是，我这儿已经住满了人，什么时候有了空房，我准给你留着。
唐铁嘴	你呀，看不起我，怕我给不了房租。
王利发	没有的事儿！都是久在街面上混的人，谁能看不起谁呢？这是知心话吧？
唐铁嘴	你的嘴呀，比我的还花哨！
王利发	我可不光耍嘴皮子，我的心放得正！这十多年了，你白喝过我多少碗茶？你自己算算！你现在混得不错，你想着还我茶钱没有？
唐铁嘴	赶明儿我一总还给你，那一共才有几个钱呢！（搭讪着往外走）〔幕内报童的喊叫："长辛店大战的新闻，买报瞧，瞧长辛店大战的新闻！"上。
报　童	（向店内探头）掌柜的，长辛店大战的新闻，来一张瞧瞧？
王利发	有不打仗的新闻没有？
报　童	也许有，您自己找！
王利发	走！不瞧！
报　童	掌柜的，您不瞧也照样打仗！（对唐铁嘴）先生，您照顾照顾？
唐铁嘴	我不像他，（指王利发）我最关心国事！（拿了一张报，没给钱即走）
报　童	（看屋内布置）嘿，这可真是改样了，王掌柜，您什么都改良，就是不瞧报，（发现唐铁嘴已走）哎，先生您还没给钱呢。（追下）
王利发	（自言自语）长辛店！长辛店！离这里不远啦！（喊）三爷，三爷，你倒是抓早儿买点菜去呀，待会儿准关城门，就什么也买不到啦！嘿！（听后面没人应声，含怒往后跑）〔常四爷提着一串腌萝卜、两只鸡，走进来。
常四爷	王掌柜！〔王利发从后院进店。
王利发	谁？哟，四爷！您干什么哪？

453

常四爷	我卖菜呢！自食其力，不含糊！今儿个城外头乱乱哄哄，买不到菜；东抓西抓，抓到这么两只鸡，几斤老腌萝卜。听说你明天开张，也许用得着，特意给你送来了。
王利发	我谢谢您！我这儿正没有辙呢。
常四爷	（四下里看）好啊！好啊！收拾得好啊！大茶馆全关了，就是你有心路，能随机应变地改良。
王利发	别夸奖我啦，我尽力而为，可就怕天下老这么乱七八糟！
常四爷	像我这样的人算是坐不起这样的茶馆喽！

〔松二爷走进来，穿得很寒酸，可是还提着鸟笼。

松二爷	王掌柜，听说明天开张，我来道喜！（看见常四爷）哎哟！四爷，可想死我喽！
常四爷	二哥！你好哇？
王利发	都坐下吧。
松二爷	王掌柜，你好？太太好？少爷好？生意好？
王利发	（一劲儿地回应）好！托福！（提起鸡与腌萝卜）四爷，多少钱？
常四爷	瞧着给，该给多少给多少！
王利发	好！我给你们弄壶茶来。（提物到后院去）
松二爷	四爷，你，你怎么样啊？
常四爷	卖青菜哪。铁杆庄稼没有啦，还不卖膀子力气吗？二爷，您怎么样啊？
松二爷	怎么样？我想大哭一场！看见我这身衣裳没有？我还像个人吗？
常四爷	二哥，您能写能算，难道找不到点事儿做？
松二爷	唉，谁愿意瞪着眼挨饿呢！可是，谁要咱们呢？再说，让咱脱下这大褂，干点糙活儿，又拉不下这脸来。想起来呀，大清国不一定好啊，可是到了民国，我挨了饿！

〔王利发端一壶茶回店里。

王利发	（给常四爷钱）不知道您花了多少，我就给这么点吧。
常四爷	（接钱，没看，揣在怀里）没关系。
王利发	二爷，（指鸟笼）还是黄鸟吧？哨得怎样？
松二爷	还是黄鸟！我饿着，也不能叫鸟儿饿着！（有了点精神）你看看，看看，（打开罩子）多么体面！一看见它呀，我就舍不得死啦！

王利发	松二爷，不准说死！有那么一天，您还会走一步好运！
常四爷	二哥，走！找个地方喝两盅儿去！一醉解千愁！王掌柜，我可就不让你啦，没有那么多的钱。
王利发	我也分不开身，就不陪了！

〔常四爷、松二爷正往外走，宋恩子和吴祥子进来。他们俩仍穿灰色大衫，但袖口瘦了，而且罩上了青布马褂。

| 松二爷 | （看清楚是宋恩子、吴祥子，不由得上前请安）原来是你们二位爷！ |

〔王利发似乎受了松二爷的感染，也请安，弄得宋恩子、吴祥子愣住了。

宋恩子	这是怎么啦？民国好几年了，怎么还请安？你们不会鞠躬吗？
松二爷	我看见您二位的灰大褂呀，就想起了前清的事儿。不能不请安。
王利发	我也那样，我觉得请安比鞠躬更过瘾！
吴祥子	哈哈哈哈！松二爷，你们的铁杆庄稼不行了，我们的灰色大褂反倒成了铁杆庄稼，哈哈哈！（看见常四爷）这不是常四爷吗？
常四爷	是呀，您的眼力不错！戊戌年我就在这儿说了句"大清国要完"，叫您二位给抓了走，坐了一年多的牢！
宋恩子	您的记性可也不错！混得还好吧？
常四爷	托福！从牢里出来，不久就赶上庚子年；扶清灭洋，我当了义和团，跟洋人打了几仗！闹来闹去，大清国到底是亡了，该亡！我是旗人，可是我得说公道话。现在，每天起五更弄一挑子青菜，绕到十点来钟就卖光。凭力气挣饭吃，我的身上更有劲了！什么时候洋人敢再动兵，我姓常的还准备跟他们打打呢！我是旗人，旗人也是中国人哪！您二位怎么样？
吴祥子	瞎混呗！有皇上的时候，我们给皇上效力；有袁大总统的时候，我们给袁大总统效力；现而今，宋恩子，该怎么说啦？
宋恩子	谁给饭吃，咱们给谁效力！
常四爷	要是洋人给饭吃呢？
松二爷	四爷，咱们走吧。
吴祥子	告诉你，常四爷，要我们效力的都仗着洋人撑腰。没有洋枪洋炮，怎能够打起仗来呢？
松二爷	您说得对！四爷，走吧！

常四爷 再见吧，二位，盼着你们快快升官发财！（同松二爷下）

宋恩子 这小子！

王利发 （倒茶）常四爷老是那么又倔又硬，别计较他。（让茶）二位喝碗吧，刚沏好的。

宋恩子 后面住着的都是什么人？

王利发 多半是大学生，还有几位熟人。我有登记簿子，随时报告给"巡警阁子"。我拿来，二位看看？

吴祥子 我们不看簿子，看人！

王利发 您甭看，准保都是靠得住的人！

宋恩子 你为什么爱租学生们呢？学生不是什么老实家伙呀！

王利发 这年月，做官的今天上任，明天撤职；做买卖的今天开市，明天关门，都不可靠！只有学生有钱，能够按月交房租，没钱的就上不了大学啊！您看，是这么一笔账不是？

宋恩子 都叫你咂摸透了，你想得对！现在，连我们也欠饷啊！

吴祥子 是呀，所以非天天拿人不可，好得点津贴。

宋恩子 就仗着有错拿，没错放的，拿住人就有津贴！走吧，到后边看看去！

吴祥子 走！

王利发 二位，二位！您放心，准保没错儿！

宋恩子 不看，拿不到人，谁给我们津贴呢？

吴祥子 王掌柜不愿意咱们看，王掌柜必会给咱们想办法。咱们得给王掌柜留个面子，对吧？王掌柜！

王利发 我……

宋恩子 要不然，咱这么办，干脆来个包月，每月一号，按阳历算，你把那点……

吴祥子 那点意思……

宋恩子 对，那点意思送到，你省事，我们也省事。

王利发 那点意思得多少呢？

吴祥子 多年的交情，你看着办！你聪明，还能把那点意思闹成不好意思吗？

〔李三提着菜筐由后面出来。

李　三　嗬，二位爷，（请安）今儿个又得关城门吧！（没等宋恩子、吴祥子回答，往外走）

〔一住客匆匆地上。

住　客　三爷，先别出去，街上抓人呢。（往后面走去）

李　三　（往外走）抓去也好，在哪儿也是当苦力。

〔刘麻子丢了魂似的跑上，和李三撞了个满怀。

李　三　怎么回事呀？吓掉了魂儿啦！

刘麻子　（喘着）别，别，别出去！街上抓人呢，又抓逃兵，又抓学生。我差点儿叫他们抓了去！

王利发　三爷，等一等吧。

李　三　午饭怎么开呢？

王利发　跟大家说一声，中午咸菜饭，没别的办法。晚上吃那两只鸡！

李　三　好吧！（进后院）

刘麻子　我的妈呀，吓死我啦！

宋恩子　你死着，也不过少买卖几个大姑娘！

刘麻子　有人卖，有人买，我不过在中间帮帮忙，能怪我吗？（把桌上的三个茶碗的茶先后喝净）

吴祥子　我可是告诉你，我们哥儿们从前清起就专办革命党，不大爱管贩卖人口，拐带妇女什么的臭事。可是你要叫我们碰见，我们也不再睁一眼闭一眼！还有，像你这样的人，弄进去，准锁在尿桶上！

刘麻子　二位爷，别那么说呀。我不是也快挨饿了吗？您看，以前，我走八旗老爷们、宫里太监们的门子。这么一革命啊，可苦了我啦！现在，人家总长、次长、团长、师长，要娶姨太太讲究要唱落子的坤角，戏班里的女名角，一花就三千五千现大洋！我干瞧着，摸不着门儿！我那点儿芝麻粒儿大的生意算得了什么呢？

宋恩子　你呀，非锁在尿桶上，不会说好的！

刘麻子　得啦，今天我孝敬不了二位，改天我必有一份儿人心！

吴祥子　你今天就有买卖，要不然，兵荒马乱的，你不会出来！

刘麻子　没有、没有！

宋恩子　你嘴里半句实话也没有！不对我们说真话，没有你的好处！走吧，外边遛遛去。（同吴祥子下）

457

王利发	刘爷，茶喝够了吧？该出去活动活动！
刘麻子	你忙你的，我在这儿等两个朋友。
王利发	咱们可把话说开了，从今以后，你不能再在这儿做你的生意，这儿现在改了良，文明啦！
刘麻子	得了吧！

〔李三从后院出。

李　三	掌柜的，七号那位客人又喝醉了，您来一下。

〔王利发随李三进后院。

〔康顺子提着小包，带着康大力上，往店里边探头。

康大力	是这里吗？
康顺子	地方对呀，怎么改了样儿？（进店，细看，看见了刘麻子）先生，请问您……（认出了刘麻子）大力，进来，是这儿！
康大力	找对啦，妈？
康顺子	没错儿！有他在这儿，不会错！
刘麻子	您找谁？
康顺子	（不语，直奔过刘麻子去）刘麻子，你还认识我吗？
刘麻子	我可眼拙。
康顺子	（要打刘麻子，但是伸不出手去，一劲儿地颤抖）当初，你，你，你个……（要骂，也感到困难）

〔王利发上。

刘麻子	你这个娘们儿，无缘无故地跟我捣什么乱呢！
康顺子	（挣扎）无缘无故？你，你看看我是谁？
刘麻子	我知道你是谁？
康顺子	一个男子汉，干什么吃不了饭，偏干伤天害理的事！呸！呸！
王利发	这位大嫂，有话好好说！
康顺子	你是掌柜的？你忘了吗？十几年前，有个娶媳妇的太监。
王利发	您，您就是庞太监的那个……
康顺子	（指刘麻子）都是他做的好事，我今天跟他算算账！（又要打刘麻子，仍未成功）

〔康大力跑过去打刘麻子。

458	刘麻子	（躲）你敢！你敢！我好男不跟女斗！（往后退）我，我找人来帮

我说说理！（撒腿往后院跑）

王利发 （对康顺子）大嫂，你坐下，有话慢慢说。庞太监呢？

康顺子 （坐下喘气）死啦！叫他侄子们给饿死的。一改民国呀，他还有钱，可没了势力，所以侄子们敢欺负他。他一死，他的侄子们把我们轰出来了，连一床被子都没给我们！

王利发 这，这是？

康顺子 我的儿子。

王利发 您的……？

康顺子 也是买来的，给太监当儿子。

康大力 妈！你爸爸当初就在这儿卖了你的？

康顺子 对了，乖！就是这儿，一进这儿的门，我就晕过去了，我永远忘不了这个地方！

康大力 我可不记得爸爸在哪里卖了我的！

康顺子 那时候，你不是才一岁吗？妈妈把你养大了的，你跟妈妈一条心，对不对？乖！

康大力 那个老东西，他掐我妈，拧我妈，咬我妈，还用烟签子扎我！他们人多，咱们打不过他！要不是你，妈，我准叫他们给打死了。

康顺子 对！他们人多，咱们又太老实！你看，看见刘麻子，我想咬他几口，可是，可是，连一个嘴巴也没打上，我伸不出手去。

康大力 妈，等我长大了，我帮你打！我不知道亲妈是谁，你就是我的亲妈！

康顺子 好！好！咱们永远在一块儿，我去挣钱，你去念书。掌柜的，当初我在这儿叫人买了去，咱们总算有缘，你能不能帮帮忙，给我找点事做，我饿死不要紧，可不能饿死这个无依无靠的好孩子。

〔王淑芬上，拿东西站在后边听着。

王利发 你会干什么呢？

康顺子 洗洗涮涮、缝缝补补、做家常饭，都会。我是乡下人，我能吃苦，只要不再做太监的老婆，什么苦处都是甜的。

王利发 要多少钱呢？

康顺子 有三顿饭吃，有个地方睡觉，够大力上学的就行！

王利发	好吧，我慢慢给你打听着。你看，十多年前那回事，我到今天还没忘，想起来心里就不痛快！
康顺子	可是，现在我们母子上哪儿去呢？
王利发	回乡下找你的老父亲去。
康顺子	他？他是活是死我不知道。就是活着，我也不能去找他。
王利发	眼下找个事儿，可不太容易。
王淑芬	（上前，对王利发）她能洗能做，又不多要钱，我留下她了。
王利发	你？
王淑芬	难道我不是内掌柜的？难道我跟李三爷就该累死？
康顺子	掌柜的，试试我！看我不行，您说话，我走！
王淑芬	大嫂，跟我来！
康顺子	当初我是在这儿卖出去的，现在就拿这儿当作娘家吧。大力，来见见大婶。
康大力	大婶！
康大力	掌柜的，你要不打我呀，我会好好帮你干活儿的。（同王淑芬、康顺子下）
王利发	好家伙，一添就是两张嘴！太监取消了，可把太监的家眷交到这里来了！

〔崔久峰由后面慢慢走来。

王利发	崔先生，外边乱哄哄的，您还出去？
崔久峰	今天是念经的日子，要去的，要去的。
王利发	崔先生，昨天秦二爷派人来请您，您怎么不去呢？您这么有学问，上知天文，下知地理，又做过国会议员，干吗天天念经？干吗不出去做点事呢？您应当出去做官！像您这样的好人出去做官，必是清官。有您这样的清官，我们小民才能过太平日子！
崔久峰	惭愧！惭愧！做过国会议员，那真是造孽呀！革命有什么用呢，不过自误误人而已。唉！现在我只能修持，忏悔！
王利发	您看秦二爷，他又办工厂，又忙着开银号。
崔久峰	办了工厂、银号又怎么样呢？他说实业救国，他救了谁？救了他自己，他越来越有钱了。可是他那点事业，哼，外国人伸出一个小指头，就把他推倒在地，再也起不来。这种于事无补的力气，

我是不去花的。

王利发　您别这么说呀，难道咱们就一点盼望也没有了吗？

崔久峰　难说！很难说。你看，今天张大帅打王大帅，明天赵大帅又打张大帅。是谁叫他们打的？

王利发　谁？哪个混蛋？

崔久峰　洋人！

王利发　洋人？我不能明白！

崔久峰　慢慢地你就明白了。有那么一天，你我都得做亡国奴！我干过革命，我的话不是随便说的。

王利发　那么，您就不想想主意，卖卖力气，别叫大家做亡国奴？

崔久峰　我年轻的时候，以天下为己任，的确那么想过。现在我可看透了，中国非亡不可！

王利发　那也得死马当活马治呀！

崔久峰　死马当活马治？那是妄想。死马不能再活，活马可早晚得死！好啦，我到弘济寺去，秦二爷再派人来找我，你就说，我只会念经，不会干别的。（要走）

〔几个学生上——其中有公寓住客二人——召集了一群人，准备在茶馆门口演讲。

学生甲　王掌柜，借把椅子。（抬了一把椅子到茶馆门口，一个学生站上）

〔学生乙站在椅子上演讲。

学生乙　同胞们，请大家看看政府当局吧！正当各国列强要瓜分我国的生死存亡关头，政府当局甘愿做亡国奴；同胞们，我们的国已经不国啦……

〔王利发将学生甲叫到茶馆里。

王利发　您别看我是买卖人，董先生，您几位的心愿我了然。我说，咱们换个地方成不成，我明儿要开张，您看这样……

学生甲　王掌柜，国家兴亡，匹夫有责，现在中国是一盘散沙，我们要唤醒民众！

崔久峰　（在一旁冷笑）算了吧！

学生甲　这是什么话！路是人走出来的！

〔崔久峰下。

学生甲　（对着崔久峰的背影高喊）誓死不做亡国奴！

　　　　〔茶馆门口的学生和群众散开，宋恩子、吴祥子在门口出现，朝
　　　　学生散去的方向走过去。远处可闻学生演讲声。

　　　　〔李三掩护着刘麻子出来。

李　三　快走吧！（回后院）

王利发　就走吧，还等着真挨两个脆的吗？

刘麻子　我不是说过了吗，等两个朋友。

王利发　你呀，叫我说什么才好呢！

刘麻子　有什么法子呢，隔行如隔山，你老得开茶馆，我老得干我这一
　　　　行。到什么时候，我也得干我这一行！

王利发　就冲你，怎么能不当亡国奴！

　　　　〔老林和老陈满面笑容地走进茶馆来。上。

刘麻子　（连忙迎上前，二人都比他年轻，他却称呼他们哥哥）来了，林
　　　　大哥，陈二哥！（看王利发不满意，对王利发）王掌柜，这儿现
　　　　在没有人，我借个光，下不为例！

王利发　我可告诉你，她（指后边）可是还在这儿呢！

刘麻子　不要紧，她不会打人。就是真打，他们二位也会帮我。

王利发　你呀！哼！（到后院）

刘麻子　坐下吧，谈谈！

老　林　你说吧老二。

老　陈　你说吧哥。

老　林　你进来嘛，这话还是你说！

老　陈　你说！

老　林　你是哥嘛，这话还是你说！

刘麻子　谁说不一样啊！

老　陈　你说！

老　林　你看，我们俩是把兄弟。

老　陈　对！拜把子的兄弟，两个人穿一条裤子的交情。

老　林　他有几块现大洋。

刘麻子　现大洋？

老　陈　林大哥也有几块现大洋。

刘麻子　二位！一共多少块呢？说个数目。

老　林　那，还不能告诉你咧。

老　陈　事儿能办才说咧。事儿要办不好，这话还不能说。

刘麻子　有现大洋，没有办不了的事！

老　林
老　陈　真的？

刘麻子　说假话是孙子！

老　林　那么，你说吧，老二。

老　陈　还是你说，哥！

刘麻子　二位谁说都一样。

老　林　你看，我们是两个人吧？

刘麻子　嗯！

老　陈　拜把子的兄弟，两个人穿一条裤子的交情吧？

刘麻子　嗯！

老　林　没人耻笑我们的交情吧？

刘麻子　交情嘛，没人耻笑。

老　陈　三个人的交情也没人笑话吧？

刘麻子　三个人？我说这里面还有谁？

老　林　还有个娘们儿！

刘麻子　嗯！嗯！我明白了！可是不好办，我没办过。你看，平常都说小
　　　　两口儿，哪有小三口儿的呢！

老　林　不好办？

刘麻子　太不好办啦！

老　林　（问老陈）你看呢？

老　陈　事情还能白拉倒吗？

老　林　对，不能白白拉倒，当了十几年兵，连半位老婆都娶不上！他
　　　　妈的！

　　　　〔王利发上。

刘麻子　不能拉倒，咱们再想想。你们到底一共有多少现大洋？

　　　　〔二学生上，匆匆往后院去。

　　　　〔宋恩子、吴祥子复上。

〔宋恩子、吴祥子不语，在靠近茶馆门口地方，看着刘麻子三人。

〔刘麻子不知如何是好，低下头去。

〔老陈、老林也不知如何是好，相视无言。

〔静默。

老　陈　哥，走吧？

老　林　走！

宋恩子　等等！（挡住老陈、老林的路）

老　陈　怎么啦？

吴祥子　你说怎么啦？

〔四人呆呆相视一会儿。

宋恩子　乖乖地跟我们走！

老　林　上哪儿？

吴祥子　逃兵，是吧？有些块现大洋，想在北京藏起来，是吧？有钱就藏
　　　　起来，没钱就当土匪，是吧？

老　陈　你管得着吗？我一个人揍你这样的八个。（要打吴祥子）

宋恩子　你？可惜你把枪卖了，是吧？没有枪的干不过有枪的，是吧？
　　　　（拍了拍身上的枪）我一个人揍你这样的八个。

老　林　都是弟兄，何必呢？都是弟兄！

吴祥子　对啦！坐下谈谈吧！你们是要命呢？还是要现大洋？

老　陈　我们那点钱来得不容易！谁发饷，我们给谁打仗，我们打过多少
　　　　次仗啊！

宋恩子　逃兵的罪过，你们可也不是不知道！

老　林　咱们讲讲吧，谁叫咱们是弟兄呢！

吴祥子　这像句自己人的话！谈谈吧！

王利发　（站在门口）诸位，大令过来了！

老　林
老　陈　啊！（惊惶失措，要往里边跑）

宋恩子　别动！君子一言，把现大洋分给我们一半，保你们俩没事，咱们
　　　　是自己人！

老　林
老　陈　就这么办，自己人！

〔"大令"进来：二捧刀——刀缠红布——背枪者前导，手捧令箭的在中，二持黑红棍者在后。军官在最后押队。

〔吴祥子和宋恩子、老林、老陈一齐立正，从帽中取出证章交于军官查看。

吴祥子 报告官长，我们正在这儿盘查一个逃兵。

军 官 就是他吗？（指刘麻子）

吴祥子 就是他！（指刘麻子）

军 官 绑！

刘麻子 （喊）长官，别误会！……老爷！听我说我不是……我不是！不是！

军 官 绑！（持刀二兵绑押刘麻子下）

〔军官站在茶馆门口。

军 官 （走到茶馆门口）就地正法，砍！（下）

宋恩子
吴祥子 （对老陈、老林）还不快走！

〔老陈、老林下。

〔宋恩子、吴祥子向后院公寓走去。

王利发 二位还要干什么？

吴祥子 抓学生！

王利发 他们可不是逃兵！

宋恩子
吴祥子 抓的就是学生！（走向后院）

〔幕落。

第三幕

〔时间：抗日战争胜利后，国民党特务和美国兵捕在北京横行的时候。秋，清晨。

〔地点：同前幕。

〔幕启。现在，裕泰茶馆的样子可不像前幕那么体面了。代以小凳与条凳。自房屋至家具都显着暗淡无光。假若有什么突出惹眼

465

的东西，那就是"莫谈国事"的纸条更多，字也更大了。在这些条子旁边还贴着"茶钱先付"的新纸条。

〔一清早，还没有下窗板。王利发的儿子王大拴，垂头丧气地坐在桌前，王掌柜在屋角椅上打盹。

〔王大拴的妻周秀花，领着小女儿王小花，由后面出来。她们一边走一边说话。

王小花　妈，晌午给我做点热汤面吧！好多天没吃过啦！

周秀花　我知道，乖！可谁知道买得着面买不着呢！就是粮食店里可巧有面，谁知道咱们有钱没有呢！唉！

王小花　就盼着两样都有吧！妈！

周秀花　你倒想得好，可哪能那么容易！去吧，（看王小花往外走）回来，小花在路上留神吉普车！

王大拴　小花，别去了，西直门都关了，街上闹哄哄的。

王小花　干吗？爸！学校门可没关，我去！

周秀花　叫她去吧！（拉王小花回来）

王大拴　昨天晚上……

周秀花　我已经嘱咐过她了！她懂事！

王大拴　你大力叔叔的事万不可对别人说呀！说了，咱们全家都得死！明白吧？

王小花　我不说，打死我也不说！有人问我大力叔叔回来过没有，我就说：他走了好几年，一点消息也没有！

〔康顺子由后面走来。她的腰有点弯，但还硬朗。

康顺子　秀花，这是你妈给我的坎肩，你留着穿吧。小花！小花！还没走哪？

王小花　康婆婆，干吗呀？

康顺子　小花，乖！婆婆再看你一眼！（抚弄王小花的头）多体面哪！吃得不足啊，要不然还得更好看呢！

周秀花　大婶，您是要走吧？

康顺子　是呀！我走，好让你们省点嚼谷呀！大力是我拉扯大的，他叫我走，我怎能不走呢？当初，我刚到这里的时候，他也就小花这么大呢！

王小花 看大力叔叔现在多么高，多壮实！

康顺子 是呀，虽然他只在这儿坐了一袋烟的工夫呀，可是叫我年轻了好几岁！我本来什么也没有，一见着他呀，好像忽然间我什么都有啦！我走，跟着他走，受什么累，吃什么苦，也是香甜的！看他那两只大手，那两只大脚，简直是个顶天立地的男子汉！

王小花 婆婆，我也跟您去！

康顺子 小花，你乖乖地去上学，我会回来接你！

王大拴 小花，上学吧，别迟到！

王小花 婆婆，等我下了学您再走！

康顺子 哎！哎！去吧，乖！（望着王小花的背影嘱咐）留神吉普车，别跑！

王大拴 大婶，我爸爸叫您走吗？

康顺子 他还没打好主意。我倒怕呀，大力回来的事儿万一叫人家知道了啊，我又忽然这么一走，也许要连累了你们！这年月不是天天抓人吗？我不放心你们！

周秀花 大婶，您走您的，谁逃出去谁得活命！喝茶的不是常低声儿说：想要活命得上西山吗？

王大拴 对！我还愿意马上就离开这儿。

康顺子 小花的妈，来吧，咱们再商量商量！我不能专顾自己，叫你们吃亏！老大，你也好好想想！（同周秀花下）

〔丁宝进来。

丁　宝 嗨，掌柜的，我来啦！

王大拴 你是谁？

丁　宝 小丁宝！小刘麻子叫我来的，他说这儿的老掌柜托他请个女招待。

王大拴 姑娘，你看看，这么个破茶馆，能用女招待吗？我们老掌柜呀，穷得乱出主意！

〔王利发抬起头，慢慢地站起来，他还硬朗，穿得可很不整齐。

王利发 老大，你怎么老在背后褒贬老人呢？谁穷得乱出主意呀？下板子去！什么时候了，还不开门！

〔王大拴去下窗板。

丁　宝 老掌柜，您硬朗啊？

467

王利发	嗯！要有炸酱面的话，我还能吃三大碗呢，可惜没有！十几了？姑娘！
丁　宝	十七。
王利发	才十七？
丁　宝	是呀！妈妈是寡妇，带着我过日子。胜利以后呀，政府硬说我爸爸给我们留下的一所小房子是逆产，给没收啦！妈妈气死了，我做了女招待！老掌柜，我到今天还不明白什么叫逆产，您知道吗？
王利发	姑娘，说话留点神！一句话说错了，什么都可以变成逆产！你看，这后边呀，是秦二爷的仓库，有人一瞪眼，说是逆产，就给没收啦！就是这么一回事！

〔王大拴回来。

丁　宝	老掌柜，您说对了！连我也是逆产，谁的胳膊粗，我就得侍候谁！他妈的，我才十七，就常想还不如死了呢！死了落个整尸首，干这一行，活着身上就烂了！
王大拴	爸，请您过来一下。
王利发	干什么？
王大拴	您过来呀！您真想要女招待吗？
王利发	我跟小刘麻子瞎聊来着！我一辈子老爱改良，看着生意这么不好，我着急！
王大拴	您着急，我也着急！可是，咱们得另想办法，请女招待救不了这六十多年的老字号！
丁　宝	什么老字号啊！越老越不值钱！不信，我现在要是二十八岁，就叫小小丁宝，小丁宝贝，也没人看我一眼！

〔茶客甲、乙上。看样子是两个掮客。

茶客甲	（唱着流行歌曲）我这心里一大块，左推右推推不开……
王利发	二位早班儿！带着叶子哪？老大拿开水去！（王大拴下）二位，对不起，茶钱先付！
茶客乙	没听说过！
王利发	我开过几十年茶馆，也没听说过！可是，您圣明：茶叶、煤球儿都一会儿一个价钱，也许您正喝着茶，茶叶又涨了价钱！您看，先收茶钱不是省得麻烦吗？

茶客甲　我看啊，不喝更省事！

茶客乙　看看货。（看茶客甲从怀中拿出一喇叭）咳，小日本的，不怎么样！

茶客甲　什么！这不是敌伪的，真正老美的。（指喇叭上的标记）Made in U.S.A.

茶客乙　不怎么样。

茶客甲　（收起喇叭）我等着你。（唱）"我等着你回来——"（欲下）

茶客乙　等等！你爱来不来！（下）

茶客甲　（追茶客乙）来！来！给你！

王大拴　（提来开水）怎么？走啦！

王利发　这你就明白了！

丁　宝　我要是过去说一声："来了？小子！"他们准给一块现大洋！

王利发　你呀，老大，比石头还顽固！我看你八成不要干这行了吧？

王大拴　（放下壶）是有那么点，我出去遛遛，这里出不来气！（下）

王利发　你出不来气，我还憋得慌呢！

〔小刘麻子上，穿着洋装，夹着皮包。

小刘麻子　什么事，憋得慌！老头儿，小丁宝来了吗？

王利发　来了。

小刘麻子　小丁宝，你来啦？

丁　宝　有你的话，谁敢不来呀！

小刘麻子　王掌柜，看我给你找来的小宝贝怎样？人材、岁数、打扮、经验，样样出色！

王利发　就怕我用不起吧？

小刘麻子　没的事！她不要工钱！是吧，小丁宝？

王利发　不要工钱？

小刘麻子　老头儿，你都甭管，全听我的，我跟小丁宝有我们一套办法！是吧，小丁宝？

丁　宝　要是没你那一套办法，怎会缺德呢！

小刘麻子　缺德？你算说对了！当初，我爸爸就是由这儿绑出去的；不信，你问王掌柜。是吧，王掌柜？

王利发　我亲眼得见！

小刘麻子　你看，小丁宝，我不乱吹吧！绑出去，就在马路中间，咔嚓一刀！又不信，是吧，老掌柜？

王利发　听得真真的！

小刘麻子　我不说假话吧？小丁宝！可是，我爸爸到底差点事，一辈子混得并不怎样，没找着后台。轮到我自己出头露面了，我一定找美国人撑腰，我必得干得特别出色。（打开皮包，拿出计划书）看，小丁宝，看看我的计划！

丁　宝　我没那么大的工夫！我看哪，我该回家，休息一天，明天来上工。

王利发　丁宝，我还没想好呢！

小刘麻子　王掌柜，我都替你想好啦！不信，你等着看，明天早上，小丁宝在门口儿歪着头那么一站，马上就进来二百多茶座儿！小丁宝，你听听我的计划，跟你有关系。

丁　宝　哼！但愿跟我没关系！

小刘麻子　你呀，小丁宝，不够热心，听着……

　　　　　〔取电灯费的进来。

取电灯费的　掌柜的，电灯费！

王利发　电灯费？欠几个月的啦？

取电灯费的　三个月的！

王利发　再等三个月，凑半年，我也还是没办法！

取电灯费的　那像什么话呢？

小刘麻子　地道真话嘛！

取电灯费的　没你事儿，少跟着掺和！

小刘麻子　这儿属沈处长管。知道沈处长吧？General 沈，市党部的委员，宪兵司令部的处长！你愿意收他的电费吗？说！

取电灯费的　什么话呢，当然不收！对不起，我走错了门儿！（下）

小刘麻子　看，王掌柜，你不听我的行不行？你那套光绪年的办法太守旧了！

王利发　对！要不怎么说，人要活到老学到老呢！我还得多学！

小刘麻子　就是嘛！

　　　　　〔小唐铁嘴进来，穿着绸子夹袍，新缎鞋。

470　　**小刘麻子**　哎哟，他妈的是你，小唐铁嘴！

小唐铁嘴 哎哟，他妈的是你，小刘麻子！来，叫爷爷看看！（看前看后）你小子行，洋服穿得像那么一回事，由后边看哪，你比洋人还更像洋人！老王掌柜，我夜观天象，紫微星发亮，不久必有真龙天子出现，所以你看我跟小刘麻子，和这位……

小刘麻子 小丁宝，九城闻名！

小唐铁嘴 ……和这位小丁宝，才都这么才貌双全，文武带打，我们是应运而生，活在这个时代，真是如鱼得水！老掌柜，把脸转正了，我看看！好，好，印堂发亮，还有一步好运！老掌柜，来碗茶喝！

王利发 小唐铁嘴！

小唐铁嘴 别再叫唐铁嘴，我现在叫唐天师！

小刘麻子 谁封你做了天师？

小唐铁嘴 待两天你就知道了。

王利发 天师，可别忘了，你爸爸白喝了我一辈子的茶，这可不能世袭！

小唐铁嘴 王掌柜，等我穿上八卦仙衣的时候，你会后悔刚才说了什么！你等着瞧吧！

小刘麻子 小唐，待会儿我请你去喝咖啡，小丁宝作陪，你先听我说点正经事。

小唐铁嘴 王掌柜，你就不想想，天师今天白喝你点茶，赶明儿会给你个县知事做做吗？好吧，小刘你说！

小刘麻子 我这儿刚跟小丁宝说，我有个伟大的计划！

小唐铁嘴 好！洗耳恭听！

小刘麻子 我要组织一个"拖拉撕"。这是个美国字，也许你不懂，翻成北京话就是"包圆儿"。

小唐铁嘴 我懂！就是说，所有的姑娘全由你包办。

小刘麻子 对！你的脑力不坏！小丁宝，听着，这跟你有密切关系！甚至于跟王掌柜也有关系！

王利发 我这儿听着呢！

小刘麻子 我要把舞女、明娼、暗娼、吉普gine、吉普女郎和女招待全组织起来，成立那么一个大"拖拉撕"。

小唐铁嘴 （闭着眼）官方上疏通好了没有？

小刘麻子 当然！沈处长做董事长，我当总经理！

471

小唐铁嘴　行，沈处长，这一手准受美国盟军的欢迎。

小刘麻子　你要是能琢磨出个好名字来，请你做顾问！

小唐铁嘴　车马费不要法币！

小刘麻子　每月送几块美钞！

小唐铁嘴　往下说！

小刘麻子　业务方面包括：买卖部、转运部、训练部、供应部，四大部。谁买姑娘，还是谁卖姑娘；由上海调运到天津，还是由汉口调运到重庆；训练吉普女郎，还是训练女招待；是供应美国军队，还是各级官员，都由公司统一承办，保证人人满意。你看怎样？

小唐铁嘴　太好！太好！在道理上，这合乎统制一切的原则。在实际上，这首先能满足美国兵的需要，对国家有利！

小刘麻子　好吧，你就给想个好名字吧！想个文雅的。

小唐铁嘴　嗯——"拖拉撕""拖拉撕"……不雅！拖进来，拉进来，不听话就撕成两半儿，倒好像是绑票儿撕票儿，不雅！

小刘麻子　对，是不大雅！可那是美国字，吃香啊！

小唐铁嘴　还是联合公司响亮、大方！

小刘麻子　有你这么一说！什么联合公司呢？

丁　宝　缺德公司就挺好！

小刘麻子　小丁宝，谈正经事，不许乱说！你好好干，将来你有做女招待总教官的希望！你能跟我一样，到市党部领薪水去。

小唐铁嘴　看这个怎样——花花联合公司？姑娘是什么？鲜花嘛！要姑娘就得多花钱，花呀花呀，所以花花！"青是山，绿是水，花花世界"，又有典故，出自《武家坡》！好不好？

小刘麻子　小唐，行啊！我谢谢你，Thank you！（热烈握手）我马上找沈处长去研究一下，他一赞成，你的顾问就算当上了！（收拾皮包，要走）

王利发　我说，丁宝的事到底怎么办？

小刘麻子　没告诉你不用管吗？"拖拉撕"统办一切，我先在这里试验试验。

丁　宝　你不是说喝咖啡去吗？

小刘麻子　问小唐去不去？

小唐铁嘴 你们先去吧，我还在这儿等个人。

小刘麻子 咱们走吧，小丁宝！

丁　宝 明天见，老掌柜！再见，天师！（同小刘麻子下）

小唐铁嘴 王掌柜，拿报来看看！

王利发 那，我得慢慢地找去。二年前的还许有几张！

小唐铁嘴 废话！

〔邹福远和卫福喜进来。王利发都认识，向大家点头。

邹福远
卫福喜 老掌柜！

王利发 怎么老不来了？哥们儿，对不起啊，茶钱先付！

邹福远 没错儿，老哥哥！给您预备下了！

王利发 唉！"茶钱先付"，说着都烫嘴！（忙着沏茶）

邹福远 怎样啊？王掌柜！晚上还添评书不添啊？

王利发 试验过了，不行！光费电，不上座儿！

邹福远 对！您看，前天我在会仙馆，开三侠四义五霸十雄十三杰九老十五小，大破凤凰山，百鸟朝凤，棍打凤腿，您猜上了多少座儿？

王利发 多少？那点书现在除了您，没有人会说！

邹福远 您说得在行！可是，才上这个数。（以手比画）

王利发 五十？

邹福远 五个，还有俩听蹭儿的！

卫福喜 师哥，无论怎么说，你比我强！我又闲了一个多月啦！

邹福远 可谁叫你跳了行，改唱戏了呢？

卫福喜 我有嗓子，有扮相嘛！

邹福远 可是上了台，你又不好好地唱！

卫福喜 妈的唱一出戏，挣不上三个杂合面窝头钱，我干吗卖力气呢？我疯啦？

邹福远 唉！福喜，咱们哪，全叫流行歌曲跟《纺棉花》给顶垮喽！我是这么看，咱们死，咱们活着，还在其次，顶伤心的是咱们这点玩意儿，再过几年都得失传！咱们对不起祖师爷！常言道：邪不侵正。这年头就是邪年头，正经东西全得连根儿烂！

〔明师傅进来。邹福远、卫福喜招呼明师傅坐。

473

王利发　唉!（转至明师傅处）明师傅，可老没来啦!

明师傅　出不来喽! 包监狱里的伙食呢!

王利发　您! 就凭您，办一二百桌满汉全席的手儿，去给他们蒸窝窝头?

明师傅　那有什么办法呢，现而今就是狱里人多呀! 满汉全席? 我连家伙都卖喽!

〔方六拿着几张画儿进来。

方　六　（走近小唐铁嘴）天师，您在这儿呢，怎么，娘娘还没来，那件事，请您给多美言两句……

明师傅　六爷，这儿! 六爷，那两桌家伙怎样啦? 我等钱用!

方　六　明师傅，你瞧这一张画儿吧!

明师傅　啊? 我要画儿干吗呢?

方　六　这可画得不错! 六大山人董弱梅画的。

明师傅　画得天好，当不了饭吃啊!

方　六　他把画儿交给我的时候，直掉眼泪!

明师傅　我把家伙交给你的时候，也直掉眼泪!

方　六　谁掉眼泪，谁吃炖肉，我都知道! 要不怎么我累心呢! 你当是干我们这一行，专凭打打小鼓就行哪?

明师傅　六爷，人总有颗人心哪，你还能坑老朋友吗?

方　六　一共不是才两桌家伙吗? 小事儿，别再提啦，再提就好像不大懂交情了! 茶来了，来，您这边坐!

〔庞四奶奶上，带着春梅。后面跟着两个打手。庞四奶奶的手上戴满各种戒指，打扮得像个女妖精。

小唐铁嘴　娘娘!

〔庞四奶奶走进来。

小唐铁嘴　王掌柜沏茶，这位是庞四奶奶，娘娘!

方　六　娘娘!

庞四奶奶　天师!

小唐铁嘴　侍候娘娘!（让庞四奶奶坐，给她倒茶）

老　杨　（打开货箱）娘娘，看看吧!

庞四奶奶　唱唱那套词儿，还倒怪有个意思!

　老　杨　是! 美国针、美国线、美国牙膏、美国消炎片。还有口红、雪花膏、玻璃袜子、细毛线。箱子小，货物全，就是不卖原子弹。

庞四奶奶　哈哈哈哈！（挑了两双袜子）春梅拿着！（对小唐铁嘴）你跟老
　　　　杨算账吧！

老　杨　娘娘，您行行好吧！他能给我钱吗？

庞四奶奶　老杨，他坑不了你，都有我呢！

老　杨　是，（向众人）还有哪位照顾照顾？（又要唱）美国针……

庞四奶奶　听够了，走！

老　杨　是，美国针、美国线，我要不走是混蛋！

方　六　娘娘，我得到一堂景泰蓝的五供儿，东西老，地道，也便宜，坛
　　　　上用顶体面，您看看吧？

庞四奶奶　请皇上看看吧！

方　六　是！皇上不是快登基了吗？我先给您道喜！我马上取去，送到坛
　　　　上！娘娘多给美言几句，我必有份人心！

庞四奶奶　好了！

〔方六往外走。

明师傅　六爷，我的事呢?!

方　六　你先给我看着那几张画儿！（下）

明师傅　你等等！坑我两桌家伙，我还有把切菜刀呢！（追下）

庞四奶奶　王掌柜，康妈妈在这儿哪？请她出来！

小唐铁嘴　我去！（跑往后院）康老太太，您来一下！

王利发　什么事？

小唐铁嘴　朝廷大事！

〔康顺子上。

康顺子　干什么呀？

庞四奶奶　（迎上去）婆母！我是您的四侄媳妇，来接您，快坐下吧！（拉
　　　　康顺子坐下）

康顺子　四侄媳妇？

庞四奶奶　是呀，您离开庞家的时候，我还没过门哪。

康顺子　我跟庞家一刀两断啦，找我干吗？

庞四奶奶　您的四侄子海顺呀，是三皇道的大坛主，国民党的大党员，又
　　　　是沈处长的把兄弟，快做皇上啦，您不喜欢吗？

康顺子　做皇上？

庞四奶奶　啊！龙袍都做好啦，就快在西山登基！

康顺子　在西山？

小唐铁嘴　老太太，西山一带有八路军。庞四爷在那一带登基，消灭八路，南京能够不愿意吗？

庞四奶奶　四爷呀都好，近来可是有点贪酒好色。他已经弄了好几个小老婆！

小唐铁嘴　娘娘，三宫六院七十二嫔妃，可有书可查呀！

庞四奶奶　你不是娘娘，怎么知道娘娘的委屈！老太太，我是这么想：您要是跟我一条心，我叫您做老太后，咱们俩一齐管着皇上，我这个娘娘不就好做一点了吗？老太太，您跟我去，吃好的喝好的，兜儿里老带着那么几块当当响的洋钱，够多么好啊！

康顺子　我要是不跟你去呢？

庞四奶奶　啊？不去？（要翻脸）

小唐铁嘴　让老太太想想，想想！

康顺子　用不着想，我不会再跟庞家的人打交道！四媳妇，你做你的娘娘，我做我的苦老婆子，谁也别管谁！刚才你要瞪眼睛，你当我怕你吗？我在外边也混了这么多年，磨炼出来点了，谁跟我瞪眼，我会伸手打！（站起，往后走）

小唐铁嘴　老太太！老太太！

康顺子　（站住，转身对小唐铁嘴）你呀，小伙子，挺起腰板来，去挣碗干净饭吃，不好吗？（下）

庞四奶奶　（迁怒于王利发）王掌柜，过来！你去跟那个老婆子说说，让她跟我上西山，说好了，我送给你一袋子白面！说不好，我砸了你的茶馆！天师，走！

小唐铁嘴　王掌柜，我晚上还来，听你的回话！

王利发　万一我晚上就死了呢？

庞四奶奶　呸！你还不该死吗？（与小唐铁嘴、春梅同下）

王利发　哼！

邹福远　师弟，你看这算哪一出？哈哈哈！

　卫福喜　我会二百多出戏，就是不懂这一出！你知道那个娘们儿的出身吗？

邹福远　我还能不知道！东霸天的女儿，在娘家就生过……得，别细说，我看这群混蛋都有点回光返照，长不了！

〔王大拴回来。

王利发　老大，我到后面商量点事！（下）

〔小二德子上。

王大拴　小二德子，怎么这么闲在，有工夫逛茶馆？

小二德子　大拴哥，今儿个怎么这么清静？

王大拴　不上座儿。

小二德子　大拴哥，沏壶顶好的，我有钱！（掏出四块现洋，一块一块地放下）给算算，刚才花了一块，这儿还有四块，五毛打一个，我一共打了几个？

王大拴　十个。

小二德子　（掰手指算）对！大拴哥，你拿两块吧！没钱，我白喝你的茶；有钱，就给你！你拿吧！（拿一块大洋吹，放在耳旁听）这块好，就一块当两块吧，给你！

王大拴　（没接钱）小二德子，什么生意这么好啊？现大洋不容易看到啊！

小二德子　念书去了！

王大拴　小的时候，你跟我上过半年学，把"一"字都念成扁担，你念什么书啊？

小二德子　（拿起桌上的壶来，对着壶嘴喝了一气，低声地）市党部派我去的，法政学院。没当过这么美的差事，太美，太过瘾！比在天桥好得多！打一个学生，五毛现洋！

王大拴　小二德子，听我说，打人不对！

小二德子　可也难说！你看教党义的那个教务长，上课先把手枪拍在桌上，我不过抢抢拳头，没动手枪啊！

王大拴　什么教务长啊，流氓！

小二德子　对！流氓！不对，那我也是流氓喽！大拴哥，你怎么绕着脖子骂我呢？大拴哥，你有骨头！不怕我这铁筋洋灰的胳膊！

王大拴　你就是把我打死，我不服你还是不服你，不是吗？

小二德子　嗬，这么绕脖子的话，你怎么想出来的？大拴哥，你应当去教党义，你有文才！好啦，反正今天我不再打学生！

477

王大拴　干吗光是今天不打？永远不打才对！

小二德子　不是今天我另有差事吗？

王大拴　什么差事？

小二德子　今天，抓人！

邹福远　（嗅出危险）师弟，咱们走吧！

卫福喜　走！（同邹福远下）

小二德子　大拴哥，你拿着这块钱吧！

王大拴　打学生的钱，我不要！（外面有学生游行呼口号的声音）

小二德子　这么办，你替我看着点，我出去买点好吃的，请请你。

　　　　　〔康顺子提着小包出来。王利发与周秀花跟着。

康顺子　王掌柜，别送了，你要是改了主意，不让我走，我还可以不走！

王利发　我……

周秀花　庞四奶奶也未必敢砸茶馆！

王利发　你怎么知道？三皇道是好惹的？

康顺子　我顶不放心的还是大力的事！只要一走漏了消息，大家全完！那比砸茶馆更厉害！

王大拴　大婶，走，我送您去！西直门关了，咱们绕德胜门。爸爸，我送送她老人家，可以吧？

王利发　嗯——

周秀花　大婶在这儿受了多少年的苦，帮了咱们多少忙，还不应当送送？

王利发　我并没说不叫他送！送！送！

王大拴　大婶，等等，我拿件衣服去！（下）

周秀花　爸，您怎么啦？

王利发　别再问我什么，我心里乱！一辈子没这么乱过！媳妇，你先陪大婶走，我叫老大追你们，大婶，外边不行啊，就还回来！

周秀花　老太太，这儿永远是您的家！

王利发　可谁知道也许……

康顺子　我也不会忘记你们！老掌柜，您硬硬朗朗的吧！（同周秀花下）

王利发　（送了两步，站住）硬硬朗朗的干什么呢？

　　　　　〔谢勇仁和于厚斋进来。

　谢勇仁　（看看墙上，先把茶钱放在桌上）老人家，沏一壶来。（坐）

王利发　（先收钱）好吧。

于厚斋　勇仁，这恐怕是咱们末一次坐茶馆了吧？

谢勇仁　以后我倒许常来。我决定改行，去蹬三轮儿！

于厚斋　蹬三轮儿一定比当小学教员强！

谢勇仁　我偏偏教体育，我饿，学生们饿，还要运动，不是笑话吗？

　　　　〔王小花跑进来。

王利发　小花，怎么这么早就下了学呢？

王小花　老师们罢课啦！（看见于厚斋、谢勇仁）于老师，谢老师！你们都没
　　　　上学去，不教我们啦？还教我们吧！见不着老师，同学们都哭啦！
　　　　我们开了个会，商量好，以后一定都守规矩，不招老师们生气！

于厚斋　小花！老师们也不愿意耽误了你们的功课。可是，吃不上饭，怎
　　　　么教书呢？我们家里也有孩子，为教别人的孩子，叫自己的孩子
　　　　挨饿，不是不公道吗？好孩子，别着急，喝完茶，我们开会去，
　　　　也许能够想出点办法来！

谢勇仁　好好在家温书，别乱跑去，小花！

　　　　〔王大拴由后面出来，夹着个小包。

王小花　爸，这是我的两位老师！

王大拴　诸位，快走！他们埋伏下了打手！

王利发　谁？

王大拴　小二德子！他刚出去，就回来！

王利发　二位先生，茶钱退回，（递钱）请吧！快！

王大拴　随我来！

　　　　〔小二德子上。

小二德子　街上有游行的，他妈的什么也买不着，大拴哥，你上哪儿？这
　　　　是谁？

王大拴　喝茶的！

小二德子　站住！（见四人没有止步）怎么？不听话？先揍了再说！

王利发　小二德子！

谢勇仁　（上面一个嘴巴，下面一脚）尝尝这个！

小二德子　哎哟！（倒下）

王小花　该！该！

谢勇仁　起来，再打！

小二德子　（起来，捂着脸）嗬！嗬！（往后退）嗬！

王大拴　快走！（随四人下）

小二德子　（迁怒）老掌柜，你等着吧，你放走了他们，待会儿我跟你算账！打不了他们，还打不了你这个糟老头子吗？（下）

王小花　爷爷，爷爷！小二德子追老师们去了吧？那可怎么好！

王利发　他不敢！这路人我见多了，都是软的欺，硬的怕！

王小花　他要是回来打您呢？

王利发　我？爷爷会说好话呀。

王小花　爸爸干什么去了？

王利发　上后边温书去吧，乖！

　　　　〔小花下。

　　　　〔丁宝跑进来。

丁　宝　老掌柜，老掌柜！告诉你点事！

王利发　说吧，姑娘！

丁　宝　小刘麻子呀，没安着好心，他要霸占这个茶馆！

王利发　怎么霸占？这个破茶馆还值得他们霸占？

丁　宝　待会儿他们就来，我没工夫细说，你打个主意吧！

王利发　姑娘，我谢谢你！

丁　宝　我好心好意来告诉你，你可不能卖了我呀！

王利发　姑娘，我还没老糊涂了！放心吧！

丁　宝　好！待会儿见！

　　　　〔周秀花回来。

周秀花　爸，他们走啦。

王利发　好！

周秀花　小花的爸说，叫您放心，他送到了地方就回来。

王利发　回来不回来都随他的便吧！

周秀花　爸，你怎么啦？干吗这么不高兴？

王利发　没事！没事！看小花去吧。她不是想吃热汤面吗？要是还有点面的话，给她做一碗吧，孩子怪可怜的，什么也吃不着！

周秀花　一点白面也没有！我看看去，给她做点杂合面疙瘩汤吧！（下）

〔小唐铁嘴回来。

小唐铁嘴 王掌柜，说好了吗？

王利发 晚上，晚上一定给你回话！

小唐铁嘴 王掌柜，你说我爸爸白喝了一辈子的茶，我送你几句救命的话，算是替他还账吧。告诉你，三皇道现在比日本人在这儿的时候更厉害，砸你的茶馆比砸个砂锅还容易！你别太大意了！

王利发 我知道！你既买我的好，又好去对娘娘表表功！是吧？

〔小宋恩子和小吴祥子进来，都穿着新洋服。

小唐铁嘴 二位，今天可够忙的？

小宋恩子 忙得厉害！学生们大暴动！

王利发 二位，"罢课"改了名儿，叫"暴动"啦？

小唐铁嘴 怎么啦？

小吴祥子 他们还能反到天上去吗？到现在为止，已经打了一百多，抓了七十几个，叫他们反吧！

小宋恩子 太不知好歹！他们老老实实的，美国会送来大米、白面嘛！

小唐铁嘴 就是！二位，有大米、白面，可别忘了我！以后，给大家的坟地看风水，我一定尽义务！

小宋恩子 这儿怎么样？

小唐铁嘴 晚上听他的回话。

小吴祥子 你忙你的去，这儿交给我们啦。

小唐铁嘴 二位，要是有用得着三皇道的地方，言一声，随叫随到！好！再见！（下）

小吴祥子 你刚才问，"罢课"改叫"暴动"啦？王掌柜！

王利发 岁数大了，不懂新事，问问！

小宋恩子 哼！你就跟他们是一路货！

王利发 我？您太高抬我啦！

小吴祥子 我们忙，没工夫跟你废话，说干脆的吧！

王利发 什么干脆的？

小宋恩子 学生们暴动，必有主使的人！

王利发 谁？

小吴祥子 昨天晚上谁上这儿来啦？

王利发　康大力！

小宋恩子　就是他！康大力在西山干八路，你把他交出来吧！

王利发　我要是知道他是哪路人，还能够随便说出来吗？我跟你们的爸爸
　　　　打交道多少年，还不懂这点道理？

小吴祥子　甭跟我们拍老腔，说真的吧！

王利发　交人，还是拿钱，对吧？

小宋恩子　你真是我爸爸教出来的！可是到了我们这一辈，要钱有地方
　　　　领，现在要的是人。

小吴祥子　要不交出康大力，你把他妈妈康顺子交出来！

　　　　〔小二德子匆匆跑来。

小二德子　快走！学生们到德胜门去了，市党部叫咱们奔德胜门！街上的
　　　　人不够用啦！快走！

小吴祥子　你小子管干吗的？

小二德子　我没闲着，看，脸都肿啦！

小宋恩子　掌柜的，我们马上回来，交不出人来，跟你算账！

王利发　不怕我跑了吗？

小二德子　老梆子，你真逗气儿！你跑到阴间去，我们也会把你抓回来！
　　　　（打了王利发一掌）

　　　　〔小宋恩子、小二德子下。

王利发　（向后叫）小花！小花的妈！

周秀花　（同王小花跑出来）我都听见了！怎么办？

王利发　快走！追上康妈妈！快！

王小花　我拿书包去！（下）

周秀花　拿上两件衣裳，小花！爸，剩您一个人怎么办？

王利发　这是我的茶馆，我活在这儿，死在这儿！

　　　　〔王小花挎着书包，夹着点东西跑回来。

周秀花　爸爸！

王小花　爷爷！

王利发　都别难过，走！（从怀中掏出所有的钱）媳妇，拿着这点钱。小
　　　　花，走吧！小花，再叫爷爷看看，临了，也没吃上碗炸酱面吧！

　周秀花　小花，跟爷爷说再见。

王小花	爷爷再见。（走，又回来抱着王利发哭）
王利发	你快点带着孩子走！
	〔周秀花拉王小花下。
	〔小刘麻子同丁宝回来。
小刘麻子	小花，教员罢课，你住姥姥家去呀？
王小花	对啦！
王利发	（假意地）媳妇，早点回来！
周秀花	爸，我们住两天就回来！（带王小花下）
小刘麻子	王掌柜，好消息！沈处长批准了我的计划！
王利发	大喜，大喜！
小刘麻子	您也大喜，处长也批准修理这个茶馆！我一说，处长说好！他呀老把"好"说成"蒿"，特别有个洋味儿！
王利发	都是怎么一回事？
小刘麻子	从此你算省心了！这儿全属我管啦，你搬出去！我先跟你说好了，省得以后你麻烦我！
王利发	那不能！凑巧，我正想搬家呢。
丁　宝	小刘，老掌柜在这儿多少年啦，你就不照顾他一点吗？
小刘麻子	看吧！我办事永远厚道！王掌柜，我接处长去，叫他看看这个地方。你把这儿好好收拾一下！小丁宝，你把小心眼找来，迎接处长！带点香水，好好喷一气，这里臭烘烘的！走！（同丁宝下）
王利发	好！真好！太好！哈哈哈！
	〔常四爷提着小筐进来，筐里有些纸钱和花生米。他虽年过七十，可是腰板还不太弯。
常四爷	什么事这么好哇，老朋友！
王利发	哎哟！常四爷！我正想找你这么一个人说说话儿呢！我沏一壶顶好的茶来，咱们喝喝！说说！（去沏茶）
常四爷	说说。
	〔秦仲义进来，他已经老得不像样子了，衣服也破旧不堪。
秦仲义	王掌柜在吗？
常四爷	在！您是……
秦仲义	我姓秦。

常四爷	秦二爷!

常四爷　秦二爷!

王利发　(端茶来)谁?秦二爷?正想去告诉您一声,这儿要大改良!坐!坐!

常四爷　我这儿有点花生米,(抓)喝茶吃花生米,这可真是个乐子!

秦仲义　可是谁嚼得动呢?

王利发　看多么邪门,好容易有了花生米,可又都没了牙,真是个乐事!怎样啊?秦二爷!(都坐下)

秦仲义　别人都不理我啦,我来跟你说说:我到天津去了一趟,看看我的工厂!

王利发　不是没收了吗?又都发还啦?这可是喜事!

秦仲义　拆了!

常四爷
王利发　拆了?

秦仲义　拆了!我四十年的心血啊,拆了!别人不知道,王掌柜你知道:我从二十多岁起,就主张实业救国。到而今……抢去我的工厂,好,我的势力小,干不过他们!你可倒好好地办啊,那是富国裕民的事业呀!结果,拆了,机器都让国民党的接收大员当碎铜烂铁卖了!全世界,全世界找得到这样的政府找不到!我问你!

王利发　当初,我开得好好的公寓,您非盖仓库不可。看,仓库查封,货物全叫他们偷光!当初,我劝您别把财产都出手,您非都卖了开工厂不可!

常四爷　还记得吧?当初,我给那个卖小妞的小媳妇一碗面吃,您还说风凉话呢。

秦仲义　现在我明白了!王掌柜,求你一件事吧。(掏出一两个机器小零件和一支钢笔管来)工厂拆平了,这是我由那儿捡来的小东西。这支笔上刻着我的名字呢,它知道,我用它签过多少张支票,写过多少计划书。我把它们交给你,没事的时候,你可以跟喝茶的人们当个笑话谈谈,你说呀:当初有那么一个不知好歹的秦某人,爱办实业。办了几十年,临完他只由工厂的土堆里捡回来这么点小东西!你应当劝告大家,有钱哪,就该吃喝嫖赌,胡作非为,可千万别干好事!告诉他们哪,秦某人七十多岁了才明白这点大道理！他是天生来的笨蛋！

王利发 您自己拿着这支笔吧，我马上就搬家啦！

常四爷 搬到哪儿去？

王利发 哪儿不一样呢？秦二爷，常四爷，我跟你们不一样：二爷财大业大心胸大，树大可就招风啊！四爷你，一辈子不服软，敢作敢当，专打抱不平。我呢，做了一辈子顺民，见谁都请安、鞠躬、作揖。我只盼着呀，孩子们有出息，冻不着，饿不着，没灾没病！可是，日本人在这儿，二拴子逃跑啦，老婆想儿子想死啦！好容易，日本人走啦，该缓一口气了吧？谁知道……（惨笑）哈哈，哈哈，哈哈！

常四爷 我也不比你强啊！自食其力，凭良心干了一辈子啊，我一事无成！七十多了，只落得卖花生米！个人算什么呢，我盼哪，盼哪，只盼国家像个样儿，不受外国人欺侮。可是……哈哈！

秦仲义 日本人在这儿，说什么亲善，把我的工厂就亲善过去了。咱们的国民政府回来了，工厂也不怎么又变成了逆产。哈哈！

王利发 改良，我老没忘了改良，总不肯落在人家后头。卖茶不行啊，开公寓。公寓没啦，添评书！评书也不叫座儿呀，好，不怕丢人，想添女招待！人总得活着吧？我变尽了方法，不过是为活下去！我可没做过缺德的事，伤天害理的事，为什么就不叫我活着呢？我得罪了谁？谁？小刘麻子，娘娘，还有什么沈处长，那些狗男女都活得有滋有味的，单不许我吃窝窝头，谁出的主意？

常四爷 盼哪，盼哪，只盼谁都讲理，谁也不欺侮谁！可是，眼看着老朋友们一个个的不是饿死，就是叫人家杀了，我呀就是有眼泪也流不出来喽！松二爷，多么老实的人，死啦，连棺材还是我给他化缘化来的！他还有我这么个朋友，给他化了一口四块板的棺材。我自己呢？我爱咱们的国呀，可是谁爱我呢？看，（从筐中拿出些纸钱）遇见出殡的，我就捡几张纸钱。没有寿衣，没有棺材，我只好给自己预备下点纸钱吧，哈哈，哈哈！

秦仲义 四爷，让咱们祭奠祭奠自己，把纸钱撒起来，算咱们三个老头子的吧！

王利发 对！四爷，照老年间出殡的规矩，喊喊！

485

常四爷 （站起，喊）四角儿的跟夫，本家赏钱一百二十吊！（撒起几张纸钱）

秦仲义
王利发 一百二十吊！

秦仲义 我没的说了，再见吧！（下）

王利发 再见！

常四爷 再见！（下）

王利发 再见！

〔丁宝与小心眼进来。

丁　宝 他们来啦，老大爷！（往屋中喷香水）

王利发 好，他们来，我躲开！（捡起纸钱，往后边走）

小心眼 老大爷，干吗撒纸钱呢?

王利发 谁知道！（下）

〔小刘麻子进来。

小刘麻子 来啦！一边一个站好！

〔丁宝、小心眼分左右在门内站好。

〔门外有汽车停住声，先进来两个宪兵。沈处长进来，穿军便服，高靴，带马刺；手执小鞭。后面跟着二宪兵。

沈处长 （检阅似的，看丁宝、小心眼，看完一个说一声）好！

〔丁宝摆上一把椅子，请沈处长坐。

小刘麻子 报告处长，老裕泰开了六十多年，九城闻名，地点也好，借着这个老字号，做我们的一个据点，一定成功！我打算照旧卖茶，派（指）小丁宝和小心眼作招待。有我在这儿监视着三教九流，各色人等，一定能够得到大量的情报，捉拿共产党！

沈处长 好（蒿）!

〔丁宝由宪兵手里接过骆驼牌烟，上前献烟；小心眼接过打火机，点烟。

小刘麻子 后面原来是仓库，货物已由处长都处理了，现在空着。我打算修理一下，中间作小舞厅，两旁布置几间卧室，都带卫生设备。处长清闲的时候，可以来跳跳舞，玩玩牌，喝喝咖啡。天晚了，高兴住下，您就住下。这就算是处长个人的小俱乐部，由我管理，一定要比公馆里更洒脱一点，方便一点，热闹一点！

沈处长 好！

丁　宝 处长，我可以请示一下吗？

沈处长 好！

丁　宝 这儿的老掌柜的怪可怜的。好不好给他做一身制服，叫他看看门，招呼贵宾们上下汽车？他在这儿几十年了，谁都认识他，简直可以算是老头儿的商标！

沈处长 好！传！

小刘麻子 是！（往后跑）王掌柜！老掌柜！我爸爸的老朋友，老大爷！（入，旋即跑回来）报告处长，他也不知怎么上了吊，吊死啦！

沈处长 好！好！

——剧　终

附　录

此剧幕与幕之间须留较长时间，以便人物换装，故拟由一人（也算剧中人）唱几句快板，使休息时间不显着过长，同时也可以略略介绍剧情。

第一幕　幕前

〔大傻杨上。

大傻杨 （数来宝）

（我）大傻杨，打竹板儿，一来来到大茶馆儿。

大茶馆，老裕泰，买卖兴隆真不赖。

茶座多，真热闹，也有老来也有少；

有的说，有的唱，穿着打扮一人一个样；

有提笼，有架鸟，蛐蛐蝈蝈也都养得好；

有的吃，有的喝，没有钱的只好白瞧着。

爱下棋，（您）来两盘儿，赌一卖（碟）干炸丸子外撒胡椒盐儿。

讲讲场，讲规矩，咳嗽一声都像唱大戏。

有一样，听我说：莫谈国事您老得记着。

哼！国家事（可）不好了，黄龙旗子一天倒比一天威风小。

文武官，有一宝，见着洋人赶快跑。

外国货，堆成山，外带贩卖鸦片烟。

最苦是，乡村里，没吃没穿逼得卖儿女。

官儿阔，百姓穷，朝中出了一个谭嗣同，

讲维新，主意高，还有那康有为和梁启超。

这件事，闹得凶，气得太后咬牙切齿直哼哼。

她要杀，她要砍，讲维新的都是要造反。

这些事，别多说，说着说着就许掉脑壳。

〔幕徐启，大傻杨入茶馆。

大傻杨 （数来宝）

打竹板，迈大步，走进茶馆打主顾。

哪位爷，愿意听，《辕门斩子》来了穆桂英。

〔王利发来干涉。

大傻杨 王掌柜，大发财，金银元宝一齐来。

您有钱，我有嘴，数来宝的是穷鬼。（下）

第二幕　幕前

〔大傻杨上。

大傻杨 （数来宝）

打竹板，我又来，数来宝的还是没发财。

现而今，到了民国，剪了小辫还是没有辙。

王掌柜，动脑筋，事事改良讲维新。

（低声）动脑筋，白费力，胳膊拧不过大腿去。

闹军阀，乱打仗，白脸的进去黑脸的上，

赵打钱，孙打李，赵钱孙李乱打一气谁都不讲理。

为打仗，买枪炮，一堆一堆给洋人老爷送钞票。

为卖炮，为卖枪，帮助军阀你占黄河他占扬子江。

老百姓，遭了殃，大兵一到粮食牲口一扫光。

　　　　　王掌柜，会改良，茶馆好像大学堂，

　　　　　后边住，大学生，说话文明真好听。

　　　　　就怕呀，兵野蛮，进来几个茶馆就玩完。

　　　　　先别说，丧气话，给他道喜是个好办法。

　　　　　他开张，我道喜，编点新词我也了不起。（下）

　　〔大傻杨复上。

大傻杨　（数来宝）

　　　　　老裕泰，大改良，万事亨通一天倒比一天强。

　　〔王利发内声："今天不打发，明天才开张哪。"

大傻杨　（数来宝）

　　　　　明天好，明天妙，金银财宝齐来到。

　　〔炮响。

大傻杨　（数来宝）

　　　　　您开张，他开炮，明天准唱《八蜡庙》。

　　〔王利发内声："去你的吧！"

　　〔大傻杨下。

第三幕　幕前

　　〔大傻杨上。

大傻杨　（数来宝）

　　　　　树木老，叶儿稀，人老猫腰把头低。

　　　　　甭说我，混不了，王掌柜的也过不好。

　　　　　（他）钱也光，人也老，身上剩下件破棉袄。

　　　　　自从那，日本兵，八年占据老北京。

　　　　　人人苦，没法提，不死也掉一层皮。

　　　　　好八路，得人心，一阵一阵杀退日本军。

　　　　　盼星星，盼月亮，盼到胜利大家有希望。

　　　　　（哼）国民党，进北京，勾来了横行霸道的美国兵。

　　　　　美国兵，美国货，咱们的日子更难过。

　　　　　王掌柜，委屈多，跟我一样半死半活着。

老茶馆，破又烂，想尽法子也没法办。

天可怜，地可怜，就是官老爷有洋钱。（下）

《茶馆》创作于1956年，1958年3月由北京人民艺术剧院首演，导演焦菊隐、夏淳，于是之饰王利发、郑榕饰常四爷、蓝天野饰秦仲义。此剧演出获得巨大成功，奠定了中国话剧民族化和中国演剧学派的基石。1980年《茶馆》应邀赴西德、法国、瑞士等国访问演出，被誉为"东方舞台上的奇迹"，这也是中国话剧第一次走出国门。《茶馆》作为北京人艺的"看家戏"，是中国演出场次最多的剧目之一。

作者简介

老　舍　（1899—1966），原名舒庆春，字舍予，另有笔名絜青、鸿来、非
　　　　我等，男，北京人，满族正红旗，中国现代小说家、作家，新中
　　　　国第一位获得"人民艺术家"称号的作家。代表作品有小说《骆
　　　　驼祥子》《四世同堂》、话剧《茶馆》《龙须沟》。

· 莆仙戏 ·

团圆之后

陈仁鉴

人　物　施伟生、柳懿儿、叶婉娘、郑司成、叶庆丁、洪如海、杜国忠、林甫颜、柳德修、柳世泽、中军、衙役、刽子手、禁婆、院子、女婢。

第一场　团圆

〔施府大厅。

〔二女婢扶叶婉娘上。

叶婉娘　（唱）笙歌盈耳奏团圆，

　　　　　　　喜筵开处笑语喧。

〔叶庆丁、郑司成同上。

〔内报："状元爷回府！"

叶婉娘　请相见！

〔施伟生上。

施伟生　（唱）鳌头独占娶名媛，

　　　　　　　请来旌表报慈萱。

〔同相见。

施伟生　上启母亲，儿为母亲年轻守寡，茹苦抚孤，曾在金殿，请旨旌表。现圣旨已颁，布政大人即将到府宣读。

叶婉娘　哦！我儿何必多此一举！

叶庆丁　贤妹十八载苦守，教子成名；甥儿择孝为先，请朝廷表彰闺范，理所当然。

叶婉娘　不要说啦！

〔院子上。

院　子　禀太夫人，柳家花轿到！

叶婉娘　（示意施伟生进内）院子，鸣炮奏乐，准备拜堂。

院　子　是！（下，传）

　　〔内乐起。媒婆扶柳懿儿上，施伟生从另一边上。

〔夫妻行交拜礼，媒婆扶柳懿儿下。

〔施佾生行告祖礼，上香上果，拜祖后欲拜母。

叶婉娘 （阻）我儿，为娘功微德薄，先拜你舅父吧。

叶庆丁 不不，"父母之恩，昊天罔极"，愚兄哪敢有僭？

郑司成 先母后舅，同受一礼吧。

施佾生 是。（唱）

　　　　叩拜慈母养育恩，

（拜母，接唱）

　　　　再拜六亲舅为尊。（拜叶庆丁）

叶庆丁 贤甥，为舅因家境凋零，未能兼顾你家；幸亏你郑表叔竭力关照，理宜行礼拜谢。

郑司成 贤表侄大魁天下，郑某忝列亲朋，已属荣幸，哪里当得起大礼！

叶庆丁 郑贤弟何必推辞。想你我与妹夫三人，自幼同窗，情同手足。不幸妹夫早丧，贤弟念中表之情，同窗之谊，内教其子，外理其家。今日吾甥成名，岂有不拜之理？

叶婉娘 我儿，若无郑表叔，你焉有今日？不妨上前一拜。

施佾生 孩儿晓得。（唱）

　　　　表叔深恩话不尽——

（拜，接唱）

　　　　一拜难将谢意申！

郑司成 （急扶，唱）

　　　　兰桂香馨酿一脉，

　　　　今日雷鸣心也温。

〔院子上。

院　子 禀状元爷，布政林甫颜老爷，到府宣读圣旨。

施佾生 备香案迎接。

〔院子传，下。

施佾生 母亲请入内。

〔二女婢扶叶婉娘，与叶庆丁、郑司成分下。林甫颜上。

林甫颜 圣旨到，施状元跪听宣读！

施佾生 （跪）万岁！

林甫颜	诏曰："状元施佾生奏，生母叶氏，年轻守寡，苦节坚贞，朕心喜焉。本朝以礼教治天下，叶氏懿德堪嘉，即封一品夫人，并御书'贞节'二字，命有司拨款建坊，以资旌表，钦此。"
施佾生	万万岁！（立起接旨）
林甫颜	来，御书晋上。
	〔二衙役晋御书，置厅中供桌上，下。
林甫颜	施贤契，本司已遵旨拨款，即日兴建贞节坊；并备办礼仪，为太夫人道贺。
施佾生	佾生何德，敢劳方伯大人惠贶！
林甫颜	理当如此。
	〔院子上。
院　子	禀爷，按司洪大人与知府杜大人，同全省文武官员备礼到府庆贺。
施佾生	奏乐相迎！
	〔院子下，传。洪如海、杜国忠上。叶庆丁、郑司成上，随施佾生同迎介。
洪如海杜国忠	太夫人有柏舟之操，天子旌表，我等特来拜贺。
施佾生	家母德容局促，实不敢受诸位大人之礼。
洪如海	无妨，请太夫人登堂受礼，以慰企慕之殷！
施佾生	委实担当不起！
林甫颜	既如此，我等就对御书行礼，如拜太夫人一般。
洪如海杜国忠	甚妙！
	〔同行礼，施佾生还礼。礼毕，一同相让入座。
洪如海	林大人呀，本省地处边陬，民风侥薄，妇人四德不修，朝三暮四。施太夫人有青松之操，天子旌表，实可以树闺范、正人心，挽一省颓风。
林甫颜	是呀，十八岁孀居，金石为心，教子成器，实乃巾帼之贤！
杜国忠	施状元体阿母之心，克绍箕裘，贤孝之名，播于一郡。今日少年登第，头角峥嵘，前程正未可限量。
林甫颜	状元以"八佾舞于庭"之"佾"字为名，也是不同凡响！

叶庆丁	此名乃郑司成贤弟所起。
杜国忠	有此雅名，必有雅意。
叶庆丁	吾甥出世，便异常人；舍妹入门遇喜，八月便生吾甥。
杜国忠	哦，有此奇事？
洪如海	相书云："早生者气清主贵，迟生者气厚主寿。"本司也是九月所生，早生二月，何足为奇？
郑司成	是呀，早生一月，位列宪台；早生二月，贵不可言。
众　官	贵不可言，哈哈哈！
杜国忠	郑先生，施状元之名，你起得妙极！
郑司成	岂敢。
施佾生	请诸位大人花厅饮宴。
众　人	请！

〔幕落。

第二场　约会

〔幕启。

〔叶婉娘卧室。内打三更。

〔叶婉娘上，若有所俟。郑司成上，急偕入，关门。

郑司成	婉娘！
叶婉娘	啐！（唱）

> 见你面，又气又愁，
>
> 这才是，不是冤家不聚头。
>
> 藕须断，丝难连，
>
> 无奈约你三更后。

郑司成	你今晚的话，我真不明白。
叶婉娘	（唱）奴成状元母，

> 朝廷又旌表；
>
> 前情若不断，
>
> 事泄祸非小！

郑司成	哦！（唱）

　　　　　　　不必心焦，

　　　　　　　休把前情随意抛。

　　　　　　　二十载绸缪谁晓？

　　　　　　　又何必自断鹊桥。

叶婉娘　如今媳妇入门，朝夕不离，若然被她触目，叫奴何颜在世？（唱）

　　　　　　　怨只怨，奴枉痴情，

　　　　　　　致今日，身陷窘境。

　　　　　　　非夫非妻，不婆不母，

　　　　　　　徒褒节操，羞教后人。

　　　　　　　重重愁绪难排遣，

　　　　　　　茫茫尘世怎立身？

郑司成　为你我二人恩爱，叫你备受委屈。

叶婉娘　哼，事到如今，还谈什么恩爱？速即分离，一刀两断！

郑司成　你说此言，于心何忍？（唱）

　　　　　　　我与你自幼耳鬓厮磨，

　　　　　　　青梅竹马情意多。

叶婉娘　童年之事，提起做甚？

郑司成　后来长大了，你又是如何待我呢？

叶婉娘　你我同列家父门墙，岂无师兄妹之情？

郑司成　何止此情呀！（唱）

　　　　　　　青园攀柳，

　　　　　　　水榭倚栏。

　　　　　　　对三星，盟誓约，

　　　　　　　指明月，证鸾笺。

　　　　　　　廿年不觉魂梦遥，

　　　　　　　记否当时娇憨？

叶婉娘　那时我还未与施家订婚呢。

郑司成　订婚之后，又是如何？（婉娘低头不语）你……你说吧！

叶婉娘　唉，冤家呀冤家！（唱）

　　　　　　　都只为山盟海誓，

　　　　　　　轻赴那花朝月夕。

　　　　　　琴弦抚尽相思曲，

　　　　　　残红零落春风里。

　　　　　　全不念花自有主，

　　　　　　坠魔劫意乱情迷。

郑司成　　（唱）意笃情深夙愿遂，

　　　　　　纵然万死亦何悔？

　　　　　　生既欲做比翼鸟，

　　　　　　死亦愿为同穴灰！

叶婉娘　　你……不要说啦！（唱）

　　　　　　剪不断，理还乱，

　　　　　　世事非，肝肠碎！（掩面泣）

郑司成　　我好恨呀！（唱）

　　　　　　恨你父兄攀高第，

　　　　　　把好姻缘来拆散。

　　　　　　况文君虽寡，

　　　　　　求凰一曲也难弹。

　　　　　　以致二十载，

　　　　　　难叙天伦独怆然！

叶婉娘　　你如今还提团聚的话吗？（唱）

　　　　　　奴为施门母，

　　　　　　子是施家郎。

　　　　　　名分早已定，

　　　　　　况又受荣封。

　　　　　　速速分离去，

　　　　　　从此永相忘！

郑司成　　（唱）要我相忘，

　　　　　　除非天回元黄，

　　　　　　地返洪荒！

　　　　　　俏生是我子——

叶婉娘　　是你子，你人前相认去吧！

郑司成　　（唱）你是我妻房——

叶婉娘　是妻房，你人前相称去吧！

郑司成　（唱）为父为夫今在此，

　　　　　　　相认相亲亦何妨？

叶婉娘　你今夜是疯了还是癫了？

郑司成　我不疯也不癫！（唱）

　　　　　　　二十载相敬相亲，

　　　　　　　人前藏影又掩形。

　　　　　　　明是表亲暗是夫，

　　　　　　　万般心机皆用尽。

　　　　　　　唉！

　　　　　　　我为你母子，

　　　　　　　茹苦又含辛；

　　　　　　　我为你母子，

　　　　　　　凄凉只孤身！

　　　　　　　夜寒更漏永，

　　　　　　　泪痕满孤枕！

（坐在一旁垂泪）

叶婉娘　（上前慰之）你今夜如此，真像三岁孩童。

郑司成　你母子如今荣贵，要将我抛弃了！

叶婉娘　罪过，你难道不明白，我自幼与你相爱至今，岂甘半途而废？但今非昔比，一旦隐情泄露，你我性命不保，连你心爱的儿子，性命也保不住呀！

郑司成　啊！婉娘，我的妻呀！

叶婉娘　郑郎，我的夫呀！

〔二人相拥而泣。

〔幕落。

第三场　触见

〔幕启。

〔施府后堂。

498

〔柳懿儿上。

柳懿儿 （唱）三朝遵礼出兰房，

款步轻盈进后堂。

守得严慈好教导，

从姑听训作羹汤。

奴家柳懿儿，于归施状元，成婚才正三日，恩爱胜过百年。今朝
为庙见之期，金鸡初唱，及早登堂。（唱）

何幸有姑贞松操，

为媳更应行孝道。

夫婿虽相怜，

今晨起应早。

你看，后堂寂静无人，太姑房门未开，奴不免在堂上静候，以尽
为媳之道。（下）

〔叶婉娘上，开门，窥探，让郑司成出。柳懿儿上，触见，郑司
成急奔下，柳懿儿亦惊下。

叶婉娘 （大恐）啊！（唱）

奴前世冤孽何其多，

今日里果然遭恶报！

可怜我，建牌坊，受封诰，

称母仪，树节操。

倘若事传播，

难对吾儿孝。

况闻媳妇贤，

何颜施教导？

啐！

恨父兄，性太拗，

误奴两情好。

致今日，落陷阱，行鬼道，

愿全乖，事颠倒。

罢罢了，奴今日不死不了！不死不了！（接唱）

肝肠寸断，

恨把银牙咬。

　　　　将身赴幽冥，

　　　　唯愿墓门早生草!（下）

〔静场片刻，柳懿儿惶惶不安地上，四望。

柳懿儿　太姑……太姑……（进内室）哎呀!（急出，摔倒，爬起，对内）相公……相公呀……

〔施伶生急上。

施伶生　夫人何事慌张?

柳懿儿　太姑她……她悬梁自尽了!

施伶生　啊?!（急同入内，复上，免冠，去饰，素服）

〔哀乐起。施伶生与柳懿儿伏地痛哭。

施伶生　娘亲呀，我的娘亲呀!

柳懿儿　（同）太姑呀，我的太姑呀!

施伶生　夫人，母亲因何自尽……

柳懿儿　这……

施伶生　你何故沉吟不语?

柳懿儿　我……

施伶生　到底为了何事?

柳懿儿　难言，实是难言!

施伶生　（背白）夫人言语支吾，定是有故!（对内）院子，请舅父出来!

〔院子内传。叶庆丁上。

叶庆丁　贤甥，何事慌张?

施伶生　舅父，母亲自尽而亡!

叶庆丁　啊，有此事?!（急入内，哭叫）贤妹……贤妹呀!（复上，唱）

　　　　一见吾妹死可伤，

　　　　怒火腾腾问一场!

　　　　甥儿，你母因何自尽?

施伶生　今早柳氏前来庙见，不知何故，忽报母亲自尽。方才动问，未曾吐实。

叶庆丁　柳氏，何不吐实?

500　柳懿儿　甥媳进得门来，已见太姑自尽在梁。

叶庆丁	胡说！吾妹安能无故自尽？
柳懿儿	这……
叶庆丁	（厉声）到底为了何事？
柳懿儿	舅父，奴家委实不知！
叶庆丁	贱人，做人媳妇，庙见之时，太姑自尽，能推不知吗？哼，看你神色慌张，言语支吾，定是倚仗娘家大姓，不遵礼法，态度傲慢，出言忤逆，致吾妹忍无可忍，愤而自尽！
柳懿儿	奴家不敢……
叶庆丁	不敢？你自恃父为名儒，平日在家，骄纵成性，目无尊长，所以一入施门，就做出事来！
柳懿儿	委实无有此事。
叶庆丁	还敢强辩！贤甥，你母乃诰命夫人，死有不明，官府能不动问？待为舅就去报官，请官府决断！

〔叶庆丁欲下，柳懿儿急拦。

柳懿儿	舅父，还须从长计议……
叶庆丁	不必多言！（推开柳懿儿，急下）
柳懿儿	舅父，舅父……（对施佾生）相公，此事非奴之过，切切不可孟浪！
施佾生	你有何言，还不早说？
柳懿儿	奴说？
施佾生	你说！
柳懿儿	奴实说？
施佾生	照实说来！
柳懿儿	相公！（唱） 　　别君庙见进后堂， 　　忽见一男子， 　　冲出太姑房。
施佾生	（惊）啊?! 男人是谁？
柳懿儿	（唱）为妻怎能识？ 　　急忙避一旁。 　　再来太姑已悬梁！

施伖生　你妄言？

柳懿儿　奴不敢。

施伖生　是真情？

柳懿儿　哪有假。

施伖生　哎呀！（几晕倒，柳懿儿急扶，唱）

　　　　　原来母亲有隐衷，

　　　　　为子怎能知短长？

　　　　　求封诰，

　　　　　请表彰；

　　　　　原拟馨香百代，

　　　　　却招欺君祸殃！

柳懿儿　相公，事到如今，宜想转圜之策。

施伖生　呸！（唱）

　　　　　看你妇人行太痴，

　　　　　进退失慎触母私。

　　　　　事后询问不吐实，

　　　　　而今补漏已嫌迟！

柳懿儿　奴欲顾全太姑名节，不敢明言；如今反招罪戾，何以为人？

施伖生　现舅父已去报官，官府来时，必然寻根究底。

柳懿儿　叫奴如何回答？

施伖生　这……

　　　　〔施伖生、柳懿儿搓手踱步，寻思对策。

施伖生　夫人，你是贤德之妻吗？

柳懿儿　妇人以夫为天，父母早有明训。

施伖生　夫人！（唱）

　　　　　真相莫使外人知，

　　　　　祸福安危可转机。

　　　　　先求夫人全三保，

　　　　　状元何难庇一妻！

柳懿儿　如何三保呢？

502　施伖生　一者，保祖上家风。

柳懿儿　生为施家人，不保家风，难对祖宗于地下。

施佾生　二者，保母亲名节。

柳懿儿　若不替太姑保名节，族亲唾弃，就成不孝之人。

施佾生　三者，保为夫官箴。

柳懿儿　相公官箴得保，为妻何等光彩！

施佾生　愿三保？

柳懿儿　当然愿三保！

施佾生　我说？

柳懿儿　你说。

施佾生　这个……

柳懿儿　相公为何欲言又止？

施佾生　只怕学生说出，夫人见怪于我。

柳懿儿　你我恩爱夫妻，哪有见怪之理！

施佾生　夫人呀！（唱）

　　　　　　缇萦上书救父，

　　　　　　卢氏冒刃卫姑。

　　　　　　事急燃眉无他计，

　　　　　　求卿暂忍一时苦。

　　　〔施佾生跪，柳懿儿急扶。

柳懿儿　相公何须如此，奴家纵然一死，也是无怨！

施佾生　（唱）暂认罪，自承忤逆，

　　　　　　再设法，解脱无辜。

　　　〔内声："报，福州知府杜大人，带领三班衙役，匆匆而来！"

施佾生　夫人，方才之言，你可记得？

柳懿儿　奴家记得。

施佾生　（对内）院子，备孝服，迎接杜知府！

　　　〔院子内应。

　　　〔幕落。

第四场 审问

〔幕启。

〔按司公堂。

〔二道幕前。叶庆丁怒冲冲上。

叶庆丁 （唱）叶家门第旧名声,

当年一语惊四邻。

今日堂堂状元母,

岂能率尔任冤沉!

我叶庆丁。柳氏已供认忤逆,可恨杜国忠,却迟迟不肯判刑,叫我怎肯罢休!（唱）

知府不究恨难平,

速到按衙把冤申!

〔圆场,击鼓。中军上。

中 军 何人击鼓?

叶庆丁 缙绅叶庆丁,为节妇鸣冤!

中 军 且等!

〔叶庆丁、中军分下。洪如海内声:"升堂!"

〔二道幕启。衙役上,喊堂威。中军引洪如海上。

洪如海 （唱）职司按台理刑名,

铁面无私不徇情。

本宪,福建提刑按察使洪如海。掌一省刑名按劾之事,执法无私。中军,传叶庆丁进见。

中 军 （对内）叶庆丁进见!

〔叶庆丁上。

叶庆丁 宪台大人在上,治生叶庆丁一礼!

洪如海 叶先生免礼。施太夫人有何冤屈?

叶庆丁 洪大人呀!（唱）

柳氏忤逆灭人伦,

迫得吾妹一命殒!

洪如海 （惊）哦！有此事？

叶庆丁 （唱）知府审理不决断，

特上公堂请理论。

洪如海 啊！叶氏乃旌表节妇，此事非同小可，杜国忠岂能不究。中军，取吾令，到福州府将柳氏提来，本司亲自审问。

中　军 得令！（取令下）

〔内声："报，施状元到！"

洪如海 有请！（下座迎）

〔施俏生穿孝服上，向洪如海一揖，伏地而泣。

洪如海 状元纯孝，突遭大故，实是可伤。请节哀顺变，以保千金之躯。施状元请起。（扶施俏生起）请坐！

施俏生 晚生孝服在身，不敢就座。

洪如海 但坐无妨！

〔施俏生坐，以袖掩面而泣。

洪如海 闻柳氏忤逆迫姑，我省有此颓风，本司忝居按察使，未能以德化顽，心实有愧！

施俏生 俏生未能修身以齐家，祸延生母，不敢归怨他人。

叶庆丁 吾妹堂堂诰命，正值尊荣安享之时，却遭人伦之变，国法安在？纲常何存？

施俏生 此事罪在俏生，若再扬汤，恐路人腾沸，反添我一人之过！

洪如海 此皆施状元贤孝自遣之词，本司焉有不知。

〔中军上。

中　军 禀大人，柳氏提到。

洪如海 押上来！

〔二衙役押柳懿儿上，柳懿儿跪。

洪如海 嘎，柳氏，入门三日，胆敢迫死太姑，从实一一招来！

柳懿儿 容诉！（唱）

庙见之时礼欠修，

太姑训导若为仇。

反唇相讥惹大祸，

祈望酌情恕女流。

505

洪如海	嘿嘿嘿，还想减轻罪名吗？国朝钦定律诰，内有"威逼其亲尊长至死"者，应按何等？
叶庆丁	应按不准赎死罪等。
施佾生	（一惊）啊……
洪如海	状元贤孝，能饶恕此等罪名吗？
施佾生	大人，佾生自恨……
洪如海	安得不恨！
叶庆丁	求大人按律究办！
洪如海	来呀，将柳氏押下，先笞四十，以平施状元之愤！
施佾生	（急）这……

〔衙役押柳懿儿下。内鞭打声和着柳懿儿哀叫声。

施佾生　（如坐针毡，旁唱）

鞭声如雨骤，

哀声似急飙；

泪往肚里流，

刀在心头搅。

严刑施无辜，

结舌难求饶！

〔衙役扶柳懿儿上，柳懿儿晕倒。

衙　役　禀大人，柳氏晕厥！

洪如海　用冷水泼醒。

〔衙役泼水。

柳懿儿　（渐醒，唱）

五内如崩殂，

万针扎肌肤。

回首看夫面，

颜容渐模糊。

洪如海　哼！（唱）

悍妇太可恶，

万死有余辜！

重典申国法，

一扫众人怒!

叶庆丁 　禀大人,"虎兕出于柙,是谁之过?"

洪如海 　是——柳德修父子,枉称一郡鸿儒,却教出如此忤逆之女。若不究治,安能振纲常,慰节妇?

施伩生 　(急)洪大人,此事晚生只能自责,岂堪——

洪如海 　状元之言,怨挣极矣。中军,签一道,速传柳德修父子到堂!

中　军 　是!(接签下)

施伩生 　洪大人!(唱)

只恨德薄天不佑,

家遭大变自怨尤。

一人做事一人受,

岂可将她外家究?

洪如海 　状元忠厚过矣。法之不张,则王道废弛;世之清浊,赖吾辈激扬!本司备位督宪,铁面无私。此案有关国体,定当重究!

施伩生 　(掩面而泣)我的娘亲呀!

〔中军内声:"禀大人,柳德修父子带到!"

洪如海 　带上来!

〔中军内应。中军与二衙役押柳德修、柳世泽上。

柳德修
柳世泽 　宪台大人在上,缙绅柳德修　有礼!
　　　　　　　　　　　　生员柳世泽

洪如海 　嘿嘿,柳德修、柳世泽,女嫁三日,逼死其姑,你父子好家教呀!

柳德修
柳世泽 　啊?不敢,不敢!

洪如海 　今天子恭修孝治,忤逆为诸罪之首;你父子有女不教,绝灭人伦。本司先办你治家不严之罪,再行论处。来,将柳家父子革去衣巾,押下先打五十板!

柳德修
柳世泽 　且慢!容我父子询问明白。

柳懿儿 　哎呀,此事与我父兄无干!

洪如海 　不必多言,来,推下打、打、打!

〔衙役推柳德修父子下。内打板声、呻吟声。施伩生坐立不安。

柳懿儿　（立起，又仆倒，暗拉施俏生衣襟）救奴父兄，救奴父兄！

施俏生　（颤抖，暗示止，旁唱）

　　　　　她求救声声，

　　　　　我战战兢兢！

　　　　　如哑似聋难开口，

　　　　　进退彷徨冷汗淋……

柳懿儿　（哭唱）父兄平白，岂可牵曳，

　　　　　可行则行，可止则止！

　　　　　奴纵然，呼救无补，

　　　　　你因何，片语不提？

〔衙役押柳德修、柳世泽上。

柳德修
柳世泽　（怒指柳懿儿）呸！（唱）

　　　　　逆 女/妹 行事实堪惊，

　　　　　出嫁三日犯罪名！

　　　　　横祸飞来乡间震，

　　　　　公堂忍看父兄刑？

柳德修　（唱）父母闺训岂无教，

　　　　　女诫内则应力行。

　　　　　谁知你，忤逆甚，

　　　　　忘地义，背天经！

柳世泽　（唱）父鸿儒，

　　　　　兄青衿；

　　　　　士林皆钦敬，

　　　　　被你一旦倾！

柳德修　逆女呀，你在家之时，敬长上、孝双亲，温柔恭顺；谁知一出嫁，竟反常态，逆天逆理。你……你为何如此大变？

柳懿儿　爹爹呀！

　　　　　（哭唱）女儿实……实是……

| 柳德修
柳世泽 | 你有何言可辩? |

〔柳懿儿看施佾生,施佾生震颤,低头。

柳懿儿	(续唱)是……一时懵懂!
柳世泽	妹,你果有此事吗?
柳懿儿	妹……妹无……
柳世泽	无?

〔施佾生急暗止。

| 柳懿儿 | 有……有呀! |

| 柳德修
柳世泽 | (怒斥柳懿儿)呸!(唱) |

　　果有忤逆,

　　实忘家箴!

　　一死何足道,

　　只恨辱败我门庭!

〔柳父子怒斥,柳懿儿跌坐。

| 柳懿儿 | (唱)欲辩难, |

　　相对何堪?

　　黄连味苦,

　　唯有自家咽!

(祈求地,接唱)

　　儿本是肖女,

　　莫作不贤看!

| 施佾生 | 岳……岳父,内……内兄,不……不必责怪此妇,想我施佾生,
也是……命该如……如此! |

| 叶庆丁 | 甥儿!你母被她迫死,两家已成仇雠,有何亲戚之情,夫妇之爱? |

| 施佾生 | (一震)是……是呀……(装翻脸,对柳懿儿)呸!(唱) |

　　既已成罪囚,

　　恩爱从此休!

(旁唱)她似那釜中鱼肉,

　　我怎忍火上浇油!

叶庆丁　洪大人，吾妹乃一品夫人，如今被逼而死，如何回奏天子？

洪如海　（拍案而起）来，先判柳德修父子流徙三千里外，永世不准回籍！

〔衙役押柳德修父子下。

洪如海　（下座，挽施佾生手）施状元，柳氏昨为你妇，今成你仇，本司为挽狂澜于既倒，定要将她处以极刑！

施佾生　（惊）啊，这……（发抖）

洪如海　一者可以振纲常！

施佾生　哦！

洪如海　二者可以正人心！

施佾生　诚恐……

洪如海　三者可以慰节妇在天之灵！

施佾生　只……只怕……（战栗不已）

洪如海　十恶不赦之大罪，非立决不足以快人心！（写斩牌）来，将柳氏绑赴法场，立时斩决，然后单详申奏便了！

〔二刽子手上，洪如海丢下斩牌。柳懿儿翻跌，施佾生惊倒。

〔幕急落。

第五场　阻刑

〔幕启。

〔按衙戒石亭外。

〔施佾生内唱："霎时间云暗天低，满眼里雾障烟迷。"上。

施佾生　（接唱）悲风含沙卷，

　　　　　　杜宇带血啼。

　　　　　　神志昏步履蹒跚，

　　　　　　辨不清南北东西……

　　　　　　哎呀！

　　　　　　活活一个贤德妻，

　　　　　　无罪法场惨横尸！

　　　　　　可怜她，为我母子受罪戾，

　　　　　　千古衔冤难洗！

她无辜，她无罪，我要救她，不能让她受死，不能让她受死！

〔内追魂号声。二刽子手押背插斩牌的柳懿儿上，柳懿儿目视施佾生。

柳懿儿 （唱）天惨惨兮地凄凄，

　　　　　而今就死口无词！

　　　　　唯愿太姑名节美，

　　　　　唯愿夫君耀门楣！

　　　　　明年忌日，

　　　　　荒草坟上烧片纸！

〔二刽子手押柳懿儿下。

施佾生 （仆地又起，颠，颤抖，唱）

　　　　　杀气漫天，

　　　　　阴霾罩地！

　　　　　顷刻间珠沉玉碎，

　　　　　计已穷怎救燃眉！

　　　　　乱纷纷，急腾腾，

　　　　　时兮一刻莫延迟……

〔内杜国忠声。

施佾生 （踮足望）啊！（唱）

　　　　　忽见仪门外，

　　　　　知府行步疾。

　　　　　他曾理此案，

　　　　　似欲为掩饰。

　　　　　不如恳求他，

　　　　　暂解眼前急。

　　　　　云开光一线，

　　　　　照我泪衫湿。（圆场）

〔杜国忠上。

杜国忠 （唱）柳氏一案，事关国钧；

　　　　　岂可孟浪，须要刨根。

　　　　　啊？

511

忽见施状元,

身颠步不稳;

丧魂失魄,

又添我疑云。

施俏生　（遇杜国忠，急拉其手）杜知府，杜先生，你来了，你……你来了！

杜国忠　是是，施状元何事慌张？

施俏生　我妻已绑赴法场……

杜国忠　哦，按司判斩？

施俏生　是……望你……

杜国忠　望我何来？

施俏生　看我……

杜国忠　看你何事？

施俏生　面……面上……（两膝一屈，几倒）

杜国忠　（急扶）状元仔细仔细！

施俏生　救她一命！

杜国忠　时已急矣。（对前）前面上差听者，请将犯妇暂押仪门之外，待本府见了宪台，再做定夺。

〔内声："知道了！"

杜国忠　施状元，看你神情惶急，尊夫人似有冤情？

施俏生　哦！（有些清醒）这个……

杜国忠　既有冤情，洪宪台调审，就该翻供。

施俏生　未翻供……

杜国忠　既有冤情，又不翻供，此乃何意？

施俏生　这个……此妇确有忤逆之事，她、她也懵懂极矣！

杜国忠　（作惊状）确有忤逆！呵，那就让她受刑吧。（对前）前面上差听者……

施俏生　（急止）杜府台，杜先生……

杜国忠　施状元？

施俏生　你我同朝为官……

杜国忠　就该互为扶持？

　施俏生　请你代我向……向……

杜国忠	向宪台大人……
施伩生	求情……
杜国忠	你是说要替柳氏求情吗？
施伩生	我是说，念她年纪尚轻，世事未谙……
杜国忠	洪宪台为人固执，忤逆又是重罪，若以此言告宥，断难听从；况且洪宪台亲自监斩，随后骑马便到！

施伩生　啊，苍天呀！（唱）

> 枉与我金堂玉马朝宫阙，
>
> 却落得慈母悬梁妻溅血！
>
> 荣华富贵早成空，
>
> 泣血锥心泪不绝。
>
> 官场何冰冷，
>
> 苍天何肆虐！

杜国忠	状元遭遇，情实可悯。其实下官到府勘验之时，便有谅情垂救之心。只是如今督宪大人大怒，若求释放，定遭罪责。
施伩生	定谳须察情，刑罚有轻重；只求减轻一等，亦不致因此受责。
杜国忠	照状元之意，是要求减轻？
施伩生	是求减轻。
杜国忠	先求不死？
施伩生	宥她一命！
杜国忠	（大笑）哈哈哈，状元公爱妻甚矣！本府知道了。
施伩生	（一怔）这……你……
杜国忠	状元既死其母，岂可又死其妻！下官定体此情，在宪台面前，据理力争。
施伩生	（觉杜国忠有异）杜府台，杜先生……

〔内马蹄声。

杜国忠	宪台已至，速即回避。本府定救尊夫人一命！
施伩生	杜府台，你切切……

〔洪如海骑马上，叶庆丁、二衙役随上。施伩生避下。

杜国忠	（迎上）宪台大人在上，福州府知府杜国忠叩见！（施礼）
洪如海	哼，杜国忠，不替节妇申冤，该当何罪？

513

杜国忠　卑职正为此案而来。已将犯妇阻于仪门之外。

洪如海　嗯？（下马）莫非要替她求情吗？

杜国忠　大人！（唱）

　　　　此案内中别有因，

　　　　柳氏逼姑恐非真。

洪如海　胡说！柳氏当堂供认不讳，其父兄亦无言可辩，还有何因？来，
　　　　带马！（上马）

杜国忠　大人！（拦马，唱）

　　　　柳家女子有妇德，

　　　　名闻闾里孰与俦？

　　　　入门三日迫姑死，

　　　　理难通顺情难有。

　　　　况且状元阿母，

　　　　秉性温柔；

　　　　荣膺朝廷旌表，

　　　　正宜享受；

　　　　岂因勃豀，

　　　　甘赴九幽？

　　　　据我揣度，

　　　　别有缘由。

洪如海　何由？

杜国忠　恐与叶氏本人有关！

叶庆丁　杜知府，此言何意？

杜国忠　（唱）适才卑职入仪门，

　　　　　状元神志已全昏；

　　　　　既言其妻是忤逆，

　　　　　又求把罪从宽论；

　　　　　扯住本府未肯放，

　　　　　双袖泛澜满泪痕。

洪如海　哦，有此事？

　叶庆丁　吾甥年少，未经世故，念三日夫妻之情，不忍之心，抑或有之，

安有他因？

杜国忠　大人！（唱）

　　　　状元行孝久闻名，

　　　　何至爱妻胜母亲？

　　　　再三苦求免死罪，

　　　　还怪官场冷如冰。

　　　　若非其母有隐情，

　　　　应让其妻受典刑。

洪如海　哦！

叶庆丁　洪大人，杜知府存偏见，谤节妇，居心何在？乞请明鉴！

杜国忠　（紧逼）大人，杀死柳氏事小，颠倒教化事大。旌表乃朝廷大典，若被人窃取，则歪风滋长，纲常下坠，世道人心，从兹反复。此责谁敢担承？

洪如海　（震动）哦！

叶庆丁　洪大人，杜国忠必受柳家之贿，因此……

洪如海　（对杜国忠）依你之见？

杜国忠　案交卑职复审……

叶庆丁　洪大人……

洪如海　（以手止叶庆丁）若无别情呢？

杜国忠　任凭发落。

洪如海　若无别情，拦阻行刑，诽谤节妇，本司定要革你官职，按律究办。

杜国忠　甘受其罪！

洪如海　（对衙役）传下去，将犯妇柳氏，交与杜知府带回审问。

衙　役　是！（下）

　　　　〔施佾生急上。

施佾生　杜国忠，你你你……

　　　　〔杜国忠冷笑。

　　　　〔幕落。

第六场　诘柳

〔幕启。

〔知府内衙。

〔府衙二役带柳懿儿，与杜国忠同上。

柳懿儿　（唱）幽冥往返间，

　　　　　　　生死任熬煎！

　　　　　　　回思今日事，

　　　　　　　举首只问天。

杜国忠　给施夫人松绑！（衙役松绑）你等在外伺候，本府内衙问案，不许一人进入。

衙　役　是！（下）

杜国忠　闻夫人在按司公堂，未逼供而先承罪，因此宪台大怒，立即将你判斩？

柳懿儿　唉，苦！

杜国忠　下官在贵府问案之时，已知夫人有难言之痛；及闻按司问斩，甘冒大不韪，拦马力争，以救夫人一命，此事夫人知否？

柳懿儿　犯妇感激不尽。

杜国忠　事到如今，还求夫人，为下官开脱罪责！

柳懿儿　此言何来？

杜国忠　若不能查明此案，夫人负屈不申，下官亦将革职查办。夫人能无动于衷吗？

柳懿儿　薄命之人，无能为力！

杜国忠　素闻夫人温柔恭顺，你父兄又是一郡鸿儒；平日受其熏育，何至入门三日，迫死太姑？

柳懿儿　事由势逼，死因愿成，大人不必枉费心机！

杜国忠　察状元神色，听夫人言词，下官也知今日之事，乃是不得不然！夫人！（唱）

　　　　　　　你是柳家贤女儿，

　　　　　　　幼秉家教效班姬。

　　　　如许韶华似玉洁，

　　　　何甘自污著囚衣？

柳懿儿　哦……

杜国忠　夫人真欲振一国纲常，扶圣人名教，就该将此案内情和盘托出，才不负你父兄教诲之恩。

〔柳懿儿闭目缄口，一言不发。

杜国忠　嘿，夫人用心亦良苦矣，只是无人得知！

柳懿儿　自有天知！

杜国忠　（大笑）哈哈哈！（唱）

　　　　上天岂欲乱纲常？

　　　　夫人空费一片心。

　　　　可叹你，千般苦受尽，

　　　　万载留骂名！

柳懿儿　（一震）哦！（唱）

　　　　闻此言，暗自惊！

〔施佾生暗上，在外旁听。

杜国忠　夫人，若再不吐实，就有三不保！

柳懿儿　何谓三不保？

杜国忠　一不保，夫人不能保自身，暴尸法场！

柳懿儿　唉，奴愿早瞑双目。这二不保呢？

杜国忠　二不保，你父兄不能逃刑罚，流徙千里，永不回籍！

柳懿儿　啊！（掩面而泣）三……三不保呢？

杜国忠　三不保，柳氏祖上家风，被你所辱，贻羞后代！

柳懿儿　天哪……

杜国忠　夫人，你纵一死，既毁了柳家，又成施门罪人，所为何来？所为何来？

柳懿儿　（大悟）这……这……大人，奴……奴情愿……

〔施佾生急冲入，衙役上阻，被挣脱。施佾生上前瞪视柳懿儿，二人圆场。

施佾生　呸！（唱）

　　　　见贤不思齐，

你岂是我妻？

由来金石性，

乱语不受迷。

贤愚千古事，

时到人自知！

衙　役　禀大人，施状元不由劝阻，在外听审，又闯进后堂。

杜国忠　无用之辈，退下！

衙　役　是！（做鬼脸下）

杜国忠　施状元，本府问案，为何不召自来？

施佾生　事关家母之仇，岂能不容过问？

杜国忠　嘿嘿，状元现在亦想起生母之仇了。但在仪门，也不曾忘却夫妻之情呀！

施佾生　啊，杜国忠，你……

杜国忠　来！

〔衙役上。

杜国忠　长枷一面，将柳氏收监，明日再审。

衙　役　是！

〔施佾生与柳懿儿对视片刻，柳懿儿掩泣，被衙役押下。

施佾生　哎呀，杜国忠！你原来口是心非，有意罗织罪名，与我御前理论——

杜国忠　（厉声）施佾生，还敢以天子门生相胁！你知罪吗？

施佾生　我有何罪？

杜国忠　嘿！（唱）

纸难包火必焚身，

欲盖弥彰枉求人。

李代桃僵非巧计，

须知本府眼如神。

〔施佾生怔住。

〔幕落。

第七场 狱会

〔幕启。

〔监狱。

〔柳懿儿负枷上。

柳懿儿 （唱）负枷坐狱心凄怆，

想今生已上冤死榜。

屈意事良人，

招承了断头供状。

妇道难全，

世人何相？

只愁父兄，

千里流放。

生女何用？

枉受无限凄凉！

〔施佾生仓皇地上。

施佾生 禁婆，开门，开门！

禁　婆 谁叫门？（开小窗）呵，原来是状元爷！（开监门）请进！

施佾生 （潜入）禁婆，些许薄礼请收起，偏僻地方找一处，让我与妻子
说话。（递碎银）

禁　婆 （接银）府太爷交代，给尊夫人收拾一间僻静的房间，无人错
杂，待我引进。

〔禁婆引施佾生进。

禁　婆 喂，夫人，施状元……

〔施佾生止住禁婆，警觉地顾望。禁婆下。

柳懿儿 相公呀……

施佾生 （急止，低声）夫人，可恨杜国忠，百般挑唆，要你翻供，你……
你到底是何主意？

柳懿儿 唉！（唱）

你为男子未知理，

　　　　　　　　　　所谋全非宁不疑？

　　　　　　　　　　要奴知礼成非礼，

　　　　　　　　　　要奴行孝变忤逆。

　　　　　　　　　　三保三不保，

　　　　　　　　　　进退何所依？

　　　　　　　　　　自古一死本易事，

　　　　　　　　　　似此乖常难为妻！

施侩生　啊，夫人，学生救你不得，心有难言之痛，唯天可表！

柳懿儿　如今你又是如何主意？

施侩生　如今势成骑虎，真相将披露于人前。夫人不行三保，施家千百年
　　　　　　祖泽休矣！欲保祖泽……

柳懿儿　就顾不得为妻了吗？

　　　　〔柳懿儿以枷直逼施侩生，施侩生跪。

柳懿儿　啐！（唱）

　　　　　　　　　　看你一念全未休，

　　　　　　　　　　心中只为施家谋。

　　　　　　　　　　白玉带，金紫绶，

　　　　　　　　　　甘把结发作仇雠！

　　　　　　　　　　父兄流徙千里外，

　　　　　　　　　　谁怜穷途万斛愁？

施侩生　（伏地而泣，唱）

　　　　　　　　　　夫人严词我知愧，

　　　　　　　　　　我今泪干心也碎。

　　　　　　　　　　眼看已无回天力，

　　　　　　　　　　此身愿与母相随！

柳懿儿　此言何意？

施侩生　为保母名节，为救妻之命，舍我一死，别无他途！

柳懿儿　这……

施侩生　我死之后，夫人可指我忤逆，逼你承罪，使官府难以破案。（唱）

　　　　　　　　　　只求贤妻不吐实，

　　　　　　　　　　祖风母德免沉沦。

千罪万罪我担承，

官府难诛地下魂。

一夜夫妻百年爱，

生离死别心如焚！（欲下）

柳懿儿 （急拦）相公从容，从容，相公！（唱）

你若冤死无天理，

可怜洁白纸一张！

相公！

奴是薄命一女流，

祸福存亡未可伤。

如今出言君记取——（跪下，接唱）

日月三光证天中；

愿为施门全三保，

纵然一死不翻供！

施伾生 （扶柳懿儿起）夫人，学生为母就死，理所应当；你乃无罪之人，祸延父兄，万万不可！

柳懿儿 不，只要我咬定原供，情夫不能归案，则杜知府官箴尚且难保，你又何必自绝宗祀？只是我死之后，相公可向洪按司求情，免我父兄株连之罪，则九泉之下，可以瞑目！

施伾生 哦，夫人！（唱）

倾诉衷肠意低回，

慨然赴死无怨怼。

如卿贤德世间稀，

伾生岂能再抱愧。

自家之事自家当，

堂堂男子死何畏！

柳懿儿 住了！相公若死，非但施家千百年香火湮灭，且为妻伶俜凄凉，无依无靠，苟活人世，亦有何用？奴死为是！

施伾生 我死应当！

柳懿儿 奴死！

施伾生 我死！

〔夫妻相拥而哭。

施佾生
柳懿儿 （唱）鹣鲽原期百年过，

镜花水月春梦破。

红消香断万事空，

山穷水尽叹奈何？

〔杜国忠、禁婆上。施佾生、柳懿儿惊呆。

杜国忠 哈哈，尔等不打自招了！

施佾生 杜国忠，我你何冤何仇，如此穷追紧逼？

杜国忠 事关教化，颠倒不得！如今事态已明，看我指日破案！

施佾生
柳懿儿 啊！

〔幕急落。

第八场 认父

〔幕启。

〔二道幕前：郑司成面色憔悴上。

郑司成 （唱）情好廿年，

一朝遭变；

泪已尽，

情难遣；

睁眼闭眼，

都见她面。

尘世缘已断，

浮生无可恋。

愿随心上人，

九泉永相伴。

自从遭变，闻柳氏自承迫姑，累及父兄。祸由我起，本欲自首承罪，以救媳妇一家，但如此一来，势必暴露隐情，毁了吾儿。天呀天！如今欲救媳，必难救儿；欲救儿，必难救媳。自思唯有一死，随婉娘于地下，死好，死不错！（欲下）啊，我决意求死，吾儿将永不知生父是我，临死之前，父子理宜相认！（又欲下）慢，我儿凄惶伤痛，对我怨恨必深，岂肯相认？唉！（唱）

> 我虽有子认亦难，
>
> 只合伶仃泪暗弹。
>
> 临行不听唤爹声，
>
> 叫我死去难闭眼。

如今既不能认子，又不能救媳，千愁万苦，该向谁诉呢？（唱）

> 唯有诉与情妻听，
>
> 因何不唤我同行？
>
> 长夜孤零睁双眼，
>
> 凄风送柝颤黄灯。
>
> 你去矣，随你同到森罗殿，
>
> 阎王面前剖冤情。（下）

〔二道幕启。祠堂大厅上设有灵座，白帏垂地，帏后停叶氏灵柩。灵前烛光闪烁，男女纸人，立于座旁。祠外正建立牌坊，御书"贞节"二字，暂挂于大厅横梁上。

〔夜空乌云笼罩，远处雷声隐隐。

〔内打三更。施伩生神色凄然，席坐灵旁。

施伩生　（唱）烛影憧憧白帏垂，

> 灵堂飒飒阴风吹。
>
> 恨生施家为人子，
>
> 悔夺高魁请旨回！

唉，杜国忠若然破案，真相大白，到那时……（接唱）

> 朝野共腾沸，
>
> 何颜居人世？
>
> 但愿求早死——

（取毒药，看）哈！（接唱）

> 笑脸对毒砒！

〔影动，施伩生注视，见有人来，避入灵后。

〔郑司成神情迷乱，蹒跚上，探看。

郑司成　灵堂无人，恰好。（上香，下跪）婉娘，我的情妻呀！（唱）

　　　　　　拜情妻，泪沾襦，

　　　　　　今夜阴灵回家无？

　　　　　　生时恩情深似海，

　　　　　　魂兮应来会你夫……

施俏生　（从灵后出，旁白）原来是他！（切齿，上前）表叔！

郑司成　（一惊）哦，原来是表……表侄！

施俏生　难得表叔到此！

郑司成　我……我怕你母灵前灯火熄明，顺路到此一望。

施俏生　有劳表叔！表叔请坐！

郑司成　不……不坐了。（欲下）

施俏生　母亲谢世，只有表叔亲近，不妨略坐片时，聊话衷肠？

郑司成　说得也是。表侄同坐！

　　　　〔二人坐，静默片刻。

施俏生　近日表叔，因何罕见？

郑司成　表侄丁忧，愚叔泪眼相对，徒增彼此之悲。

　　　　〔郑司成百感交集，忽然泣不成声。施俏生亦相对痛哭。

施俏生　（勉强收泪）表叔还请节哀为是，以保千金之躯。

郑司成　思念前情，不觉难以自抑！（拭泪）

施俏生　（指门外）天子为家母起造牌坊，原为褒扬贞节；谁知坊造未成，反促她人归泉路！

　　　　〔远处雷声隐隐，祠堂天井上，电光微微一闪，照见梁上的御书"贞节"二字。

　　　　〔郑司成站起，难支欲倒，施俏生扶住。忽一阵冷风吹来，烛光摇摇欲熄。

郑司成　夜色已深，冷风侵骨，就此告退。

施俏生　表叔怕冷，小侄备有热酒，不妨略饮数杯御寒，再叙片时也好。

郑司成　哦，足见表侄殷勤之意！

施俏生　表叔稍坐！（下）

郑司成　（唱）死别吞声在此时，

　　　　　　吾儿只知自姓施。

心为施家生怨恨，

眼前生父他不知。

〔施佾生取酒上。

施佾生　表叔，失陪了！（摆酒）

郑司成　表侄一向对我尊敬，你自小到大，我也十分疼你。

施佾生　（倒酒）表叔请酒！

郑司成　（接杯，谛视施佾生）小时候，你母总要我抱……

施佾生　我母乃自尽致死，柳氏因此被处极刑！

郑司成　（一震）她……她是我家贤……

施佾生　杜国忠拦马阻刑，说吾母另有隐情！

〔雷声。

郑司成　隐情？！（站起，放下酒杯）杜国忠倒也……

施佾生　表叔请酒！

郑司成　倒也颇有见识！（拿起酒杯）他……他如今……

施佾生　正在审理此案，侦骑四出，拘捕正犯！

〔雷鸣、电闪，梁上御书"贞节"二字闪现。郑司成恨恨地饮下杯中酒。

〔祠堂外，二衙役于雷电中探身，交头接耳，隐下。

郑司成　（冷笑）嘿嘿！（镇静地倒酒）来吧，杜国忠！

施佾生　公堂之上，三木肆威，不但受辱而死，而且施家……

郑司成　什么施家？我儿……

施佾生　（霍地站起）你、你口出何言？

郑司成　你是郑家人，是我的儿子……（拿杯放于唇边再饮）

施佾生　（急拉其手，拿开杯，凶厉地）你、你休得胡言乱语！

郑司成　我胡言乱语？（苦笑）嘿，儿呀！（唱）

我与你母，

自小两情痴，

心合神契，

形影不相离。

盟誓约，生要同衾死同穴，

上天神祇早已知！（按腹，痛苦地拿杯，还要喝）

施偁生　（抢过杯）不要喝！

郑司成　只因你外公、舅父贪财，不由你母千求万恳，将她强嫁与施家有钱之婿。

施偁生　你就该……

郑司成　儿呀！（唱）

　　　　　　鸳鸯本是鹣鹣鸟，

　　　　　　痛恨被分两地飞。

　　　　　　宁愿违礼受人唾，

　　　　　　不甘委身与姓施。

　　　　　　为报深情在未嫁，

　　　　　　珠胎暗结二月期！

施偁生　哦！（跌坐）你说此言，可是真的？

郑司成　天可作证。你母过门八月，便生吾儿；你名偁生，就是此意。

施偁生　哎呀！（站起）这……

郑司成　你投错胎了！我儿，这是谁之过错？难道全是你父母之过吗？
　　　　（腹痛，伸手捧起酒杯欲再饮）

施偁生　（急止）不要饮，这是毒酒！

郑司成　早知是毒酒。但为父此时不死，更待何时？（双泪交流）儿呀，
　　　　你生后五月，施呆登一病身亡——（唱）

　　　　　　从此不时到施家，

　　　　　　教读吾儿度岁华。

　　　　　　人前不敢来认子，

　　　　　　临死应唤一声爹！

（将毒酒一饮而尽）

施偁生　（拉已不及）哎呀！（跪）爹爹！爹爹呀！

郑司成　（抱子头）儿呀，我亲生的儿子呀！

施偁生　爹爹呀！

　　　　〔雷电隆隆闪闪，经久始息。

郑司成　（唱）十八年来相对看，

　　　　　　咫尺如隔万重山。

　　　　　　今日归来依膝下，

虽然一死也怡颜！

哎哟！哎……哟……（按腹欲倒）

施佾生　（急扶）爹呀！（唱）

睁开泪眼把爹搀，

往事方知一梦间。

子是豺狼亲下毒，

欲铸团圆反铸散！

郑司成　儿呀，此事非你之过，非你之过……

〔雷鸣电闪。郑司成倒地死。施佾生抚尸痛哭。

施佾生　爹爹呀！（唱）

父尸一具横眼前，

呼天抢地摧心肝！

为全三保将妻陷，

欲掩母私把父残！

借问苍天缘何事？

不合降生在人间！

〔施佾生将壶中余毒倾入腹中。衙役引杜国忠上。

衙　役　禀大人，奸夫死在地上。

杜国忠　施状元，窃取旌表，毒死奸夫，难免罪上加罪！

〔施佾生以袖拂杜国忠，杜国忠惊退。

〔雷声隆隆，电光闪闪。

施佾生　（唱）奸官枉自费心肠，

加重罪名亦何妨？

我是堂堂郑家子，

父母相爱应成双！

〔洪如海与中军急上。

施佾生　哎哟……（毒发，按腹）

〔杜国忠大惊，对洪如海示意郑司成、施佾生俱已服毒。

洪如海　中军，速速释放施夫人到此相见！

中　军　是！（急下）

施佾生　哎哟！（按腹，唱）

527

　　　　　　不容我生我去矣，

　　　　　　去到阴司评个理；

　　　　　　吾父有何罪？

　　　　　　吾母岂无耻？（颠，倒）

　　　〔柳懿儿慌忙上，见状急扶。

柳懿儿　相公，相公呀！

施佾生　夫人！（唱）

　　　　　　我是郑家亲生子，

　　　　　　地上生父我下砒；

　　　　　　枉为施家扬祖德，

　　　　　　你是郑门贤德妻！

柳懿儿　郑郎呀！

施佾生　（唱）生身父母须合葬，

　　　　　　葬在郑家祖茔里。

　　　　　　我身埋在父母侧，

　　　　　　墓碑切莫刻姓施！

　　　〔雷电大作，震动屋宇。施佾生死介。柳懿儿抚尸痛哭。

柳懿儿　夫呀，郑氏夫呀！（唱）

　　　　　　为妻忍受千般苦，

　　　　　　到头终难救夫君。

　　　　　　叹官吏一心正法，

　　　　　　使善良有口难分！

杜国忠　施夫人且勿伤心。你乃贤孝之妇，三从俱有，四德皆备。现把施家祠堂改为节孝祠，将"贞节"牌坊改赐予你，以守节终身，树立闺范！

洪如海　杜知府明鉴不差，待本司即刻申奏朝廷，请旨颁赐，千古流芳！

　　　〔雷声震耳，大雨倾盆而下。电光闪处，照见梁上"贞节"二字，磷磷震颤。

柳懿儿　（向天激愤而唱）

　　　　　　贞节牌坊节孝堂，

　　　　　　翁姑惨死夫君亡！

> 说什么闺范、流芳，
>
> 分明是牢狱、监房。
>
> 奴是郑家媳，
>
> 岂作施门孀？
>
> 终身受禁锢，
>
> 长年泪汪汪！
>
> 虽生亦如死，
>
> 凄凉伴风霜。

〔雷声震空，大雨滂沱。

柳懿儿 （续唱）霹雳震，风雨狂，

> 天地倾，乾坤荡！
>
> 如今欲何往？
>
> 阴间伴郑郎！

（奔出祠堂）

衙　役 （看，惊慌地）上启二位大人，柳氏撞坊而死！

洪如海
杜国忠 啊?!

〔一声霹雳，二人惊倒。

——剧　终

《团圆之后》又名《父子恨》，根据莆仙戏传统剧目《施天文》（又名《三天媳妇害婆婆》）整理改编。故事源于《不用刑审书》卷四《张县令设计翻案》篇（清光绪三十三年上海商务印书馆出版）。此剧是传统剧目改编的一个创造性成功。1956年，由仙游县鲤声剧团首演，1959年晋京参加建国十周年献礼演出，田汉著文认为本剧"列入世界悲剧之林毫无愧色"。同年年底,由长春电影制片厂拍成舞台艺术片。

作者简介

陈仁鉴 （1913—1995），男，福建仙游人，一级编剧，享受国务院特殊津贴专家。曾任中国剧协顾问，历任仙游县文联主席、县编剧小组编剧，福建省戏曲研究所副所长。代表作《团圆之后》《春草闯堂》分别入选《中国当代十大悲剧集》《中国当代十大喜剧集》，著有《陈仁鉴戏曲选》《陈仁鉴戏曲精品选》。